KB180424

서사문화총서 ❸

마이너리티 아이콘

—재일조선인 사건의 표상과 전유—

이 책은 2019년도 동국대학교 교내연구과제 지원사업의 지원으로 출판되었음(연구과제명－'사건'의 문화적 재현: '재일조선인 사건'의 계보와 한일관계의 재배치).

서사문화총서 ❸

마이너리티 아이콘

―재일조선인 사건의 표상과 전유―

박광현 · 조은애 편저

역락

: 머리말

"여고생 살인자 체포", "1학년생 18세 소년", "조선인부락에서 범행 자백" 등의 머리기사와 함께 실린 한 장의 사진. 흰 와이셔츠에 검은색 바지를 입고 짧은 머리에 게타를 신은 채 유독 작아 보이는 두 중년 남자에게 양 팔이 붙들려 서있는 거구의 소년. 지금은 빛바랜 신문에서나 볼 수 있는 60년도 더 된 사진이다. 하지만 당시 일본에서 살인자, 소년 범행, 조선인 등의 키워드로 너무나 떠들썩했던 사건이었기에 그 사진 속 인물이 누군지 모르는 사람은 거의 없었다. 그 소년의 일본명은 가네코 시즈오(金子鎮宇), 조선 이름은 이진우(李珍宇)였다. 그는 1958년 자신이 다니던 고마쓰가와(小松川)고교 야간부 여학생을 살해한 혐의로 체포된 뒤, 또 다른 미제 살인 사건에 대한 혐의까지 추가되어 1962년 사형된 재일조선인 2세였다. 재일조선인 작가인 서경식은 『계속되는 식민주의(継續する植民地主義)』(青弓社, 2005; 한국어로 수정된 글은 『난민과 국민 사이』, 돌베개, 2006에 수록)에서 이 재일조선인 2세 소년의 이미지가 식민지배자들에 의해 생산된 "이해가 불가능하고 순화도 불가능한 타자, 즉 괴물"의 전형적인 표상이라고 했다. 그래서 이 이미지에 붙인 제목은 '식민주의의 도상(圖像; icon)'이었다.

이 책에서 필자들이 논의하고 있는 '재일조선인 사건의 표상과 전유'와 관련하여 1958년 일본 전역을 떠들썩하게 했던 '고마쓰가와 사건'은 세 가지 측면에서 중요한 의미를 갖는다.

첫째, 재일조선인의 역사는 많은 부분에서 사건의 역사로 기억되어 왔다는 점이다. '사건'이라고 명명된 역사의 어느 특정한 시공간 속에 재일조선인은 재난과 학살로 인한 집단적 희생자, 폭력집단, 고독한 테러리스트, 전후 일본 사회의 트러블 메이커, 민족조직 내부에서 권력을 놓고 경쟁하는 모략가, 조국을 배반한 간첩 등의 모습으로 기록되었다. 그 사건들 각각의 명칭과 배경에 대해서 모두 다룰 수는 없다. 하지만 분명한 사실은 일본 사회에서든 한국 사회에서든, '재일조선인 문제'의 가시화는 '사건화(scandalizing)'의 과정을 동반했다는 점이다. 물론 이 책에서 다루는 재일조선인을 둘러싼 다양한 사건들이 모두 '추문(scandal)'인 것만은 아니다. 각 장의 필자들이 다루고 있는 재일조선인 관련 사건에는 특정 개인의 범죄 행동이나 사고(incident), 사회적 문제로서 상징성을 띠는 사건(event), 그리고 사건이 지닌 순간성과 일회성을 함의하는 일본어 '데키고토(出來事)' 등의 의미가 혼재하거나 중첩되어 있다. 중요한 것은 이 다양한 함의를 지니는 사건에 특정 인명, 지명, 연도 등의 이름을 붙이고 그 당사자로서의 재일조선인 개인/집단의 존재를 부상토록 하는 과정에서 무슨 일이 일어났는가, 또는 무엇이 어떻게 달라졌는가 하는 점일 것이다. 왜냐면 역사의 어느 특정한 시공간을 사건의 이름으로 기억한다는 것은 그 순간을 과거와 변별되는 어떤 단절의 순간으로 감지한다는 것을 의미하기 때문이다. 혹은 그 이전까지 무의식적으로 쌓여 온 편견과 혐오, 차별과 배제 등의 정서가 의식의 차원에 현현토록 하는 것이 사건의 담론적 효과이기 때문이다. 바로 일본사회 내에서 조선인을 한순간에 '괴물'로 낙인찍은 이진우 '소년'의 이미지가 그러했던 것처럼.

둘째, 강력하게 '사건화'됨으로써 공론장에 가시화되었던 '재일조선인 문제'는 한편으로 '문제로서의 재일조선인' 개인의 고유한 이름을 통해, 신체의 어느 부분이나 전체를 통해, 그리고 말이나 글을 통해 일본 사회 안팎으로 공진(共振)했다는 점이다. 이 책의 2부와 3부에 수록된 각론 속에서 우리는 사건으로 명명된 재일조선인 역사 속의 구체적이고 고유한 이름들을 만날 수 있다. 김희로, 양정명, 문세광, 서승, 서준식, 김병진. '고마쓰가와 사건'으로 형무소에 갇혀 있던 이진우와 교환한 서신을 출간한 바 있는 재일 2세 여성 저널리스트 박수남은, 이 중 김희로와 양정명, 그리고 서승·서준식 형제를 가리켜 '또 다른 R'이라고 부른 바 있다. 말하자면 이진우의 후예로 계보화되었던 이들이었다. 이때 R이란, 짐작하듯이 이진우를 모델로 오시마 나기사 감독이 1968년 발표한 영화 <교사형(絞死刑)>의 조선인 남성을 말한다. 박수남은 김희로와 양정명을 R의 부정적 전형으로, 그리고 이른바 '재일교포 학원침투 간첩단사건'으로 한국의 형무소에 투옥된 서 형제를 R의 긍정적 전형으로 나누면서도 종국에는 R이라는 전형 자체를 극복하는 길, 즉 '반쪽발이'의 정체성을 적극적으로 전유하는 길을 제안한다. 그것이 1970년대 중후반 재일조선인 2세를 둘러싼 민족적 담론 중 하나였음을 생각해볼 때, 이 책의 마지막 장에서 다루는 1983년 국군보안사령부 발표 간첩단사건 속의 재일조선인 3세와 그의 수기는 어떤 길로 묘사될 수 있을까.

셋째, 영화 <교사형>의 사례처럼 일본을 떠들썩하게 한 사건 속의 재일조선인은 일본과 한국에서 생산된 문화 텍스트 속에서 다양한 방식으로 언급되었다. 재일조선인 문학이나 영화, 연극 등에서도 실제 일어난 사건을 곧장 떠올릴 수 있는 장소나 소재, 그리고 인물들이 종종 채택되었다. 특히 같은 재일조선인의 입장에서 실제 사건을 경유하여 그들의 역사를 기억하고 기록하는 일은 그 안의 어둡고 음울하고 폭력적인 이미지를 마주하는 일이기도 했다. 재일조선인 사건을 같은 '조선인'의 위치에서 다룬다는 것은 그 자체로 적잖은 위험 부담과 고통을 감수하는 일이기도 했던 것이다. 그럼에도 재일조선인이 자신들과 관련한 과거 또는 현재의 사건을 이야기한다는 것은 무엇을 의미할까. 이뿐만이 아니다. 사건 속의 당사자들은 바로 그 사건을 통해 비로소 스스로의 이야기를 할 수 있게 되거나, 사건 이후에야 자신의 글을 세상에 공개할 수 있었다. 재일조선인 사건을 겹겹이 둘러싸고 있는 의미화의 지층을 살펴봐야 하는 이유가 여기에 있을 것이다.

이 책은 한일 양국의 일국적 담론에서 재일조선인의 역사가 주로 사건들의 역사로 가시화되어 왔다는 사실에 주목하고, 그 안에서 비가시화되거나 오인되어온 재일조선인의 역사와 문학·문화를 다면적으로 검토하기 위해 기획되었다. 특히 이 책이 다루고 있는 '재일조선인 사건'의 많은 부분이 걸치고 있는 1960~1970년대 일본은, 필자 중 한 명인 오세종의 말처럼 미일안보조약 자동 개정에 의한 대미관계의 재설정, 오키나와의 시정권(施政權) 반환에 따른 국가 형태의 재편, 도쿄대 투쟁이나 반전운동, 출입국관리법 제정 반대투쟁 등 "위로부터의 재편과 아래로부터의 다양한 이의제기라는 충돌이 끊이지 않았던" 전환기에 있었다(이 책의 제3장 참조). 한편으로 이 시기의 한국은 시민들의 격렬한 반대운동에도 불구하고 체결된 한일기본조약, 7·4남북공동선언 3개월 후의 비상조치 발표와 유신헌법 발효, 일본 등 해외 거점 한인들의 각종 간첩단 사건의 조작, 그리고 이러한 위로부터의 독재·반공 통치에 저항하는 노동운동과 재야 민주화운동이 전개되던 시기였다. 덧붙이자면 7·4남북공동선언이 있던 1972년 남한에서 유신헌법이 공포되었다면, 북한에서는 국가주석의 권한을 강화하고 주체사상을 헌법으로 규범화한 사회주의헌법이 제정되었다. 이와 같은 시기 재일조선인의 가시화가 각종 '사건'들을 매개로 이루어졌다는 사실은 무엇을 의미할까. 알랭 바디우에 따르면 '사건'은 지배적 다수에 의해서만 명명되고 현시되어 왔으면서도 사실상 '다수성'의 시각에서는 재현될 수 없는 자리가 존재함을 말해준다. 이것이 바로 사건이 지닌 양면성이라고 할 수 있다.

이 책을 기획한 동국대학교 문화학술원 서사문화연구소에서는 재일조선인의 문학과 역사 속 사건이 바로 이와 같은 양면성에 의해 다시금 설명될 수 있다는 가능성에 착목하여 '재일조선인 사건'에 관한 문화정치학적 연구를 장기적으로 추진하고자 한다. 재일조선인의 문학과 문화, 역사와 사회에 대해 검토하다 보면 '사건'이라는 키워드는 결코 낯설지 않음을 알 수 있다. 오히려 지나치게 흔히 사용되는 용어라 할 만큼 '사건'은 재일조선인 서사를 이루는 중요한 자원이 되어 왔다. 재일조선인은 어떤 사건을 통해 어떤 맥락에서 어떤 방식으로 표상되어 왔으며, 사건의 당사자라는 위치에서 재일조선인들은 어떤 대항 담론을 형성해 왔을까. 이 책에 수록된 글들은 주로 그동안 재일조선인 역사와 문학에서 중요한 사건으로 거론되었거나 반대로 잘 알려지지 않았던 사건들을 한일 관계와 북일 관계, 그리고 남북 관계의 상호 관련 속에서 다시금 기억하기 위한 시도이다. 하지만 이 책은 1960년대 후반에서 1980년대 초반까지 한국과 일본 사회를 '충격'에 빠뜨린 재일조선인 사건들만 다루고 있는 것은 아니다. 이 책은 사건이 어떻게 재일조선인을 둘러싼 사회적 기억의 중심에 놓이며 현재화하는가 하는 시간의 축과, 그리고 그 사건들이 제2차 세계대전 이후의 일본사회와 한국사회, 그리고 그 안팎의 마이너리티 사회와 어떻게 접속할 수 있는가 하는 공간의 축을 교차시켜 바라볼 수 있는 방법으로 각 장들을 구성했다.

1부 <재난의 표상과 공동체의 기억>에는 각각 해방 전과 후에 일본에서 발생한 조선인의 집단적 죽음에 관한 사건을 중심에 두고, 그것이 일본 내의 조선인 단체나 재일조선인 작가, 그리고 일본 시민사회 속에서 기억되고 기록되는 방식을 고찰한 두 편의 논문을 실었다. 두 사건이란 1923년의 간토(關東)대지진 조선인 학살사건(제1장)과 1945년의 우키시마마루(浮島丸) 침몰 사건(제2장)을 말한다. 두 논문을 통해, 기억을 공유하는 마이너리티이자 과거의 피식민자 집단인 재일조선인 사회의 정체성 형성,

그리고 다수자 집단으로 이루어진 시민사회와의 관계 형성이 해방 전후 발생한 집단적 죽음을 매개로 한다는 의미에 대해 생각해볼 수 있을 것이다.

2부 <'사건'의 교차와 횡단>에 실린 세 편의 논문은 1968년 일본에서 발생한 김희로 사건(제3장)과 1970년 양정명의 분신자살 사건(제4장), 그리고 1974년 한국에서 '문세광 사건'으로도 알려진 육영수 여사 피격사건(제5장)이 각각 도미무라 준이치라는 오키나와 출신자의 글쓰기와 재일조선인 문학을 통해 트랜스내셔널한 파장을 만들어 내는 장면들을 포착한다. 이를 통해 재일조선인 사건이 결코 재일조선인 문학사나 역사라는 범주 속에만 위치하는 것이 아니며, 오히려 일본 내의 민족적 · 정치적 · 계층적 마이너리티가 서로 교차하는 곳, 나아가 한일 관계와 북일 관계, 그리고 남북 관계라는 복잡한 냉전 질서가 교차하는 바로 그곳에 위치해 있었음을 알 수 있을 것이다.

3부 <분단 디아스포라와 '사건'의 불온성>은 1970~80년대 대한민국에서 수차례 발생한 재일조선인 '간첩 사건'에 관한 자기 서사와 문학적 전유를 고찰한 네 편의 논문으로 이루어져 있다. 알다시피 해방을 과거 식민본국에서 맞은 조선인들이나 그 자손들로 이루어진 재일조선인 사회에서 '조국'의 분단은 일상을 공유하는 친족 네트워크와 지역 공동체 내부의 분열로 경험되었다. 뿐만 아니라 사상적으로 지향하는 체제와 고향이 서로 어긋나는 많은 재일조선인들은 그 중 어느 곳으로도 자유로이 돌아가기 어려운 상태에 놓였다. 이승만 정권의 재일조선인에 대한 '기민정책' 이후, 그들을 대한민국 지지자로 포섭하기 위한 정책을 펼친 박정희 정권은 오히려 무수한 잠재적 '반역자'들을 감시하고 통제함으로써 그들을 불온한 존재로 만들었다. 여기 수록된 글들이 주목하는 '간첩'으로서의 재일조선인 표상은 그와 같은 국가의 명명학적 통치 방식을 역설적으로 보여주는 것이라 할 수 있다. 구체적으로는 한국문학에서 '재일조선인 간첩 이야기'가 그러한 이데올로기적 표상에 대해 어떠한 비판적 기능을 수행하는가(제7장), 또한 재일조선인 문학에서 '재일동포 간첩 사건'은 어떠한 정치적 · 문화적 함의를 갖는가(제8장)를 다룬다. 또 한편으로는 실제 '간첩 사건'으로 고초를 겪은 서승 · 서준식의 텍스트(제6장) 및 김병진의 텍스트(제9장)를 통해, 당사자로서 재일조선인의 글쓰기가 국가권력의 사상검열에 대해 어떠한 파열음을 내면서 윤리적 · 정치적인 가능성을 보여주는지 논한다.

"이만 번의 밤과 날에 걸쳐 모든 것은 지금 이야기되어야 한다"(『장편시집 니이가타』)고 한 김시종의 시구와도 같이, 이 책은 어디선가는 끊임없이 누군가에 의해 이야기되어 온 사건, 하지만 결코 '다수성'의 시각에서는 이야기될 수 없으며, 바로 '지금'이야말로 이야기되어야만 하는 모순적인 사건'들'에 대한 역사적 · 문화정치학적 탐색의 시도이다. 각각의 글들을 통하여, 학살, 재난, 자살, 범죄, 간첩과 같은 단어들로 압축되는 재일조선인 사건에 관한 표상이 어떻게 만들어진 것이며, 그 과정에서 선택되고 배제된 것, 드러나고 은폐된 것은 무엇인지를 살필 수 있을 것이다. 나아가 재일조선인 작가나 지식인, 그리고 사건의 당사자들이 그것에 대해 이야기함으로써 무엇을 지키고자 했으며 되찾고자 했는지, 다시 말해 '식민주의의 아이콘'으로서의 재일조선인 사건을 '마이너리티의 아이콘'으로 전유하기 위해 어떤 대항적 담론과 서사를 만들어 갔는지 그려볼 수 있기를 바란다.

2021년 7월

필자들을 대신하여

박광현, 조은애 씀

: 차례

제3부 분단 디아스포라와 '사건'의 불온성

제1부

재난의 표상과 공동체의 기억

제1장

1923년 간토대지진 조선인학살 사건이 재일한인 사회에 주는 현재적 의미

—민단과 총련의 주요 역사교재와 『민단신문』의 기사를 중심으로—

김인덕

□ 在日韓人歴史資料館　第９回企画展

関東大震災から90年、清算されない過去

－写真・絵・本からみる朝鮮人虐殺－

竹久夢二『東京災難画信ー六、自警團遊び』
(都新聞、1923年9月19日掲載)

2013年8月31日(土)～12月28日(土)

会　　場 ： 在日韓人歴史資料館 企画展示室

入 館 料 ： 無　料（常設展示室は有料、大人200円・学生100円）

◆ **記念セミナー「関東大震災90周年・朝鮮人犠牲者追悼」**

・日　時：9月14日（土）14：00～17：00

・『朝鮮人虐殺をどうみるかー日本の朝鮮観の形成』

講　師：姜徳相（在日韓人歴史資料館館長）

・『関東各地における虐殺実態と真相究明活動の現状』

ー神奈川県：山本すみ子（関東大震災時朝鮮人虐殺90年神奈川実行委員会）

ー東京都：西崎雅夫（追悼する会、ほうせんか）

ー千葉県：平形千恵子（千葉、追悼・調査実行委員会）

参考資料
姜徳相『関東大震災』中央公論社、1975。姜徳相,琴秉洞編『現代史資料.6　関東大震災と朝鮮人』みすず書房、1963。企画展示「関東大震災時の朝鮮人虐殺と国家・民衆」実行委員会編『「関東大震災時の朝鮮人虐殺と国家・民衆」資料と解説』2010。関東大震災時に虐殺された朝鮮人の遺骨を発掘し追悼する会編『関東大震災時 朝鮮人虐殺事件東京下町フィールドワーク資料』(2011)；『関東大震災時・朝鮮人関連「流言蜚言」・東京証言集』(2012)ほか多数。

＊事前に申し込みが必要です。在日韓人歴史資料館まで、電話・FAX・メールのいずれかでご連絡下さい。

在日韓人歴史資料館　〒106-8585 東京都港区南麻布 1-7-32 TEL 03-3457-1088 / FAX 03-3454-4926

1. 서론

지금부터 약 2년 전의 일이다. 『한겨레신문』 2015년 9월 1일자에 일본 도쿄 스미다구 요코아미초공원에서 1일 오후 열린 '간토대지진 92주년 조선인 희생자 추도식'에 재일동포[1]들과 일본 시민들이 조선인 희생자 추모비에 헌화했다고 기록하고 있다.[2] 그리고 다음의 기사가 실려 있다.

> 1923년에 발생한 간토대지진(관동대지진) 92주년을 맞은 1일 오후 1시, 이일만 도쿄조선인강제연행진상조사단 사무국장이 도쿄 스미다구 요코아미초공원에 서 있는 조선인 희생자 추모비의 비문을 손으로 가리켰다. 그의 설명에 따라 비를 바라보니, '추모'라는 커다란 글자 아래 "이 역사를 영원히 잊지 않고, 재일 조선인과 굳게 손을 잡고 일조친선, 아시아의 평화를 세우겠다"는 비문이 눈에 띄었다. 공원 쪽에선 92년 전 간토대지진이 발생한 시간인 오전 11시 58분 44초에 맞춰 당시 희생된 넋들의 명복을 비는 종을 울렸다.
>
> 이 사무국장은 "이 비가 만들어진 것은 간토대지진이 일어난 지 50년이 지난 1973년이었다. 당시 일본인들이 이런 비를 만든 것은 대단한 일이었지만 92년 전 간토대지진 이후 벌어진 조선인학살을 일으킨 주체가 누구인지 알 수가 없게 되어 있다. 92년 전 학살과 같이 다른 민족을 차별하고 배제하는 흐름이 '헤이트 스피치'(혐한시위) 등에서 드러나듯 현재 일본 사회로 이어지고 있다"고 말했다. 1일 이 비 앞에서 열린 '간토대지진 92주년 조선인 희생자 추도식'에선 '울밑에선 봉선화'의 구슬픈 배경 음악이 흐르는 가운데 총련계 재일동포들과 일본 시민 400여명이 당시 숨진 이들을 위해 묵념과 헌화를 했다.[3]

---

1) 본고는 별도의 주가 없으면 일본에 사는 한민족을 통칭하여 '재일동포'라고 한다. 그리고 필요에 따라 '재일조선인', '조선인', '한인' 등의 용어도 병용한다.

2) 『한겨레신문』, 2015.9.1.

1923년 간토대지진 당시의 참상과 관련하여 일본변호사연맹은 2003년 8월 "국가는 당시 벌어졌던 학살에 대한 진상규명을 하고 학살 피해자·유족들에 대해 책임을 시인하고 사죄해야 한다."는 권고를 내놓았다. 2009년에는 학살 현장인 스미다강 주변 야히로 전철역 부근에 일본 군·경과 시민의 책임을 분명히 한 최초의 추모비도 세워졌다. 그러나 일본 정부는 시민사회의 이런 노력에 역행하는 모습을 보이고 있는 것이 사실이다.

일찍이 1945년 이후 재일동포 사회는 간토대지진 조선인학살을 기억하고 기념하고자 했다.[4] 그 가운데는 여러 활동이 지속되어 왔다. 총련[5]과 민단[6]의 움직임, 여러 재일동포 연구자와 활동가의 일본인 사회와의 공동 조사, 연구, 세미나 등의 활동이 전개되었다. 그 가운데 민단의 움직임은 거의 논의된 일이 없다고 할 수 있다.

본고는 이 가운데 1923년 간토대지진 당시 조선인학살에 대한 최근 재일동포 사회의 모습을 보기 위해 작성되었다. 이를 위해 먼저 재일동포 사회의 1923년 간토대지진 조선인학살에 대한 일반적 이해를 민단과 총련 두 조직의 역사교과서를 통해 검토할 것이다. 그리고 재일동포 사회의 한 지형을 차지하는 민단계 사회의 움직임에 주목하겠다. 필자는 최근 『민단신문』의 지난 10년 동안의 기사를 통해 그 내용을 파악하고자 한다.[7]

---

3) 『한겨레신문』, 2015.9.1.

4) 鄭榮桓, 「解放直後の在日朝鮮人運動と「關東大虐殺」問題」, 關東大震災90週年記念行事實行委員會 編, 『關東大震災記憶の繼承』, 日本經濟評論社, 2014.

5) 재일본조선인총련합회의 약칭이다. 이하 총련으로 한다.

6) 재일본대한민국민단의 약칭이다. 이하 민단으로 한다.

7) 『민단신문』의 주요 기사와 관련 재일동포 사회의 활동에 주목한다. 민단계의 실제 움직임을 제한된 자료에 기초해 검토해 보고자 한다. 총련의 동향은 추후의 논문에서 시도해 보겠다.

2. 재일동포 사회의 1923년 간토대지진 조선인학살에 대한 역사교과서 서술

1) 재일동포의 역사교과서 제작과 서술

재일동포는 1945년 해방과 함께 전국적인 규모의 조직을 결성했다. 재일본조선인연맹[8)]이 그것이다. 당시 조련은 민족교육을 통해 정주하는 재일동포의 구심적인 역할을 했다. 민족교육과 관련하여 조련은 적극적이었다. 제도교육화를 시도한 이런 조련은 1946년 2월 초등교재편찬위원회를 두었고, 1948년 6월 14일 새롭게 교재편찬위원회로 개편했다.[9)] 교과서 편찬의 책임은 임광철이 맡았다.[10)] 조련의 교재 편찬 가운데 정체성과 관련 과목으로 국어, 역사 등이 있었다. 역사 교재로는 『조선역사교재초안』(상)(중)(하)를 편찬했다.[11)] 당시 한국사 교재인 『조선역사교재초안』은 우리 역사에 대한 인식의 틀을 살펴 볼 수 있는 대표적인 교재이다.[12)]

『조선역사교재초안』(상)은 단군부터 고려시대, 『조선역사교재초안』(중)은 '이조사', 『조선역사교재초안』(하)는 한일합방부터 해방까지의 독립운동소사로 구성했다. 통일되지 않은 서술방식을 유지하고 있지만 '우리 역사'의 동력을 내부에서 찾고 유물사관에 기초하면서 대중적 이해를 시도했다. 또한 민족적 문제에 주목하고 대외관계를 무시하지 않았다.

이 가운데 『조선역사교재초안』(하)의 장, 편의 구성과 목차 내용을 정리

---

8) 이하 조련으로 약칭한다.

9) 김인덕, 『재일조선인 민족교육 연구』, 국학자료원, 2016.

10) 김인덕, 「임광철의 재일조선인사 인식에 대한 소고」, 『사림』(59), 수선사학회, 2017.

11) 魚塘, 「解放後初期の在日朝鮮人組織と朝連の教科書編纂」, 『在日朝鮮人史研究』(28), 1998, 109쪽.

12) 이하의 일부 내용은 필자의 선행 연구를 참조한다(김인덕, 『재일본조선인연맹 전체대회 연구』, 경인문화사, 2007).

해 보면 다음과 같다.

〈표 1〉『조선역사교재초안』(하)의 목차

책명	장, 편	목차 내용
『조선역사교재초안』(하)	제1장	1905년 이등박문의 제1대 통감 부임
	제2장	민간의 반대와 폭동과 헤이그사건
	제3장	해외의 투쟁과 1910년 한일합방
	제4장	1910년 이후 국내외 독립운동
	제5장	1919년 3.1독립운동
	제6장	상해 독립운동
	제7장	동경 유학생운동
	제8장	공산주의운동
	제9장	광주학생운동과 신간회
	제10장	광주학생운동 이후 독립운동
	제11장	종합

1949년 9월 조련은 관련 산하 조직인 민청 등 4개 단체와 함께 폭력단체로 규정되어 해산명령을 받았다. 1950년 4월 조련이 해산된 다음에 조련의 계속 조직으로는 1951년 1월 재일조선민주전선[13]이 결성되었다. 그리고 이 민전의 발전적 해소가 결의되고, 1955년 5월 25일 민전과 조방위[14]가 해산되고 총련이 조직되었다.

현재 일본의 이 총련 산하의 총련계 조선학교의 교과서는 민족의식의 고취와 폭넓은 과학지식과 기술을 습득시키기 위해, 그리고 일본에서의 생활과 활동에 충분히 대응할 수 있게 하는 것을 목표로 했다.[15]

13) 이하 민전으로 약칭한다.

14) 조국방위위원회의 약칭이다.

15) 『총련』, 재일본조선인총연합회, 2005, 47쪽.

특히 조선학교에서는 국어와 함께 사회과의 교육에 큰 관심을 갖고 있다. 이들의 한국사 교육의 목적은 5천년이 역사를 공부하여 민족적 자부심을 고취하는데 있다. 특히 초등학교용 교과서에서는 역사적 인물, 문화유산, 한국사의 상식적인 사실을 이야기 식으로 구성하고 있다. 중등학교용에서는 원시시대부터 3·1운동에 이르는 역사를 중요한 사항을 시대별로 취급하고 있으며, 고등학교용에서는 사회 역사 발전법칙에 따라 원시, 고대, 중세, 현대의 역사를 구체적으로 심도 있게 학습하도록 되어 있다.[16]

총련계의 역사교육에서 역사 교과서 편찬은 핵심 사업의 하나였다고 여겨진다.[17] 조련은 조직을 결성한 이후 학우서방을 통해 각종 역사 교과서를 출판하고 있다. 민족교육이 북한 교육의 일환으로, 북한의 방침에 따라 교육의 목적, 방법, 운동이 요구되었다.[18] 즉 북한의 해외공민으로 '귀국'을 전제로 북한사회주의 건설에 기여하는 인재교육에 초점을 맞춘 교육내용을 체계화했다. 특히 1957년 4월부터 북한이 보낸 교육원조비는 교과서 출판 사업에 물적 기반이 되어, 총련은 염가의 교과서를 공급해 왔다.

1960년대 후반 총련은 주체사상에 따라 교과서도 사상교육의 수단으로 간주되어, 김일성의 역사와 사상을 반복적으로 취급하게 된다.[19] 이후 1970년대에는 일본의 정세 변화에 따라 재일조선인의 생활에 기반한 교육 내용을 수립하기 위해 교과서를 대대적으로 수정하게 된다. 1983년도부터는 교과서가 개편되어 초중고에서 반복적으로 진행했던 김일성의 역

---

16) 卞喜載·全哲男, 『いま朝鮮學校で—なぜ民族教育か—』, 朝鮮青年社, 1988, 187쪽.

17) 김인덕, 「在日朝鮮人總聯合會의 歷史教材 敍述體系에 대한 小考—『조선력사』(고급3)를 중심으로—」, 『한일민족문제연구』(14), 2008.6.

18) ウリハッキョをつづる會, 『朝鮮學校ってどんなとこ?』, 社會評論社, 2007, 135쪽.

19) 이하 내용은 필자의 책을 참조한다(김인덕, 『재일조선인 역사교육』, 아라, 2015).

사에 대한 교육이 한 번으로 정리되었고, 일본의 정치, 경제, 문화에 대한 상식적인 지식이 교수되었다.

1986년 총련 제14차 전체대회는 변화하는 환경과 재일동포 사회의 실정에 부합되게 모든 활동에 있어 개선작업이 진행되었다. 교과서 편찬사업도 대대적으로 개편되어 1995년에 가서 완료되었다. 신설된 30개 교과의 교과서를 비롯하여 123책의 전 교과서가 새롭게 집필되었다. 내용은 물론 집필형식부터 편집방법, 사진과 삽화에 이르기까지 모두 개편되었다. 당시 개편의 포인트는 "민족의 자각과 국제 감각을 갖은 인재양성"이었다.

2003년에는 1995년까지 개편의 후속 조치로 부분적인 개편이 진행되었는데, 일본의 교육과정을 염두에 두면서 일본의 실정에 부합하는 내용으로 진행되었다.

역사교육과 관련해서 2005년 고등학생용으로 새롭게 『조선력사』(고급3)(학우서방 간행)이 간행되었다. 여기에서는 1995년판과 대동소이함을 보이고 있는데, 다소 차별적인 내용은 원시 · 고대편의 제2장 '노예소유자사회'가 '노예소유자사회와 고대국가'로 서술한 부분과 근대편의 제1장 제목에서 '구미자본주의'라는 표현에 대신해서 '유미자본주의'로 기술하고 있는 부분 정도이다.[20]

이상과 같이 총련의 교과서는 상식적인 수준에서 생각하면 북한의 지침을 그대로 수용했을 것으로 생각하기 쉽다. 그러나 실제 내용을 보면 첨삭이 있는 것을 확인할 수 있다.

그런가 하면 민단계로 최근에는 분류되는 건국학교에 재직했던 김충일

20) 총련계 중학생용 『조선력사』(중급3)(학우서방, 2006)도 간행되었다. 목차는 다음과 같다. "10. 1920년대 민족해방투쟁/ 11. 1930년대 민족해방투쟁의 발전/ 12. 조국광복/ 13. 1920년대-1940년대 전반기 문화."

에 의해 1978년 6월판『國史』가 초등학교용으로 교과서가 만들어졌다. 서울서점에서 만든 이 책은 1978년 6학년의『國史』를 편집 번역한 책으로 보인다. 일반적인 한국의 역사 교과서와 동일한 모습이라고 생각된다.[21)]

2006년 간행된 실제적인 민단의 역사관을 보여주는 교재는『역사 교과서 재일 코리언의 역사』(明石書店, 2006)[22)]이다. 민단 산하의 중앙민족교육위원회가 주도하여 만들었다. 2005년 연말에는 오사카한국인회관에서 집필자들이 직접 교과서 작성을 위한 연속 강좌인 '재일의 역사(在日の歷史)'를 네 번에 걸쳐 열기도 했다. 그리고 개정판도 냈다.

『역사 교과서 재일 코리언의 역사』는 내용이 크게 둘로 나뉘어 있다. 해방 전과 해방 이후의 '재일조선인'의 역사와 사회에 대해 서술하고 있는데 주요 테마를 선택하고 이에 주목하는 서술경향을 보이고 있다. 그러나 해방 이후 재일동포사를 서술할 때 동포 자신에 대한 시점이 약하고, 다양한 역사적 사실에 대한 인식 등에서 한계를 보이고 있다.

2) 1923년 간토대지진 조선인학살에 대한 민단계와 총련계 역사교과서의 서술

그 동안 한국과 일본에서는 역사교과서를 두고 전쟁에 가까운 논쟁을 진행해 왔다. 왜곡된 역사서술은 한국 관련 분야 특히 근현대사에 많은 내용이 확인된다고 생각한다. 이 가운데 1923년 간토대지진 조선인학살에 대한 부분에서도 보였다.

1923년 간토대지진 조선인학살은 재일동포의 삶을 바꿔놓은 큰 사건

21) 이 책의 목차는 다음과 같다. "1. 한국민족과 역사의 시작/ 2. 삼국과 민족의 통일/ 3. 민족국가의 형성/ 4. 민족국가의 발전/ 5. 조선후기의 사회와 문화/ 6. 근대화에의 길/ 7. 대한민국의 발전 등이다"(김충일,『國史』, 서울서점, 1978, 6).

22) 신준수 외 옮김,『역사교과서 재일 한국인의 역사』, 역사넷, 2007.

이었다. 이 사건으로 절대 다수의 '조선인'은 죽어갔고, 피해자의 신원과 전체 숫자는 분명히 밝혀지지 않았다. 재일동포 민단계의 대표적인 역사 교재인 『역사 교과서 재일 코리언의 역사』는 다음과 같이 적기하고 있다.

> "조선인 피해자의 신원과 전체 숫자는 분명히 밝혀지지 않았지만, 5천명이라고도 하고 6천명이라고도 한다. 당시, 일본에 와 있던 재일조선인은 약 8만 명이기 때문에, 15명에 1명꼴로 희생되었다고 할 수 있다."(『역사 교과서 재일 코리언의 역사(在日コリアンの歴史)』, 36쪽)

필자는 1923년 간토대지진의 의미를 재일동포의 학살과 관련하여 언급한다면 재일동포의 동향이 서술되는 것이 당연하다고 생각한다. 그런데 일본 정부는 끌고 간 재일동포에 대해 정책적인 배려가 아닌 단지 지배와 통제로 일관했다. 그 내용은 다음과 같이 서술하고 있다.

> "미나미 총독의 목적은, 자기 임기 중에 조선 땅에 천황의 행차를 맞아들이는 것과 조선에 징병제를 포고하는 것이었다고 하는데, 침략이 토지나 물건을 넘어 민족의 마음까지 미치는, 이른바 민족 말살 정책이었다. 그래서 재일조선인에게도 일본의 풍습과 식생활을 배워 동화되라고 강요한 것이다."(『역사 교과서 재일 코리언의 역사(在日コリアンの歴史)』, 41쪽)

실제로 이러한 정책에도 불구하고 그 과정은 지난하다. 단순한 거부에서 조직적인 반대 투쟁까지 저항은 다양한 스펙트럼 속에서 일어났다.

그런가 하면 일본 내 재일동포를 상대로 한 교육 현장에서 개발된 중학 역사교과서 부교재도 있다.[23] 민단계 민족학교에서는 한국에서 제작된 교재를 사용하는데, 이에 대비하면 이 부교재는 주목된다. 여기에서

성시열 등의 필자는 개설적인 수준에서 1923년 간토대지진 조선인학살에 대해 개관하고 있다.

> 1923년 9월 1일 일본 도쿄 관동지역에 대지진이 발생하였습니다.—지진 후 일본에서는 사람들의 불안과 함께 유언비어가 돌았습니다. '조선인들이 폭동을 일으킨다', '조선인들이 우물에 독을 넣는다'—한국인으로 의심되는 사람 6000여 명이 학살되었습니다. 학살의 주범은 군대였으나 민간 일본인도 있었습니다.[24]

문제는 전체 상황을 보여주지 못하고 있는 점이다. 실제로 부교재의 한계를 갖고 있지만 제한된 지면과 필진의 한계는 부정할 수 없다.

한편 총련계의 역사 교재는 재일동포의 생활을 다루는 부분에서 전면적으로 서술하는 경향을 보인다. 1923년 간토대지진 조선인학살에 대해서는 교재의 10장인 '10. 1920년대 민족해방투쟁'의 5절인 '5) 1920년대 재일동포들의 생활과 투쟁'에서 서술하고 있다.

> 1923년 9월 1일 관동대진재가 일어났다.—일제는 이 기회에 정부에 대한 국민들의 불만을 딴 데로 돌리기 위하여 ≪조선인폭동≫의 류언을 함부로 퍼뜨리면서 조선 사람들을 박멸할 것을 계획하였다.[25]

그리고 1923년 간토대지진 조선인학살의 원인을 허위 선전으로 군대, 경찰, 민간 탄압기구가 조선인학살을 했다고 적기하고 있다. 구체적인 학

---

23) 성시열 외, 『한국사』, 일본 교토 국제학원 일본 오사카 금강학원소중고등학교, 2014.
24) 위의 책, 120쪽.
25) 『조선력사』 중급3, 학우서방, 2006, 37-38쪽.

살의 장소로 도쿄에서는 가메이도, 데라지마, 오지마, 아사쿠사, 후카가와, 가라스야마 등지와 가나가와에서는 가나가와철교, 노제야마, 구보야마, 도카다바시, 고야스, 지바에서는 후나바시, 나카야마, 우라야스, 마바시 등지, 사이다마에서는 구마가야, 홍죠, 진보하라, 메누마 등지, 군마에서는 후지오카 등지를 거론하고 있다.[26] 아울러 6,600여 명 이상이 학살당하고 수백 명의 중국 사람과 몇 명의 일본인 사회주의자도 학살되었다고 했다.[27]

실제로 이상과 같은 내용은 일본 역사교과서의 1923년 간토대지진 조선인학살에 대한 서술 태도와는 다르다. 2011년 일본 역사교과서의 서술 내용을 정리해 보면 다음과 같다.

〈표 2〉 2011년 일본 주요 중학교 역사교과서 1923년 간토대지진 조선인학살 관련 서술 현황[28]

교과서	핵심 서술 내용
東京書籍	"혼란 속에서 조선인과 사회주의자가 폭동을 일으킨다는 근거 없는 소문이 퍼지면서 많은 조선인과 중국인, 사회주의자 등이 살해당했습니다."(197쪽)
教育出版	"혼란 속에서 '조선인이 폭동을 일으켰다'는 유언비어가 퍼지면서, 주민이 조직한 자경단과 경찰·군대에 의해 많은 조선인과 중국인이 살해당하는 사건이 일어났습니다." (203쪽)
日本文教出版	"조선인이 우물에 독을 넣는다는 근거 없는 소문이 주민과 경찰에 의해 퍼져서 주민이 조직하는 자경단 혹은 군대와 경찰이 조선인 등 수 천명을 살해했습니다. 사건의 배경에

26) 『조선력사』 중급3, 38쪽.

27) 『조선력사』 중급3, 38쪽.

28) 『2011년 검정합격 일본 중학교 역사교과서 한국관련 번역 자료집』, 동북아역사재단, 2011.

	는 갑작스런 피해에 의한 정신적 혼란, 조선인에 대한 차별의식 등이 있었던 것으로 생각됩니다."(217쪽)
育鵬社	"교통과 통신이 끊긴 혼란 속에서 조선인과 사회주의자가 주민들이 조직한 자경단 등에게 살해당하는 사건도 일어났습니다."(199쪽)

이렇게 2011년 일본 중학교 역사교과서는 1923년 간토대지진 조선인 학살에 대해 다양한 서술 태도를 보이고 있다. 일본문교출판 같이 사건에 대해 자세히 서술하는 내용도 보이는 반면, 조선인학살과 관련해서 일본 사회주의자의 학살과 연계해서 서술하기도 했다. 특히 외국인 학살을 거론할 때 자경단의 역할을 강조하는 왜곡이 보이고 있다. 사건의 본질에 대한 접근을 서술에 전혀 반영하지 않고 있는 것이 주된 모습이라고 할 수 있다.

3. 최근 『민단신문』의 1923년 간토대지진 조선인학살에 대한 기사 내용

1) 1923년 간토대지진 조선인학살 관련 최근 일본사회의 한 모습과 민단의 기념

최근 일본사회의 우경화 바람은 그대로 재일동포에게 전이되고 있는 것이 현실이다. 일본 사회의 모습은 재일동포의 삶에 직접 투영되어 오고 있다. 작년 2016년 요코하마시 교육위원회가 시립 중학교 1, 2학년 학생 모두에게 배포할 예정인 역사교과서 부교재에 간토대지진 당시의 '조선·중국인 학살' 내용이 삭제 예정이어서 문제가 된 일이 있었다.[29)]

알려져 있듯이 요코하마지역은 1923년 간토대지진 조선인학살 관련 흔적이 있는 곳이다. 요코하마지역의 시민단체가 정보공개 청구를 통해 요코하마시 교육위원회가 제작하고 있는 부교재의 내용을 입수한 결과, 새 부교재에는 1923년 간토대지진으로, "개항 60년의 번영은 순식간에 잿더미로 되어버렸다"라고 간단히 기록된 것으로 확인되었다. 여기에서는 구체적인 사망자 수나 재해 상황, 학살 사실에 대한 언급은 없었다. 이렇게 새로 배포될 부교재 내용을 확인한 시민단체는 "요코하마에서 조선인과 중국인을 대상으로 다수의 학살이 있었음은 이미 증명됐다"며 학살 사실 및 그 배경을 게재하도록 요구했다.

실제로 2009년부터 2011년 판의 요코하마시 부교재에도 간토대지진 당시의 조선인에 대한 학살 내용이 왜곡된 일이 있었다. 조선인에 대한 박해, 학살은 자경단에 의해서만 일어났고, 군대는 자경단을 단속하기 위해 파견된 것이라고 기술했던 것이다. 한 시민은 군대와 경찰이 박해, 학살에 관련된 주체라고 주장하며 기술의 개정을 요구했고, 그 결과 12년 판에는 "군대와 경찰, 자경단 등은 조선인에 대한 박해와 살해를 저지르고 중국인도 살상했다"는 내용이 삽입되었다. 그리고 한 시민이 세운 '관동대지진 순난 조선인 위령비' 사진도 다시 게재되었던 일이 있었다.

특히 2012년 7월 일부 보수계열 시의원이 시의회에서 부교재의 기술을 거론하며, "우리나라의 역사인식과 외교문제에 매우 큰 영향을 줄 것"이라고 비판하는 등 부교재 개정의 목소리가 높아졌었다. 요코하마시는 2012년도부터 극우성향의 이쿠호사(育鵬社) 판 '중학교 사회 새로운 일본의 역사'를 쓰고 있는 만큼, 당시의 야마다 타쿠미(山田巧) 교육장도 "학살이란 말은 너무 강하다."라며 호응했다. 결국 2012년 판 '알아보는 요코

29) 『민단신문』, 2016.10.14.

하마'를 회수했고, 이듬해 개정에서 '군대, 경찰'의 문구는 삭제되었으며 '학살'은 '살해'로 바뀌었다.[30]

우경화의 분위기에서 이런 상황이 최근 일본 사회의 한 모습이라고 할 수 있다. 물론 다른 지형에서 소리를 내는 양심적인 일본인과 사회가 존재하는 것도 사실이다. 그렇지만 큰 일본 사회의 흐름은 인권과 식민지 과거사에 대한 청산의 필요성을 전제한다면 긍정적인 요소가 많이 줄어들고 있다.

한편 재일동포 사회는 1923년 간토대지진 조선인학살을 기억하는 일을 지속적으로 하고 있다. 특히 대중적인 사업은 부단히 전개되어 왔는데, 재일한인역사자료관이 90주년을 맞이하는 특별 전시를 했다. 아울러 세미나를 통해 그 내용을 알리고자 했다.[31] 그 내용은 다음의 <표 3>과 같다.

〈표 3〉 1923년 간토대지진 조선인학살 관련 재일한인역사자료관 90주년 행사

행사	내용
1) 재일한인역사자료관 제9회 기획전 "간토대지진으로부터 90년 청산되지 않은 과거－사진 · 그림 · 책에서 보는 조선인 학살"	· 기간: 2013년 8월 31일(土)~12월 28일(土) · 회장: 재일한인역사자료관 기획전시실 · 입관료: 무료(상설 전시실은 유료, 어른 200엔 · 학생 100엔) 1923년 9월 1일에 발생한 간토대지진으로부터 90년이 지났습니다. 재일한인역사자료관에서는 90년이 되는 올해 아직 진상이 밝혀지지 않은 간토대지진 당시의 조선인학살 사실을 당시의 사진 · 그림 · 책을 통해 되짚어봅니다. 기획전을 통해 90년 전에 무참히 희생된 분들을 추도하고 최근 일

30) 『민단신문』, 2016.10.14.
31) 재일한인역사자료관 홈페이지 참조.

	본 사회에서 일어나고 있는 배타주의의 원점이 어디에 있는지 간토대지진 당시의 조선인학살 역사를 통해 생각해 봅니다.
2) 기념 세미나 "간토대지진 90주년 조선인 희생자 추도"	· 일시: 9월 14일(土) 14:00~17:00 ·'조선인학살을 어떻게 볼 것인가-일본의 조선관의 형성' 강사: 강덕상(姜德相) 재일한인역사자료관 관장 ·'간토 각지에서의 학살 실태와 진상규명 활동의 현상' -가나가와현: 야마모토 스미코(山本すみ子) 간토대지진 조선인학살 90년 가나가와 실행위원회 -도쿄도: 니시자키 마사오(西崎雅夫) 추도하는 모임 봉선화 -지바현: 히라카타 치에코(平形千惠子) 지바 추도·조사실행위원회

이미 재일한인역사자료관은 2010년 제7회 기획전으로 '간토대지진 당시 조선인학살과 국가·민중'이라는 테마로 1923년 간토대지진 조선인학살을 다루기도 했다. 당시 전시는 사건의 시간적 흐름과 지역 내 구체적인 양상 두 가지 측면에서 조선인학살의 실태와 이를 은폐한 과정, 시민들에 의한 학살 해명과 추도 운동을 정리하여 1923년부터 현재까지를 전시했다. 아울러 기념 세미나를 열기도 했다.[32]

한편 고려박물관은 1923년 간토대지진 조선인학살 80주년 기획전으로

32) 그 내용을 정리하면 다음과 같다. ① 9월 11일 '지진 당시 조선인 학살을 파악한다—지역에서의 조사를 통해 밝혀진 것과 국가 책임'(강사: 다나카 마사카타=田中正敬), ② 10월 2일 '지진 때의 학살을 젊은 세대에게 어떻게 전할 것인가—슬라이드 작성을 통해 지바현에서의 학살을 전해'(강사: 니시자와 후미코=西澤文子) ③ 11월 6일 '역사를 전하자—도쿄 시타마치와 한국에서의 인터뷰를 하고'(강사: 야노 쿄코=矢野恭子)(재일한인역사자료관 홈페이지 참조.)

"조선인 학살과 신문보도"라는 전시를 열기도 했다.[33]

NPO法人 高麗博物館 企画展示

パネルと写真で見る関東大震災

朝鮮人虐殺と新聞報道

4年男子 山崎巌の絵

場所 千葉県中山 「一人の朝鮮人を20数名でいも畑に追い詰める図」

(東京都立復興記念館所蔵)

昨年、私たちは関東大震災80年の企画として『描かれた朝鮮人虐殺』展示で多くの方にご覧いただきました。所蔵館の協力を得て、今年はさらに、当時の様々な新聞が事件をどのように報道していたかをたどります。

新聞は大震災の数年前からどのようなイメージを流していたのか。

震災と同時に「朝鮮人が襲ってくる」というデマが流され、官民一体の虐殺が始まったが、それはどのように仕組まれ、広まったのか。その事実はどのように隠されてきたか。

これらの事実を知ることは、今日の北朝鮮に関するメディアのあり方や、在日外国人に対する態度を考える上で大切な視点を与えてくれます。

みなさまのご来館をお待ちしております。

日時 2004年8月18日(水)~10月17日(日)

正午~午後5時 休館日 月・火曜

大人 200円 / 高校生以下 100円 /小学生以下無料

※地図は裏面にあります

パネル展示 解説と質疑応答：みんなでトークイン

8月18日（水）午後２：００～ （7階移転新設オープニングの日）

講師：山田昭次 氏 (元立教大学教授)

著書 関東大震災時の朝鮮人虐殺――その国家責任と民衆責任 創史社2003年 ほか

9月1日（水）午後２：００～ （関東大震災から81年目の日）

講師：姜徳相 氏 (滋賀県立大学名誉教授)

著書 関東大震災・虐殺の記憶 青丘文化社2003年 ほか

이와 관련한 『민단신문』의 보도 내용을 보면 다음과 같다.[34]

<u>신문보도로 되살아나는 칸토(關東)대지진의 악몽—고려박물관 '기획전시'</u>

관헌(官憲)의 거짓 정보를 따라 조선인 멸시 자극

칸토대지진의 혼란 속에서 6,600명 이상의 조선인이 학살된 지 올해로 81

33) 고려박물관 홈페이지 참조.

34) 『민단신문』 2004.9.8.

년이 되었다. 민단은 각지에서 제사를 지내는 등, 다시 한 번 희생자를 추모했다. 시민 차원에서는 당시의 신문보도를 모아, 학살의 배경에 강한 조선인 멸시 풍토가 있었음을 강조하는 기획도 화제가 되었다.

칸토대지진이 발생한 직후, 관헌에 의해 고의로 유포된 '조선인 폭동'의 거짓 정보가, 이상한 형태로 증폭되어 도호쿠(東北), 홋카이도(北海道)에까지 전달된 사실을 밝히는 기획전 「조선인 학살과 신문보도」가 도쿄 신쥬쿠(東京 新宿)의 미니역사자료관 고려박물관에서 열리고 있다.

당시의 칸토, 토호쿠, 하코다테(函館) 지방의 대표적인 지방지였던 「도쿄일일신문」, 「호쿠리쿠타임즈」, 「카호쿠신보」, 「시모츠케신문」 등에서 16점이 판넬로 전시되고 있다.

1923년 9월 3일자의 「하코다테일일신문」에는 '조선인 등이 변장하여 입경한다'는 제목이 붙어 있었다. 같은 달 5일자 신문을 보면, '야수와 같은 조선인 폭동', '악마의 손, 수도에서 지방으로−강도, 강간, 약탈, 살인이 그들의 목적'이라며, 근거도 없이 민중의 불안을 조장하고 있음을 알 수 있다.

그중에서도 '강간'이라는 거짓 정보가 '당시 일본인의 민족적인 감정을 비정상적으로 자극하여, 배타적인 감정을 이끌어 냈을 것'임에는 틀림이 없다. (판넬 해설문으로부터 발췌)

조선인 폭동의 거짓 정보는 지진이 일어난 1일 저녁부터 관헌이 의도적으로 유포했던 사실이 지금까지의 연구에서 명백히 밝혀졌다. 2일에는 사이타마현(埼玉縣) 내무부장관이 군청을 통해 모든 마을에 문서로 통지하여, 3일에는 후나바시(船橋)해군 무선전신송신소를 통해 전국으로 송신되었다는 것이 결정적인 증거다.

지진이 일어난 1923년 5월 1일 노동자의 날 당일, 치안당국은 조선인과 일본인 노동자의 연대를 걱정해, 사복 경관을 포함해 5,000명으로 철저한 경계태세를 갖추고 있었다.

> 3·1독립운동 당시, 조선인의 격렬한 저항에 부딪친 것은 일본인 기억에 생생하게 남아 있어, 조선인에 의한 반일운동에 대한 우려와 멸시감이, 관헌에 의한 거짓 정보 유포로 이어져, 왜곡된 신문보도로 이어졌다는 설이 유력하다.
>
> 이번 기획전은 강덕상 시가현립대학 명예교수와 야마다 쇼지(山田昭次) 릿쿄대학 명예교수의 협력으로 이루어졌다.
>
> 기획전은 10월 3일까지 열린다. 화요일 휴관. 개관 시간은 정오부터 오후 5시까지. 문의: 03-5272-3510

당시 전시에서는 강덕상교수와 야마다 쇼지교수의 전시 설명과 질의 및 응답 시간을 통해 조선인학살의 진상을 적극 알리고자 했다. 계기 전시를 통한 조선인학살에 대한 소개로는 의미있는 전시였다.

2) 『민단신문』의 1923년 간토대지진 조선인학살에 대한 기념 —최근 10년(2003-2013년)의 기사를 중심으로[35]

알려져 있듯이 『민단신문』은 1996년 5월 1일자로 출범했다. 이전에 민단의 기관지는 『조선신문』에서 그리고 『신조선신문』, 『민단신문』, 『민주신문』, 『한국신문』을 거쳐 현재에 이르고 있다.[36] 특히 기관지 명칭을 『민단신문』으로 개칭함과 아울러 지면의 칼라화를 통해 충실하게 만들었다.

이런 『민단신문』은 지난 10년 동안 1923년 간토대지진 조선인학살과 관련하여 기사를 지속적으로 싣고 있다. 그 내용을 정리해 보면 다음 <표 4>와 같다.

---

35) 일단 필자는 1923년 간토대지진 조선인학살 80-90주년의 최근 기사를 대상으로 그 내용을 파악하고자 한다.

36) 재일본대한민국민단 홈페이지 참조.

〈표 4〉『민단신문』의 최근 10년 1923년 간토대지진 조선인학살 관련 주요 기사

날짜	기사 제목	주요 기사 내용
2004-09-08	마음에 새기는 학살의 기억	〈사실규명 촉구하여—도쿄(東京)에서 추념식〉 칸토(關東)대지진 제81회 순난동포 추도식이 1일, 한국 중앙회관에서 열려, 주일대사관의 조백상(趙百相)참사관을 비롯하여, 민단 중앙본부와 도쿄본부의 간부들 160여명이 희생자의 명복을 빌었다. 도쿄본부의 주범식(朱範植)부단장은 경과보고에서 “일본은 국제공헌을 호언장담하기 전에, 우리 민족에 대한 중대한 인권침해 사실에 대해, 국제적 · 도의적 책무를 다해야 한다”고 비판했다. 이시향(李時香)단장도 추념사에서 “학살의 사실을 명백히 밝히지 않은 가운데, 왜곡된 역사교과서가 채택되었다”며 울분을 표명하고, “두 번 다시 비참한 역사를 반복하지 않기 위해, 동포사회의 화합과 단결에 전력을 쏟겠다”고 강조했다. 식전에서는 중앙본부의 김재숙(金宰淑)단장을 비롯하여 참례자 전원이 헌화하고, 지진이 일어난 오전 11시 58분에 묵념을 올렸다.
2004-09-08	신문보도로 되살아나는 칸토(關東)대지진의 악몽 —고려박물관 '기획전시'—	〈관헌(官憲)의 거짓 정보를 따라 조선인 멸시 자극〉 칸토대지진의 혼란 속에서 6,600명 이상의 조선인이 학살된지 올해로 81년이 되었다. 민단은 각지에서 제사를 지내는 등, 다시 한 번 희생자를 추모했다. 시민 차원에서는 당시의 신문보도를 모아, 학살의 배경에 강한 조선인 멸시 풍토가 있었음을 강조하는 기획도 화제가 되었다. 칸토대지진이 발생한 직후, 관헌에 의해 고의로 유포된 '조선인 폭동'의 거짓 정보가, 이상한 형태로 증폭되어 토호쿠(東北), 홋카이도(北海道)에까지 전달된 사실을 밝히는 기획전「조선인 학살과 신문보도」가 토쿄 신쥬쿠(東京 新宿)의 미니역사자료관 고려박물관(송부자(宋富子)관장)에서 열리고 있다.

2004-09-08	<칸토(關東) 대지진> 학살진상, 잊혀지게 하지 않겠다	〈역사 왜곡에 위기감―공생으로의 교훈 살릴 때〉 1923년 9월 1일에 발생한 칸토대지진으로부터 81년이 되는 이 날, 재일동포와 일본인인사 등은 각지에서 추도집회를 열고, 역사의 풍화와 왜곡을 용서하지 않겠다는 각오를 새롭게 했다. (…중략…) 동포들은 또한, 1995년 1월의 한신 아와지(阪神 淡路)대지진의 재해 중심부가, 한국・조선인, 중국인, 베트남인 등 외국인 거주지면서 폭동・약탈없이, 국적・민족을 의식않고 이웃을 도왔던 사실을 알고 있다. 그 재해 지구인 민단 효고현(兵庫顯)본부에서 1일, 「방재 대책위원회」가 발족, 위원장에 취임한 하정순(河政淳)씨는 "재해는 국적과 민족을 불문하고 닥친다. 민단은 앞장서 지역사회에 공헌할 것이다"고 밝혔다. 칸토대지진 81주년에 즈음하여, 일본의 시대적 공기에 위기의식을 갖는 반면, 이 말의 의미를 전체 동포사회가 공유해, 일본사회에 발신할 필요성도 높아지고 있다.
2005-09-07	<민론단론> 칸토(關東) 대지진 학살의 진상 규명 서둘러야	〈칸토대지진의 사망자수 재조사 움직임〉 칸토대지진의 사망자, 행방불명자를 '14만2천여 명'에서 '10만5천여 명'으로 수정하려는 움직임이 일본 학회에서 확산되고 있다. 시정촌의 개별 데이터와 다양한 자료를 재검토한 결과, 행방불명자(원문-'해방불명자')와 사망자가 3만~4만 명 규모로 중복되었다는 사실이 밝혀졌기 때문이다. 이번 재조사는 조선인 학살의 실태에 대해서도 공개적으로 재조명할 기회가 되어야 한다. 미국에서도 1906년에 일어난 샌프란시스코 대지진의 사망자를 재조사하고 있다. 내년 100주년을 앞두고, 샌프란시스코 시의회가 올해 1월에 결의했다. 당시, 차별과 편견 때문에 일본과 중국에서 이민한 사람이 희생자로 계산되지 않았을 가능성이 높다고 한다. 결의에서는 '정확히 사망자수를 파악하는 것이, 희생자를 바르게 기억하고, 피해의

		크기를 전달하는 길'이라고 말하고 있다. 칸토대지진으로부터 82년, 일본정부와 관계 자치체에도 그러한 정신이 필요하다.
2005-09-07	칸토대지진 동포 희생자 기리며	〈동포 학살의 진상규명 포기할 수 없어〉 1923년 9월 1일 칸토(關東)지방을 덮친 진도 7.9의 대지진은 14만 명을 넘는 사상자 · 행방불명자를 낸 대참사였을 뿐 아니라, 약 6,500명이나 되는 동포가 학살된 잔혹한 역사로서 기억되고 있다. 그날로부터 82년이 지난 1일 한국중앙회관에서는 칸토대지진 순난동포 추념식이 엄숙하게 거행되어, 중앙본부와 도내 민단 간부 등 150여 명이 희생자의 명복을 빌며 불행한 역사를 두번다시 되풀이하지 않겠다는 다짐을 새로이 했다.
2007-08-29	<전국민단> 9월 행사예정	〈민단 관련행사〉 ◆도쿄(東京) ▽본부「제84주년 칸토대지진 순난동포 추도식」= 1일 11시 30분 / 중앙회관— ◆카나가와(神奈川) ▽본부「제84회 칸토대지진 동포 위령제」= 1일 11시 30분 / 호쇼지(寶生寺)—
2007-09-05	<칸토대지진 84주년 추념식> 공생사회 반드시 실현해야	도쿄 미나미아자부(南麻布)의 한국중앙회관에서 거행된 제84주년 칸토대지진 순난동포 추념식에는 민단 중앙본부의 정진(鄭進) 단장, 김광승(金廣昇) 의장 등 간부와 민단 도쿄 본부, 부인회, 청년회 간부를 비롯하여 약 150명이 참례했다. 도쿄 본부의 김수길(金秀吉) 부단장은 경과보고에서 "지진 발생 후 84년, 전후 62년이 지난 지금도 일본은 희생자에 대한 보상책임을 다하지 않은 것은 물론 여전히 사실을 은폐하려 하고, 역사적 범죄를 지워버리려 하고 있다"고 지적.
2007-09-13	칸토대지진 84주년을 맞이하여 한국 국내에서도 재일조선인 학살의 진상규명과	3일에는 '아히나무 운동본부'(김종수=金鍾洙 대표)가 일본 관계단체와 함께 서울시내의 국회의련회관 소회의실에서 희생자를 위한 추도집회와 한일역사 심포지엄을 개최했다. 일본에서는 시가현립대학 명예교수 강덕상(姜德相, 재일한인역사

	명예회복을 요구하는 목소리가 높아지고 있다.	자료관 관장)씨와 야마다(山田昭次, 전 릿쿄=立教대학 교수)씨 등이 참가, 칸토대지진시 조선인 학살의 진상 및 일본의 국가책임과 민중책임에 대해 발표했다. 관련행사로 송부자(宋富子, 고려박물관 관장)씨가 종래의 일인연극 '재일 3대사'에 칸토대지진 한국인 학살 내용을 담아 약 1시간동안 공연했다.
2008-10-01	'오사카 특별전' 반향 퍼져	학교교육에 반영–앙케이트〈처음으로 알게 된 조선인 학살〉 관람자가 쓴 앙케이트를 보면, 칸토대지진 때의 조선인 학살 사실에 충격을 받았다는 사람이 일본인들 사이에 세대를 초월하여 두드러지게 눈에 띄었다. 미에현에서 왔다는 30대 여성은 "학살 사진을 보고 마음이 아팠다"고 썼다. 마찬가지로 60대 남성(오사카)은 "두 번 다시 이런 일이 있어서는 안 되며 용서받지 못할 일"이라고 기술했다. 그 중에는 전시중의 침략전쟁, 전중의 강제연행, 위안부, 군인 · 군속, 전후의 차별 등 일본인에게 알리고 가르쳐 나가야할 것 투성이다.
2008-11-27	<칸토대지진> 잊어서는 안 될 학살의 역사 —추도비 건립 준비—	〈독지가가 사유지 제공〉 칸토대지진 발생시에 수많은 동포가 학살당한 도쿄 스미다구(墨田區)의 아라카와(荒川)방수로 둑방 아래. 그 현장에서 그리 멀지 않은 구 요츠기바시(四ツ木橋) 옆에 추도비를 세우고자 시민단체가 올가을부터 구체적인 준비를 시작했다. 건설 예정지가 될 사유지는 이미 확보, 추도비 기금도 400만엔 가까이 모였다. 부족분 600만엔은 내년 여름 건립을 목표로 널리 민중차원에서 모금을 호소해 나갈 예정이다. (…중략…) '그룹 호센카' 대표이자 前 교원인 니시자키(西崎雅夫 · 49, 스미다구 거주)씨는 당시를 회고하면서 "아연 실색했다. 가해의 역사는 그 풍화를 가속시키는 힘이 강하게 작용한다. 그러나 피해자측의 아픔은 결

		코 풍화시켜서는 안 된다. 지금 필요한 것은 진실과 마주하는 힘"이라며 다시 한 번 추도비 건립을 맹세했다고 한다.
2009-05-14	칸토대지진 학살 잊지 말자 —도내 자선콘서트 개최—	1923년 9월 칸토대지진 당시, 유언비어 등으로 인해 도쿄 스미다구(墨田區)의 아라카와(荒川) 하천부지에서 학살당한 수많은 재일조선인을 추도하는 자선콘서트 & 토크 '봉선화의 밤'이 4월 29일 구내 히키부네(曳舟) 문화센터에서 열렸다. 사건을 풍화시켜서는 안 된다는 취지로 증언 발굴과 추도식전에 힘써온 동포와 시민이 실행위원회를 구성했다. 도쿄와 오사카를 거점으로 라이브 활동을 하고 있는 이정미(李政美)씨와 조박(趙博)씨의 공연(共演)이 실현, 화제를 불러 약 600명이 회장을 가득 메웠다.
2009-09-03	칸토대지진 86주년 추념식	〈비극 재발방지 맹세〉 도쿄 미나미아자부(南麻布)에 있는 한국중앙회관에서 거행된 제86주년 칸토대지진 순난동포 추념식에는 민단 중앙본부의 정진 단장, 황영만(黃迎滿) 의장, 김창식(金昌植) 감찰위원장 등 간부, 부인회 중앙본부의 여옥선(余玉善) 회장, 민단 도쿄본부, 부인회, 청년회 간부를 비롯하여 약 200명이 참례했다. 도쿄 본부의 김수길(金秀吉) 부단장은 경과보고에서 "한국인은 학살에 있어서도 나라가 없기 때문에 항의는커녕 조사 요구도 못했다"고 지적, 지진 후 86년, 전후 64년이 지난 오늘도 여전히 일본이 희생자에 대한 보상책임을 지지 않는 것은 물론 사실을 은폐하여 사건의 전모가 밝혀지지 않은 점을 비판했다.
2010-09-08	칸토대지진 87주년 추념식	〈'한일 새로운 100년' 공생 맹세〉 도쿄 미나미아자부(南麻布)의 한국중앙회관에서 거행된 제87주년 칸토대지진 순난동포 추념식에는 민단 중앙본부의 정진 단장, 황영만(黃迎滿) 의장 등 간부, 부인회 중앙본부의 여옥선(余玉善)

		회장, 민단 도쿄 본부의 김용도(金龍濤) 단장 등 간부, 각 지부 지단장, 부인회, 청년회 간부를 비롯하여 약 160명이 참례했다. 도쿄 본부의 김보웅(金保雄) 부단장은 경과보고에서 "한국인은 학살을 당하더라도 국가가 없기 때문에 항의는 물론 진상의 조사요구도 하지 못했다"고 지적, 지진재해 후 87년, 전후 65년인 오늘도 일본국가가 희생자에 대한 보상책임을 다하지 않을 뿐 아니라 사실을 은폐하고 학살의 전모가 밝혀지지 않았다고 비판했다.
2013-08-29	칸토 대지진·조선인 학살로부터 90년 —'마음의 방재' 불가결—	〈음의 기능을 주시〉 특정 소수 약자를 표적으로 증오를 토해내는 헤이트 스피치 집단은 인터넷 보급에 의한 정보화시대의 산물이다. '인터넷우익' 내지는 '넷토우요'라고 멸시당하면서도 세력을 확대하고, 조직적으로 공공연히 가두에 진출해 왔다. 증오나 유언비어를 순식간에 확산시키는 인터넷이라는 음의 기능에 경종을 울리지 않을 수는 없다. 칸토 대지진이라고 하는 미증유의 천재가 가해자 집단을 형성시키고, 있어서는 안 되는 학살을 낳았다. 어떠한 패닉에 빠지더라도 천재가 인적 참사로 전화되지 않도록 그 가능성을 극소화하는 훈련이 불가결하다. 일본은 거대한 지진과 해일의 흔적을 먼 과거에까지 거슬러 올라가 조사하고 교훈으로 삼음으로써 천재에는 안이한 판단을 하지 않고, 최악의 사태를 상정하는 태도를 기르는데 열심이다. 그와 마찬가지로 칸토 대지진 때의 가해행동에서도 깊이 배워야 한다. 관계 당국에 보이는 학살사실의 은폐 등은 당치도 않은 일이다.
2013-12-26		학살 90년 칸토대지진으로부터 90년이 된 9월 1일, 칸토 각지 민단에서는 추념식을 갖고 비극이 되풀이 되지 않기 위해서라도 공생 사회를 실현하자는 뜻을 새롭게 다졌다. 사진은 이종일(李鍾

		一) 지단장이 큰절을 올린 민단 치바 후나바시 지부의 제사.

민단은 1923년 간토대지진 조선인학살과 관련하여 추념식과 세미나, 전시회, 사진전 등을 통해 기념하고자 했다. 주로 기억과 기념을 시기별 주요 잇슈와 연동했고, 추념을 하고자 했다. 특히 민단은 중앙 단위의 기념을 적극 진행했다. 이는 1923년 간토대지진 조선인학살의 간토라는 지역성에 기인한 것으로 판단된다.

민단의 이런 기사의 내용은 제한적인 활동상을 반영하는 것으로 추정하게 만드는 부분도 있다.[37] 아울러 도쿄지부 단위의 행사 기사도 보인다.[38]

그런가 하면 2005년 9월 7일자 『민단신문』은 논단을 통해 1923년 간토대지진 조선인학살에 대해 주목하고 있다. "칸토(關東)대지진 학살의 진상 규명 서둘러야"한다면서 다음의 네 가지 사실을 기술하고 있다.[39]

> ■ 칸토대지진의 사망자수 재조사 움직임
>
> 칸토대지진의 사망자, 행방불명자(원문-'해방불명자')를 '14만 2천 여 명'에서 '10만 5천 여 명'으로 수정하려는 움직임이 일본 학회에서 확산되고 있다. 시정촌의 개별 데이터와 다양한 자료를 재검토한 결과, 행방불명자(원문-'해방불명자')와 사망자가 3~4만 명 규모로 중복되었다는 사실이 밝혀졌기 때문이다. 이번 재조사는 조선인 학살의 실태에 대해서도 공개적으로 재조명할 기회가 되어야 한다. (…중략…) 칸토대지진으로부터 82년, 일본정부와 관계 자치체에도 그러한 정신이 필요하다.

---

37) 구체적인 서술은 별고를 통해 시도하겠다.

38) 지부나 지회 단위의 추념식도 있었을 것으로 보인다.

39) 『민단신문』 2005.9.7.

■ '세계의 대치욕'

조선인 학살이라는 이상 사태 발생에, 일본의 많은 양식적인 지식인이 충격을 받았다. 그러나 조선인 학살에 대해서는 대부분이 침묵하고 있다. 그런 가운데 이 사태를 정시한 소수의 참된 일본 지식인이 있었다.

조선인 희생자의 정확한 수는 지금도 확정되지 않고 있다. 진재 직후에 도일한 상하이(上海) 주재 조선계 신문사가 파견한 실지조사단의 검증에 따르면 희생자는 6,400명에서 6,600명으로 추정된다. 근거 가운데 한 가지가 진재 후, 수용소에 보내진 도쿄와 가나가와의 조선인이 11,000명에서 14,000명 정도로 (…중략…) 6,500명 전후라는 숫자는 실태와 그리 다르지 않다고 생각된다.

■ 일본인도 공격 당해

대진재 발생 직후, 도쿄 시내는 대혼란 상태에 빠져, 다음날인 9월 2일 계엄령이 선포되었다. 명분은 '폭동의 발생'이다. 이날 다음과 같은 무전 내용이 해군선교송신소에서 내무성 경보국장명의로 전국의 경보국 지방장관에 보내졌다.

'도쿄 부근의 진재를 이용하여, 조선인은 각지에 방화하고, 불량한 목적을 이루고자 지금도 폭탄을 소지하고 도쿄 시내를 맴도는 자, 석유를 뿌리고 방화하는 자도 있다. 벌써 도쿄에서는 일부 계엄령이 선포되었으므로, 각지에서 충분히 시찰하여 조선인의 행동에 대해서는 엄밀한 취조를 할 것.'

이 전문은 전국을 돌아, 2일 저녁에는 벌써 도쿄와 요코하마(横浜)에서 자주적인 자경단이 결성되어, 3일에는 칸토 각지에 자경단을 조직하라고 경보국이 지령을 내렸다.

신극의 배우, 연출가로 전쟁 전부터 활약하고 있던 센다코레야(千田是也, 본명은 이토쿠니오)는 19살 때 와세다대학 청강생 시절에 칸토대지진을 경험했다. 그는 자택이 있던 요츠야(四ツ谷) 부근 센다가야(千駄ケ谷)에서 자경단의 공격을 받았다. 그 경험을 잊지 않고자 센다코레야라고 예명을 바꾼 일화는 유명하다. (…중략…) 당시 민속학자로 저명했던 오리쿠치 시노부(折口信夫)씨는 오키나와 여행에서 돌아오는 중, 고베항에서 칸토대지진 소식에 접한다. 구호선에 승선하여 요코하마항을 경유해 도쿄 자택에 돌아가려던 9월 4일에 후카가와 부근에서 자경단에 둘러쌓이게 된다. 그 당시의 경험을 '사나케부리(砂けぶり)'라는 시로 표현했다.

전쟁 전에는 야나기타 쿠니오(柳田國男)와 함께 비교적 국순적인 경향을 지닌 오리쿠치였지만 조금 추상적으로나마 신도 두려워하지 않는 자경단에 의한 학살행위에 강한 분노를 표현하고 있다.

■ 지식인의 분개

시인으로는 하기와라 사키타로우(萩原朔太郎)가 '조선인 또 살해되어, 그 피 백리 간을 잇는다, 나 분노에 찬다, 이 무슨 참극이냐'라고 학살에 대한 분노를 시로 남겼다. 당시 인기 작가 (…중략…)는 칸토대진재에 대해 각지에 10편 이상의 문장을 남겼는데, 그 가운데 학살에 대해 직접 다룬 것이 있다.

자경단이란 각 세대의 가장이나 그 대리인이 반드시 나와 마을 내 요소를 경호하는 것이었다. 아구타가와의 집에서는 감기를 앓은 날 이외에는 가장 류노스케가 자경단에 참가하고 있었다. 그 때의 경험을 '모 자경단의 말'이라는 문장에 남겼다.

"우리는 서로를 불쌍히 여겨야 한다. 하물며 살상을 즐기는 것은… 개도 상대를 죽이는 것은 의논에 이기는 것보다 쉽다"라고 강한 표현으로 자경단의 행위를 비판하고 있다. 아구타가와는 자경단에 참가해 목격한 죽창과 곤봉 등을 손에 쥐고 이상한 흥분 상태로 조선인을 쫓는 사람들에게 심한 혐오감을 느꼈다. (…중략…) 우파의 문화인이라고 알려진 키쿠치 칸이 조선인학살을 비판한 점은 주목할 만하다.

조선인 학살에 대해 부정적인 입장에서 언급한 문학자는 비교적 많지만, 그러한 사상가와 학자는 거의 없는 가운데 유일하게 예외라고 말할 수 있는 존재가 당시 도쿄대학의 교수였던 요시노 사쿠조우(吉野作造)였다. '조선인 학살사건에 대해'라는 논문에서 "보이는 대로 남녀노소 가리지 않고 조선인을 오살(鏖殺)한 것은 세계의 무대에서 얼굴을 내밀지 못할 대치욕"이라고 당시로서는 용기 있는 지적을 했다.

일본의 관계당국은 당시의 정곡을 찌르는 발언이 일본인의 양심임을 상기하고, 진재 100년을 맞이해 재조사를 실시하는 샌프란시스코 시의회의 결의의 의미를 명심해야할 때가 왔다.

또한 『민단신문』 가운데 1923년 희생자 발생지역을 중심으로 간토대지진 조선인학살 관련 행사가 진행된 것은 주목된다.[40]

◆ 도쿄(東京)

▽본부 「제84주년 칸토대지진 순난동포 추도식」 = 1일 11시 30분 / 중앙회관

◆ 카나가와(神奈川)

▽본부 「제84회 칸토대지진 동포 위령제」 = 1일 11시 30분 / 호쇼지(寶生寺)

◆ 치바(千葉)

▽후나바시(船橋) 지부 「제84회 칸토대지진 피살동포 위령제」 = 1일 11시 30분 / 지부 회관

◆ 이와테(岩手)

▽추도비관리위원회(민단 · 총련 · 일본단체) 「제12회 합동 추도식」 = 3일 11시 / 이와테(岩手) 산업센터 부지내 추도비 앞

40) 『민단신문』 2007.8.29.

◆ 사이타마(埼玉)

▽혼죠시(本庄市) · 카미사토마치(上里町) · 쿠마가야시(熊谷市) 「제84주기 칸토대지진 한국인 희생자 위령제」 = 1일 9시 / 혼죠시(本庄市, 나가미네=長峰묘지) · 카미사토마치(上里町, 안세이지=安盛寺) · 쿠마가야시(熊谷市, 메모리얼사이운=彩雲)

이렇게 2007년의 도쿄를 비롯하여 가나가와, 지바, 이와테, 사이타마 지역에서 행사가 있었다. 2007년 전후 이들 지역에서는 지속적으로 1923년 간토대지진 조선인학살을 기억하고자 하는 행사가 있었을 것이다.

4. 결론

본고는 재일동포 사회에서의 민단계의 1923년 간토대지진 조선인학살에 대한 최근의 대응 모습을 확인하기 위해 작성했다. 이를 위해 필자는 1923년 간토대지진 조선인학살에 대한 민단계 교과서의 서술 태도를 보았고, 이와 비교사적 관점에서 총련계의 서술태도를 정리해 보았다. 특히 그 전제로 재일동포의 역사교과서 서술의 주요 흐름을 살펴보았다.

총체적인 민단의 1923년 간토대지진 조선인학살에 대한 인식을 위한 전제로 그 내용을 정리해 보면, 먼저 총련의 교과서는 상식적인 수준에서는 북한 교과서와 유사하다고 생각하기 쉬우나, 실제 내용을 보면 가감이 있다고 생각된다. 민단의 『역사 교과서 재일 코리언의 역사』는 재일동포의 역사와 사회에 대해 테마식 서술을 하고 있고, 특히 전후사 서술에서는 자기 자신에 대한 시점이 약하고, 다양한 역사적 사실에 대한 인식 등에 한계가 보인다. 그리고 조선인 피해자의 신원과 전체 숫자는 분명히 밝혀지지 않았고, 5천명이라고도 하고 6천명이라고도 사망자를 추정하면서, 재일동포의 학살과 관련하여 재일동포의 움직임이 보이지 않는다.

반면 총련교과서는 1923년 조선인학살의 원인을 허위선전으로 군대, 경찰, 민간 탄압기구가 조선인을 학살했다고 기술하고, 구체적인 학살의 장소로 도쿄에서는 가메이도 등지와 가나가와, 지바, 사이타마, 군마 등지를 명기했다. 또한 6천 6백여 명 이상이 학살당하고 수백 명의 중국 사람과 몇 명의 일본인 사회주의자도 학살되었다고 구체적으로 서술하고 있다.

필자는 『민단신문』의 최근 10년 동안, 2003년 전후부터 2013년 전후의 1923년 간토대지진 조선인학살 관련 80-90주년 사이의 기사를 통해 민단의 대응 모습을 살펴보았다. 민단은 주로 그 기억과 기념을 추념식, 세미나, 강연회, 전시회 등을 통해 진행했다. 그리고 역사교과서에 적극 서술했다. 지역적으로는 도쿄와 그 주변이 중심지였다. 전국적 규모의 행사도 없지는 않았다. 현장 조사나 희생자 조사 그리고 일본인 연구자 및 지역 조사단과의 연대 사업은 자료상으로 확인되지 않았다.

재일동포 사회는 일본의 시민사회와 함께 오랫동안 1923년 간토대지진 조선인학살에 대해 기억하고 기념하고자 했다. 민단과 총련의 재일동포의 두 대표적인 현존 단체를 비롯해, 학자, 활동가 등이 여러 지형에서 적극 활동했다.[41]

41) 실제로 1923년 간토대지진 조선인학살에 적극 주목한 재일동포 사회는 관련 학자와 총련계의 사람이었다. 이들의 움직임은 전술한 정영환 등의 연구와 총련 사회의 각종 출판물을 통해 확인이 가능하다.

제2장

죽음을 기억하는 언어들

—우키시마마루(浮島丸) 사건의 다언어적 표상—

조은애

이만 번의 밤과
날에 걸쳐
모든 것은 지금 이야기되어야 한다
—『장편시집 니이가타』 중에서

1. 1945년 8월의 마이즈루가 이야기하는 것, 이야기하지 않는 것

일본의 패전 직후, 교토(京都)부 북쪽의 항만도시인 마이즈루(舞鶴)에는 만주, 한반도, 시베리아 등의 '외지'로부터 '히키아게(引揚げ)', 즉 귀환하는 일본인들을 태운 선박들이 쇄도했다. 일본 인양원호국에 의해 이곳이 전국 18개 지역의 공식 인양항으로 지정되었기 때문이다. '붉은벽돌(赤れんが) 기념공원' 등 일본 개항의 역사를 간직한 곳으로도 유명한 이 마이즈루는, 그곳을 통해 수많은 일본인들이 '본토'에 상륙한 패전 직후의 순

간을 다양하게 전시하고 있는 인양기념관이 자리한 곳이기도 하다. 2015년에는 이곳에 소장된 자료 전체가 유네스코 세계기록유산에 등재되어 화제가 되었다.[1]

기념관에 들어서자마자 보이는 모니터에서는 만주, 조선, 동남아시아, 시베리아 등으로부터 귀환길에 오른 일본인들의 '고난'의 여정과, 이들의 일본 도착 후 이루어진 '환영'과 '재회'의 장면들이 반복적으로 재생되고 있다. '어머니 항구(母なる港)', '전후 인생의 출발점' 등의 코너명은 1945년 8월 15일 직후의 마이즈루가 지닌 장소성을 적확하게 상징한다. 죽음을 무릅쓰고 일본으로 돌아온 자들의 육신을, 혹은 그 과정에서 목숨을 잃은 자들의 혼을 끌어안는 모성의 이미지는 전시실 내부뿐만 아니라 기념관 경내에 설치된 다양한 조형물을 통해 형상화된다. 그 중 하나로서 '대화(語らい)'라는 이름을 지닌 석상에 대해, 기념관에서 펴낸 자료는 "인양의 역사나 전쟁의 비참함 및 평화의 존엄함, 이향에서 죽은 사람들의 진혼 등에 대해 함께 이야기한다는 의미로 제작"되었다고 설명하고 있다.[2]

근대 일본의 개항 도시이자 패전 직후 일본의 인양항이기도 했던 마이즈루는, 이처럼 '근대 일본'과 '전후 일본'이라는 근현대 일본의 주요 출발점을 상징하는 사건의 장소로 이야기되어 왔다. 하지만 또 한 가지의 중요한 '출발'에 관한 사건이 이곳 마이즈루에 일어났다는 사실은 앞의

1) 2015년 10월 10일 유네스코 본부가 웹사이트를 통해 공개한 2014-2015년의 세계기록유산 명단에는 마이즈루의 인양관계자료(Return to Maizuru Port－Documents Related to the Internment and Repatriation Experiences of Japanese(1945-1956))와 함께, 중국의 난징대학살, 한국의 유교책판 및 KBS특별생방송 '이산가족을 찾습니다' 등 47개의 자료가 등록되어 있다. 참고로, 같은 해 한국에서는 일본군 '위안부' 관계자료의 등재를 신청했으나 선정되지 않았다.

2) 『舞鶴引揚記念館図録』, 舞鶴市(舞鶴引揚記念館), 2015.9, 66쪽. '어머니 항구'·'전후 인생의 출발점' 등의 표현은, 전시관의 각 코너에 부여된 명칭에서 따온 것이다.

두 사실에 비하면 드물게 이야기되어 왔다. 아니, '붉은벽돌 기념공원'이나 '인양기념관'처럼 국가적 차원의 기념 행위라는 관점에서 본다면 이 또 다른 사건은 마이즈루에서 이야기되지 않은 것이나 다름없다고 할 수 있다. 이하에서 다룰 내용은 바로 그 '이야기되지 않은' 사건을 서로 다른 관점에서, 서로 다른 언어로 이야기하고자 한 몇 가지 시도들에 관한 것이다.

마이즈루의 해안도로 한켠에는 갓난아기의 시체를 안은 한복 차림의 여성 주변으로 물살에 휩쓸려가는 사람들의 고통스러운 모습을 표현한 조형물이 서 있다. 이 조형물의 정식 명칭은 '우키시마마루 순난자의 비(浮島丸殉難者の碑)'이다. 이 기념비는 1945년 8월 24일 마이즈루 시모사바카(下佐波賀) 반도 연안에서 일어난 '우키시마마루 사건'의 희생자들을 추도하기 위해, 1978년 교토의 한 시민단체가 제작한 것이다.

우키시마마루 사건이란, 1945년 8월 22일 아오모리현(青森縣) 오미나토항(大湊港)에서 조선인 수천 명을 귀환시키기 위해 출항한 해군 특별운송선 우키시마마루가 이틀 뒤 애초의 목적지였던 부산이 아닌 교토의 마이즈루만(舞鶴湾)에서 침몰한 사건을 말한다. 일본정부 측의 공식적 발표에만 따르더라도 524명의 조선인이 이 사고로 사망했다. 탑승한 조선인 중 대다수는 아시아·태평양전쟁 말기 아오모리현의 대규모 공사현장에 강제동원되어 '다코베야(タコ部屋)'라고 불리던 임시숙사에서 생활한 노동자들이나 전쟁 전부터 건너와서 재주하고 있던 노동자들이었다.[3] 마이즈루만에서 일어난 원인 불명의 '폭침'으로 인해 수백 명이 한꺼번에 사망했

---

3) 다코베야란 주로 일본 패전 전까지 홋카이도나 가라후토 등의 탄광에서 가혹한 노동을 강요받은 노동자들이 집단으로 거주하던 숙소를 말한다. 여기에 한번 들어가면 문어 포획용 항아리인 '다코쓰보(蛸壺)' 속에 들어간 문어처럼 다시 나올 수 없다는 데에서 유래한 어휘이다.

으며 사체와 유골은 대부분 수습되지 못했다. 사건 직후 진행되었어야 할 진상 조사는 이루어지지 않은 채 1950년 후생성 인양원호국에서 작성한 보고가 이후 일본정부의 공식 입장을 오랫동안 대변해 왔다.[4)]

이 사건은 전후 재일조선인의 출발을 기술하는 대목에서 종종 가장 앞선 사건으로 기록되었다. 예를 들어, 2015년 이와나미 신서로 간행된 『재일조선인: 역사와 현재(在日朝鮮人一歴史と現在)』는 '전전(戰前)' 편과 '전후(戰後)' 편으로 나누어 재일조선인을 둘러싼 문제에 대해 서술하고 있는데, '전전' 편과 '전후' 편 모두, 일본에서 발생한 조선인의 집단적 죽음에 관한 사건을 각각 언급하고 있다. '전전' 편에서는 간토대지진 직후에 발생한 조선인 학살사건을 다루고 있으며, '전후' 편에서는 귀환 과정에서 일어난 '비극적 사건'으로서 종전 직후의 우키시마마루 침몰사건을 언급하고 있다. 물론 두 사건이 저술 내에서 차지하는 비중에는 큰 차이가 있다. 간토대지진 당시의 조선인 학살사건은 하나의 항목으로 상세히 다뤄지지만 우키시마마루 사건은 '전후 재일조선인의 출발'이라는 항목에서 "귀환에 따른 비극"으로 짧게 언급된다.[5)]

기억의 공유와 이를 통한 공동체의 결속이라는 측면에서도 두 사건은 비교할 만하다. 해방 직후 결성된 재일본조선인연맹은 일본 내에서뿐만 아니라 서울에서도 매년 간토대지진 조선인 학살의 희생자들을 추도하는 행사를 열었고 이는 조선의 매체에도 크게 보도되었다.[6)] 그것은 식민 본

---

4) 1950년 2월 28일 일본 인양원호청제2복원국 잔무처리과장이 GHQ참모부 및 극동미해군 사령부 앞으로 제출한 보고서. 당시 잔무처리과장이었던 나카지마 지카타카(中島親孝)의 보고 내용은 다음의 서지를 참조. 中島親孝, 「浮島丸問題について」, 『親和』, 1954.12, 18-21쪽. 이 보고 이후 일본정부가 고수하는 폭침의 원인은 '촉뢰'로 일관되었으며 1990년대 들어 시작된 일련의 소송 과정에서도 피고측 일본정부의 입장은 이 최초의 보고에서 별다른 변화를 보이지 않았다.

5) 「まえがき」, 水野直樹 · 文京洙, 『在日朝鮮人一歴史と現在』, 岩波書店, 2015, 87쪽.

6) 「7千同胞 追悼, 日政에 眞相發表要求—震災記念日에 在日朝聯 談話」, 『自由新聞』, 1947.

국에서 발생한 피식민자의 희생을 극적으로 상기시키고 동일한 피식민의 경험을 가진 '민족'의 기억을 되살리는 역할을 했다. 그런 면에서 간토대지진 조선인 학살에 관한 기억은 그 기억을 공유하는 집단적 아이덴티티의 형성이라는 의미에서 '전후 재일조선인'의 상징적 출발에 중요하게 관여했다고 볼 수 있다. 뿐만 아니라 그것은 국민국가 건설의 열기가 고조된 해방기 조선 사회 내부의 분위기와 결합하며, 식민지 기억을 공유하는 공동체로서의 '민족'이라는 존재를 상기시켰다.

하지만 해방 후 재일조선인의 역사적 '출발'이나 그 '기원'은 항상 패전/해방과 '귀환'의 내러티브 혹은 그것의 잔여 · 역전 · 중지를 통해 설명되었다는 점 또한 기억할 필요가 있다. 전후 재일조선인 사회란, 당연하게도 '돌아가지 못한/않은 자들'을 중심으로 형성된 사회였던 것이다. 그런 점에서 '귀환에 따른 비극'이었던, 그것도 최초이자 최대의 비극이었던 우키시마마루 사건이 지니는 상징적 의미는 작지 않다. 1960년대에 김달수가 소속된 신일본문학회 및 아사히신문사 기자 등에 의해 집필된 『일본과 조선』 시리즈 4권 중에도, 우키시마마루는 "되찾은 조국으로" 돌아가는 과정에서 일어난 비극의 상징, 또는 "무사히 귀국할 수" 없었던 "인양자(引揚者)"의 표상으로 다루어진다.[7] 윤건차의 『자이니치의 정신사』에서 해방후 "귀환의 양상"이라는 항목의 가장 첫 줄을 차지하는 것 역시도 "일본정부가 귀환대책을 전혀 강구하지 않는 중에 조선인들은 계속해서 인양항으로 쇄도하여 바다를 건너 고향으로 돌아가려 한" 상황 속에 발생한 우키시마마루 사건이었다.[8]

9.2.

7) 中薗英助, 「在日朝鮮人 · その歴史と背景, 金達壽外, 『シリーズ日本と朝鮮4―日本の中の朝鮮』, 太平出版社, 1966, 72쪽.

8) 윤건차, 박진우 외 옮김, 『자이니치의 정신사: 남 · 북 · 일 세 개의 국가 사이에서』, 한겨

우키시마마루 사건은 '되찾은 조국으로' 돌아가지 못한 자들인 재일조선인의 비극적 '출발'을 가리키는 사건으로서 기억되어 왔지만, 한편으로 그것은 오랜 기간 정치적으로 쟁점화되거나 공론화되지 못한 채 많은 소문과 유언비어를 낳았다. 소문의 내용은 주로 우키시마마루의 침몰 원인에 관한 것이었다. 생존자나 사건 현장의 주민들 사이에서는, 패전 후 조선으로 운항하는 것을 두려워한 일본 해군의 승조원들이 배를 고의로 폭파했다는 소문이 돌았다. 사건 직후 정확한 진상조사 없이 오랜 시간이 흘렀기 때문에 정확한 승선 인원이나 사망자 수조차 파악되지 않았다. 따라서 일본 정부가 발표한 524명을 훌쩍 뛰어넘어 사망자만 수천 명에 이를 것이라는 추측도 무성했다. 승선한 조선인의 신분 확인 및 승선・귀환 경위의 파악에 있어 중요한 단서가 될 오미나토 지역 강제노동에 관한 조사 또한 뒤늦게 착수되었다.[9] 물론 생존자의 증언을 바탕으로 하고 있는 경우도 많았기에 소문이 모두 터무니없는 것은 아니었다. 사고 당시 물에 빠져 표류하던 중 일본인 어부에게 구조된 한 생존자는 우키시마마루가 사고 직전 항로를 벗어나 동해의 일본측 연안으로 접어들었고 배가 폭발하기 직전 승조원들이 구명정을 배에서 내리는 것을 보았으며, 외부 압력에 의한 폭발시 솟아야 할 물기둥이 보이지 않았다는 이유로 "일본 승무원들이 배를 폭파시키기로 하고 배 안에 폭탄을 장치했을 것"이라고 주장했다. 그는 "고향에 돌아와서도 너무 억울해 정권이 바뀔 때마다 진상규명을 요구했으나 정부는 아무런 성의를 보이지 않았다"고 하소연했

레출판, 2016, 122쪽.

9) 1965년에 출간된 박경식의 『조선인 강제연행의 기록』에서도, "8월 22일에는 전 일본군 어용선 우키시마마루가 홋카이도 광산에서 강제노동에 사역되고 있던 조선인 징용노동자 2,838명"을 태우고 있었다고 하며 아오모리현 오미나토 지역에서의 노동자들을 홋카이도 광산 노동자들과 혼동하여 표기하고 있다(朴慶植, 『朝鮮人强制連行の記錄』, 未來社, 1965, 100-101쪽).

다.[10] 우키시마마루 사건은 현장 근처에 사는 사람들에게조차 생소한 사건이었으며, 한국의 경우 1990년대 이후 피해자·유족들의 집단소송과 한국 참여정부에 의한 진상조사 및 자료집 공개 등을 통해 뒤늦게 알려지기 시작했다. 우키시마마루 사건 관련 소송은 1989년부터 준비 작업을 거쳐 1992년부터 2003년까지 일본 법정에서 진행되었으며, 한국에서는 2005년 일제강점하강제동원피해진상규명위원회에 의한 조사가 결정되었다. 우키시마마루 사건 소송의 쟁점은 ① 일본국가의 도의적 의무와 손해배상 책임, ② 안전배려의무 위반에 기초한 손해배상 책임, ③ 입법부작위에 기초한 손해배상 책임, ④ 유족들의 유골반환 청구, ⑤ 시효 문제와 '한일청구권협정'의 규정성 등이었다. 제1심 재판부는 "우키시마호의 출항 및 승선시 정황을 고려할 때 일본국에게는 안전배려의무가 있으므로, 원고들 중 승선 후 피해를 입은 사실이 확인된 15명에게는 일괄 300만 엔을 지급하도록 결정"하며 '부분승소' 판결을 내렸다. 이에 피고측인 일본국은 1955년 이미 시효기간 10년이 만료되었고 1965년의 한일협정으로 양국간 청구권이 "완전하고 최종적으로 해결되었다"는 주장을 내세워 항소했고, 항소심 재판부는 원심 판결을 뒤집어 배상금 지급결정을 취소했다.[11]

한편 재일조선인 사회에서 그것은 오랫동안 '환영'이나 '착각', '거짓' 등을 함의하는 '마보로시(幻)'의 해난사건/학살사건으로 전해졌다. 사실이라고는 도저히 받아들일 수 없는 역사적 실재라는 점에서는 우키시마마

10) 「인터뷰—우키시마호 폭침사건 진상규명회 회장 김태석씨」, 『한겨레』, 1995.8.24, 18면. 그는 1943년 25세의 나이로 일본에 징용당하여 아오모리현의 이사와 비행장에서 근무하던 중 해방을 맞았고 우키시마마루에 탑승했다. 1991년에는 사고 당사자들과 함께 '우키시마호 폭침사건 진상규명회'를 결성했다.

11) 이연식, 「자료 해제」, 『우키시마호사건소송자료집』Ⅰ, 일제강점하강제동원피해진상규명위원회, 2007, 10-19쪽.

루 사건의 발단에 해당하는 시모키타 반도의 오마(大間) 철도 공사나 다코베야 노동 또한 '마보로시' 같은 것이었다.[12]

이 글은 이처럼 집단적 죽음이라는 단 하나의 명료한 사실 외에는 모든 것이 불투명하게 남아 있는 우키시마마루 사건을 둘러싸고 발생한 이야기하기/글쓰기의 정치에 대해 생각해보고자 한다. 어떤 사건이 집단기억화하고 그것이 공동체의 통일성과 영속성을 보장하는 동력으로 작용하기까지에는 기억-서사로서 재구성되는 과정을 거친다. 다시 말해 어떤 사건에 대한 기억은 사건 자체로서가 아니라 항상 서사로서 계승된다. 우키시마마루 사건 역시, 그것을 이야기하고자 하는 시도들이 망각의 위협 앞에서 위태롭게 존재해 왔다. 우키시마마루를 기억하고 그것을 문화적 표현물 속에서 되살려 내고자 한 시도들을 찾아, 그 각각의 역사적 맥락과 주체의 역학에 대해 생각해 보는 것이 이 글의 목적이라고 할 수 있다.

먼저 2절과 3절에서는 1959년 개시된 재일조선인의 '귀국' 사업으로 인해 가시화된 재일조선인의 '조국'으로의 '귀환' 가능성 앞에서, '불가능한 귀환'의 시작이었던 우키시마마루 사건을 소환하는 것이 어떠한 의미를 지니고 있는지, 두 재일조선인 작가의 텍스트를 통해 비교해 보고자 한다. 또 4절에서는 우키시마마루 사건을 일본 사회에 알리기 위한 시민활동의 연장선에서 1990년대에 제작된 한 편의 영화를 통해, 일본인에게 우키시마마루 사건은 어떻게 기억되고 재현되었는지를 살펴보고자 한다. 이를 통해, 종전 직후 일본에서 일어난 조선인의 집단적 죽음을 자기 역사의 일부로서 응시하고 기억하려 한 주체들이 '전후 일본'에서 자신의 삶의 위치를 규정해 가는 과정을 엿볼 수 있을 것이다.

---

12) 金贊汀,『浮島丸釜山港へ向かわず』, かもがわ出版, 1994, 12-15쪽.「浮島丸事件 下北からの証言」発刊をすすめる会 編,『アイゴーの海—浮島丸事件・下北からの証言』, 下北の地域問題研究所, 1993, 81-85쪽.

2. 미완의 「바닷길」과 '귀국' 서사의 화자

우키시마마루는 일본정부에 의해 센자키(仙崎)에서 조선인의 첫 귀환선이 뜬 1945년 8월 30일보다 8일이나 앞서 출항했다. 즉 우키시마마루 사건은 조선인의 공식적 귀환 작업이 시작되기도 전, 서둘러 조선인들을 집단 송환하는 과정에서 일어났다. 결과적으로 이 최초의 조선인 집단 귀환/송환 계획은 그들의 집단적 죽음이라는 형태로 좌절되었다. 따라서 '불가능한 귀환'의 최초의 상징이기도 우키시마마루가 '귀국' 운동의 고조 속에서 다시금 소환되는 것은 어찌 보면 이상한 일이 아니었다. 조선민주주의인민공화국으로의 공식적인 '귀국' 사업이 실현된 지 한 달이 지난 1960년 1월, 재일본조선인총연합회(이하 '총련') 산하 문학예술단체인 재일본조선문학예술가동맹(이하 '문예동') 중앙기관지 『문학예술』이 창간되었는데, 이때 첫 연재소설의 소재로 채택된 것이 바로 우키시마마루 사건이었다.

> 이 소설을 1945년 8월 22일 마이즈르 항구에서 폭파된 우끼지마마루의 희생 동포들에게 드린다.[13]

『문학예술』 창간호에 실린 김민의 연재소설 「바닷길」은 위와 같이 우키시마마루 사건의 희생자에 대한 헌사로 시작된다. 소설의 첫 장면에는 일본의 패전으로부터 불과 며칠 후, 아오모리현 오미나토 항구의 기쿠치잔교(菊地殘橋)로 수많은 사람들이 몰려드는 광경이 묘사되어 있다. 일본 해병대와 헌병대가 위치한 거리 한쪽에서는 기차역을 향해 걸어가는 군

---

13) 김민, 「바닷길」(1), 『문학예술』 1, 文学芸術社, 1960.1, 88쪽. 실제 마이즈루 항구에서 우키시마마루가 폭발한 날짜는 8월 24일이며, 8월 22일은 아오모리현의 오미나토항에서 우키시마마루가 출발한 날짜이다.

인들의 무리가 끊이지 않는다. 반대로, 기쿠치 잔교로 모여드는 사람들은 "대부분이 방공호 속에서 나온 사람들"이었다. 그들은 "방공호 아궁이가 자기들을 다시 물어 당기기나 하는 것처럼 뒤도 돌아다 보지 않고 걸었다."[14]

아오모리현에 강제동원된 조선인 노동자들은 '오미나토해군시설부'에 소속되어 일하거나, 홋카이도와 시모키타 반도를 연결하는 국철 군항선인 오마(大間) 철도공사의 하청업체(相澤組, 地崎組, 東邦工業, 菅原組, 宇佐美組 등)에 소속되어 다코베야 또는 그와 비슷한 함바(飯場)에서 숙식하며 강제노동에 동원되었다. 철도공사는 대부분 터널을 뚫는 작업이었고, 오미나토해군시설부에 관계된 자들은 비행장 건설 공사에 동원되거나, 본토결전에 대비한 군수물자 저장용 및 대피용 방공호 또는 수도(隧道)를 파는 작업에 동원되었다.[15] 특히 많은 일들이 "해군의 방공호를 파는 작업"으로, 조선인들은 "매일매일 방공호를 팠다."[16]

이 소설은 종전 직후 오미나토 항구 주변의 상황을 생생히 묘사하고 있다. 거리에서는 배를 타고 귀환하기 위해 부두로 몰려드는 조선인들과 제대 후 고향으로 돌아가기 위해 기차역으로 몰려드는 일본군들의 무리가 어지러이 교차한다. 일부 조선인들은 배에 오르기 전 해군 부대에 저장되어 있던 배급품들을 빼돌려 조선까지 싣고 가려 한다. 항구에 몰려든 조선인들 사이에서는, 자신들을 부산까지 실어다주는 것이 다름 아닌 일본 해군 승조원들이라는 이야기가 떠돌아 뒤숭숭한 분위기가 흐른다. 한편, 전쟁 시기 함바에서 탈출하여 자취를 감춘 남무웅이라는 청년은 일본

14) 위의 글, 88쪽.

15) 秋元良治·鳴海健太郎, 「下北半島と「浮島事件」」, 『朝鮮研究』 121, 日本朝鮮研究所, 1972.12, 10-12쪽.

16) 金贊汀, 앞의 책, 74쪽.

패전 직전에 일본군 헌병 보조 '미나미(南)'로 변신하여 마을에 나타나는데, 이 인물은 실제 헌병 보조였다가 일본 패전 직후 조선인 노동자들과 함께 우키시마마루에 탄 뒤 숱한 소문만을 남긴 채 행방불명된 미나미(창씨개명 전의 성은 '白'으로 알려져 있다)라는 실존인물을 떠오르게 한다. 우키시마마루 사건과 관련하여 떠도는 소문 중에는 일본 해군이 폭약을 작동시키는 것을 조선인 보조헌병 미나미가 목격하여 살해당할 뻔했다는 내용도 있었다. 일본에서 발행되던 총련 조선어 기관지 『조선신보』(1965.5.24)에는 식민지시기 많은 조선인들을 괴롭힌 이 미나미 보조헌병이 우키시마마루를 타고 귀환의 여정에 동승하여 "일제 놈들이 화약을 터트려 배를 침몰시키려 한다"고 말하고 다니는 것을 들은 한 조선인의 증언을 인용한 기사가 게재되기도 했다.[17] 이처럼 소설은 오미나토의 상황을 생생하게 그리고 있지만, 조선인들을 실어 나르는 마지막 발동선이 기쿠치 잔교로부터 거대한 우키시마마루를 향해 떠나는 장면에서 서사가 중단되고 만다.

이 소설은 애초에 장편으로 구상되었던 것으로 보인다. 연재 1, 2회는 일본 패전 직후 오미나토의 상황을 배경으로 하고 있지만, 전전(戰前)부터 이어져온 등장인물간의 관계를 설명하는 데 많은 분량을 할애하고 있다. 특히 주인공 김정석과 그의 친구인 리영길의 가족사와 그들 사이에 얽힌 관계가 시모키타 지역의 공사현장 등을 중심으로 자세하게 서술되어 있다. 소설의 저자인 김민은 재일 조선어 문학에서 지금껏 성취되지 못한 장편소설을 『문학예술』이라는 기반 위에 펼쳐나가려 하고 있었다. 소설이 중단된 뒤에도 김민은 『문학예술』에 꾸준히 단편소설을 발표하지만 장편소설에 대한 꿈은 계속 간직하고 있었던 것으로 보인다. 연재가 중단

17) 위의 책, 163-164쪽.

된 지 6년이나 지난 1966년의 시점에서 "『문학예술』 一, 二호에 련재하다가 그만 둔 장편 『바닷길』을 탈고하는 일이 금년도의 나의 창작 계획의 중심"이라고 밝히고 있기 때문이다.[18)]

"장편 『바닷길』"은 결국 세상의 빛을 보지 못했다.[19)] 그런데 1966년에 밝힌 이 「바닷길」의 탈고 계획에서는, 1, 2회의 중심 소재이자 집필 동기였던 우키시마마루 사건에 대한 언급을 전혀 찾아볼 수 없다. 김민이 1966년의 '계획'에서 밝힌 바에 따르면 "이 소설은 해방 직후부터 1950년 초에 이르는 기간을 포괄하여 재일동포들의 성장을 그리려" 한 것으로 되어 있다. 즉 그 기간에 있었던 조련 결성과 해산, 그리고 민족학교 수립 등의 과정에서 많은 탄압과 시련을 극복하며 "주동적으로 일하는 동포 군상"을 그리고자 했다는 것이다. 또한 그러한 "애국투쟁 력사를 높은 시야에서 자기의 것으로 하"기까지의 시간과 고민이 필요했다는 것이 연재 중단에 대한 변(辯)으로 적혀 있다.[20)] 김민의 말대로라면 우키시마마루 사건은 그러한 '재일동포들의 성장'의 한 출발점으로 포착된 것이라고 할 수 있다.

같은 글에서 김민은 그 사이 조직 차원의 지역 파견을 통해 단편으로 형상화한 바 있던 재일조선인 여성들의 삶을 장편 속에 긴 호흡으로 담아

18) 김민, 「나의 창작 계획: 「바닷길」의 탈고」, 『문학예술』 18, 1966.3, 13쪽. 「나의 창작 계획」 특집에서는 김민 외에도 강순, 김달수, 김순명, 김창덕, 리은직, 정화수, 허훈 등이 1년간의 창작 계획을 밝히고 있다.

19) 재일조선문학회 서기장 및 부위원장을 역임한 바 있는 김민(1924-1981)은 1970년경 집필을 그만두고 총련 조직으로부터도 거리를 두었다고 한다. 송혜원, 『'재일조선인 문학사'를 위하여: 소리 없는 목소리의 폴리포니』, 소명출판, 2019, 403쪽(일본어판은 宋恵媛, 『「在日朝鮮人文学史」のために―声なき声のポリフォニー』, 岩波書店, 2014, 329쪽). 송혜원은 재일조선인 작가가 쓴 조선어 장편의 시작을, 일본어 장편소설 『火山島』의 원형이었던 김석범의 조선어소설 『화산도』(『문학예술』, 1965-67)로 보고 있다(송혜원, 앞의 책, 308쪽).

20) 김민, 앞의 글(「나의 창작 계획: 「바닷길」의 탈고」), 13쪽.

내고 싶다고 밝히는 한편, "『고향』『조국』『석개울의 봄』『시련 속에서』 등을 비롯한 **조국 작품**들에서 보는바와 같은 절절한 자연묘사가 거의 없는 **우리들의 작품**에 대해 여러 가지로 생각하는 바가 많다"고 하며 글을 맺는다.[21] 김민이 속해 있던 문예동은 출범 당시부터 "공화국 문예 로선과 총련의 문예 정책을 받들고 재일 동포 및 전체 조선 인민의 리익에 복무"할 것을 규약으로 삼고 있었다.[22] 하지만 그가 1966년의 글에서 강조한 내용, 즉 작가들의 지역 파견을 통한 취재나 '조국'의 자연풍광에 대한 사실적 묘사 등은, 연재가 시작된 1960년의 시점에 이미 구상된 것이라고 보기는 어렵다. 문예동 작가들의 지역파견은 1961년 10월에 이르러 실시되었고,[23] 김민은 이때의 취재를 바탕으로 하여 여성인물들의 삶을 제재로 한 단편소설을 발표했기 때문이다.[24] 한편 '조국 풍광'에 대한 묘사는, 1974년 3월 문예동 작가들의 조선민주주의인민공화국 방문이 공식적으로 성사되기까지 10년이 넘는 시간을 더 기다려야 했다. 재일 작가들의 공화국 방문이 처음으로 실현된 후 1974년 6월에는 평양에서 김일성과의 담화가 이루어졌고, 이후 문예동 작가들에 대한 창작 강습이 실시되었으며, 작가들은 공화국의 각 지역을 답사한 후 그 경험을 반영하여 작품을 창작하기도 했다.[25]

김민은 『문학예술』 창간호부터 허남기, 남시우, 림경상, 류벽 등과 함

21) 위의 글, 14쪽(강조 – 인용자).

22) 「재일본 조선 문학 예술가 동맹 강령 및 규약」, 『문학예술』 2, 1960.3, 76쪽.

23) 손지원, 「재일동포국문문학운동에 대하여」, 김종회 편, 『한민족 문화권의 문학』 2, 국학자료원, 2006, 196쪽.

24) 송혜원에 따르면 지역파견을 통해 취재한 여성들의 삶을 형상화한 김민의 소설로는 "파란만장한 인생을 걸은 간사이 지역 거주 여성을 취재한 「어머니의 역사」(1961)"가 대표적이다(송혜원, 앞의 책, 242쪽).

25) 손지원, 앞의 글, 200쪽.

께 편집위원으로 소속되어 있었다. 또한 제3호부터 발행처가 문학예술사에서 문예동 중앙상임위원회로 바뀌면서 허남기에 이어 잡지의 편집인이 되었다. 이 3호는 1년 2개월이라는 긴 공백 끝에 발행된 호로, 편집인이 된 김민은 잡지의 "정상적 간행을 위해" 종래의 문학예술사 편집위원회가 해산되고 문예동 중앙상임위원회의 직접 편집 체제로 변경되었음을 밝히고 있다.[26] 문예동 맹원이자 『문학예술』의 편집위원이었던 김민의 입장에서 '장편 『바닷길』'은 연재 시작 시점에 밝힌 것처럼 우키시마마루 사건의 희생자들에 대한 애도로는 완성될 수 없었던 것일까. 이 기획은 지역 파견을 통한 실생활의 채록이나, 조직이 전범으로 삼은 '조국=조선민주주의인민공화국' 문학에 대한 접근 및 모방으로 그 방향을 급선회하였던 것으로 보인다. 적어도 1966년에 이르는 사이 그렇게 '변모'했다고 할 수 있다. 그것은 『문학예술』의 창간 이후 6년 동안 경험한 문예정책과 창작 실천을 통해 그가 설정한 '우리들의 작품'과 '조국의 작품' 사이의 관계가 반영된 결과였다.

문예동의 출범과 『문학예술』의 창간은, 1954년 조선민주주의인민공화국의 남일 외상이 처음으로 재일조선인들을 '공민'으로 규정한 이후, 일본・북한이 상대국 거주 자국민의 '귀국'을 타진했던 1956년의 적십자회담을 거쳐, 1959년 재일조선인의 '귀국사업'이 개시된 직후의 결과물이었다. 남일 외상은 1954년 8월과 10월 두 차례에 걸쳐 재일조선인에 대한 일본정부의 부당한 대우에 반대하고 합법적 권리와 자유 보장을 요구하는 항의성명을 발표했다. 이 성명을 통해 북한은 재일조선인을 '조선민주주의인민공화국의 공민'으로 규정하기 시작했다.[27] 『문학예술』 창간호 첫

26) 김민, 「편집후기」, 『문학예술』 제3호, 1961.5.

27) 朴正鎭, 「帰国運動の歴史的背景—戦後日朝関係の開始」, 高崎宗司・朴正鎭 編, 『帰国運動とは何だったのか—封印された日朝関係史』, 平凡社, 2010, 70쪽.

장에 실린 총련 초대(初代) 의장 한덕수의 「공화국 대표 환영가」는 "인도주의 기치 높이 귀국선을 타고 왔네 // 어화 등등 배가 왔네 공화국의 배가 왔네 / 수령께서 보내신 배 어화 등등 잘도 왔네"라며 '귀국' 사업을 맞은 감격을 노래했다.[28] 허남기, 남시우, 강순 등 문예동을 대표하는 시인들의 「귀국시초(歸國詩抄)」가 실렸으며, 르포르타주 「바람난리 물난리」(김태경), 공화국 창건 11주년 기념 문학부문 공모 입선작 「아버지와 아들」(리수웅) 등의 산문은 '귀국' 운동의 전개 속에서 재일조선인의 지역공동체나 가족 등의 일상이 어떻게 변화해 가는지를 포착해 보여주었다.

『문학예술』 제2호에서는 편집후기를 통해 다음호가 '조국의 평화적 통일과 귀국 문제'에 대한 창작특집으로 꾸며질 것임을 예고했다. 1년 2개월이라는 공백 끝에 발행된 제3호에서 그러한 창작특집은 표면화되지 않았으나, 사실상 『문학예술』은 그 출발부터 '귀국'의 이벤트로 탄생한 것이라 해도 좋았다. 그만큼 '귀국' 문제는 1960년대 전반기 내내 『문학예술』에서 주요한 문학적 동기로 작용했다. 『문학예술』의 '귀국' 서사들은 '조국'에서 펼쳐질 새로운 삶을 상상하며 '지금-여기'에서 '귀국' 사업을 지원하는 조선인들의 삶을 투쟁의 일환으로 보여주고자 했다. 그리고 한편으로 이미 주변의 많은 '동포'들이 '귀국'을 선택하면서 일상적인 것이 된 이산의 경험 속에서, 주변 사람들을 '떠나보낸' 수많은 이야기의 서술자들은 '남은 자'인 동시에 '보는 자/쓰는 자'로서의 자신의 위치와 역할을 정립해야 했다.

꿈 같이 그리던
그야말로 조국을 향해

28) 한덕수, 「공화국 대표 환영가」, 『문학예술』 1, 1960.1.

귀국선은 떠난다
어느 누구나
막지 못할
항로를 떠난다!

오늘 나는
동양 지도에
새로운 붉은 줄 항로를 기입한다

청진－니이가다[29)]

그것은 위의 시가 보여주듯이 한편으론 '공화국'으로 떠나는 '동포'들을 '환송'하는 일인 동시에, "조국"과의 사이에 새로운 길을 "기입"하는 행위이기도 하다. 니가타 항에서 '동포'들을 떠나보내는 시적 화자가 "동양 지도"에 그리려는 "청진-니가타"라는 항로는 재일조선인과 '조국'을 잇는 유일한 공식적 항로인 동시에 재도항이 허용되지 않는 일방적 · 일회적 항로였다. 이 항로 위로 펼쳐질 여행은 "왕복이 아닌 편도 여행, 두 번 다시는 돌아올 일이 없는 여행"이었다.[30)] 이처럼 '귀국'을 통해 재일조선인의 '조국'에 대한 새로운 심상지리가 형성되고 있었으나, 『문학예술』의 많은 '귀국' 서사에서 그려 넣고자 한 조국으로의 길은 단선적이고 명료한 것이어서 우키시마마루 사건과 같은 '마보로시(幻)의 사건'이 이야기될 수 있는 틈이란 좀처럼 보이지 않았다. '청진-니가타'라는 항로와 전

29) 김윤호, 「귀국시초: 환송」(전문), 『문학예술』 3, 1961.5, 73쪽.
30) 테사 모리스 스즈키, 한철호 옮김, 『북한행 엑서더스: 그들은 왜 '북송선'을 타야만 했는가』, 책과함께, 2008, 22쪽.

혀 다르게 우키시마마루는 한반도 남쪽 도시 부산을 향하기도 했거니와, 무엇보다 우키시마마루 사건은 '실패'한 '귀국'의 표상이었던 것이다. 우키시마마루 사건 희생자들에 대한 헌사로 시작하고 있기도 한 미완의 연재소설 「바닷길」은, 적어도 연재된 분량에 한해서는, '귀국'을 통해 새롭게 열릴 '조국=공화국'에서의 집단적 삶(또는 그것을 가능케 한 집단적 이동)을 상상하는 작업이 과거의 집단적 죽음(또는 이동의 불가능)을 응시하고 기억/기록하는 일로부터 시작되어야 한다고 말하는 듯하다. 하지만 우키시마마루를 눈앞에 두고 멈춰버린 풍경처럼, 「바닷길」의 연재 중단은 '남은 자=기록자'의 위치에서 귀환/'귀국'을 그릴 때 부딪힐 수밖에 없는 서사의 벽이 존재한다는 사실 또한 보여주었다.

'귀국' 운동이 가장 고조되었을 때 『문학예술』에서 전개된 일련의 '귀국'에 관한 서사들이 종종 '조국'을 가지기 이전의 재일조선인의 삶을 어둡고 음울하며 죽음에 가까운 것으로 그려내었다는 점에도 주목할 필요가 있다. 그러한 서사들에서 '귀국'이란 '조국'을 가질 수 있고 그곳으로 돌아갈 수 있으며, 이전의 죽음과 같은 삶에서 벗어남을 의미했다. 그러한 '귀국' 운동의 맥락 속에서 '조국'을 가지기 이전의 삶의 형태를 극단적으로 대표하는 것이 바로 1958년 고마쓰가와(小松川) 살인사건의 범인으로 처형된 이진우 같은 존재의 삶이었다.[31] 『문학예술』 제3호에 게재

31) 1958년 도쿄 도립 고마쓰가와 고교에 다니던 여학생을 살해한 혐의로 18세 재일조선인 소년 이진우가 체포되는 사건이 있었고 이는 일본사회 전체를 떠들썩하게 만들었다. 재일조선인 저널리스트 박수남과 주고받은 옥중서한, 한국 및 일본에서의 구명운동 등 사건에 대한 다양한 사회적 개입이 발생했고 그를 모델로 한 일본인 및 재일조선인 작가들의 픽션이 발표되거나 오시마 나기사 감독의 영화 <교사형>(1968)처럼 영화화되기도 했다. 특히 "'귀국'을 통한 조국건설에 희망을 찾은 60년대 초 재일조선인사회에 있어 이진우는 부인해야 할 또 하나의 자화상이었다"(조경희, 「'조선인 사형수'를 둘러싼 전유의 구도: 고마쓰가와 사건(小松川事件)과 일본/'조선'」, 『동방학지』 158, 연세대 국학연구원, 2012, 348쪽).

된 오체르크 「귀국한 리 동무」의 필자는, “우린 역시 조국이 없이는 못 산다. (…중략…) 난, 이번 일본에서 몸에 붙인 때자국을 깨끗이 청산하고 조국에 돌아가 새로 출발하겠다”며 ‘귀국’ 소식을 전해온 리 동무의 편지를 받고는, 언젠가 둘이 함께 읽었던 신문기사를 떠올린다. 기사는 오사카에서 백주에 은행원과 경관을 살해하고 도주하며 권총을 난사한 권(權)이라는 조선인 청년에 관한 것이었다. 이후 필자는 권이 ‘고베의 바다가 보고 싶다’는 말을 남기며 옥중에서 자살했다는 기사를 읽게 된다. 그는 방탕한 생활 끝에 귀국을 결심한 리 동무와 자포자기적인 심정으로 범행을 저지르고는 자살에 이른 권 청년의 운명을 비교하며, “이제는 두 번 다시 우리 재일 동포 중에서 자살한 권을 내지 않을 것”이라고 확신한다.[32] 이처럼 ‘타국’에서 ‘조국’으로의 이동 가능성을 곧 죽음에서 삶으로의 이동 가능성에 비유하는 수사학적 방법을 통해, ‘귀국’의 찬동자들은 ‘조국’에서의 새로운 삶과 풍경, 혹은 그것을 예비하고 지원하는 일꾼들의 삶을 조급하게 그려내야 했던 것이다.

하지만 앞에서도 말했듯이, ‘남은 자’의 위치에 있었던 작가들이 ‘귀국’ 후의 삶을 어디까지 예측하고 묘사할 수 있었을지는 의문이다. 그런 점에서 우키시마마루를 ‘귀국’의 은유로 삼았던 「바닷길」의 서사적 미완은, 『문학예술』에서 ‘귀국’을 서사화하는 다른 작업들이 부딪히게 될 형식적 모순을 일찍이 예고하고 있었다고도 할 수 있겠다. 「바닷길」의 연재분에서 중심적 위치에 있는 인물인 김정석 및 그와 경쟁적 · 대립적 관계에 있는 리영길은 기쿠치 잔교에서 우키시마마루로 향하는 마지막 발동선에 탑승한다. 다음은 제2회 연재분의 마지막 대목이다.

32) 조남두, 「오체르크—귀국한 리 동무」, 『문학예술』 3, 1961.5, 62쪽.

김정석이 겨우 발동선의 뒷꽁무니에 날쌔게 매여달렸을 때에 등뒤에서는 울음소리가 일었다. 사람들 떼는 아직도 시커멓게 부두에서 욱실거리는데 기관실 우의 천막에 올라선 군인은 악에 바친 소리로

"다음에 또 배가 들어오니 기다리라"고 한마디 쏘아붙혔다. 그것이 마지막 배였다. 하루 이틀이면 고향이라던 군대복을 끼여 입은 중늙은이가 "이 백정 놈들아!" 하고 욕지거리를 퍼부었다. 바로 그의 앞에서 승선은 일단 중지된 것이다.

"一. 잘 탔소. 이게 마지막 배라오"

당신은 요행이란 듯이 남가가 김정석에게 낮은 소리로 건니였다.

"뭣이요? 그럼 나머지 사람들은 어떻게 한단 말이요?"

김정석은 버럭 화를 내며 남가에게 쏘아붙혔다. 그러나 그 이상 더 말을 계속할 수가 없었다. 배 우에는 무장 차림의 군인들이 파수처럼 구석구석에 서 있었다. 배는 곧바로 항만 한복판에 시커멓게 서 있는 우끼지마마루를 향하여 악을 쓰며 달려갔다.

(…중략…)

동포들은 그제야 생기를 얻은 듯 왁작 떠들기 시작한다. 고향으로 가는 배에 탈 수 있었다는 안도감에서 말소리도 높았다. 여느 때면 그런 소리는커녕, 바닷쪽을 바라보기만 하여도 눈을 부릅뜨던 해병들도 뱃머리에 붙어서서 못들은 척 담배만 빨고 있다.

부두에서의 아우성 소리도 들리지 않고 노을 속에 거리의 등불이 아물거렸다. 김정석은 묵묵히 그것을 지키고 서 있었다. 그는 가슴이 뿌득해지는 것을 붇안았다. 그는 문득 아버지는 지금쯤 어느 곳에 있을까 하고 짐작해 보다가 주의를 살폈다. 리영길이 큰 짐을 날쎄게 한구석에 집어넣고 씩 웃어 보였다.[33]

이처럼 김정석을 주요 초점화자로 하여 서술되는 소설은 김정석과 리영길 등 마지막 발동선에 탄 조선인들이 우키시마마루로 옮겨 타기 전에 중단되고 만다. 만약 그들이 정말 우키시마마루의 마지막 탑승자가 되었다면, 그 이후의 전개는 김민이 1966년에 밝힌 바와 같은 재일조선인의 조직활동이나 생활상에 집중되기 어려웠을 것이다. 왜냐하면 1, 2회를 통해 밝혀진 내용은 조선인들이 어떻게 해서 우키시마마루에 타게 되었는가, 즉 어떻게 '귀환'하기로 했는가이지, 어떻게 '잔류'하게 되었는가 하는 것이 아니기 때문이다. 만약 공화국 스타일을 모방한 재일조선인의 생활 이야기로 장편을 완성하자면, 김정석이나 리영길 같은 귀환자가 아닌 일본에 남은 누군가로 그 시점을 옮겨야 한다. 물론 김정석은 뒤따라올 누이와 아버지보다 한발 앞서 우키시마마루에 타기로 했으므로, 이후 김정석의 가족이 귀환하게 될지 아니면 일본에 남게 될지, 아니면 귀환한 누군가가 일본으로 밀항하여 다시 일본에 거주하게 될지는 알 수 없는 바이지만, 적어도 '쓰인' 부분에서는 서사구조상 '남은 자'들의 이야기를 하기 어려워 보인다.

인상적이게도 이 소설의 인물들은 귀환과 잔류 어느 쪽도 확실히 결정되지 않은 채로 바다 위에서 멈추어 있다. 이들이 귀환을 택하는 순간 그 이후의 이야기는 더 이상 할 수 없는 것이 되어버린다. 그것은 김민뿐만 아니라, 재일조선인 작가들이 일본에서 한반도로의 귀환(일본 재밀항 후의 강제송환까지 포함한 이동)을 소재로 했을 때 부딪히는 재현의 어려움이기도 하다. 게다가 그 귀환의 과정에서 일어난 조선인의 집단죽음이라는, 상상조차 어려운 사건이 재현의 벽 앞에 놓여 있었다. 그렇다면 적어도 귀환선에 올라탄 김정석의 시점에서 그것을 그려내기란 불가능하지 않았을까.

---

33) 김민, 「바닷길」 2, 『문학예술』 2, 1960.3, 107쪽.

따라서 김정석이라는 중심인물을 일본 영토로 재소환하거나, 아니면 연재된 부분에서 부각되지 않은 인물을 통해 완전히 새로운 이야기를 다시 써야 한다는 선택 사이에서 소설은 막다른길에 이르렀던 것으로 보인다. 요컨대 우키시마마루 사건을 기억하며 '귀국' 운동 속에 재맥락화하고자 한 김민의 「바닷길」이 재일조선인 사회의 형성을 역사적으로 조망하는 "장편 『바닷길』"로 완성되는 일은, 완전히 새로운 시점에서 다시 쓰이지 않는 한 요원했던 것이다.

3. 『장편시집 니이가타』의 증언 · 응시 · 기술

일본과 조선민주주의인민공화국 간에 재일조선인의 '귀국'에 관한 협정이 체결된 이후 뜬 첫 귀국선은, 그 항로는 다르다 하더라도 오래 전 조선인들을 태운 사실상의 첫 귀국선이었던 우키시마마루를 떠올리도록 하기에 충분했다. 1959년 '귀국' 실현이라는 상황 속에서 우키시마마루는 수면 위로 조금씩 끌어올려지고 있었다. 1960년 이미 거의 쓰여졌다는 김시종의 『장편시집 니이가타』도 그러한 맥락 속에서 우키시마마루를 '귀국'의 은유로서 사용할 수 있었던 것으로 보인다.[34]

---

34) 『장편시집 니이가타』의 1970년도 초판본의 발문을 쓴 오노 도자부로(小野十三郎)는 김시종이 이 장편시를 구상한 것은 10년 전이며 그 시점에서 작품으로서도 거의 완결되어 있던 듯하다고 언급한다(「長編詩「新潟」に寄せて」, 金時鐘, 『長編詩 · 新潟』, 構造社, 1970, 198쪽). 2015년에 완역된 한국어판 서문에서도 김시종은 "북조선으로 '귀국'하는 첫 번째 배는 1959년 말, 니이가타항에서 출항했는데, 『장편시집 니이가타』는 그때 당시 거의 다 쓰여진 상태였다. 하지만 출판까지는 거의 10년이라는 세월을 흐르지 않으면 안 됐다"고 하며 이 시가 '귀국' 사업이 당대 지닌 매우 민감한 맥락 속에서 의식적으로 쓰여졌음을 암시한다(김시종, 곽형덕 옮김, 「한국어판 간행에 부치는 글」, 『장편시집 니이가타』, 글누림, 2014. 이하 본문에서 시의 구절을 인용부호 안에 인용할 경우 해당 쪽수

김민의 「바닷길」이 애초에 '귀국' 운동의 고조 속에서 우키시마마루 사건의 희생자들을 불러냈듯이, 『니이가타』의 화자 역시 '귀국'의 행렬 앞에서 15년 전의 비극적인 사건을 떠올렸다. 특히 총 3부로 구성된 이 시 중 제2부는 우키시마마루가 지닌 상징성을 이해하고 있지 않으면 온전히 독해하기 힘들 정도로, 많은 시어들이 우키시마마루 사건 및 그 발단지였던 강제노동의 현장을 연상시키는 것들, 즉 폭발, 구멍, 어둠, 바닷속, 시체, 유골, 배 등의 이미지와 결합되어 있다.[35] 제2부의 이야기의 시작은 소설 「바닷길」의 시작이 그러했던 것처럼, 전쟁이 끝난 후 조선인들을 수 없이 뱉어냈던 방공호의 그 어두운 구멍 속이었다. 하지만 '참호의 깊이' 만큼이나 길었던 전쟁이 끝난 지금, 여전히 '동포'는 그 구멍을 벗어나지 못한 채 '자신의 미로'를 파고 있는 것으로 그려진다.

혈거를
기어 나오는데
오천년을 들인
인간이
더욱 깊숙이

만 표시함). 한편 연구자 오세종이 김시종 본인에게 직접 들은 바에 의하면 『니이가타』가 완성된 것은 1961년이라고 한다(吳世宗, 『リズムと抒情の詩学―金時鐘と「短歌的抒情の否定」』, 生活書院, 2010, 246쪽).

35) '우키시마마루'라는 고유명사가 "(4 · 3이라는) '사건'을 향하는 운반자로서의 '배'의 역할"을 한다는 점은 오세종이 이미 지적한 바 있다. 그에 따르면 '우키시마마루'라는 고유명에 포함된 '浮'와 '島'라는 문자는 "침체와 부상의 반복이라는 이미지를 환기"시키기도 한다(吳世宗, 앞의 책, 340쪽). 나아가 이 배는 단순히 과거의 대상일 뿐만 아니라, 역사적 사건의 운반자로 기능하며 타자를 '드러낸다'는 의미를 지닌다(오세종, 「타자, 역사, 일본어를 드러낸다: 김시종 『장편시집 니이가타(新潟)』를 중심으로」, 고명철 · 이한정 · 하상일 · 곽형덕 · 김동현 · 오세종 · 김계자 · 후지이시 다카요, 『김시종, 재일의 중력과 지평의 사상』, 보고사, 2020, 172쪽.

혈거를 파야만 하는
시대를
산다.
(…중략…)
전쟁의 종언은
참호의 깊이로
추량했다.
(…중략…)
밀치락달치락
대항해 싸웠던
터널 깊숙한 곳에서
눈 먼
개미일 수밖에 없었던
동포가
출구 없는
자신의 미로를
그래도 파고 있다.[36]

『니이가타』는 총 3부로 구성되어 시간적으로는 개화기부터 식민지시기를 거쳐 1959년 '귀국' 운동의 시점 사이를, 공간적으로는 일본과 한반도 곳곳을 혼란스럽게 오간다. 먼저 제1부 '간기의 노래(雁木のうた)'에서는 김시종의 실제 경험을 상당수 공유한 시적 화자가 해방 후 곧바로 미군정이 실시된 조선에서 바다를 건너 일본으로 건너오기까지의 과정을 그리

36) 김시종, 앞의 책, 87-89쪽.

고 있다.[37] 또 제1부의 2장과 3장을 통해서는 한국전쟁 당시 일본이 군수물자의 생산 · 공급지가 되었던 상황과 재일조선인의 반전운동, 스이타(吹田) 사건 등을 다룬다.[38] 휴전에 이어 1950년대 중반부터 시작되는 '귀국' 운동의 움직임 또한 포착된다.

제2부 '해명 속을(海鳴りのなかを)'에서 시적 화자는 시간을 거슬러 우키시마마루의 출발지인 시모키타 반도로 이동하는데, 이것을 서술하는 시점이 1959년의 니가타에 있음은 다음과 같은 구절을 통해서 추측할 수 있다. 니가타는 조선민주주의인민공화국을 유일한 목적지로 삼고 있는 것이나 다름없는 '귀국선'의 출발지이기도 했다.

바다를 건넌
배만이

---

37) 아사미 요코는 『니이가타』에 대한 주석적 독해를 시도하며 각 부와 장을 다음과 같은 키워드로 구분한다. Ⅰ-①: 기존의 '길'의 부정 · 새로운 '길'의 창조. Ⅰ-②: 한국전쟁 · 폭탄의 부품공장. Ⅰ-③: 스이타 사건. Ⅰ-④: '번데기'로의 변신. Ⅱ-①: 난파하여 토사에 묻힌 환목선 Ⅱ-②: 4.3사건. Ⅱ-③: 4.3사건. Ⅱ-④: 우키시마마루의 인양. Ⅲ-①: 귀국선을 고대하는 사람들. Ⅲ-②: 종족검증. Ⅲ-③: 귀국센터에서 출국수속(공화국으로의 귀국에 대한 문제제기) Ⅲ-④: 만남에의 희구. 이러한 구분은 복잡하게 시공간이 교차하고 있는 이 시의 흐름과 각 부분의 역사적 · 정치적 맥락을 이해하는 데 도움이 된다. 다만 주석자가 부여한 키워드로 인해 각 항목의 시어들이 지닌 중층성을 놓칠 우려도 있다(淺見洋子, 「金時鐘『長編詩集 新潟』注釈の試み」, 『論潮』 創刊号, 2008.6).

38) 스이타 사건은 1952년 6월 24-25일 오사카 스이타시에서 재일조선인과 일본 노동자 · 학생 등 1,000여 명이 모여 일본의 한국전쟁 협력에 반대해 벌인 대규모 시위로, 경찰의 강경한 진압과 이에 대한 시위대의 격렬한 저항으로 50여명이 중경상을 입고 300여명이 체포되었다. 김시종은 2002년 스이타 사건 연구모임에서 주최한 어느 시민모임에 강연자로 초빙되어, 당시 일본공산당 오사카부위원회 민족대책부의 비밀지령을 받고 집회의 사전준비를 주도하는 한편, 시위대의 최후미에서 무장경관대를 방어한 후 수년간 도피 생활을 한 경험을 조심스럽고도 상세히 밝혔다(니시무라 히데키, 심아정 · 김정은 · 김수지 · 강민아 옮김, 『'일본'에서 싸운 한국전쟁의 날들: 재일조선인과 스이타사건』, 논형, 2020, 317-318쪽).

내 사상의
증거는 아니다.
다시 건너지 못한 채
난파했던
배도 있다.
사람도 있다.
개인이 있다.[39]

앞서 2절에서 확인한 것처럼 '귀국' 운동의 자장 속에서 '동양'의 바다 위에 새롭게 그려지고 있던 '청진-니가타'라는 항로는 김시종의 말로 번역하자면 당시의 총련 조직으로부터, 혹은 공화국으로부터 유일하게 인정되는 '사상의 증거'이기도 했다. 그렇다면 십수년 전 바다를 건너지 못하고 난파한 '배'의 존재는, 그리고 '개인'의 존재는 어떻게 설명되어야 하는가, 라고 그는 묻고 있는 것이다.

막다른 골목길인
마이즈루만(舞鶴湾)을
엎드려 기어
완전히
아지랑이로
뒤틀린
우키시마마루(浮島丸)가
어슴새벽.

39) 김시종, 앞의 책, 86쪽.

밤의

아지랑이가 돼

불타 버렸다.

오십 물 길

해저에

끌어당겨진

내

고향이

폭파된

팔월과 함께

지금도

남색

바다에

웅크린 채로 있다.[40)]

제2부 1장의 끝부분에 이르면 난파한 배의 이름 '우키시마마루'와 난파한 장소 '마이즈루만'이 시어로 등장하며, 2장에서는 본격적으로 여러 가지 사건들이 겹쳐지기 시작한다. 여기서 시적 시간과 공간은 시체들이 겹겹이 쌓인 마이즈루만의 해변에서 제주 4·3사건의 현장으로, 다시 '아버지'의 고향 원산으로, 또 다시 미국의 무장함 제너럴 셔먼호가 침입한 1866년의 대동강으로 급변한다. 3장에서는 1948년으로 시간대가 또 한 번 바뀌면서 5월 단독선거 전후의 상황이 묘사된다. 1948년 5월 10일 UN의 감시 하에 이루어진 남한 단독 총선거는, 아직 국가가 수립되지 않

40) 위의 책, 92-93쪽.

은 조국의 두 체제 사이에서 그것을 자신의 '소속'과 일본 내 지위에 직결된 문제로 인식하며 미소공위의 재개와 결렬 과정을 가슴 졸인 채 지켜봐온 재일조선인 사회에 결정적인 분열의 기폭제로 작용한 사건이었다. 김시종은 "5월"이라는 시어에 스스로 주(註)를 달아 그것을 강조한다. 그는 주에서 "같은 해 4월 3일, 불길을 올린 제주도인민봉기사건은 진압까지 2년여가 걸렸다. (…중략…) 이때 학살된 제주도민의 수는 7만 3천명을 넘어섰고, 섬 내 5만 7천 가옥 가운데 그 반수를 넘은 2만 8천 가구가 완전히 불태워졌다"(186)고 하면서 제주 4·3사건을 직접 언급한다.

해방 후 제주도에서 남로당원으로 활동했던 김시종은 자서전에서 이 '참혹한 5월'에 대해 좀 더 상세히 쓰고 있다. 그는 사촌매형의 시체를 눈앞에서 보고서야 제주를 휩쓴 "광란의 학살"이 자신의 주변에까지 뻗어오고 있음을 온몸으로 느꼈다. "참살된 시체를 **찬찬히 본** 것은 그때가 처음"이었다.[41] 뒤틀린 팔과 반쯤 쥔 주먹, 까맣게 도려내져 허공을 보는 듯 피에 물든 눈구멍, 절규하듯 벌어진 채 굳어버린 입을 보며 그는 "표현할 길 없는 분노가 몸을 흔들고 증오가 몸속에서 날뛰었"다고 회상한다. 그는 T.S.엘리엇의 시구를 차용하여 "누군가의 시는 아닙니다만, 정말이지 '5월은 참혹한 달'입니다"라고 덧붙인다.[42] 『니이가타』에서는 그 '참혹한 5월'에 대해, "읍내에서 / 산골에서 / 죽은 자는 / 오월을 / 토마토처럼 / 빨갛게 돼 / 문드러졌다"(107)고 묘사하고 있으며, 이 '5월'을 경계로 하여 화자의 '조국'은 "가향을 / 뱃바닥에 / 감금한 채"(112) 폭발한다.[43]

---

41) 김시종, 윤여일 옮김, 『조선과 일본에 살다: 재일시인 김시종 자전』, 돌베개, 2016, 201쪽(강조 – 인용자).

42) 김시종, 위의 책, 223쪽.

43) 우키시마마루의 침몰이라는 집단적 기억을 4·3이라는 집단적 기억과 김시종의 밀항이라는 개인적 기억의 겹침으로 해석한 연구로는 김계자, 「돌 하나의 목마름에 천의 파도를 실어: 김시종 『장편시집 니이가타』」, 고명철 외, 앞의 책.

이는 우키시마마루가 폭발하는 순간과 겹쳐지면서 『니이가타』의 정점을 이룬다.

이후 제2부의 4장에 이르면 '그'라는 3인칭의 초점화자가 처음 등장한다. 그는 "바다의 오장육부에 삼켜진"(124) 잠수부로, 배에 갇혀 바다에 가라앉은 자신인 동시에 그 자신의 뼈를 수습하기 위해 배 속으로 들어온 또 다른 나이기도 하다. 바야흐로 "전쟁이라고는 하지만 / 바다 저 멀리 / 건너편의 일"(119)로 치부되고 "鑄型에서 쫓겨난 / 수도꼭지조차 / 깎여 / 폭탄이 되"(119)던 때이다. 이는 침몰 후 마스트만을 수면 위로 드러낸 채 마이즈루만 시모사바카 앞바다에 잠긴 지 5년 만에 우키시마마루의 인양이 실시된 1950년과, 또 한 차례의 인양이 실시된 1954년의 상황을 가리킨다. 1950년에 실시된 제1차 인양의 목적은 우키시마마루의 원 소유주였던 오사카상선주식회사가 배의 훼손 여부를 확인하고 그것을 재사용할 수 있는지 검토하기 위해서였다. 폭발 직후 '∧'자로 꺾여 가라앉다가 이내 '∨'자로 꺾여 그대로 침몰한 배의 후방부가 우선 인양되었으나 배의 훼손도가 너무 심해 재사용할 수 있는 상태가 아님을 확인한 오사카상선주식회사는 나머지 전방부의 인양을 포기했다. 그렇게 남은 전방부는 1954년 1월, 선체를 고철로 재사용할 목적으로 인양되었다. 한국전쟁 당시 일본은 전쟁에 필요한 군수산업의 재부흥으로 이른바 전쟁특수를 누릴 때였기 때문에 인양된 선체는 고철로서의 이용가치가 있었다.[44]

일본의 패전과 함께 귀환의 길에 오르다 침몰한 우키시마마루는 한국전쟁으로 부흥을 꾀하고 있는 전후 일본의 배경 속에서 다시금 그 모습을 드러냈다. 두 차례 모두 진상 조사나 유골 발굴 및 수습 자체가 목적은 아니었다. 우키시마마루는 제2차대전의 종결과 함께 가라앉았다가 한국

44) 우키시마마루의 인양 과정에 대해서는 金贊汀, 앞의 책, 216-230쪽.

전쟁과 함께 참혹하게 일그러지고 부식된 채 다시 떠올랐다. 하지만 이러한 인양 상황에서 유골 수습을 위해 선체에 진입한 잠수부는, '바다의 오장육부에 삼켜진 잠수부'라고 표현된다. 그는 수면 위로 돌아가지 못한 채 배 안에 갇혀 "핍색(逼塞)한 날들"(115)을 보내면서, 이미 죽은 자들을 기억하고 응시하는 자였던 것이다.

> 흐릿한 망막에 어른거리는 것은
> 삶과 죽음이 엮어낸
> 하나의 시체다.
> 도려내진
> 흉곽 깊은 곳을
> 더듬어 찾는 자신의 형상이
> 입을 벌린 채로
> 산란하고 있다.[45)]

자신 또한 물속에 갇힌 존재이면서 이미 죽은 자의 도려내진 가슴을 더듬어 찾는 잠수부의 형상은, 김시종이 매형의 시체와 그 도려내진 눈구멍을 처음으로 응시했다고 하는 1948년의 '참혹한 5월'을 상기시키기에 충분하다. 그 시체를 보며 온몸을 훑고 지나갔던 전율의 정체는 도미야마 이치로의 표현을 빌리면 바로 '예감'이었다고 할 수 있다. 전장이나 폭력·학살의 현장에서 죽은 자의 옆에는 항상 다음 총살을 기다리는 자가 시체에 의해 "응시"되며, 이러한 응시의 연쇄를 통해 '응시되는 자=기술자(記述者)'의 운명은 계속된다. 그 운명을 인지하는 것에서부터 저항의 가

---

45) 김시종, 곽형덕 옮김, 앞의 책, 124쪽.

능성이 발생한다.[46] 그러한 운명에의 예감은 바다에 가라앉은 우키시마마루의 인양을 위해 물속에 들어간—사실상은 물속에 갇힌—잠수부의 운명에 대한 것이기도 하다. 잠수부의 망막에 맺힌 것은 '삶과 죽음이 엮어낸 하나의 시체'인 동시에, 그 시체를 더듬어 찾는 '자신의 형상'이기도 했다.

제3부 '위도가 보인다'에 이르면 화자는 다시 1959년의 니가타로 돌아온다. 제1부의 도입부에서부터 이미 화자는 북위 38도의 연장선에 위치한 니가타의 '귀국센터' 위에 서 있는 것으로 되어 있다.[47] 그곳은 일본에서의 삶을 모두 정리한 재일조선인들이 최소한의 짐만 들고 '귀국선'을 타기 전 마지막 며칠을 보내기 위해 수용되었던 곳, '귀국'에 대한 심사와 함께 최종적으로 '귀국 의사'를 확인했던 일본적십자센터이다. 그 경계를 넘지 않겠다고 이미 제1부에서 단언한 바 있는 그에게 위도란 "불길한" 것, "금강산 벼랑 끝에서 끊어져 있"(178)는 것이다. 니가타에서 청진으로 이어지는 이 '불길한' 북위 38도 위의 일방적 항로를 회피하는 방법으로 시인은 마이즈루, 시모키타 반도, 제주, 원산, 평양 등을 어지럽게 오가며 '재일을 살아가는' 자의 역사와 현재를 써 나가는 자신의 위치를 확인하고 있다. 그것은 우키시마마루가 나섰던 "환영의 순례"를 상상하는 일로부터 시작된다.

---

46) 도미야마 이치로, 손지연 외 옮김, 『폭력의 예감』, 그린비, 2009, 27-30쪽.

47) 동북 일본과 서남 일본을 둘로 가르는 경계이자, 북위 38도의 연장선에 위치해 있기도 한 니가타의 지정학적 특성과 관련하여 고명철은 김시종이 니가타 자체를 '틈새'로 인식하고 그 위에 현존한다는 점에 주목했다. 그에 따르면 "이것은 김시종의 '바다'로 표상되는 정치사회적 상상력, 즉 재일조선인으로서의 이중의 틈새와 경계—일본 국민과 비국민, 대한민국과 조선민주주의인민공화국 '사이'에 존재하는 것을 드러낸다"(고명철, 「재일조선인 김시종의 『장편시집 니이가타』의 문제의식: 분단과 냉전에 대한 '바다'의 심상을 중심으로」, 고명철 외, 앞의 책, 215쪽).

그것이

가령

환영의 순례라 하여도

가로막을 수 없는

조류가

오미나토를

떠났다.[48]

한편 김시종은 한국어판 간행 당시 자신이 쓴 서문에서, 『니이가타』를 쓰게 된 경위와 그것을 뒤늦게 출판했던 이유에 대해 회고하고 있다. 다음은 그 일부이다.

> 북조선으로 '귀국'하는 첫 번째 배는 1959년 말, 니이가타항에서 출항했는데, 『장편시집 니이가타』는 그때 당시 거의 다 쓰여진 상태였다. 하지만, 출판까지는 거의 10년이라는 세월이 흐르지 않으면 안 됐다. **나는 모든 표현행위로부터 핍색(逼塞)을 강요당했던 터라**, 오로지 일본에 남아 살아가고 있는 내 '재일'의 의미를 스스로 생각해 발견해야만 하는 입장에 서게 되었다. 이른바 『장편시집 니이가타』는 내가 살아남아 생활하고 있는 일본에서 또다시 일본어에 맞붙어서 살아야만 하는 "재일을 살아가는(在日を生きる)" 것이 갖는 의미를 자신에게 계속해서 물었던 시집이다. 그러므로 내게는 '마디'가 된 시집이다. 1970년 겨울 마침내 나는 결심을 굳혔다. 10년간 보관만 하고 있던 『장편시집 니이가타』를 소속기관에 상의하지 않고 세상에 내놓아 조선총련으로부터의 모든 규제를 벗어 던졌다.[49]

48) 김시종, 앞의 책, 91쪽.

주목할 점은 『니이가타』가 1959-60년 사이에 거의 완성되었다고 전해지고 시적으로도 1959년의 니가타가 시공간적 임계로 설정되어 있지만, 우키시마마루의 폭발-침몰-인양이라는 상황은, "조선총련으로부터의 모든 규제를 벗어 던"지고 1970년 『니이가타』가 출간되기까지의 10년이라는 시간차를 암시하는 것으로도 읽힌다는 점이다. '바다의 오장육부에 삼켜진 잠수부'는 여전히 "핍색(逼塞)한 날들"(115)을 보내고 있는 중이다. 거기서 "자유자재로 변환할 수 있는 / 유영을 꿈꾸고 있"으며 "바다 그 자체의 영유(領有)야말로 / 내 간절한 바람이다"(117)라고 말하는 '잠수부=나'는, 위의 한국어판 서문에 나와 있듯이 "모든 표현행위로부터 핍색을 강요당했던 터라 오로지 일본에 남아 살아가고 있는 내 '재일'의 의미를 스스로 발견해야만 하"던 10년 간의 나=김시종과도 겹쳐진다. 이 지점에서 '잠수부'의 운명은 응시하는 자=응시되는 자의 또 다른 동의어인 '기술자'의 운명으로까지 확장된다고 할 수 있다.

4. 영화 〈아시안 블루〉에 나타난 '사건'의 번역 불가능성

1975년 반공법 위반으로 재구속된 김지하의 재판 당시 그 방청기를 일본의 잡지에 발표하고 구명 운동에도 참가한 바 있는 작가 마쓰기 노부히코(真継伸彦)는, 1970년 『니이가타』 출간 직후 발표한 서평에서 다음처럼 말한다. "우리는 지하(地下)에서 일어난 일을 전부 알 수는 없다. 아니 현존하는 재일조선인과 아무리 교제한다 해도, 우리들에 의해 상처입은 사람들의 심정에 결코 공감할 수 없다. 공감하려 해도 그 실마리가 없음을

---

49) 김시종, 「한국어판 간행에 부치는 글」, 앞의 책(강조-인용자).

나는 오히려, 김시종씨 등을 만나면서 비로소 통감하게 된 것이다. (…중략…) 민족 전체로서 가해자와 피해자의 관계에 선 자들 사이에 공감을 위한 통로가 있을까.” 이어서 그는 이 시집을 통해 “의도도 범인도 모른 채, 놀랄 만한 사실만이 있”는 우키시마마루 사건을 처음으로 접하게 되었다고 고백한다.[50] 그는 여기서 사건 자체의 무지에 대한 고백과 함께, 그 사건을 사이에 둔 양 민족 간의 공감의 불가능성에 대한 고백을 시도하고 있다. 이 절에서는, 그러한 틈새를 인정하면서도 한편으로는 그것을 메우기 위해 우키시마마루 사건에 개입하고자 한 일본 시민사회 운동과 영화 작업에 대해 살펴보려 한다.

1995년 교토에서는 ‘헤이안 건도 1200년 영화를 만드는 모임(平安建都1200年映画をつくる会)’이라는 단체에 의해 우키시마마루 사건을 소재로 한 영화 <아시안 블루: 우키시마마루 사건(エイジアン・ブルー: 浮島丸サコン)>이 제작되었다.[51] 우키시마마루 사건을 소재로 장편의 극영화가 만들어진 것은 이때가 처음이었다.[52] 영화를 만드는 모임은 ‘헤이안 건도 1200년’인 1995년을 ‘전후 50년’이라는 프레임으로 의미화하며, 교토를 넘어 ‘아시아’로 시야를 넓히자는 취지를 전했다. 이는 그간 도쿄대공습, 오키나와 소개(疏開) 등 아시아·태평양전쟁 말기 일본을 배경으로 반전영화를 제작해온 제작자 이토 마사아키(伊藤正昭)가 우키시마마루 사건에 주목하게 된 배경과도 같았다. 그는 일본인들이 아시아에 대한 일본의 가해

50) 真継伸彦, 「長編詩『新潟』に寄せて」, 『人間として』 4, 1970.12, 143쪽. 김지하 재판 방청기는 真継伸彦, 「韓国の魂の冬-金芝河裁判を傍聴して」, 『展望』 211, 1976.7.

51) 1995년 シネマ・ワーク작품. 감독 堀川弘通, 제작 伊藤正昭, 기획 平安建都1200年映画をつくる会.

52) 우키시마마루 사건은 1992년 부산의 민족극 극단 ‘새벽’에 의해 <폭침－우키시마호는 부산항으로 못 간다>(이성민 작·연출)라는 제목으로 연극화되기도 했다. 이 연극은 극중극 형식으로 구성되었으며 3년 후에도 재상연되었다(「‘우키시마…’ 부산 공연」, 『한겨레』, 1993.2.17, 9면; 「일 징용한국인 수장사건 연극 조명」, 『한겨레』, 1995.8.3, 16면).

사실을 스스로 알고 그 반성에 기초해 아시아 내에서 새로운 신뢰관계를 쌓아가길 원한다고 말했다.[53] 영화 제작에 협력한 '우키시마마루 순난자 추도회(浮島丸殉難者を追悼する会)'의 주요 멤버인 스나가 야스로(須永安郎)는 "전후 50년에 영화의 자주제작을 목표로 한 '헤이안 건도 1200년 영화를 만드는 모임'이 아시아에 연결되는 주제를 찾기 위해 우키시마마루 사건을 조사하러 마이즈루를 방문했다"고 그 배경을 밝히기도 했다.[54]

영화의 내용을 간략히 요약하면 다음과 같다. 교토의 대학에서 역사를 가르치는 재일조선인 임(林)은 우키시마마루 사건에 대해 유코(優子)라는 여학생이 쓴 레포트에 관심을 가진다. 사실 그 레포트는 유코의 언니인 리쓰코(律子)가 대신 써준 것으로, 레포트에 흥미를 느낀 임은 자매의 집을 방문한다. 레포트에는 다카자와 하쿠운(高澤伯雲)이라는 시인이 쓴 조선인 강제노동에 관한 미발표 수기가 인용되어 있었는데, 임은 현재 행방이 묘연한 시인 하쿠운이 바로 자매의 친부라는 것을 알게 된다. 임은 자신의 부친 역시 강제노동에 동원된 과거를 지니고 있다고 말하며 자매와 함께 하쿠운의 행적을 찾아 강제노동 현장이 있던 아오모리현 시모키타 반도(현재 지명은 무쓰(むつ) 시)로 향한다. 안내를 맡은 현지의 재일조선인은 시모키타에서 자신이 겪은 혹독한 경험을 들려주기 시작한다.

이 영화는 111분의 러닝 타임 중 많은 분량을 이 재일조선인 안내자가 들려준 이야기에 기초하여 흑백의 플래시백으로 처리하고 있다. 그 플래시백은 주로 아오모리현의 악명 높은 터널 공사에 강제노동된 조선인들의 비참한 모습을 비춘다. 이는 '가해자로서의 일본'을 알리고 싶다는 영화 제작자의 취지가 어느 정도 반영된 결과라고 볼 수 있을 것이다. 하지

53) 品田茂,『爆沈・浮島丸: 歴史の風化とたたかう』, 高文研, 2008, 119-120쪽.

54) 須永安郎,「映画『エイジアンブルー・浮島丸サコン』」,『住民と自治』390, 自治体問題研究所, 1995.10, 56쪽.

만 흑백처리된 이 '가해'의 장면들, 그리고 흑백의 화면 속에 비친 조선의 시골 마을은 그것이 아득히 먼 과거의 이야기인 것처럼 현실과의 괴리를 낳는다. 이 회상 장면에서 초점을 맞추고자 한 것은 오히려 조선인에게 심패시(sympathy)를 가진 하쿠운이라는 일본인 남성과 대림(大林)이라는 조선인 남성 사이의 우정이었던 것으로 보인다. 또한 이 흑백의 액자 바깥에 놓인 현재에서는 아버지에 대한 오해를 풀고 오랜 불화를 끝내려는 큰딸 리쓰코, 그리고 교토에서 아오모리로, 다시 교토의 마이즈루로 하쿠운을 찾아가는 여정에 동행하는 사이 연인으로 발전한 임 강사와 리쓰코의 관계, 끝으로 오래 전에 하쿠운의 신세를 졌다는 재일조선인 안내자의 두 아들을 처음부터 거리낌없이 친밀하게 대했던 둘째딸 유코의 발랄함 등이 강조되고 있다. 이런 점은 이 영화를 "개인 대 개인의 일상적 관계" 속에서 "과거의 왜곡된 비극이 어떤 형태로 현재와 미래를 향해 받아들여져 갈 것인가라는 물음"으로서 바라보도록 만든다.[55]

몇 차례 하쿠운의 행적을 찾은 끝에 그가 지금은 마이즈루의 등대지기로 일하고 있다는 말을 듣고 그곳으로 간 자매는 10년 만에 친부와 상봉한다. 이후 하쿠운이 직접 들려준 바에 따르면, 일본 패전 후 시모키타 반도의 조선인들은 우키시마마루에 승선하기 위해 오미나토 항으로 몰려들었다. 우키시마마루에 관한 수상한 소문을 들은 하쿠운은 대림 일가의 승선을 말리지만 결국 그들은 배에 오르고 만다. 교토로 돌아온 하쿠운은 마이즈루에서 대형선박이 침몰하여 해안가에 죽은 조선인의 시체가 산처럼 쌓였다는 이야기를 듣고는 사건 현장으로 달려간다. 그는 시체들 사이를 헤집고 다니지만 결국 대림의 얼굴을 발견하지 못하고, 이후 교토를

55) 北川れい子,「エイジアン・ブルー 浮島丸サコン: 作られるべくして作られた異色の意欲作」,『キネマ旬報』 1171, 1995.9, 77쪽.

떠나 방랑의 길에 오른다. 이야기를 들려주던 하쿠운은 마이즈루의 어느 기념비 앞에서 임 강사 일행을 향해 말한다. "3년 전, 몇십 년 만에 마이즈루에 돌아와 보니 이 상(像)이 있었다. 나라에서 세운 것이 아니다. 마이즈루의 사람들이 직접 돈을 모아 세운 것이다. 나는 그것을 듣고 조금이나마 마음의 무거운 짐을 내릴 수 있었다." 카메라는 해안도로 한켠의 조각상을 정지화면처럼 잠시 비춘다. 그것은 1978년 교토 시민들의 모임인 '우키시마마루 순난자 추도회'(추도비 건립 당시에는 '우키시마마루 순난자 위령비 건립을 위한 실행위원회')에 의해 세워진 '우키시마마루 순난자의 비'이다(이 글의 1절 참조).

영화 제작 과정에는 서사의 중요한 배경 중 하나인 마이즈루에서의 로케이션 촬영이 필요했는데 이때 물심양면으로 이 공동작업을 지원한 것도 위의 단체였다. 이 단체는 영화촬영 협조를 위해 별도로 '영화 <우키시마마루> 제작협력 마이즈루 모임'을 만들어 마이즈루 해변 씬에 필요한 백여 명의 엑스트라를 섭외하고 실제 촬영에 참가한 일반 시민들의 수기까지 공모하여 보고서 형태로 제작하는 등의 열의를 보였다. 그것은 1964년의 제1회 위령제 이후로 추도비 건립과 『우키시마마루 사건의 기록』 자비출판(1989), 이와나미서점 간행 『근대일본총합연표』(1991년 개정판)를 비롯하여 일본 메이저 출판사 간행의 역사관련 사전에 우키시마마루 사건을 등재하는 일 등을 실현해온 모임이, 그러한 성과에도 불구하고 "왜 우리들은 추도하고 계승하는가"라는 "근본적 물음"에 대한 답을 구하지 못하고 새로운 길을 모색하고 있을 때였다.[56] 그들은 이 영화작업에의 참여를 계기로, 우키시마마루 사건을 "이야기하여 전하는" 일의 중요성을 알게 되었다.[57] 1996년에는 '우키시마마루 순난자 추도회'로 명칭을

56) 品田茂, 앞의 책, 100쪽.

변경하고, 추도비 건립 20주년을 맞는 1998년에는 직접 마이즈루 시의 극단을 섭외해 <바다를 바라보는 군상의 이야기>라는 제목의 연극을 상연하기도 했다.

만주 출신으로 일본의 패전 당시 소련군에 의해 시베리아로 억류되었다가 마이즈루를 통해 인양한 뒤 줄곧 그곳에서 거주한 추도회 회원 스나가 야스로는, 추도비 건립을 계획할 때부터 그것은 일본인의 책임이니 "민단이나 조선총련에게 부탁하는 것은 그만두자"는 방침을 정했다.[58] 그렇게 해서 세워진 추도비 앞에서 영화 <아시안 블루>의 주인공은 "일본인은 왜 그렇게 쉽게 잊는가. 오십년 전 자기들이 아시아에서 어떤 짓을 했는지 잊은 것은 일본인뿐"이라고 한탄하면서, 함께 집으로 돌아가자는 딸의 부탁에 "내가 있을 곳은 여기"라고 말한다. 영화의 마지막 장면에 이르면, 다시 혼자가 되어 마이즈루의 등대에 서서 바다를 내려다보는 하쿠운의 모습과 함께 "나를 잠들지 못하게 하는 녀석이 있다. 비틀리고, 짓밟히고, 입이 틀어막히고, 귀가 닫히고, 그래도 들려오는 목소리가 있다. 끊임없이 내 어깨를 흔들고, 내 영혼을 때리며 나를 잠들지 못하게 하는 녀석. 너는 대체 누구인가"라는 그의 독백이 들려온다.

화면에 비친 그의 뒷모습은 우키시마마루 사건을 바라보는 영화의 이중적인 시각을 보여준다. 우키시마마루 사건으로 희생된 조선인은 식민주의의 역사를 끊임없이 환기하며 현재까지도 자신을 '이곳' 마이즈루에서 떠나지 못하게 하는 존재이다. '일본인은 왜 그리도 쉽게 잊는지' 물으며 그는 잊지 않기 위해 평생을 바쳐 온몸으로 저항해 왔다고도 할 수 있다. 평생 따라다니며 자신의 혼을 깨우는 '조선인'이라는 유령은 다름아

57) 위의 책, 117쪽.
58) 위의 책, 90쪽.

닌 '나=일본인' 자신의 얼굴을 되비추는 거울이었던 것이다. 하지만, 한편으로 등대에 서서 마이즈루 앞바다를 내려다보는 행위는 사건이 일어난 현장과 자신이 서 있는 위치 사이에 놓인 바다만큼의 거리를 확인하는 것이기도 하다. 영화는 그 거리 혹은 틈새를 주인공의 2세들과 재일조선인 사이의 사랑·우정이라는 전형화된 방법으로 메우려 한 반면, 한편으로는 서로의 언어로 번역될 수 없는 '사건'의 영역을 영화의 부제로 남겨놓기도 했다. 한국어 '사건'을 일본어 가타카나로 음차하여 표기한 '우키시마마루 사콘(浮島丸サコン)'이라는 부제는, '아시아의 바다'를 의미하는 메인타이틀에 의도된 보편성과는 달리 '사건'의 고유성을 지시하고 있다는 점에서 인상적이다. 2001년 광주에서 진행된 <아시안 블루> 상영회에서 제작자 이토 마사아키는 이 영화를 통해 "아시아의 사람들과 새로운 연대와 우호를 만들어가고 싶다"고 밝히는 한편, '블루'가 가지는 우울하고도 밝은 이미지를 통해 "어두운 과거를 정확히 구명하고, 밝은 미래를 위해 연대하고 싶다"는 취지를 밝혔다.[59] 한편, 일본에서 발표된 영화소개란이나 영화평 등에는 제목과 관련하여 "사콘(サコン)이란 한글로 '사건'을 나타내는 말"이라는 문구를 흔히 발견할 수 있다.[60] 한국에서도 일본에서도, 당시 이 영화를 보기 전까지는 우키시마마루 사건의 존재를 몰랐다는 관객들이 대부분이었다. 따라서 사실상 이 영화에 대한 정보를 미리 얻지 않는 한, 제목만으로 '조선'을 떠올리기란 어려웠다. 그것은 어느 정도 의도된 것으로도 보이는데, 영화 포스터에는 푸른 바다 한가운데 떠 있는 배의 이미지 한 켠에 침몰 후의 우키시마마루 사진이 흑백으로 작게 인쇄되어 있을 뿐이기 때문이다. '한글로 사건을 의미한다'는 '사콘(サ

59) 위의 책, 160쪽. 「日本映画紹介」, 『キネマ旬報』 1175, 1995.11, 119쪽.
60) 「日本映画紹介」, 『キネマ旬報』 1175, 1995.11, 119쪽.

コン)'이 이 이미지 속에서는 '조선'을 지시하는 유일한 기표였던 셈이다.

이 사건의 고유성 혹은 번역 불가능성은, 우키시마마루 사건이 왜 그동안 많은 언어화의 시도 속에서도 자주 '잊혀진 기억'으로 표상되거나 '계속 이야기되어야 하는' 사건으로 불려 왔는지를 시사한다. 영화의 주인공이 '조선인'의 존재를 이야기하면 할수록 그것은 '일본인' 자신에 대한 이야기가 되어 되돌아온다. 영화 속에서 조선인(대림)과 일본인(하쿠운)의 관계는, 일본 패전 직후 죽어버린 자 혹은 행방불명된 자와 전후 일본을 계속하여 살아온 자의 관계에 대한 환유로도 읽힌다. 어떤 점에서 이중의 번역 불가능성 위에 놓여 있다고 할 수 있는 이 영화는, 죽은 자/사라진 자를 대신하여 사건에 대해 이야기할 수 있는 공통의 언어란 과연 존재하는가 하는 물음을 유발한다.

5. '이언어적 말걸기'의 탐색을 위하여

종전 직후인 1945년 8월 22일에 마이즈루에서 일어난 우키시마마루 사건은 '전후 재일조선인의 출발'을 설명하는 역사적 기술 속에서, 종종 최초의 '사건'으로 기록되어 왔다. 사건에 대한 기억은 서사적 재현을 동반한다. 사건은 '촉뢰에 의한 524명 사망'과 '1965년 한일협정에 의한 양국간 청구권의 완전하고 최종적인 해결'이라는 일본정부의 입장이 보여주듯, 통치권력에 의한 명명과 현시를 통해 일차적으로 가시화된다. 하지만 사건의 자리란 역설적으로, 지배적 다수에 의해서만 명명되고 현시되어 왔으면서도 사실상 '다수성'의 시각에서는 재현될 수 없는 자리이다.[61] 우키시마마루를 기억하고 그것을 이야기하려 한 여러 시도들은, 제국/식민지 체제 붕괴 직후 일본에서 발생한 조선인의 집단적 죽음을 자기 역사의 일부로서 바라보고 기억하고자 하는 다민족적 · 다언어적 재현이 기도 했다. 이 글은 우키시마마루 사건을 재현한 일본 내의 작업들 중 재일조선인 '귀국' 운동의 맥락과 관련된 두 편의 재일 문학과 일본 내 시민사회 운동 및 '아시아의 평화'라는 맥락에서 제작된 한 편의 영화를 분석했다.

우키시마마루 사건에 관한 기억을 재일조선인 '귀국' 사업의 맥락 속에 소환하고 있다는 점에서 김민과 김시종의 텍스트는 공통점을 지닌다. 또한 그 사건의 '희생자'들을 대신하여 사건에 대해 이야기하고자 했던 의도 또한 중첩되는 면이 있다. 하지만 김민은 '과거의 죽은 자들'보다는 '지금 여기' 남아 일본 사회에서의 삶을 조직하려는 조선인들을 그리는 방향으로 애초의 목표를 수정하면서, 실패한 '귀국'의 표상인 우키시마마루 사건에 대해 더 이상 다루지 못했던 것으로 보인다.

다만 그가 당시 속해 있던 '지금 여기'란 김시종이 말하고자 하는 '재일'과는 변별된 것이다. '재일'(『문학예술』상의 용어로는 '재일본')이라는 현실에 주목하는 것은, "재일조선인의 의식과 생활 감정이 조선 민족의 그것과는 이질인 것처럼 단정"한다는 이유로 문예동으로부터 강한 비판의 대상이 되었다.[62] 하지만 앞서 살펴본 문예동 출범 당시의 강령 및 규약에도 나와 있듯이, '재일조선인의 의식과 생활 감정'을 '조선 민족의 그것'과 일치시키기 위해 문예동 측에서 택한 방법은 '조선민주주의인민공화국'의 문예 노선에 철저히 의거하는 것이었다. 보다 자세히 말하면, "일제가 우리들로부터 빼앗아 간 우리말과 글을 찾으려"는 노력과 함께, "일제의 가혹한 탄압 속에서도 굴치않고 지켜온 우리 문학 예술의 혁명적 전

---

61) 알랭 바디우, 조형준 옮김, 『존재와 사건』, 새물결, 2013, 796쪽.

62) 림경상, 「창작 운동의 새로운 양상」, 『문학예술』 1, 1960.1, 42쪽. '재일본이라는 현실 조건'을 중요시한다고 하여 비판되는 작가로 김시종, 김달수 등이 직접 거론되고 있다.

통을 계승하여 오늘날 공화국 북반부에서 사회주의 건설에 이바지하고 있는 조국의 창조적 성과들에서 배우며 그를 재일 동포들 속에 널리 보급"하는 것이었다.[63)]

그렇게 선택된 『문학예술』의 조선어는 '조선민주주의인민공화국'의 언어에 대한 모방이기도 하지만, 한편으로는 그것이 표현하는 의식과 생활감정이 '조선 민족'과 일치해야 한다는 점에서 모방임을 은폐해야 하는 것이기도 했다. 김민이 「바닷길」의 연재 중단 후 밝힌 향후 창작 계획에서, 우키시마마루 사건에 대한 일절의 언급도 없이 북한의 문학작품에 나타난 '절절한 묘사'를 의식하며 '조국 작품'과 '우리들의 작품'에 대해 고민한 대목은, 북한 문학 및 그 언어에 대한 모방 욕구와 그것의 부인 사이에서 길항했을 내면적인 갈등을 엿보게 한다.

한편, 김시종은 '재일을 살아가는' 자인 동시에 '죽은 자', 또는 증언자인 동시에 기술자라는 다양한 '운명'을 스스로에게 부여하는 것과 더불어, 시공간적 배경의 교란을 통해 '사건'이 지닌 서사화의 불가능성 자체를 '장편시' 형식 속에 담아냈다. 김민의 「바닷길」이 장편소설화하지 못하고 서사적 파탄을 맞은 것과 비교할 때 이러한 형식상의 차이는 주목을 요한다. 뿐만 아니라 김민과 김시종의 텍스트를 이루는 언어의 차이에도 주목할 필요가 있다. 표면상으로는 '조선어' 대 '일본어'라는 식으로 그 차이를 쉽게 규정할 수 있을지 모르지만, 「바닷길」의 조선어는 정확히 말하면 '조선민주주의인민공화국'의 언어에 대한 모방인 동시에 재일조선인 집단의 특수한 언어적 상황 또한 배제하지 않은 조선어이다. 『니이가타』의 일본어는 어떠한가. 그 스스로 "식민지는 나에게 일본의 다정한(やさしい) 노래로서 왔다"라고 고백했듯이, 김시종의 문학에서 일본어는 "황

63) 위의 글, 42쪽.

국소년"의 뼛속까지 스며든 일본어의 서정적 리듬과 싸우며 형성된 것이었다.[64] 그런 점에서 『니이가타』는 특정한 언어공동체 속으로 민족적 동일성을 기입하는 것을 경계하면서도, 일본어 화자인 '나'의 역사를 '식민지 민족의 역사'로 확장하려는 시도 또한 보여준다고 할 수 있다.

끝으로 영화 <아시안 블루>는 네이티브 일본어 화자를 통해 우키시마마루 사건을 이야기한다. 물론 우키시마마루 사건이 일어나기까지의 배경이 되는 아오모리현의 강제노동 현장은 재일조선인 안내자의 목소리에 바탕하여 재현되어 있지만, 조선인의 집단적 죽음의 현장을 목격하고 그로 인해 변해버린 누군가의 삶에 대해 말하는 것은 일본인의 생생한 일본어 독백을 통해서였다. 이처럼 일본어 화자를 통해 '너무 쉽게 잊으려 하는' 일본인을 향해 말을 걸고 있는 이 영화는, 그럼에도 불구하고 일본어로 완전히 이야기되지 않는 '사건'의 영역을 남겨둔다.

이처럼 우키시마마루 사건에 대해 이야기하는 세 편의 텍스트는 모두 다른 양식과 다른 언어로 이루어져 있다. 우키시마마루 사건에 관한 각각의 이야기 방식은, 사건의 배경이 된 일본의 식민지 지배 및 전쟁동원과 패전, 그리고 그에 연속하여 위치지어진 전후 일본에서의 삶에 대해 말하는 행위가 그만큼 서로 다른 언어로, 또한 서로 다른 집단을 향해 이루어져 왔음을 보여준다. 또한 이러한 '말걸기(address)'의 시도들은, "사람이 자동적으로 자신이 말하려는 것을 말할 수 있고, 타자가 사람이 말하고 싶어 하는 것을 자동적으로 받아들일 수 있을 거라는 가정"을 무너뜨리는 시도들이기도 하다. 이러한 가정을 '균질적언어적 말걸기(homolingual address)'의 환상이라고 지적하는 사카이 나오키는, "쓰인 것이든 말해진 것이든 간에 발언을 실제로 받기 위해서는 모든 발언을 번역해야 한다"는 점을 강조

64) 김시종, 윤여일 옮김, 앞의 책.

한다.[65] 그런 의미에서 우키시마마루 사건이 이야기되어온 과정은, 전후 일본의 다민족적 · 다언어적 현실을 가시화하는 것이자, 균질언어적 말걸기의 가정을 부정하는 '이언어적(heterolingual) 말걸기'의 사례로 자리매김할 수도 있을 것이다.

65) 사카이 나오키, 후지이 다케시 옮김, 『번역과 주체』, 이산, 2005, 53쪽.

제2부

'사건'의 교차와 횡단

제3장

김희로와 도미무라 준이치의 일본어를 통한 저항

오세종

1. 1960년대 말~1970년대 전반: 전환기의 일본

널리 알려진 바처럼 1960년대 말에서 1970년대 전반의 시기는 일본의 전환기에 해당한다. 1970년에는 미일안보조약의 자동 개정에 의해 미국과의 관계가 재설정되었고, 1972년 오키나와 시정권(施政權) 반환으로 '일본'이라는 국가의 형태가 재편되었다. 그 배경에는 베트남 전쟁의 장기화에 따른 군사예산의 핍박, 그리고 만일 그 전쟁에서 패배할 시에 공산주의가 아시아에 미칠 파급의 회피라는 이중의 곤란을 해소하려 했던 미국의 아시아 전략 전환이 있었다.

또 한편으로 도쿄대 투쟁, 베트남 전쟁 반대운동, 현재 나리타 국제공항 건설에 반대한 산리즈카 투쟁(三里塚鬪爭), 출입국관리법 제정에 반대한 입관투쟁(入管鬪爭) 등이 일본 국내에서 반복되며 확산되었던 것도 70년대

였다. 더불어 장애인단체 아오이시바노카이(青い芝の會)가 뇌성마비 아들을 어머니가 살해한 사건(1970년)에 대해 "어머니여, 죽이지 말라"라는 슬로건을 내세우며, 부모라도 죄는 죄로서 처벌 받아야 한다는 운동을 전개한 것도 이 시기였다. 요컨대 이 시기 일본은 위로부터의 재편(再編)과 아래로부터의 다양한 이의제기라는 충돌이 끊이지 않았던 것이다.[1)]

이 글에서 다루고자 하는 것은, 그러한 상황하의 일본에서 1968년과 1970년에 일어난 두 개의 사건이다. 이 두 사건 모두는 아래로부터의 이의제기에 해당한다고 말할 수 있는 사건이었다.

그 중 하나는 재일조선인 김희로(金嬉老)[2)]가 1968년에 일으킨 사건이다. 60년대 말 재일조선인 사회에 주목해보면, 일본정부는 1965년 한일기본조약 체결로 한국국적 소유자에 한에서 협정영주를 인정하면서도 비국민의 국외철거가 용이하도록 입관법의 개정을 획책함에 따라, 재일조선인들은 변함없이 엄격한 관리 환경에 놓여 있었다. 한편 북한에서는 김일성의 신격화가 진행되어, 그 영향이 당시 최대의 재일조선인단체였던 조선총련에도 미치게 되었다. 중앙조직부장이었던 김병식을 중심으로 조선총련의 강력한 재편이 이뤄졌는데, 그것은 조직으로부터의 인원 유출을 초래했을 뿐 아니라, 마땅히 살피고 구해야 할 사람을 방치하는 상황을 만들었다. 김희로가 놓여 있던 상황이란 바로 그런 것이었다.

또 하나는 오키나와인 도미무라 준이치(富村順一)가 1970년에 일으킨 사건이다. 이 시기 오키나와에서는 '이민족=미국'의 지배로부터 벗어나

1) 이의제기를 하는 측의 내부에서도 격렬한 의견차가 있었다는 점을 지적해두고 싶다. 예컨대 화교청년투쟁위원회(화청투)가 "투쟁하는 측인 일본의 신좌익 안에서도 배외주의에 명확히 저항하는 이데올로기가 구축되어 있지 않다"라고 엄하게 고발하며, '신좌익'과의 연대 해제를 선고한 사건(화청투고발, 1970.9.9.) 등이 있었다.

2) 김희로는 일본명, 조선명을 합쳐서 7개의 이름을 갖고 있었다. 공공기관에 등록된 이름은 '권희로(權嬉老)'였지만, 이 글에서는 가장 잘 알려진 '김희로(金嬉老)'를 사용하겠다.

일본국헌법으로의 회귀를 호소하는 복귀운동이 활발히 진행되었다.[3] 다른 한편에서는 복귀운동에 비해 큰 규모는 아니었으나, 복귀의 길이 아닌 국가 자체의 폐기를 주장하는 반복귀론(反復歸論)도 나타났다. 이와 연관된 것으로, 도미무라 사건 다음 해의 일이긴 하나, 1971년 9월 천황의 전쟁책임을 요구하는 오키나와 청년들이 황거(皇居)에 돌입하는 사건이 발생하였고, 같은 해 10월에는 오키나와의 시정권 반환에 반대하는 청년들이 국회에서 폭죽을 터뜨리는 등, 여러 항의 사건이 일어났다. 이렇듯 오키나와에서의 복귀운동과 국가 자체를 되묻는 사상이 나타나는 가운데, 도미무라의 사건이 발생한 것이다. 그것은 일본에 대해, 그리고 오키나와에 대해 물음을 던지는 사건이 되었다.

이 두 사건은 '일본국민'이 아닌 재일조선인과 오키나와인이라는 마이너리티가 일으킨 사건이라는 점에서 '아래로부터의 이의제기'일 뿐 아니라, 그 보다 한 층 더 '아래'로부터의 그것이었다. 결과적으로 볼 때 이 사건들은 위로부터의 편성과 아래로부터의 이의제기라는 움직임 밖에서 일어난 외침이었기에, 일본의 역사인식과 일본인을 되묻는, 즉 '일본' 그 전체를 물음에 부치는 사건이 되었다는 공통점을 갖는다.

더불어 김희로와 도미무라 모두 일본의 구조적 차별 속에서 호소할 수단을 빼앗긴 채 있었기에, 사건을 일으키는 것이 곧 자기주장이었다는 공통적 특징을 지닌다. 도미무라는 사건 후 공판에서 "오키나와 문제를 호소하기 위해, 아무런 발언권을 갖지 못한 오키나와 인민이 만약 자신들의

---

3) 복귀 직전의 오키나와에서는 1970년, 반복되는 미군의 횡포에 견디다 못하여 고자시(コザ市)에서 반미기지투쟁이 일어났다. 다음 해인 1971년 8월에는 '제2차 고자사건(コザ事件)'이 일어났는데, 이때 전쟁에 반대하는 미군이나 민간의 미국인들도 가담하여, 보다 국제적인 범위의 반미기지투쟁이 되었다. 이렇듯 오키나와에서의 복귀운동이 1960년대 후반부터 반전평화, 베트남 전쟁반대를 방침으로 내세우며, 반미기지투쟁과 연대해 왔음을 명기해 두고자 한다.

문제를 일본국민에게 호소하려 할 경우에는, 이것 이외에는 방법이 없었던 것입니다"라고 말했다.[4)]

나아가 사건을 일으키고 그 책임을 어떻게 질 것인가라는 질문은, 재일조선인과 오키나와인은 누구인가에 대하여 사회에도 그리고 자기 스스로에게도 물음을 던지는 행위였다는 점에서 공통적이다. 이에 대해 김희로는 "내가 이것(자기의 행위에 책임을 지는 것)을 관철하는 것은 민족에 대한 긍지와 명예를 관철하는 것이며, 이 행위로 말미암아 일본인의 양심에 호소하는 일이 될 것이라고 나는 확신합니다"라고 법정에서 진술했다.[5)] 사건을 일으키는 것으로 일본에 호소하고, 사건의 책임을 받아들임으로써 오키나와와 재일조선인이 놓인 현황을 가시화하고, 나아가 스스로의 아이덴티티를 되묻는 것, 양측 사건은 이 세 가지 사항을 동반하고 있었다.

다만 이 글에서 주목하려는 바는, 두 사람이 자기주장으로서 일으킨 사건 자체보다도, 그 사건을 일으킴으로써 획득한 발언의 권리를 일본어를 사용하여 행사했다는 점이다. 두 사람이 자기 실존을 내걸어 일본의 양심을 움직이고 일본사회에 오키나와와 조선의 존재를 부상시킨 것은, 다름 아닌 일본어를 통해서였다. 그렇지만 그것은 단지 일본어를 통해 사회에 호소하는 일에 그치지 않았다. 앞질러 말하자면 그것은 일본어를 사용함으로써 그 언어에 타자를 도래하게 만들고, 언어 속에 잡거상태를 야기하는 것이다. 도미무라와 김희로는 만난 적이 없으나(다만 서로에 대해 알고는 있었다), 양자는 상보적 관계를 이루며 일본어를 타자에게 열어젖히는 일을 실행했던 셈이다.

이 글은 두 사람의 옥중기나 법정발언을 주된 분석대상으로 삼아서, 둘

4) 富村順一, 『わんがうまりは沖縄』, 柘植書房, 1972.5.15, 225쪽.
5) 金嬉老 他, 『金嬉老問題資料集成』, むくげ舍, 1982, 103쪽.

의 일본어가 어떻게 '일본', 혹은 그 전환의 양상에 관해 묻고자 했으며, 또 어떻게 일본어를 열어젖힘으로써 오키나와, 재일조선인을 비롯하여 광범하게 타자를 맞아들이고자 했는지를 고찰할 것이다.[6]

2. 공진(共振)하는 두 개의 사건

1) 스마타쿄(寸又峽) 농성 사건

1968년 2월 스마타쿄(寸又峽)에 있는 여관 후지미야(ふじみ屋)에 라이플총과 대량의 탄환, 다이너마이트를 쥔 남자가 경영자와 숙박객 13명을 '인질'로 삼고 농성에 돌입했다. '라이플 마(ライフル魔)'라고 불린 이 남자는 '김희로'였다.

김희로는 1929년 2월 시즈오카 현에서 태어났다. 그는 일곱 개의 이름을 가지고 있었다. '김희로(金嬉老)' 이외에도 '권희로(權嬉老)', '곤도 야스히로(近藤安弘)' 등의 이름이 그것이다. 일본 이름, 조선 이름이 김희로를 조선인과 일본인 틈새에 위치시켰을 뿐 아니라, 조선 이름('김희로', '권희

6) 본래라면 '연속사살마'라고 불린 인물, 나가야마 노리오(永山則夫)도 다뤄야 할 것이다. 잘 알려진 것처럼 나가야마는 18세 나이에 네 명을 사살하는 사건을 일으키고, 제1심에서 사형, 제2심에서 무기징역, 그리고 최고재판소에서 이례적으로 반려판결이 이뤄져 다시 사형을 판결 받았다. 실질적으로 나가야마에게 사형을 선고한 최고재판소의 판결은 현재도 사형의 적용기준으로서 쓰이고 있다(일명 '나가야마 기준'). 김희로나 도미무라와 마찬가지로, 나가야마도 감옥에서 일본어를 배우고 많은 소설이나 평론을 발표했다. 그러나 나가야마 노리오에 관해서는 르포르타주를 포함하여 꽤 많은 선행연구가 있다는 점, 또 나가야마도 일본사회의 마이너리티였으나 김희로, 도미무라의 경우와는 그 마이너리티성이나 주장했던 바의 정치성 등이 다소 다른 위상에 있었다는 점을 고려하여, 이 글에서는 다루지 않고 다음의 과제로 남겨두고자 한다. 한편 제2심의 과정에서 나가야마는 극도의 빈곤, 육아 방기로 볼 수 있는 모친의 행동 등으로, 일본에서는 최초로 PTSD(외상후 스트레스 장애) 진단을 받았다.

로')도 일본어 독법(긴키로キンキロウ, 곤키로コンキロウ)과 조선어 독법(김희로, 권희로)이 타인에 의해, 그리고 본인에 의해서도 때에 따라 달리 사용됨으로써, 하나의 이름 속에서도 분열이 있었다. 그리고 조선인이라는 이유로 어린 시절부터 차별을 당해 온 영향으로, 김희로는 조선인과 일본인 사이에서 흔들리는 아이덴티티를 지닌 채 자라났다. 또 전시기에 소년원에서 일본의 군사교련을 받은 것도 그의 아이덴티티 트러블을 심화시킨 원인이 되었다. 식민지지배, 그리고 일본 패전 후에도 지속되는 식민주의의 영향을 받아 온 존재로서 김희로가 있었던 것이다.

이런 김희로가 농성 사건을 일으킨 데에는 크게 세 가지 원인이 있었다. 가장 주요한 원인으로 어린 시절부터 조선인이라는 이유로 모욕을 당해 온 것을 들 수 있다. 일찍 부친을 여의고 경제적 빈곤 속에서 자란 탓도 있어 김희로는 소학생 시절부터 가혹한 차별을 받아 왔다. 소학교에서는 일상적으로 '어이 조센진, 조센진'이라고 모멸적인 놀림을 받았고, 동급생뿐만 아니라 교사로부터도 차별을 당했다. 자신의 도시락을 일부러 뒤엎은 동급생과 다툼이 일어났을 때, 담임선생이 이유를 묻지도 않고 김희로의 배를 걷어차는 일까지 있었다. 너무도 큰 충격에 소변과 대변을 지린 김희로는 그것을 계기로 일본의 학교제도로부터 이탈하고 만다. 제대로 교육을 받지 못한 채 부랑아 꼴이 되어 경찰에 수시로 심문을 당하는 생활을 해야 했던 것이 김희로의 인생에 미친 영향은, 가늠하기 어려울 만큼 컸을 터이다.

두 번째로는 농성 사건으로부터 약 반년 전(1967년 7월), 고이즈미 이사무(小泉勇) 형사에게 민족차별 발언을 들은 것을 이유로 들 수 있다. 김희로는 알고 지내던 조선인이 고이즈미에게 트집을 잡히는 모습을("너희 조선인은 일본에 와서 우쭐대지 마라!") 때때로 목격하였다. 이에 대해 김희로가 고이즈미에게 전화로 항의하자, 역으로 "뭘 믿고 까불고 있어, 이 자식!

너희 조선인은 그런 말을 듣기에 딱 알맞은 것들이다"라고 모욕적인 말을 들었다.[7] 사건을 일으키기 전까지, 김희로의 마음 속에서는 이 모욕의 말이 되뇌어지고 있었던 것이다.

세 번째, 김희로가 불법적으로 떠안게 된 채무금을 야쿠자인 소가(曾我)로부터 독촉 받으며 궁지에 몰려 있던 것을 들 수 있다. 소가도 김희로가 조선인이라는 것을 이유로 모욕적 언행을 반복했다. 모욕을 당하고, 자기 책임도 아닌 돈을 요구 당하며 쫓기고 있던 김희로는 소가를 죽일 각오로 라이플총과 다이너마이트를 준비한 뒤, 그를 '밍크스(みんくす)'라는 바로 불러냈다. 채무금을 준비하지 못했다고 소가에게 말하자, "뭐야 이 자식, 너 조선인 주제에 까불 생각하지 마라!"라는 말을 들었다.[8] 이 발언을 들은 김희로는 바깥으로 나가 차에 놓아두었던 라이플총을 꺼내 들었고, 안으로 돌아온 뒤 소가를 사살했다. 그 후 김희로는 스마타쿄로 향한 것이다. 사적인 원한이라는 면도 있었으나, 농성 사건의 근본적 원인은 김희로가 계속해서 겪어온 민족차별이었으며, 그것이 찌르는 듯한 아픔을 동반하며 축적되어 온 탓이었다.[9]

여관에서 농성에 돌입한 김희로는 매스컴이나 연구자들의 취재 및 연락에 상시로 응하며, 금전 요구 등을 하지 않고 단지 고이즈미 형사의 공개 사죄를 요구했다. 김희로의 필사적인 요청을 받은 시즈오카 현 경찰 지휘부와 고이즈미가 텔레비전에 출연하여 민족차별을 한 것에 대해 사죄하기로 했다. 그러나 고이즈미는 김희로를 향해 실제로 했던 발언("너희

---

7) 金嬉老 他, 앞의 책, 34-35쪽.

8) 위의 책, 60쪽.

9) 소가를 사살한 뒤, 김희로는 "결국 저질러 버렸구나, 자 이제부터가 중요하다. 이제부터 나는 39년간, 일본에서 나고 자라난 동안 가장 절실하게 느낀 것, 가장 참혹하게 생각해 온 것을, 지금이야말로 나는 세상을 향해 확실히 말해버릴 것이다, 싸울 것이다, 라는 그런 기분이 들었다"라고 말했다. 위의 책, 62쪽.

조선인은 일본에 와서 우쭐대지 마라!")이 아니라, 발언을 왜곡하여('바보 자식'이라고 말했다고 주장함) 그에 관해서만 사죄를 하였기에, 김희로는 재차 사죄를 요구하게 된다. '바보 자식'이라는 말로는 일본의 식민지지배, 재일조선인에 대한 일상적 차별의 인식이 드러나지 않게 되고, 사건의 본질 자체가 상실되어 버리기 때문이었다.

이 사건은 큰 반향을 불러일으켜, 사건의 한창일 때부터 뜻 있는 일본인들의 지원이 이어졌고, 재판이 시작된 뒤로도 지원운동 등이 활발히 이뤄졌다. 재일조선인들은 복잡한 심경으로 이를 지켜보는 한편, 김달수나 김시종 등, 많은 인물이 김희로를 위해 증언대에 섰다. 물론 김희로도 법정에서 문제의 본질을 계속해서 호소했다. 그러나 김희로의 호소는 제대로 받아들여지지 못한 채 무기징역 판결이 선고되었다. 20년 이상을 형무소에서 보낸 뒤, 김희로는 국외퇴거 명령을 받고 '모국'인 한국으로 갔으며, 2010년 전립선암으로 숨을 거두었다.

2) 도쿄타워 점거 사건

1970년 7월 8일, 도쿄타워가 점거되는 사건이 일어났다. 사건을 일으킨 것은 도미무라 준이치였다.

도미무라는 1930년에 오키나와 모토부초(本部町)에서 태어났다. 천황의 초상화에 경례를 하지 않았다는 이유로 소학교에서 퇴학을 당한 이후, 대장간 일이나 농사 일을 거들고 자전거 수리공 등을 하며 지냈다. 오키나와전 시기에는 일본군 말에게 먹일 풀을 베는 일을 하기도 했다. 일시적으로 머문 구메지마(久米島)에서는 오키나와전에서 학살된 조선인인 구중회(具仲會)를 리어카로 운반하는 것을 돕기도 했다.[10] 오키나와전 이후 일

10) 도미무라는 1973년 구메지마(久米島)에 '통한의 비(痛恨之碑)'를 건립하였는데, 그 목적

본군을 대신해 미군의 점령통치가 시작되었는데, 도미무라는 미군병사가 지인을 살해하고 여성을 강간하는 장면을 목격하기도 했다. 오키나와전 이전과 그 이후에 걸쳐, 도미무라는 끝없는 전쟁 속을 살아가고 있었다.

도미무라는 미군 점령통치하의 오키나와에서 절도나 미군시설 불법출입 혐의 등으로 종종 형무소에 수감된다. 뿐만 아니라 수감되어 있던 형무소에서 탈주했다가 다시 자수를 하는 등, 형무소를 들락거렸다. 또 다른 사건으로 인해 수감되어 있던 나하(那覇)형무소에서는 처우개선 요구를 주도하는 리더 역할을 하며 봉기를 일으킨 바가 있는데, 최종적으로는 탈주하여 1955년 일본으로 밀항했다.

일본 '본토'에서도 절도나 공무집행방해 등으로 여러차례 징역형을 받은 바 있다. 그가 도쿄타워 점거 사건을 일으킨 것은 절도로 인한 10개월의 징역이 끝나고 출소한 뒤 1년만의 일이었다. 그러나 일견 난폭한 생활을 해온 것처럼 보일지라도, 도미무라는 일본 '본토'에 건너온 뒤로 미민정부[米民政府; 琉球列島米國民政府, USCAR(United States Civil Administration of the Ryukyu Islands), 미군이 오키나와에 설치했던 통치기구－역자]와 일본정부에 의한 오키나와에 대한 부당 취급의 중지를 일본 각지를 다니며 소호해왔던 것이다. 일본 각지의 거리에서 연설을 하였고 황거 앞에서도 항의활동을 했다. 테이프 레코더에 오키나와의 현황이나 천황의 전쟁책임을 요구하는 내용을 녹음하여, 큰 볼륨으로 재생하는 등의 일인시위를 이어갔다. 그러나 경찰에게 테이프 레코더를 부당하게 압수당했고, 신주쿠에서는 고쿠가쿠인대학(國學院大學)의 학생으로부터 폭행을 당했다. 부당 취급을 알리고자 했던 도미무라의 행위가 부당하게 제지되었던 것이다. 오키나와전에 대해 일본정부 및 천황이 책임을 다하지 않았고, 또 오키나와전

가운데 하나는 구중회를 추모하는 것이었다.

이후의 미군에 의한 부당한 강압과 폭행에 대해서 일본정부, 미민정부, 류큐(琉球)정부 그 누구도 처벌이나 대책을 마련하지 않았으며, 개인의 호소도 국가권력에 의해 가로막혀버린 가운데, 도미무라가 최후의 수단으로 택한 것이 바로 도쿄타워 점거였다. 오키나와의 현황을 알리고 평화를 요구하기 위해 최대한 주목을 이끌어낸 셈이다.

1970년 7월 8일, 도미무라는 점거 목표인 도쿄타워로 향했다. 엘리베이터를 타고 전망대에 오르자, 견학을 온 미국인 목사가 도미무라의 눈에 띄었다. 미국의 폭거를 알리려는 취지도 있었기에 그를 중심으로 하여 인질을 취하게 된다. 도미무라는 흉기를 가지고는 있었으나, 거기에 있던 사람들을 해칠 의도는 없었다.[11] 스스로의 주장을 널리 알리는 것만이 그의 목적이었기 때문이다. 점거 후 도미무라는 전망대에 있던 조선인을 오키나와와 마찬가지로 차별, 억압받는 존재라고 하여 풀어주었고, 어린 아이들에게는 초콜릿을 나눠주고, 미국인 목사에게는 해칠 의도가 없음을 알린 뒤, 마주 앉아 오키나와의 현황을 이야기했다.

사건은 경찰이 도미무라의 신병을 확보함으로써 종결된다. 체포될 당시 도미무라는 "미국은 오키나와가 아닌, 고 홈(Go Home)", "일본인이여 너희들은 오키나와를 입에 담지 말라"라고 크게 적힌 티셔츠를 입고 있었다. 이후 곧 열린 재판에서 내려진 판결은 징역 3년 실형판결이었다.

3) 두 개의 사건이 추구했던 것

김희로 사건은 메이지(明治)로부터 백년이 되는 시기에 일어났는데, 김희로 자신도 이를 자각하고 있었다. 조선의 식민지화, 그리고 이후의 포스트식민주의와 그것이 밀접하게 연관된다는 점에 대해 의식하고 있었던

11) 다만 도미무라는 점거를 막으려는 기색을 보인 엘리베이터 보이를 가격하였다.

셈이다. 도미무라도 류큐 병합, 오키나와전, 미군에 의한 점령통치 등, 거시적 관점 하에서 생각한 끝에 점거 사건을 일으켰다. 이렇듯 식민주의의 지속이라는 큰 틀의 인식구조를 김희로와 도미무라는 공유하였으며, 그렇기에 두 사람은 재판에서 '일본제국주의'와 '미제(米帝)'를 외쳤다. 뿐만 아니라, 이 둘은 식민주의나 제국주의를 고발함으로써 조선인과 오키나와인이라는 역사적 존재를 일본사회에 부상시켰으며, '조선', '오키나와'라는 아이덴티티 자체의 회복을 추구하였다. 이 점에서 두 사건은 서로 호응한다고 볼 수 있다.

> 나의 전과를 문제 삼기 이전에, 과거 일본인과 천황을 중심으로 하는 일본정부가 우리 오키나와인에게 어떤 죄를 저질렀으며, 그 속죄가 어떤 방식으로 이뤄졌는가에 대해 생각하는 것이 오히려 선행되어야 할 것입니다. 재판장님과 검사님은 일본인임을 충분히 자각하여 본 재판에 임해주시길 바랍니다. 피고석에 서 있는 저 또한 오키나와인임을 자각해야 합니다. 어디까지나 우리 오키나와인은 일본인과 일본정부로부터 350년간 인권을 무시당하고 살해당한 희생자들입니다. 이것을 전제로 하여 재판을 진행해야만 공평한 판결인 것입니다(도미무라 준이치 의견진술).[12]

> "일본이여, 나에게 모국의 말을 돌려 달라! 일본이여, 내게 모국어의 생활감정을 돌려 달라!" 일본 온 나라를 향해, 나는 절규하고 싶은 심정입니다(김희로 의견진술).[13]

---

12) 제9회 공판에서의 의견진술. 富村順一, 앞의 책, 251쪽.
13) 金嬉老 他, 앞의 책, 104쪽.

두 사건을 통해 드러난, 이 이질적인 존재들이 쏟아내는 말들은 김희로의 진술에서 볼 수 있듯이 격렬한 것이기도 하지만, 관점을 달리하여 보자면 그것은 균질적 사회공간의 확보를 위해 억눌려 있던 것이기도 했다. 이 두 사람이 요구했던 바는 사회의 밑바닥을 뚫고 나타난 이질적 존재들을 정당하게 대우해 달라는 것이었다. 그것은 두 사람이 일으킨 사건을 무죄로서 봐달라는 것이 아니라, 죄를 범하고서야 비로소 부상하게 된 타자의 존재를 정당히 처우해 달라는 것이었다. 도미무라의 인용문 말미에 있는 '공평'이라는 말에서 그러한 요구를 살펴볼 수 있다. 둘에게 '불공평'이란 무엇이었을까 생각해보면, 예컨대 그것은 김희로 사건에 관한 검찰의 모두진술에 나타나 있다. "피고인은 도주 시에 자기가 조선인임을 **관련시키면서**, 또 기요미즈 경찰서 폭력범 형사 고이즈미 이사무가 조선인을 매도했다고 주장하며 이를 세간에 알릴 **의도를 갖고서**, 스마타쿄에서 인질을 붙잡아 농성을 할 **마음을 먹었다**."[14] 여기서 볼 수 있다시피 두 사람이 '일본의 양심'을 묻기 위해 사건을 일으켰음에도 불구하고, 형법에 기초해 사건을 일반화하여 '해결'해버리려는 언술이 이뤄지고 있으며, 사건을 일으킨 의도를 비본질적이고 부속적인 문제로 치부해버리고 만다. 따라서 둘이 요구한 '공평'이란 형법에 기초하여 사건의 경중을 측정하고 형량을 정하는 것이 아니라, '일본인'이 타민족을 학대해온 스스로의 역사를 자문해보고 그것을 전제로 김희로와 도미무라 사건에 대한 판결을 내려달라는 것이었다. 바꿔 말하자면, 사건의 개인적 책임을 받아들이는 한편으로, 이와 동시에 식민주의와 차별적인 현황을 남겨두고 있는 국가의 책임을 묻는 것이었다. 그런 연유로 김희로와 도미무라 모두는 자신들

---

14) 延原時行 編著, 『今こそ傷口をさらけ出して—金嬉老との往復書簡』, 教文館, 1971, 184쪽 이하 인용.

이 일으킨 사건이 형사죄의 틀 안에서 계산 가능한 것으로 측정되는 움직임이 나타나면 출정(出廷)을 거부하는 태도를 보이기까지 했다. 또 양측 사건 모두 변호인측은 일본의 식민주의를 쟁점으로 할 것을 제안하였다.

즉, 법정에서 둘은 식민지지배의 역사, 지속되는 식민주의와 그에 기초하여 구조화된 차별 등에 대한 일본인의 '양심'을 물음으로써 일본을 뒤흔들었으며, '오키나와인'과 '조선인'을 부상시켜 이들을 '공평'하게 받아들여 줄 것을 몸을 던져 외쳤던 것이다.

3. 공진하는 두 개의 일본어: 두 개의 언어실천에 관하여

일본 그 자체를 고발하였다는 행위는 현재에도 논할 만한 가치가 있다. 다만 거기서 나아가 주목하고 싶은 바는, 도미무라 준이치와 김희로의 법정, 그리고 감옥에서의 언어실천이다. 그것은 일본에 관해 되묻고 조선과 오키나와를 부상시켰을 뿐 아니라, 그 이상의 가능성을 향해 열려 있었기 때문이다.

앞서 살펴보았다시피 김희로는 조선인이라는 이유로, 도미무라는 천황의 초상에 경례를 하지 않았다는 이유로, 학교 교육으로부터 추방되는 공통적인 성장 내력을 지녔다. 이 둘이 일본어를 배운 장소는 감옥이었다.

소학교 2학년 때 퇴학을 당하였기에 일본어로 읽고 쓰는 것이 곤란했던 도미무라의 옥중수기는, 그야말로 습득 과정 중의 문체였다. 도미무라의 옥중기 『내가 태어난 곳 오키나와(わんがうまりあ沖縄)』에는 말을 습득해 가는 과정의 그의 문체가 편집자의 손에 의해 가능한 한도 내에서 재현되고 있다. 예를 들어 다음과 같은 문체가 그것이다.

> 혼자서 뒤문[뒷문]으로 다녔습니다. 그게[그런 사실을] 나카소네 선생님에게 발각되어, 왜 너는 정문으로 돌아[통해서] 천황폐하의 사진에 견례[경례]를 하지 않느냐고, 선생님을 비롯하여 학우들에게도 발로 차이고 밥히고[밟히곤] 하였습니다. 이 일로 저는 학교에 가지 않게 되었습니다.[15)]

라(ラ)행이 다(ダ)행으로 뒤바뀌어 있거나, 요음(拗音)과 촉음(促音)의 결락이 보이고, 한자와 오쿠리가나(送り仮名)[한자의 훈독이 용이하도록 한자 뒤에 표기하는 가나(仮名)문자－역자], 조사 등의 쓰임이 잘못되어 있음을 확인할 수 있다. 그러나 이는 단순히 '잘못'된 것이라기보다, 도미무라가 유소년기에 체득한 일본어의 모습이 시간을 초월하여 그대로 드러난 문체라고 보는 편이 정확하리라.

일본어를 습득함으로써 도미무라에게는 '오키나와 말'과 일본어의 차이에 대한 자각이 있었다고 보인다. 도미무라의 옥중수기에는 "방언이라고 해도 고향의 것이기에 가장 좋은 것이라고 나는 생각합니다. 지금도 저는 고향 사람들을 보면 곧장 방언을 사용합니다. 방언을 쓰지 않으면 오키나와 사람다운 기분이 나지 않습니다"라고 쓰여 있다. 그러나 '방언'이라고는 하나 그것은 표준어와 구별되는 방언이 아니라, 오히려 일본어와 외국어라는 구별 하에 속한다. 그렇게 말할 수 있는 까닭은, 도미무라가 제4회 공판(1970년 2월 18일)에서 '오키나와 말로 말하고 싶다'라고 하며, 통역을 요구했기 때문이다. 이 통역의 요구는 재판관에 의해 거부되

15) 富村順一, 앞의 책, 21쪽. [ ]의 내용은 인용자의 것임. 원문: ひとりでうだ門 [=うら門]を通りました。そのとこを [=そのところを]、仲宗根先生に見つかり、なぜ君は本門をとうり[=とおり] 天皇ヘイカの写真にサイケイデイ [=サイケイレイ(最敬礼)] をしないかと、学校の先生をはじめ学友たちにも、ふんだり、けえたり [=けったり] やらでました [=やられました]。その事にて私は学校にいかなくなりました。

었으나,[16] 이 요구 자체가 '오키나와 말'이 소위 '방언'과는 다른 것임을 드러내는 것이었고, 일본어와 '오키나와 말' 사이에 번역이 필요할 정도로 간격이 있다는 점을 도미무라가 의식했음을 보여준다. 그런 의미에서 도미무라가 감옥에서 일본어를 습득한 것은 마치 외국어를 배우는 것처럼 이뤄진 셈이다.

도미무라가 외국어로서 배운 일본어는 전달하고 싶은 의도를 다양한 기표를 통해 표현하는 것이라기보다, 그것을 하나의 말에 집약하여 드러내는 단단한 문체가 되었다. 달리 말하자면 습득중인 외국어를 사용한다는 부자유 안에서 사상을 드러내는 것이기에, 그의 일본어는 언어적, 문체적 경제성이 두드러진다고 볼 수 있다.

이 언어적 경제성 속에서 반복적으로 사용되고 있는 중심적인 말이 '제국주의'와 '평화를 사랑하는~'인데, 그의 수기나 진술을 주의 깊게 읽어보면, 양자가 명확하게 대립을 형성하고 있음을 확인할 수 있다. 도미무라가 '제국주의'를 사용한 일례로서 다음의 인용을 살펴보자.

> 저는 과거 수십년간 학대 당했고, 또 종전 후에도 미군의 식민지에 의해 학대를 당했는데, 이것은 그야말로 잔혹한 것입니다. 따라서 그런 연유로 저는 학대 당한 자들의 대표격이라고 할 수 있습니다. 저는 좋아서 일본에 온 것이 아닙니다. 사실은 나 스스로의 의지를 충분히 일본인에게 호소하고 싶었습니다. 그러나 일본제국주의라는 국가는, 기동대 전부가 폭력단과 다를 바 없었다.[17]

16) 위의 책, 58쪽. 참고로 1971년 10월에 일어난 국회 폭죽사건에서도 오키나와 청년들은 법정에서의 류큐어(琉球語) 사용을 요청하였다.

17) 제3회 공판에서의 도미무라의 발언. 위의 책, 223쪽.

도쿄타워 점거 사건까지의 도미무라의 일생이 전쟁과 점령을 중심으로 하는 국가적 폭력의 경험과 함께였다는 것은 이미 논한 바와 같다. 그렇기에 도미무라에게 '제국주의'란 이데올로기나 팽창정책이라는 의미보다도, 주로 날것 그대로의 물리적 폭력을 가리키는 말이라고 볼 수 있다. 환언컨대 그에게 '제국주의'는 이론적 인식을 가능케 하는 개념이라기보다, 국가에 의해 지금 여기에 행사되고 계속되고 있는 폭력과 그 폭력을 입은 신체의 경험을 전달하기 위한 말이었던 것이다.

게다가 '제국주의'는 일본만이 아니라, 미국의 경우도 마찬가지로 이르는 것이기에, 그것은 오키나와를 넘어서 거대하게 확장하는 것으로서 파악되고 있다. 즉 도미무라의 '제국주의'는 세계적으로 확장하는 생생한 군사적 폭력을 하나로 집약하여 표현한 말인 것이다.

그에 반해 '평화를 사랑하는~'은 '평화를 사랑하는 오키나와인', '평화를 사랑하는 베트남인', '평화를 사랑하는 아시아의 민중', '평화를 사랑하는 인민' 등으로 쓰인다. 이는 '제국주의'와 대립쌍을 이루는 것이기에, 폭력을 입은 구체적 사람들을 염두에 둔 말이라고 볼 수 있다. 또 이 말은 이념적인 '평화'라기보다도, 구체적인 존재자들의 상황을 가리키는 말이기도 하다. '제국주의'의 용례도 그러했듯이, '평화를 사랑하는~'의 범위도 도미무라 자신과 그가 직접적으로 알고 있는 '오키나와인', 그리고 이를 넘어서 폭력으로 고통받고 있는 '아시아의 민중'으로 확장된다. 그런 연유로 '평화를 사랑하는~'은 '제국주의'의 범위에 대응하여 과거로부터 현재에 이르기까지 폭력을 입은 그/그녀의 존재를 집약적으로 나타내는 말인 것이다.

나아가 '평화를 사랑하는~'은 '제국주의'가 팽창하는 만큼, '평화를 사랑하는 것'을 넓혀 나가기 위하여 협동을 요구하는 말이기도 하다.[18)]

> 우리들은, 우선 오키나와의 일을 생각한다고 해서, 베트남을 잊어서는 안 된다. 그리고 현재, 남북조선의 일을 절대로 잊어서는 안 된다고 생각합니다.[19)]

즉, '평화를 사랑하는~'은 폭력을 입은 '사람'을 형용하는 것일 뿐 아니라, '평화'를 실현하기 위한 요청이라는 이중의 의미를 지닌다. 달리 말하자면 '평화를 사랑하는~'은 단지 폭력을 입은 사람들을 지칭하는 것에 그치지 않고, '평화'를 '사랑하기' 위하여 '제국주의'를 극복하려는 의지와 행동도 가리키는 것이다. 이렇듯 이중의 의미가 부여된 것이기에, '평화를 사랑하는~'은 도미무라 자신, 그 스스로의 직접적인 신체 경험이라는 개인적 차원을 넘어 확장하는 실천에 해당한다. 다음의 발언에서 그 예를 살펴볼 수 있으리라.

> [점거한 도쿄타워 특별전망대에] 조선인 7-8명이 있는 것을 알게 되어, 그 조선인들을 우선 풀어주었고, 또 20세 이하와 여성도 내려 보내기로 하였습니다. 조선인을 먼저 내려 보낸 것은, 제가 새삼스레 말할 것도 없이, 몇 십 년의 긴 세월 동안 일본인과 일본정부는 조선인에 대하여 고문이나 몹쓸 짓을 해왔기에, 조선인은 우리 오키나와인과 같은 입장이기 때문입니다. 곧바로 조선인들을 한 장소에 모으고, 당신들은 전전 일본인과 일본제국주의자들로부터 갖은 고초를 겪었는데, 사실 우리 오키나와인들 모두도 조선인과 마찬가지로 차별을 받았다. (…중략…) / 또 미국은, 전혀 관련도 없는 평화를 사랑하는 인민

---

18) 평화를 구하는 연대의 호소에서 '일본인'은 배제되어 있지 않다. '제국주의'를 극복하려는 의지는 국적이나 국경에 의해 제한될 수 없기 때문이다. 위의 책, 234-245쪽. 제4회 공판에서 도미무라의 발언 참조.

19) 위의 책, 242쪽.

> 을 죽이고, 제 마음대로 행동하고 있기에, 미국인을 인질로 삼아, 베트남 문제도 일본정부에게 호소했다.[20]

위에서 확인할 수 있다시피, 오키나와인의 경험이 조선인이나 베트남 '인민'의 그것과 중첩된다. 오키나와인 도미무라의 신체는, 그와 마찬가지로 '제국주의'의 폭력을 입은 조선, 베트남, 캄보디아 사람들의 신체이기도 하며, 신체 자체가 그의 일본어가 그러했듯이 경제적인 기능을 발휘한다고도 말할 수 있겠다. 구체적 추상이라고도 일컬을 수 있는 신체의 확장인 셈이다.

앞서 보았듯 그의 일본어의 단단함에서 유래한 경제성인 '평화를 사랑하는 것'/'제국주의'라는 사상적 구도는, 절약적 표현이기에 역설적으로 '평화를 사랑하는 것'/'제국주의'라는 말의 이면에 내포된 구체적 폭력이나 인간의 존재를 다양하게 암시한다. 도미무라가 제3세계와의 연대라는 관점을 취하게 된 것도 그의 경제성을 지닌 말이 체현하는 사상적 구도에 의한 것이었다. 또 구메지마(久米島)에 '통한의 비(痛恨之碑)'를 건립한 것, 그리고 광주사건으로 한국을 떠나야만 했던 사람들과 관계를 만든 것도, '평화를 사랑하는' 도미무라 자신의 사상을 실천한 것이었다.[21] 이런 점은 높이 평가되어야 할 것이다. 그러나 출소 후 그의 일본어는 옥중기와 마찬가지의 내용을 반복한 것이 많고, '평화를 사랑하는 것'/'제국주의'라는 구도와 그 가능성을 언어표현을 통해 풍부하게 기술하지는 못한 것으로 보인다.

일본어를 타자에게 열어젖히는 실천을 보다 명확하게 행한 것은 김희

---

20) 위의 책, 83쪽.

21) '통한의 비'에 관해서는 富村順一, 『死後も差別される朝鮮人』(個人出版, 1973), 광주사건에 관해서는 富村順一, 『血の光州 · 亡命者の証言』(JCA出版, 1980) 참고.

로였다. 김희로도 여러 번 수감된 바가 있는데, 그 중 지바의 형무소에 있을 때 '조선인'이라는 이유로 모욕을 당하는 까닭이 읽고 쓰지 못하기 때문이 아닌가, 라는 생각에 필사적으로 독서를 해서 문자를 쓸 수 있게 되었다.[22] 그러나 이 시기 김희로에게 있어 한 가지 역설은 굴욕을 물리치고 자기 자신을 표현하기 위해서는 구(舊)종주국의 언어인 일본어를 익혀야만 한다는 사실이었다. 김희로도 김사량이나 초기의 장혁주처럼 일본어 사용의 문제와 직면하게 된 것이다. 그러나 김희로의 경우는 그들과 중첩되는 면도 있으나 다른 측면을 가지고 있었다.

소설가 김석범은 「김사량에 관해서」라는 글에서 "김사량의 작품은 일본어로 이뤄진 허구 세계임에도 불구하고, 거기에 반드시 조선적인 생활 감정이나 감각을 침투시켜서 작품의 사상을 내측으로부터 지탱하고 있다는 점을 유념해야 할 것이다. 단지 민족적 입장에서 저항사상을 내세우는 것에 그치지 않고, 거기에는 그 스스로 말한 '조선인의 감각이나 감정'이 뿌리내리고 있었던 것이다. (…중략…) 그리고 그 가운데서 김사량은 자기 자신의 일본어에 목적의식을 부여했다. 즉, '조선을 주장하기' 위한 수단으로서 일본어로 글을 썼던 것이다. 현재의 재일조선인 작가와는 달리, 적어도 당시의 감사량은 일본어를 수단으로서 바라보는 내적 조건을 갖추고 있었다"라고 논했다.[23]

김희로도 조선어를 전혀 할 줄 몰랐던 것은 아니며, 조선적인 세계를 갖고 있지 못했던 것도 아니다. 조모는 오로지 조선어, 모친도 기본적으로 조선어를 사용했기 때문이다. 농성 사건 직후에 출판된 『겁쟁이, 울보, 응석받이(弱虫 · 泣虫 · 甘ったれ)』에는 김희로가 가타카나로 옮겨 적은 모친

22) 金嬉老, 『われ生きたり』, 新潮社, 1999, 56-57쪽.
23) 金石範, 「金史良について」, 『文學』, 岩波書店, 1972.2.

의 말이 수록되어 있다. 예컨대 "히로야, 히로야, 언제 사람되겠노(ヒロヤヒロヤウンジェサランテゲンノ)" 등이 있다.24) 그런데 김희로가 이해하는 조선어는 기본적으로 어린 시절 듣고 익힌 것으로, 결코 많다고 볼 수 없는, 부산 방언인 모친의 말에만 한정되었다. 따라서 김사량이 자기 안에 조선어, 혹은 '조선적인 것'(김석범)을 명확히 가지고 일본어를 사용한 것과는 달리, 김희로는 '주장'해야 할 '조선'을 명확히 갖지 못한 채, 일본어를 사용하지 않을 수 없다는 문제에 직면했던 것이다. 이 점에서 김사량과 김희로는 큰 차이가 있었다. 다만 김희로는 결과적으로 볼 때, 일본어를 쓸 수밖에 없는 상황을 역으로 이용하는 언어실천을 행하게 되었다.

김희로는 법정진술에서 담당재판관이나 검사의 이름은 물론이고, 어린 시절 그를 괴롭힌 자들의 이름, 알고 지낸 친구의 이름, 은인의 이름, 사귀어 온 여성과 그 일가의 이름, 유명세를 보고 면회를 온 사람의 이름, 취재하러 온 매스컴 사람의 이름 등, 모든 이름을 정확하게, 그리고 애정과 반발 등, 긍정적, 부정적 평가를 담아 공개하였다. 이 영향이 상당하였기에 이름이 공표되어 자살을 한 사람마저 생겼다.25)

또한 법정에서의 의견진술 이전부터, 김희로는 농성의 계기를 '인질'에게 전했고, 매스컴의 인터뷰에서도 그것을 공언하였다. 조선인이라는 이유로 39년 동안 차별을 받아온 것을 공언함으로써,26) 김희로는 이름뿐 아

24) 岡村昭彦 編, 『弱虫・泣虫・甘ったれ』, 三省堂, 1968, 61쪽. '오카무라 아키히코(岡村昭彦) 편'이라고 되어 있으나, 본래라면 '金嬉老 著・岡村昭彦 編'라고 되어 있어야할 내용이다. 김희로의 이름이 여러 개였기에 '김희로'라는 명의를 쓰는 것을 주저한 결과인지도 모른다.

25) 자살한 사람의 진상에 관해서는 金嬉老, 앞의 책 제14장 내용 참조.

26) '인질'로 사로잡은 사람들에게 김희로는 "내가 어째서 아무런 관계도 없는 여러분께 이런 일을 하지 않을 수 없는가를 생각하면 미안한 마음입니다. (…중략…) 따라서 그 책임을 저는, 스스로의 죽음을 통해 사죄합니다. 어린 시절부터 저는 조센징, 조센징이다, 라고 일본 사람들에게 꽤나 비참한 꼴을 당해 왔고, 많은 감정의 상처를 받아 왔으며,

니라, 그 자신의 경험, 그리고 사건을 일으킨 의도도 공개적으로 드러낸 것이었다.

게다가 공개된 것은 이름이나 의도 등에 그치지 않았다. "[사건 3일 전에] 알고 있던 경찰관에게 다이너마이트, 라이플총을 가지고 찾아갔는데, 물론 경찰관이 그것들을 손수 확인하였습니다"[27]라고 김희로가 진술한 바와 같이, **사건이 일어나기 전부터** 이미 그것이 공개되어 있었던 셈이다. 그런 의미에서 일본어 의한 언어실천은 김희로의 존재와 사건을 통째로 가시화하는 것이었다. 이는 시간의 직선적인 흐름을 교란시키기 위한 방편이기도 했다.

그러한 언어실천의 독자성은 모든 것을 있는 그대로 폭로해버리는 점에 있었다. 모든 것을 공개하여 가시화함으로써, 김희로는 보통 때에는 겉으로 드러나지 않은 일본의 구조적 차별, 지속되는 식민주의, 구체적인 혐오범죄의 경험, 차별 가운데서 숨죽이고 있던 자기 자신, 그리고 사건과 재판을 통해 지금 여기에서 행하는 일본에 대한 저항, 그 모두를 명백하게 **일본어**를 통해 드러내었던 것이다.

안토니오 네그리와 마이클 하트가 『제국』에서 정의한 바처럼, 현대의 제국이란 특정 국가에 의한 실효 지배지의 확장이라기보다, 지배/피지배라는 불평등 관계의 산출 및 유지라고 볼 수 있다. 일본어에 의한 김희로의 언어실천은 결국 그러한 지배/피지배의 불평등 관계가 존재하고 있음을 분명히 드러내는 것이었다. 이를 또 다른 관점에서 보자면, 하나의 나라 안에 타자가 내재하여, 잡거상태를 이루고 있음을 보여주는 것이었다.

어머니나 형제, 혹은 동포들로부터도 많은 면들을 봐왔습니다. 그러므로 그런 면들에 관해서, 이번에 경찰이 그런 문제를 일으킨, 요컨대 그것이 이 사건의 큰 동기가 되었다는 점을 그 사람들[인질] 전부에게 말한 것입니다."라고 말했다. 金嬉老 他, 앞의 책, 68쪽.

27) 위의 책, 1쪽.

다만 이 경우 잡거상태란 한 나라 안의 상태만을 가리키는 것이 아니었다.

> 저는 지금도 일본이 제1의 고향이라고 여기고 있으며, 일본어 이외에는 무엇도 말할 수 없습니다. 자기 나라의 역사도 잘 알지 못합니다. 자기 나라의 어른들을 대하는 예의범절이나 응대의 방법 등도 알지 못합니다. (…중략…) 일본인이 아님에도 불구하고 일본인보다 일본어를 유창하게 말할 수 있다고 저는 생각합니다. 말하자면 저는, 일본의 정책이 걸어온 길에 남겨진 저희 세대의 사람들을 기형아라고 생각합니다.[28]

이 발언이 의미하는 바는, 식민지지배에 의해 말과 문화를 수탈당했기에 김희로의 내부에서 일본과 조선이 뒤섞이고, 그 결과 하나의 신체 안에서도 잡거상태가 이뤄졌다는 것이다. 부정적으로 표현된 '기형아'란 하나의 신체 안의 잡거상태임에 다름 아니다.

앞 절에서 사건을 일으키는 일이 사회를 뒤흔들고, 사회 밑바닥의 타자를 출현시키는 것이었음을 지적한 바 있다. 그렇게 출현한 타자가 일본어를 철저히 도구로서 사용하여 사건에 관해서만이 아니라, 잡거상태에 있는 자기를 계속하여 말하는 것은, 균질적인 사회와 평행선상에 존재한다고 여겨지는 일본어 자체가 불평등한 양태에 있음을 명확히 하는 것이기도 했다("일본이여! 내게 모국어의 생활감정을 돌려 달라!"). 만약 일본어가 균질적인 사회와 평행선상에 존재하는 것이라면, 사회의 균질성을 깨고 사회 밑바닥에서 출현한 타자가 일본어를 말하는 행위는 일본어 그 자체에 균열을 틈입시키는 것이었다("일본이여! 내게 모국어의 말을 돌려 달라!"). 달리 말하자면 이는 일본어 자체를 타자와 그들의 문화나 역사에 열어젖힘

28) 위의 책, 103쪽.

으로써, 잡거상태로 만드는 일이었다.

언어를 열어젖히는 이러한 실천은 주로 김희로가 일본어를 통해 타자로서의 자기 역사를 말함으로써 이뤄졌는데, 김희로의 일본어 표현에도 잡거상태가 직접적으로 나타날 때가 있다. 예컨대 모친의 말을 옮겨 적은 "히로야, 오데갔노(広や、オデカンノ)"가 그에 해당한다.[29] 조선어가 모어였던 모친에게는 이것이 "희로야, 어디갔니"라는 뜻이었을 것이다. 그렇기에 "ヒロヤオデカンノ"라고 전부 가타카나로 옮겨 적으면 될 일이다. 그러나 김희로는 '희로야'를 '히로야(広や)'라고 일본어 발음처럼 적고 있다. 결국 이 문장은 일본어적인 부분(広や)과 조선어를 옮겨 적은 부분(オデカンノ)이 합성된 것으로서 볼 수 있다. 즉, 언어 자체의 잡거상태는 김희로가 스스로의 성장 내력이나 사건을 말함으로써, 그리고 그가 알고 있는 조선어가 크레올적인 형태나 재일조선인어라고 부를 법한 형태로 표현됨으로써 실현되었던 셈이다.

이제껏 살펴본 바와 같이, 김희로는 사건이나 자기 자신을 일본어를 통해 있는 그대로 드러냄으로써 사회 밑바닥에 가라앉아 있던 타자를 부상시켰을 뿐 아니라, 언어 그 자체의 내측으로부터도 타자를 출현시켰던 것이다. 그것이 바로 '조선적인 것'을 확고하게 갖고 있지 못했던 김희로의 일본어 실천이었다. 도미무라 준이치가 '평화를 사랑하는 것/제국주의'라는 구도를 통해 암시했던 타자의 꿈틀거림을, 김희로의 경우는 언어를 혼탁하게 만듦으로써 생생하게 출현시킨 것이라고도 말할 수 있겠다. 이 점에 있어 도미무라와 김희로의 언어실천은 상호 보완적으로 어울리며 교차한다. 이는 식민주의나 현대의 제국을 스스로의 신체와 언어를 걸고 해체하려는 탈식민주의와 탈제국의 실천이었다고 볼 수 있다. 도미무라 준

29) 岡村昭彦 編, 앞의 책, 67쪽.

이치와 김희로의 언어실천은, 의도치 않게 김사량이 그러했듯이, 일본어를 도구로 사용하여 오키나와와 조선을 주장하는 것이었다. 그것은 식민지적 상황이 지속되는 것을 보여주는 동시에, 탈식민주의적인 행위기도 했다. 그리고 그 행위는 일본사회의 오키나와와 조선의 비가시화를 고발하는 한편, 사회나 언어 내에 잡거상태를 드러내는 방식으로 이뤄졌던 것이다.

김희로와 도미무라 준이치가 일으킨 사건은 중첩되는 문제이지만, 그 둘이 직접 만난 적은 없다. 또 전환기 일본을 겨냥한 이 두 사건은 재판 과정에서 마찰을 불러 일으켰음에도 불구하고, 그 충격은 형법의 범위 내에서 무마되어 버렸다. 그러나 도미무라도, 그리고 이 글에서 다루지는 못했으나 나가야마 노리오(永山則夫)도 김희로의 존재를 알고 있었다. 아마 김희로도 그 둘에 관해서 전해들은 바가 있었을 것이다. 또한 이름은 알 수 없지만, 김희로 사건에 관심을 가진 '본토'의 '청년'이 있었다는 사실도 알 수 있다. 이 청년은 전전 시기부터 오키나와에 와있던 조선인들을 상대로 인터뷰 조사를 행하던 인물로, 김희로에게 격려의 편지를 부쳤다.[30] 이 청년은 오키나와와 조선에 관심을 가지고 있었기에, 도미무라 준이치 사건에도 주목하였을 것이다. 이 청년의 경우와 마찬가지로 두 개의 사건으로 인해 촉발된 타자들이 다수 있을 것이라고 생각되는데, 그 중 일부는 양자의 공판기록상에, 그리고 별개의 사건인 것처럼 나타났다. 차후에는 이러한 타자들의 꿈틀거림과 그 연결고리를 구체적으로 밝혀가는 작업을 과제로서 삼고자 한다.

[번역: 정창훈]

30) 金嬉老 他, 앞의 책, 117쪽.

제4장

전후 일본의 '반지성주의'와 마이너리티

—양정명과 도미무라 준이치를 중심으로—

곽형덕

1. 머리말

동아시아에서 '전후'를 둘러싼 기억은 '평화'를 어떻게 받아들일 것인가와 직결된다. 일본의 전후 규정에는 '평화', '평화주의', '평화헌법'등의 용어가 상투적으로 따라붙는다. 그만큼 많은 사람들이 전후=평화라는 등식을 내면화 하고 있다고 볼 수 있다.[1] '평화'는 "전쟁이나 분쟁이 없고 세상이 온화한 상태로 있는 것" 혹은 "걱정 근심이나 분쟁이 없이 온화한 상태"[2]로 사전에 정의돼 있으나 '전후 일본=평화주의'라는 규정은 기억의 취사 선택에 가깝다. 종전 72년을 기념해 NHK에서 제작된 「전후 제

1) 山本昭宏, 『教養としての戰後<平和論>』, イースト・プレス, 2016 참조.
2) デジタル大辭泉에서 인용.

로년 도쿄 블랙홀(戰後ゼロ年 東京ブラックホール)」(2017년 8월 20일 21시 방송)은 전후의 무질서와 폭력적인 상황을 극히 일시적인 것으로 인식하고 전후를 평화 체제로만 바라보려는 일본인의 집단기억의 양상이 잘 드러나 있다. 이 다큐멘터리를 소개한 NHK홈페이지에는 다음과 같은 설명이 나온다.

> '전후 제로년'을 기록한, 귀중한 미공개 영상과 CIA기밀문서가 발굴됐다. 그 자료에서 떠오른 것은 사람, 물품, 돈을 탐욕스럽게 집어 삼키는 욕망의 '블랙홀'.
>
> 배우 야마다 다카유키(山田孝之)가 최신 디지털 기술로 전후 제로년 도쿄로 타임슬립! 절망과 야망이 뒤섞여 싸우는 질서 없는 세계에서 그는 무엇을 보았는가?[3)]

이 다큐멘터리에서는 전후 직후를 "절망과 야망이 뒤섞여 싸우는 질서 없는 세계" 이른바 '블랙홀'로 규정하고 있다. 패전으로 인해 초토화된 도쿄의 삶 속에 투입된 '나'(야마다 다카유키)는 암담하지만 삶의 의지로 충만한 사람들 속에서 '희망'을 발견한다. 말 그대로 전후 '제로년'의 블랙홀이 모든 혼란과 폭력적인 상황을 다 빨아들이고 사람들은 평화롭게 살 수 있었다는 서사가 이 다큐멘터리의 중핵에 자리 잡고 있다.

하지만 메도루마 슌은 "전후 제로년"을 위 다큐멘터리와는 완전히 다른 의미로 사용하고 있다. 메도루마 슌은 전후 60주년에 맞춰 낸 『沖縄「戰後」ゼロ年(生活人新書)』(NHK出版, 2005.7)에서 오키나와에 '전후'가 존재하지 않았다는 의미에서 "전후 제로년"개념을 들고 나온다. 메도루마의

3) http://www.nhk.or.jp/special/blackhole/

전후는 존재하지 않는 것, 혹은 "끝나지 않은 전쟁"을 상징하는 일본인의 위선적 전후관을 질타하는 용어이다.[4] 방송과 출판이라는 다른 형식이기는 하지만 같은 NHK에서 12년의 터울을 두고 완전히 다른 의미로 쓰인 "전후 제로년"은 전후 일본을 어떻게 파악할 것인지에 대해 많은 질문을 던지고 있다. 그것은 "전후는 과연 '평화'로웠는가?"라는 질문으로부터 전후와 냉전의 상관관계, 일본인과 마이너리티의 전후 인식에 이르기까지 다기에 걸쳐 있다.[5] 동아시아에서 '전후'를 수치로 환산해 기념하는 나라가 일본뿐이라는 점에서도, '전후'는 일본인들의 의식 형성과 사회 구성의 근간을 이루고 있다. 특히 일본 내의 마이너리티에게 전후의 시간은 전쟁과 차별로 점철되었다는 점에서 '전후'에 대한 인식은 일본인과 마이너리티 사이에서 좁힐 수 없는 간극으로 남아 있다.

이 글은 1960년대 안보투쟁이 최고조에 달했을 무렵 흐릿했던 일본인과 마이너리티(조선인, 오키나와인, 중국 화교)의 경계가 혁명의 기운이 쇠락해 가기 시작하면서 다시 뚜렷해져 갔던 시기에 초점을 맞추고 있다. 전공투에 참여했던 많은 일본인 학생들이 정치의 계절이 끝나자 윤택해진 전후 일본 사회로 복귀할 수 있었던 것과 달리 마이너리티 학생들의 선택지는 극도로 제한돼 있었다. 그 사이에서 벌어진 가장 파국적인 사건이 양정명(야마무라 마사아키)의 분신자살이다. 양정명의 자살은 학생운동의 퇴조 속에서 더 이상 나아갈 길을 찾을 수 없었던 마이너리티의 절망과 직접적으로 이어져 있다. 한편, 오키나와인 도미무라 준이치의 도쿄타워 인질 농성사건 또한 전후 일본이 가장 진보적이었다고 여겨지던 이른바 전후의 자장이 강했던 시기에 벌어졌다. 하지만 1970년 이 둘이 민족차

4) 目取眞俊, 『沖縄「戰後」ゼロ年 (生活人新書)』, NHK出版, 2009 참조.

5) 권혁태, 차승기 엮음, 『'전후'의 탄생—일본, 그리고 '조선인'이라는 경계』, 그린비, 2013 참조.

별에 항거해 벌인 행동은 자못 달랐다. 양정명은 극심한 자기 정체성의 혼란으로 다수자들에게 항거하며 자살로 생을 마감했고, 도미무라는 도쿄타워를 점거해서 일본 제국주의 및 천황의 전쟁책임을 물었다.

양정명과 도미무라의 사건이 있었던 1970년은 '혁명'을 향한 에너지가 꺼져가고 전후 경제 부흥을 향한 열망이 불타오르는 상징적인 해였다. 역사적 사건으로 시대를 구분하는 것의 위험성을 충분히 인지한다 하더라도, 1970년 3월 14일부터 열린 오사카만국박람회와 같은 해 3월 마지막 날 벌어진 적군파에 의한 요도 호 납치사건은 학생운동의 파국적 결말을 예고하는 동시에 고도성장기의 달콤한 경제적 혜택이 지속될 것임을 잘 보여주는 이벤트였다. 1970년대 초반 일본은 적군파의 연이은 폭력적 행위가 사회를 뒤흔들었지만, 외교적으로는 데탕트 분위기 속에서 안정적인 경제성장을 구가할 수 있었다. 적군파의 아사마 산장사건(1972), 이스라엘 텔아비브 공항 총기 난사 사건(1972) 등과 오키나와의 일본복귀, 중일국교정상화 등을 비교해 보면 이는 잘 드러난다.

그런 점에서 1970년에 벌어진 양정명과 도미무라 준이치의 일본 사회를 향한 항의는 일본 내의 마이너리티에 대한 반지성주의적 경향 속에서 터져 나온 것이라 할 수 있다. '반지성주의'는 반주지주의적 특징을 지니며 이는 사회적인 현상으로 나타난다. '나'와 '너'의 관계에서만이 아니라, '나'와 '그들', '우리'와 '너'라는 식으로 집단과 개인 등 비대칭적 관계와 함수 속에서 반지성주의는 공격성을 드러낸다. 여기서 말하는 반지성주의는 특정 집단에 대해 "광범위하게 나타나는 사회적 태도와 정치적 행동"[6]이 미친 사회적 파급과 그에 따른 변동이다. 이를 몇몇 논자들의 정의를 통해 살펴보면 다음과 같다.

---

6) 리처드 호프스태터 지음, 유강은 옮김, 『미국의 반지성주의』, 문학동네, 2017, 27쪽.

ⓐ 내가 '반지성적'이라고 일컫는 태도나 사고에 공통되는 감정은 정신적 삶과 그것을 대표한다고 여겨지는 사람들에 대한 분노와 의심이며, 또한 그러한 삶의 가치를 언제나 얕보려는 경향이다. 내 생각에 이런 일반적인 정식화는 과감한 정의만큼이나 유용할 것이다. (리처드 호프스태터)[7]

ⓑ 반지성주의의 두드러진 특징은 '협량'함이고, 그렇기에 무시간성(無時間性)을 드러낸다. (우치다 다쓰루內田樹)

ⓒ 반지성주의는 새로운 계급사회의, 이른바 '계급문화'의 한 구성요소로서 존재한다. (시라이 사토시白井聰)

ⓓ '반지성주의'는 극히 간단히 상대방을 바로 부정하는 사고방식이라고 생각한다. (다카하시 겐이치로高橋源一郎)

ⓔ 개인적으로, 반지성주의를 둘러싼 논의는 지성을 운운하는 것을 축으로 한 대립이라기보다는, '분단'(학력과 사회적 격차 등-인용자 주)과 관련된 이야기라고 생각한다. (오다지마 다카시小田嶋隆)[8]

ⓐ는 1963년 미국에서 출간된 책의 인용으로, 매카시즘에 촉발된 인식이다. 호프스태터는 1950년대 미국에서 지식인 집단에 대한 "분노와 의심" 그리고 공격이 그토록 쉽게 이뤄진 배경을 미국의 건국 과정이나 종교를 연원으로 해서 밝히고 있다. ⓑ~ⓔ는 일본의 반지성주의를 분석한 것으로, ⓒ와 ⓔ는 일반론적 접근에서 보다 구체적인 분석이 돋보인다. ⓒ는 고도성장기의 총 중류사회가 신자유주의의 범람으로 격차 사회의 도래로 붕괴되면서 일본에 반지성주의가 횡행하게 됐다는 분석인데 지나치게 도식적인 접근이다. ⓐ의 분석에서 시도하고 있는 집단 기억이라는

7) 리처드 호프스태터, 앞의 책, 25쪽.
8) ⓑ~ⓔ는 內田樹編, 『日本の反知性主義』(晶文社, 2015)에 수록된 각 논자의 글을 인용했다.

함수를 더할 필요가 있어 보인다. ⓔ는 전후민주주의의 우등생 사상과 지성만능주의가 학력을 축으로 해서 일본 사회를 '분단'시켰으며 그것이 반지성주의를 낳은 토대가 됐다고 분석하고 있다.

여기서는 ⓑ와 ⓓ의 관점에서 전후의 반지성주의적 경향을 마이너리티를 향한 무시간성(왜 그들이 지금 이곳에 있는지를 인식하지 못하는 것)과 그들의 존재를 부정하는 사고방식으로 파악하고 있다. 지금 눈앞에 있는 존재에 대한 '무시간성'=역사적 시간을 무위로 만들려는 시도는 마이너리티의 존재 이유를 위협하는 일상적 폭력의 근거로 작용해 왔다. 혁명의 기운이 사그라들던 1970년, 양정명과 도미무라 준이치는 각자의 불꽃을 안팎으로 터뜨렸다. 이 두 사건은 '전후'의 각기 다른 시간을 살아온 일본인과 마이너리티의 삶의 차이만이 아니라, 전후 일본의 마이너리티를 향한 반지성주의적 경향을 드러내고 있다. 전후 일본에서 보편적 세계인 양성을 목표로 한 교양 교육이 펼쳐지는 가운데 마이너리티에 대한 차별이 일본 사회 아래로 점차 다시 뿌리를 내리고 있었으며, 그것은 한때 학생운동의 파고 속에서 잘 드러나지 않았던 나(일본인)와 너(타 민족)의 구별을 마이너리티 청년들에게 생존의 문제로 던져놓기 시작했다.

2. 목숨을 불태우는 차별: 양정명의 자기 심판

양정명(귀화명, 야마무라 마사아키)[9]의 분신자살은 자기 존재에 대한 비극

9) 양정명(梁政明, 일본명 야마무라 마사아키山村政明)는 1945년 6월 야마구치 현에서 7남매 중 3남으로 태어났다. 우수한 성적으로 중고교를 졸업한 후 집안 사정으로 동양공업에 입사했지만, 문학을 향한 꿈을 접지 못하고 상경해서 경제적 궁핍에 시달리며 수험 공부를 이어간다. 1967년에 와세다대학 제1문학부에 입학하지만 경제적 이유로 제2문학

적이고도 처절한 심판이었다. 이는 고마쓰가와사건(小松川事件, 1958)의 이진우나 김희로사건(金嬉老事件, 1968)이 자기 자신이 아닌 타자의 목숨을 향했던 것과 대비된다. 더구나 이진우와 김희로에게 큰 영향을 받으며 성장기를 보내고 있던 양정명이 자신의 내적 고뇌를 밖으로 표출하려 하다가 안에서 폭발시킬 수밖에 없었던 상황은 한 개인의 좌절만이 아니라, 당시 일본 사회 내의 마이너리티에 대한 처우 등과 연동해서 생각해봐야 한다.[10] 고마쓰가와사건과 김희로사건은 재일조선인과 '범죄'를 연결시키는 고정 관념을 일본 사회에 심어줬지만, 결과적으로는 재일조선인의 차별문제를 사회 전반에 드러냈다. 이 두 사건은 일본 지식인들에게 심대한 충격을 안겨서 오에 겐자부로나 후쿠다 쓰네아리 등이 이를 각각 소설(『叫び聲』)이나 연극(『解ってたまるか!』)으로 만들기도 했다. 특히 고마쓰가와사건은 중국문학 연구자 오무라 마스오를 조선연구로 전환시키는 계기를 만드는 등 일본 지식인들에게 민족 차별 문제를 일깨우는 역할을 하기도 했다.[11]

부(야간부)로 옮긴다. 이후 학생운동에 적극적으로 참가해서 학생대회의 의장을 맡았다. 그 사이에 학급 동인지에 작품을 발표했다. 귀화한 조선인이라는 해결되지 않은 정체성에 대한 고민과 일본 사회의 뿌리 깊은 차별에 좌절한 그는 죽음을 결심하고 1970년 10월 6일 이른 아침 와세다대학 도야마 캠퍼스 정문 맞은편에 있는 아나하치만구(穴八幡宮) 앞에서 유서 및 「항의 탄원서」를 남기고 분신자살로 생을 마감했다.

10) 서경식 지음, 임성모 · 이규수 옮김, 『난민과 국민 사이—재일조선인 서경식의 사유와 성찰』, 돌베개, 2008, 113쪽 참조.

11) 조선문학 연구자 오무라 마스오 2차 인터뷰. 일시 2017년 11월 12일. 이 인터뷰는 소명출판에서 간행된 오무라 마스오 저작집 마지막 권인 6권 『오무라 마스오 문학앨범』(소명출판, 2018)에 수록됐다. 1차 인터뷰는 『오무라 마스오 저작집4—한국문학의 동아시아적 지평』(곽형덕 옮김, 소명출판, 2017.9) 참조. 고마쓰가와 사건 당시 20대였던 오무라 마스오는 동료들과 함께 이진우의 가족을 오랜 세월 동안 돌보고 이진우와 직접 만나는 등 이진우 구원 활동을 펼쳤다. 이때의 경험이 중국학 연구자 오무라를 조선학으로 전환시키는 커다란 계기가 되었다. 이진우의 구명운동에 대해서는, 조경희, 「'조선인 사형수'를 둘러싼 전유의 구도」(『'전후'의 탄생—일본, 그리고 '조선'이라는 경계』(권혁태, 차승기 엮음, 그린비, 2013.4)를 참조할 것.

하지만 양정명의 분신자살은 그 윤리적 준엄성과 사회적 메시지에도 불구하고 일본 사회를 바꾸는 힘이 되지 못했다. 이는 일차적으로 양정명이 귀화인이었다는 것에서 그 이유를 찾을 수 있다. 부모가 의사와 상관없이 자신을 귀화를 시켰다는 사실은 양정명과 도미무라 사이의 좁힐 수 없는 간극을 만들어냈다. 이 간극은 본명과 통명 사이를 오가는 고통과는 다른 차원에서 이해될 필요가 있다. 통명 자리에 귀화명이 들어서면서 양정명은 더 이상 조선 이름으로 자신을 사회적으로 규정할 수 없게 됐다. 바로 이 지점에서 커다란 절망이 싹텄다. 언어와 문화, 그리고 자기 이름까지 다 바뀌어 일본인이 됐지만 일본 사회에서 온전한 일본인으로 살아갈 수 없으며, 그렇다고 다시 조선인으로 돌아갈 수 없는 절망이 바로 그것이다. 양정명의 유고집 『이 목숨 다 타버릴지라도』[12] 속에 담긴 "난 이런 나라에서 태어나고 싶지 않았다. 아무리 가난해도 조국 조선에서 태어나고 싶었다"는 그의 외침 소리가 더 비장하게 들려오는 이유는 여기에 있다. 그가 조선인으로서의 자기 존재 확인을 통해 일본 사회에 대한 비판과 공격으로 나아가지 않고 자기 심판으로 귀결된 이유도 존재 정립의 불가능함 속에서 고찰될 수밖에 없다. 하지만 그가 자기 고뇌와 부정/불안으로 점철된 삶만을 살았던 것은 아니었다.

> 도저히 죽을 수 없다고 생각했습니다. (…중략…) 괴롭더라도 역시 살고 싶어요. 살아야 합니다. 희구하며 살아야 합니다. (…중략…) 파멸하고 싶지 않습니다. (…중략…) 살아가야만 합니다. 살고 싶습니다. 1965년 1월 6일[13]

---

12) 山村政明, 『いのち燃えつきるとも―山村政明遺稿集』, 大和書房, 1971. 이후 인용은 쪽수만 표시하며 유고집의 번역은 모두 필자에 의한다.

13) 위의 책, 81쪽.

양정명이 마쓰다 게이코(松田啓子, 동양공업 재직 당시 동료)에게 보낸 스무살 시절의 편지에는 삶에 대한 긍정과 의욕이 넘쳐난다. 그렇다면 절망의 심연 속에서 삶의 의지가 충만했던 그를 죽음으로 이끈 것은 무엇이었을까? 극히 단순화해서 말하자면 그의 죽음은 일본 학생 운동의 퇴조와 맞물려 있다. 와세다대학 입학 이후 자기 동일시가 가능했던 전공투 운동으로의 투신과 이탈 과정에서 양정명은 절망의 늪 속에 완전히 빠져버리고 만다. 학생 운동이 썰물처럼 빠져나가는 시기 많은 일본인 학생이 집으로 귀환했지만, 그에겐 돌아갈 집이 존재하지 않았다. 극도로 지친 심신과 빈곤상태, 그리고 한때 귀의했던 기독교에 대한 회의는 그를 죽음으로 내몰았다. 그에게 돌아갈 수 있는 공동체인 집과 가족이 존재하지 않았다는 점은 다음 장에서 살펴볼 도미무라 준이치와의 결정적인 차이점이다.

양정명은 전공투 투쟁 속에서 일본인 학우들에게서 민족을 넘어선 동지애를 느꼈으며, 궁극적으로는 일본 사회를 민주화시킴으로써 자신을 둘러싼 민족 차별 문제를 해소시키려 했다. 그런 점에서 그의 운동은 자신의 존재를 위협하는 사회를 변화시키기는 투쟁이기도 했다. 하지만 그의 앞에 놓인 것은 현실 혁파를 위한 운동이 아니라 캠퍼스 안을 자유롭게 드나들 수도 없는 학생 운동 내의 폭력과 섹트주의였다. 그가 남긴 유고집에는 수기와 일기만이 아니라 소설도 여러 편 실려 있는데, 「귀성—어두운 여름의 도피행—」을 보면 당시 학내 모습이 생생히 묘사돼 있다.

> ○○파에 일단 소속돼 집행부에 반대하는 학생 중에서도 눈에 띄는 히데마사(英正)가 캠퍼스 깊숙한 곳까지 들어가다니 참으로 경솔한 행동이었다. 예상대로 상임위원 F를 선두로 해서 △△파 여럿이 재빨리 히데마사를 발견했다. 그들은 노리고 있던 사냥감을 발견이라도 한 것처럼 얼굴색이 변하더니 히데

마사를 둘러쌌다.

"다카노(高野)! 이 새끼, 여기서 뭐 하는 짓이야!"

"다카노! 이 새끼, 지난 번 투쟁을 방해한 것을 자기비판 해야지!"(…중략…)

"방해 책동을 했다고? 웃기지마! 물론 너희들의 바리스트(바리케이트+스트라이크) 방침에는 반대했어. 그런데 그게 어째서 투쟁 파괴란 말이야? 너희들은 바리스트만 하면 그것이 바로 투쟁이라고 생각하고 있지? 잘 생각해봐, 이렇게 중요할 때 데모 하나 조직하지 못하고 있잖아? 자민당이 아주 기뻐할 거다. 너희들 폭력 학생들 덕분에 그렇게 염원하던 대학 입법을 통과시킬 수 있으니까. 투쟁을 방해한 죄로 자기비판을 해야 하는 건 내가 아니라 네 놈들이야!"

(…중략…) "뭐라고! 우리에게 적대하는 놈들이 어떻게 되는지 톡톡히 알려주마!"

히데마사는 주먹에 맞았지만, 다음 순간 포위망 한쪽을 몸으로 뚫고서 길을 열고 도망쳤다.[14)]

유고집 모두부에 실린 「단편=R의 수기(1)—1969년 여름—」에도 위와 거의 동일한 기록이 있는 것으로 보아, 위 소설은 실제 체험을 거의 그대로 썼다고 봐도 좋다. 1967년부터 1970년까지, 양정명은 와세다대학에서 학생운동에 투신하면서 일본 제국주의를 비판하고 학생운동 현장에서 학우들에게 조선의 근대 역사를 알리는 등 자신의 존재적 모순을 극복하기 위한 실천 활동을 펼쳤다. 귀화인으로서의 꺼림칙함을 마치 떨쳐버리기라도 하듯이 일본 제국주의의 조선침략을 문제 삼고 일본인의 역사 인식을 질타했던 것이다.

---

14) 위의 책, 232-233쪽.

> 나는 애써 말하려 한다. 당신들 일본인 상당수는 전쟁을 그저 지나간 과거로 생각하며 경제적 번영을 구가하고 있지만, 아시아의 많은 나라에서는 당신들의 잔학한 침략에 의한 상흔으로 지금도 많은 사람들이 고통 받고 있음을 상기하기 바란다. (…중략…) 재일조선인 문제는 내게는 결정적으로 크지만, 당신들에게도 결코 무의미한 것이 아니라고 생각한다. 300만이나 되는 미해방 부락민, 아이누 민족, 혼혈아 문제와도 이어져 있다.[15]

「R의 수기(II)—45년 · 초여름—」 중 일부다. 그가 분신자살을 한 것은 같은 해(45년=1970년) 10월이다. 1970년 여름 양정명은 정신적 피폐와 학생운동 '동지'들의 배반과 기회주의에 깊은 상처를 입었다. 안보조약 철폐와 학내 민주화 등의 대의명분을 위해 싸웠던 동지들이 학생운동의 쇠퇴와 함께 운동에서 이탈해 제1문학부로 옮기기 위해 수험 공부에 전념하는 모습을 보며 양정명은 삶의 의지를 잃어갔다. '동지'들의 '전향'은 고학 끝에 제1문학부에 입학했음에도 생활비가 없어서 제2문학부로 옮긴 그에게는 돌이킬 수 없는 상처가 됐다.

> 한여름 태양에도 지지 않을 생명력을 지니고 다시 나아가야 할 날이 와야 한다. (…중략…) 내가 대학을 떠난다? 떠나야만 한다? 내 생활에 기적이라도 일어나지 않는 한, 다시 책을 끼고서 저 슬로프를 올라갈 일은 없겠지. 모순이 넘치는 대학……. 하지만 그곳에서는 진리, 자유, 이상이 추구되고 있었다. 그곳에서는 예술, 철학, 사상을 이야기했다. (…중략…) 내 단 하나의 꿈. 그것은 다시 한 번 겨드랑이에 책을 끼고서 해질녘의 슬로프를, 콧노래 부르며(가능하면 찬미가가 더 좋다) 한가로이 올라가는 것이다.[16]

---

15) 위의 책, 204-205쪽.

학생운동이 끝나갈 무렵, 일본 사회의 민주화와 마이너리티의 처우 개선을 바라던 양정명은 가족으로부터 경제적 원조를 거의 받지 못한 채 갈 길을 완전히 잃고 말았다. 물론 그는 다시 "겨드랑이에 책을 끼고서 해질 녘" 와세다대학 도야마캠퍼스 슬로프를 다시 올라가지 못했다. 그는 도야마캠퍼스 앞에 있는 아나하치만구(穴八幡宮) 앞에서 유서 및 「항의 탄원서」를 남기고 분신자살로 생을 마감했다. 정체성과 정치적 신념, 그리고 종교, 연애, 그 어디에도 기댈 곳이 없었던 "귀화 조선인, 반일본인, 조국 상실자"[17]인 그가 유일하게 기댈 수 있는 곳은 문학의 세계뿐이었지만, 귀화인인 그가 다른 재일조선인 작가들처럼 빛의 무대로 나갈 수 있는 길은 사실상 막혀 있었다. 왜냐하면 양정명이 소설가를 지향했던 당시는 한일협정(1965) 즈음으로 조선인/한국인의 아이덴티티를 내세운 작가들이 주목을 받고 있었기 때문이다. 귀화를 한 그가 쉽게 받아들여지지 않는 분위기였다고 할 수 있다.

양정명이 문학의 길에서 살고자 했던 의지는 유고집에 실린 여러 편의 소설과 시에서도 찾아볼 수 있다. 특히 그가 「바람아 불어라」라는 소설에서 히로시마를 방문해 피폭자를 등장시킨 장면은 의미심장하다.[18] 문학 속에서 그는 자신의 존재를 발견하고 핍박받는 자들과의 연대를 꿈꿨다고 할 수 있다. 그런 의미에서 학생운동으로 사회를 변혁하려 했던 양정명이 사회를 심판하는 길이 아닌 자기의 내면으로 침잠해 자기를 심판하는 길에서 멈춰선 것은 자기 내면의 세계로 추를 내린 그의 문학 세계에

---

16) 위의 책, 185-186쪽.

17) 위의 책, 36쪽.

18) 양정명이 쓴 「바람아 불어라(風よ 起れ)」는 동양공업 재직 당시의 체험을 바탕으로 쓴 소설(미완성)이다. 히로시마를 무대로 한 이 소설에서 주인공 분세(文成)는 일본인 여성 세가와(瀬川)를 이끌고 히로시마평화기념자료관에 들어가서, 그녀가 피폭자 가족임을 알게 된다.

서 답을 구해야 할지도 모르겠다. 하지만 양정명을 사회 변혁의 길로 이끌거나 내면의 세계로 침잠시킨 동인에는 계속되는 일본 사회의 민족 차별이 있었음을 부정할 수 없다. 귀화를 했지만 일본인으로 살아 갈 수 없고, 조선인으로서의 삶을 꿈꿨지만 그마저도 부정된 그의 삶은, 1970년에 끝났다. 하지만 우리는 양정명의 죽음을 그저 추도할 수만은 없다. 왜냐하면 그것은 끝나버린 과거가 아니라 현재에도 계속되는 헤이트스피치와 뿌리 깊이 이어져 있기 때문이다.

3. 역사의 피고는 누구인가?: 도미무라 준이치의 역사 심판

도미무라 준이치(富村順一)[19]가 도쿄타워에서 인질사건을 일으킨 1970년 7월은 오사카만국박람회가 한창이었던 때로, 일본의 경제적 번영이 절정으로 향해가던 시기였다. 1969년을 기점으로 학생운동이 하강기로 접어들고 있을 무렵, 도미무라 준이치는 천황(天皇)의 전쟁책임과 일본제국주의의 식민주의를 정면으로 비판하며 도쿄타워를 점거했다. 도미무라가

19) 1930년 5월 3일 오키나와 구니가미군(國頭郡) 모토부쵸(本部町)에서 태어났다. 1940년, 천황에게 경례를 거부해 집단 따돌림을 당하고서 소학교를 그만뒀다. 이후 자전거 수리공 등 여러 일을 전전하다, 1942년부터 고쿠바구미(國場組)에서 일을 하기 시작했다. 1947년 미군 병사의 만행을 목격했다. 1949년에 절도 혐의로 징역 8개월 형을 선고받았다. 1952년 히가 슈헤(比嘉秀平) 류큐정부의 주석이 강연할 때 마이크를 빼앗고 쫓아냈다. 1953년 공갈 사기 혐의로 1년 6개월 형을 선고 받았다. 1954년 나하 형무소에서 폭동을 일으켰다. 1955년 오키나와를 탈출해서 가고시마에 상륙한 이후 온갖 일을 하며 일본 전역을 떠돌며 수차례 감옥에 들어갔다. 1960년대 일본 내의 안보투쟁 상황에 민감하게 반응하며 각종 집회에서 오키나와 관련 발언을 했다. 1970년 도쿄타워 특별전망대에서 인질 사건을 벌였다. 이후 오키나와에서 일본인에게 학살된 조선인들을 위한 위령탑 건설 운동 등에 참여했다. 만년에는 우익적인 발언으로 물의를 일으키다 2012년 오사카에서 타계했다.

1970년 7월 8일 도쿄타워에서 물었던 것은 제국주의 일본과 천황의 전쟁책임, 그리고 미군 철수였다. 도미무라는 1970년 당시 거의 무학에 가까웠지만, 그가 도쿄타워 및 재판과정에서 요구했던 천황 및 일본의 전쟁책임론은 간단히 무시할 수 없는 역사적 연원과 현재성을 내포하고 있다. 그렇기에 일본 정부 및 사법 당국은 그를 파렴치한 범죄자 및 정신이상자로 몰아서 그가 주장하는 일본의 전쟁책임론 및 오키나와 독립론의 신빙성을 없애려 했다. 당시 오키나와는 미군 지배하에 있었고, 도미무라는 류큐민정부의 '국민'이었다. 그렇기에 도쿄타워 인질사건은 구 일본국적의 '외국인'이 오키나와의 현재 상황을 호소하기 위해 일으킨 사건이라는 점에서 세간의 관심을 더 증폭시켰다. 더구나 오키나와의 '일본 복귀'가 2년도 채 남지 않은 상황에서 벌어진 사건인 만큼, 당국은 도미무라의 외침과 요구를 어떤 식으로든 봉합할 필요가 있었다. 더구나 도미무라의 도쿄타워 인질사건은 일본에서 차별 받는 마이너리티에 대한 일본의 역사적 책임을 묻고, 마이너리티 사이의 연대를 촉구하고 있었기 때문이다.

당시의 「공판경과보고」를 인용하는 것으로 도쿄타워 인질사건을 살펴보고자 한다.

> ◎ 1970년 7월 8일
>
> 도쿄타워 특별전망대에서의 도미무라 씨의 투쟁.
>
> "조선인과 20살 이하는 내려 보낸다." 티셔츠에 "일본인들이여, 너희들은 오키나와에 대해 왈가불가 하지 마라." "미국은 오키나와에서 고홈."이라고 쓰고, 미국인을 '인질'로 삼아서 일본정부와 전 일본인에게 자신의 오키나와투쟁을 호소하고 고발했다. (…중략…) 게다가 이 투쟁에는 재일조선인민이 일본제국주의에 의해 억압받는 생활을 하고 있음이 도미무라의 체험으로부터 날카롭게 포착돼 있다.[20]

도쿄타워 인질 사건 당시 도미무라는 7, 8명의의 조선인을 '동지'의식을 품고 풀어줬다. 도쿄타워에서 조선인 인질을 풀어준 배경에는 그가 오키나와에서 만났던 조선인 '위안부'나 일본 각지에서 만났던 조선인에게서 동질감을 느꼈기 때문이다.[21] 도미무라는 일본군에게 살해당한 부산 출신의 구중회(다니가와 노보루谷川昇)의 리어카를 미는 일을 도와주기도 하는 등 전전부터 오키나와에서 일상적으로 조선인과 접하고 살았다. 그런 만큼 그가 도쿄타워 인질 사건 당시 조선인 인질을 풀어주고, 사건 이후 석방된 이후에도 조선인과 관련된 활동을 했던 것에는 조선인을 향한 연대의 감정이 자리 잡고 있었기 때문이다.

도미무라는 피해자의 고통을 가해자는 알 수 없다는 주장을 펼치면서, 조선인과 오키나와인이 당했던 고통을 전쟁의 책임자인 천황에게 느끼게 해줘야 한다는 주장을 펼쳤다. 도미무라의 이러한 주장은 당시는 물론이고 지금도 상당히 급진적인 것이다. 당시 후카자와 시치로의 소설 「풍류몽담(風流夢譚)」(『중앙공론』 1960.11)에서 비롯된 시마나카 사건(嶋中事件, 1961. 2.1.)이나 오에 겐자부로의 소설 「세븐틴」(『문학계』 1961)을 둘러싼 잡음이 잘 말해주듯이 천황제 비판이 우익들의 '테러' 대상이 되면서 천황을 둘러싼 표현의 자유는 급격히 위축되고 있었다.[22] 소설적 형태로 천황 비판이 표면화 되는 것은 메도루마 슌(目取眞俊)이 쓴 「평화거리라 이름 붙여

20) 富村順一, 『わんがうまりあ沖縄—富村順一獄中手記』, 柘植書房[新装版], 1993, 207쪽.

21) 도미무라는 하나코라는 조선인 위안부를 만난 일화를 옥중 수기에 적고 있다. 그 기록에 따르면 하나코는 전후 오키나와에 남아서 일본인 행세를 하며 '매춘부'로 살아가고 있다. 조선인인 것이 들통나면 차별을 당할까 두렵기 때문이다. 하나코는 간호사로 전쟁에 지원해 갔는데 강제로 위안부가 됐으며, 그로 인해 함께 지원한 언니가 연못에서 자살을 했다고 한다.

22) 조정민, 「금기에 대한 반기: 전후 오키나와와 천황의 조우—메도루마 슌의 『평화거리라 이름 붙여진 거리를 걸으면서』를 중심으로—」, 『일본비평』 17, 서울대 일본학연구소, 2017 참조.

진 거리를 걸으면서」(平和通りと名付けられた街を歩いて)(『新沖縄文學』 1986.12)[23] 에 이르러서다. 그런 의미에서 보자면 도미무라는 천황에 대한 극단적인 형태의 비판 언설에 재갈이 물려진 상황에서 1960년대 초와 1980년대 천황 비판의 계보를 잇는 역할을 했다고 할 수 있다.

도미무라는 상상력을 발휘해서 천황을 역사의 무자비한 심판대 위에 세운다.

> 그런데 7월 7일 밤, 사건으로부터 1주년을 돌아보고 여러 가지 것들을 생각해 보다 새벽 1시에도 잠이 오지 않다가 새벽녘에 잠이 들었습니다만, 7월 8일에 일본에 혁명이 일어나서 인민군에 의해 천황을 포함한 제국주의 세력이 모두 체포돼 인민재판이 벌어지게 됐습니다. 현재의 재판관은 권력의 앞잡이라서 재판관으로는 적당하지 않아서 새로 지식인이나 학자를 재판에 투입하게 됐는데 (…중략…) 최근까지 부락민이나 조선인, 오키나와인을 차별하고 고문한 것을 그대로 천황을 시작으로 황족, 제국주의자에게 하게 했습니다. (…중략…) 천황의 딸인 시마즈 다카코나 미치코를 미군이 오키나와 여성에게 하는 그대로 폭행을 하게 됐습니다. 많은 청년이 희망해서 결국 다카코와 미치코는 움직일 수도 없게 됐습니다. 또한 천황과 황족은 구메지마에서 부산 출신인 다니가와 씨 일가 7인이 살해된 것과 똑같은 방식으로 지옥으로 보내줬습니다.[24]

꿈이라는 형식을 빌려서 도미무라는 천황을 역사의 심판대에 세우고 있는데, 그 방식은 피해자가 당한 고통을 그대로 되돌려 주는 것이다. 도미무라의 천황에 대한 상징적 차원의 보복은 단순한 형태로 보이지만, 오

23) 메도루마의 이 작품은 『메도루마 슌 작품집1 어군기』(곽형덕 옮김, 보고사, 2017)에 실려 있다. 이 작품에서 비판의 대상은 황태자 부부이다.

24) 富村順一, 앞의 책, 191쪽.

키나와의 비극적인 상황을 염두에 둔다면 현실적 분노의 표출이라는 차원에서 이해될 수 있다. '무학'의 도미무라는 '지성'을 겸비한 재판관들의 위선을 재판과정에서 목도하면서, 오키나와 문제를 "극동 아시아의 문제"로 확장해 사유하고 문자와 동아시아 역사를 탐독하기 시작했다. 옥중수기 『내가 태어난 곳은 오키나와』는 도미무라가 문맹에서 탈출해 문자를 기록하기 시작했음을 보여주는데, 그가 쓰는 일본어는 공통어와의 문법 체계와는 상당히 다른 오키나와어가 혼재돼 있다.

도미무라는 오키나와의 문제를 일본과 오키나와라는 이항대립 구도가 아니라 동아시아 차원으로 넓혀서 사유했다. 이는 그가 쓴 『피의 광주 · 망명자의 증언』(1980.9), 『한국의 피폭자』(1980.10) 등의 저서에 잘 드러나 있다. 이 두 책에는 도미무라가 학생운동을 하다 서구로 망명을 희망하는 한국 학생들을 도운 기록이 상세히 기록돼 있다. 특히 『피의 광주 · 망명자의 증언』은 광주민주화운동이 당시 일본 내의 마이너리티에게 미친 파급 효과를 확인할 수 있는 책이기도 하다.[25]

도쿄타워 인질사건 공판 당시 도미무라가 싸워서 쟁취하고자 했던 것은 그의 「공판 투쟁방침」에서 확인할 수 있다.

> 1. 일반 사회에서도 혹은 징역이라 해도 법의 범위는 자유이다.
>
> 내게는 호소할 자유조차 주어지지 않았다. 신주쿠역에서 고쿠시칸대학 학생이 나를 밟고 차는 것을 경관을(은)[26] 보면서도 제지하지 않았다.

---

25) 재일조선인 작가, 고찬유(高贊侑)는 광주민주화운동이 벌어지고 불과 몇 달도 되지 않은 시점에 연극을 상연했고, 오키나와 작가 메도루마 슌은 광주민주화운동 관련 필름을 구해서 류큐대학 내에서 상영회를 열었다.

26) 편집자 교정 부분. 도미무라는 문어체 일본어를 수감중에 배워서 옥중수기에는 그 흔적이 산견된다.

2. 종전 후 과거 25년 동안, 오키나와 인민의 자결권, 자치권은 미군에 의해 짓밟혀 왔다.

3. 안보 자동연기로, 또한 일미 두 제국주의자가 제2의 군 식민지 정책에 돌입하고 있다.

4. 일본이나 오키나와에서 미군기가 날아서 베트남 인민을 학살하고 있는데 사토 총리는 그것을 거들고 있다.

5. 향후 오키나와 인민의 자결권, 자치권에 대해.

6. 우리를 재판한다는 판검사 자체가 사토의 정책에 조종되고 있는 로봇이니, 반성하고 공평한 재판을 하도록 재판관에게 반성을 촉구한다.

7. 현재 피고인으로서의 문제를 판사에게 제대로 호소한다.

도미무라의 도쿄타워 인질 사건은 일본을 역사의 재판에 세우기 위해 스스로 피고가 되기 위한 전략적 선택이었다. 피고가 됨으로써 자신을 재판대 위에 세운 고발자를 피고로 내세우려는 전략이었던 셈이다. 도미무라는 "이 재판은 일본인민의 재판이 아니라, 아시아 인민의 재판으로서 지나, 조선을 시작으로 아시아 각국으로부터 검사나 증인을 불러서 역사적 재판을 해야 합니다."[27]라고 하면서 오키나와로부터도 전문가를 십여 명 이상 불러줄 것을 재판 때 요청하기도 했다. 무학이었던 도미무라가 역사의 모순을 직시하고 천황과 일본의 전쟁책임을 역사의 심판대 위에 올리기에 이른 1970년은, 일본인과 마이너리티에게 각기 달리 각인된 '전후' 인식의 심급이 심판대에 오른 해이기도 하다. 무학이었던 도미무라가 오키나와만이 아니라 동아시아에서 벌어진 근대 이후의 제국주의 지배와, 미소 냉전 구도로까지 인식의 영역을 넓혀 전후 일본의 최고 엘리트들이

27) 富村順一, 앞의 책, 86쪽.

보인 무감각함을 질타하게 만든 것은 전후 25년 동안 마이너리티를 옥죈 민족차별에 대한 분노와 청산되지 않은 일본의 전쟁책임 문제였다. 그것에 의해 오키나와가 전후에도 계속해서 고통을 받고 있음은 도미무라를 도쿄타워 점거사건으로 향해가게 한 커다란 동인이었다.

하지만 역설적이게도 전후 25년(1970)에 벌어진 도미무라의 역사 재판 이후, 일본인들은 '전후'의 평화를 더욱 내면화 해갔다. 일본의 진보 세력이 냉전체제나 안보 체제 자체를 근원적으로 문제 삼지 않고 '평화헌법 9조' 지키기에 몰두하고 있는 사이, 도미무라의 외침과 심판은 수면 아래로 더욱더 침잠해 갔던 셈이다.

4. 맺음말

이 글에서는 일본 본토와 오키나와, 혹은 다수자와 소수자 사이의 각기 다른 전후 인식에 주목하면서, 일본 제국의 패전으로부터 20-25년 정도가 지난 시점인 1960년대와 1970년대 초반까지를 시야에 넣고, 전후 민주주의적 가치를 운동으로 쟁취하려는 움직임 속에서 두 마이너리티(재일조선인, 오키나와인)에 속하는 양정명과 도미무라가 향해간 궤적을 집중적으로 조명했다. 이 시기 일본 내에서는 일미신안전보장조약 체결에 반대하는 안보투쟁이 격렬히 전개되고 있었고, 베트남전쟁으로 인해 동아시아 또한 전쟁에 직간접적으로 가담하고 있었다. 1966년에는 중국에서 문화대혁명이 일어났고, 프랑스에서는 68혁명이 전개되는 등 전 세계적으로 격동하는 시기였다. 이 시기의 일본은 "위로부터의 재편과 아래로부터의 다양한 이의제기라는 대항 운동이 일어나, 국제관계, 국가의 형태, 국민이 누구인가를 되묻던"[28)]시기에 직면해 있었다. 그런 의미에서 1960년대는 다양한 이의 제기 속에서 일본 사회의 다각화가 모색되던 시기였지만, 그 운동의 에너지가 급격히 소실되고 운동 주체들이 다시 일본 국민으로 수렴돼 가면서 마이너리티의 자리 또한 위축될 수밖에 없었다. 양정명의 비극적 자살과 도미무라의 도쿄타워 점거사건은 민족 차별과 전후 일본의 전쟁책임 회피에 대한 항거였다는 점에서 큰 의미를 지닌다. 반둥회의(1955), 아시아아프리카 작가회의, 안보투쟁 등이 전개되는 상황에서 마이너리티에 대한 '반지성주의' 경향은 일본 내셔널리즘의 파도 속에서 가려졌고, '혁명'을 향한 에너지가 소진돼 가던 1970년 무렵 두 비극적인 사건으로 파국을 맞이했다.

양정명과 도미무라가 1970년 일본 사회에 낸 파열음은 전후 일본의 마이너리티에 대한 반지성주의적 무이해를 잘 드러내고 있으며 현재의 일본 내 헤이트스피치(혐한, 혐중)가 갑자기 출현한 것이 아니라, 전후 민주주의 체계 속에서 잠재된 형태로 꾸준히 존재했음을 보여준다. 물론 일본 사회 전체가 일률적으로 마이너리티에 대한 반지성주의에 함몰됐다고 말할 생각은 없다. 일본 내의 마이너리티의 인권은 재일조선인과 오키나와인 사이에서도 큰 차이가 있으며, 이들의 인권 개선을 위해 일본 시민사회가 오랜 세월 고투를 했음도 사실이다. 하지만 재일조선인만 놓고 보면 고마쓰가와 사건(1958, 이진우), 김희로 사건(1968), 양정명 사건(1970)이 말해주듯이 일본 사회의 재일조선인에 대한 식민주의적 선입견과 차별 또한 뿌리 깊게 이어져서 현재 이르고 있음을 알 수 있다. 한편 메도루마 슌이 말한 '전후 제로년'개념에 응축돼 있듯이 오키나와에서는 평화를 누리는 전후란 사실상 존재하지 않았다. 미군정의 지배를 받다 일본으로 복

---

28) 오세종, 「金嬉老事件과 富村順一事件에서 보이는 帝國과 言語에 對한 抵抗의 모습」, 『한국문학의 세계화를 위한 카이스트 제7차 워크샵 제국과 언어 발표논집』, 카이스트, 2017. 7.1, 31쪽.

귀(1972.5.15.)한 이후에도 미군기지는 그대로 남았고, 일본 본토의 평화를 떠받치기 위해 오키나와는 '끝나지 않은 전쟁'의 시간을 살아가고 있다. 일본 내 미군기지 75%가 오키나와에 집중돼 있는 불합리한 현실은 소수민족에 대한 일본의 뿌리 깊은 차별 구조를 드러내는 것이기도 하다.

남북정상회담(2018.4.27./판문점)과 북미정상회담(2018.6.12./싱가폴)으로 이어지는 데탕트 분위기 속에서도 일본 내에는 여전히 재일조선인/한국인을 향한 헤이트스피치가 만연해 있다. 에두아르 드뤼몽(Edouard Drumont)이 19세기 말에 펼친 반(反) 유대주의 언설이 대중에게 폭넓게 수용돼 유대인에 대한 폭력을 정당화하는 '불씨'가 됐듯이, 일본에서 지지를 얻어가고 있는 타민족(주로 '조선인'과 중국인)에 대한 헤이트스피치는 정도의 차이는 있을지언정 민족 차별에 대한 공포를 마이너리티에게 안겨주고 있다. 설사 그것이 현재 국지적이고 예외적 상태로 여겨진다 할지라도 일본 내에서 사회적 격차의 확대와 대외적 안보 불안이 커져 가는 상황이 지속된다면 공포와 증오가 사회적으로 편재(遍在)해 폭력적인 사태를 부를 가능성도 배제할 수 없다. 지금 여기 눈앞에 있는 존재에 대한 '무시간성'=역사적 시간의 무위화는 마이너리티의 존재 이유를 위협하는 일상적 폭력의 근거로 작용할 수 있기 때문이다. 최근 몇 년 사이에 트위터 재팬에 혐한이 만연해 삶을 부정당하는 메시지—"조국으로 돌아가라", "한국인은 모두 죽여야 한다"—를 수신하고 있는 재일조선인 트위터 유저가 늘어가는 것 또한 예외적 상황으로 치부할 수만은 없는 이유이기도 하다.

1970년, 양정명의 비극적 분신과 도미무라의 도쿄타워 점거 사건이 현실에서 어떠한 형태로라도 다시 반복되게 하지 않기 위해서는 일본의 소수민족을 향한 식민주의적 인식구조를 마이너리티를 포함한 시민민주주의로 전환하는 일이 시급하다. 일본 내의 마이너리티를 향한 반지성주의는 양정명과 도미무라가 외쳤던 것처럼 근대 이후 일본이 벌인 아시아에서의 전쟁과 침략을 재인식하고 이를 일본 본토 내의 위선적 평화만이 아니라, 동아시아의 평화체제로 바꿔나갈 때 근본적으로 해소될 수 있을 것이다. 그런 의미에서 양정명과 도미무라는 과거를 끝난 사건으로 치부하고 전쟁책임론을 방기해갔던 일본 사회에 경종을 울렸다고 평가할 수 있다.

제5장

'문세광'이라는 소문

—재일조선인 문학에 재현되는 양상을 중심으로—

박광현

1. 들어가며

1974년 8월 15일 아침 10시 23분 경, 광복절 기념식이 거행되던 국립극장에서 7발의 총성이 울렸다. 첫 총성과 함께 식장은 소란에 빠졌고, 단상 위의 경호원들이 앞쪽으로 몰려나왔다. 경축사를 낭독 중이었던 대통령 박정희는 그 사이, 연단의 단상 아래로 몸을 숨겼다. 순식간에 총을 든 범인은 진압되었다. 하지만 단상 위 가운데 쪽에 앉아 있던 영부인 육영수가 옆으로 기울어지며 쓰러졌다. 의자에 앉혀진 채 영부인은 단상 밖으로 실려 나갔다. 상황이 어느 정도 진정되자 박정희는 연설을 이어갔고 식장의 사람들은 '우뢰와 같은' 환호를 보냈다. 국민들은 텔레비전 생중계로 이 충격 사건을 목격했다.

사건이 발생한 당일 석간신문에서는 "박대통령 피격 모면"(동아일보)이라는 톱기사로 저격범이 "일본국 국적" 소지의 "괴청년"이라고 보도했다. 그리고 일본에 귀화한 교포로 23세의 오사카 직물회사원 "요시이 유키오(吉井行雄)"라는 수사당국의 추정을 단신 기사로 처리했다.

그 다음날 보도에서야 비로소 '문세광'이라는 이름이 일본명 '南條世光'과 함께 등장한다. "육영수여사 끝내 운명"(동아일보)이라는 톱기사와 함께 "저격범은 재일교포 문세광"(동아일보, 이상 16일자)이라는 기사가 나란히 실렸다. 그리고 "재일교포의 출국 금지"를 알리는 기사도 동일 지면에 실렸다. 그러면서 사건의 개요가 점차 문세광을 중심으로 동심원을 그리면서 확대해갔다. 우선 문세광이 여권을 발급받기 위해 명의 도용했다는 당사자 요시이 유키오의 주변 수사는 물론 그의 처 요시오 미키코(吉井美喜子)도 공범 혐의로 구속 방침임을 보도했다. 그 이후 저격범인 문세광의 정체를 둘러싼 다양한 이미지들이 기사를 통해 서사화하기 시작했다. "평소 모택동과 김일성 숭배" "김대중씨의 일본 연설 자주 참석", "한청(韓靑) 지부 간사", "조총련", "암살자", 요시이 미키코의 구속을 알리는 보도와 함께 "적군파와의 관계설", "북괴선 기항" 동행설 등을 통해 '불온한' 세력의 계획적 사건임을 보도해갔다.

8월 19일 육영수의 영결식 소식을 알리는 지면에는 "북괴서 암살지령"(동아일보, 19일자) 기사와 함께 만경봉호, '조총련', 그리고 구체적인 지령자로서 김호룡이라는 이름이 등장한다. "일(日)은 북괴의 대한 적화 공작기지화"라는 기사처럼 점차 일본 내 재일조선인 사회의 '적성화'와 그들에 대해 방관해온 일본 정부의 책임을 추궁하는 비난의 목소리가 커지기 시작했다. 이처럼, 보도는 크게 두 가지의 양상으로 나타났다. 하나는 김일성, 주체사상, 혁명, 만경봉호, '조총련' 등의 '불온한' 기호들을 매개로 문세광과 '북괴'의 관계를 밝히는 배후설. 다른 하나는 사건 모의가 일본에서 이뤄졌다는 점, 일본 경찰의 총이 사건에 사용되었다는 점, (수사본부의 주장에 따르면) 사건의 공범인 요시이 부부가 조총련의 비밀조직인 주체사상연구회의 회원이라는 점 등을 빌어 일본은 저격사건의 책임에서 자유로울 수 없다는 식이었다.[1]

이러한 한국 언론의 보도는 '박대통령 저격사건특별수사본부'(이하 수사본부)의 일방적 발표를 전달하는데 급급한 모양새였다.[2] 그런데 수사본부의 발표 내용은 또 전적으로 문세광의 '자백'에 근거한 것이라는 형식을 취했다. 그의 목소리가 부재한 '자백'은 수사본부를 매개로 해서만 전해졌고, 그것은 수사본부에 의한 '자백'의 정치였다. 한국 사회의 분노는 이 '자백'을 사실 혹은 진실로 만들어갔다.[3] 그리고 문세광은 내란목적살인, 국가보안법, 반공법 등 6개 공소 사실에 근거해 법정에 서야만 했다.

수사본부의 검찰 송치 의견서가 기사화되는 과정에 이런 그림 하나가 기사와 함께 소개되었다.

---

1) "「8 · 15저격 日에 責任있다"(『동아일보』, 1974.8.26.) "구름 속서 맴도는 日측 수사", "국내법 내세워 배후 외면", "조총련 부각되자 수사 맥풀려" 등의 기사 표제어를 통해 일본책임론을 전개하고 있다. 일본 경찰이 요시오 부부나 김호룡의 공모 혐의를 못 밝혔다는 기사 옆에는 학생 · 시민 4만 명이 일본측의 무성의와 '북괴 규탄'의 데모를 거행하였다는 기사가 실려 있다. 25일에는 서울운동장에서 14만 명이, 27일에는 20만이 모인 인천을 비롯해 전국 각지에서 "김일성 타도와 일본 정부의 각성"을 주요 구호로 연일 데모가 거행되었다.

2) "5月 만경봉號서 指令받을 때 金日成 직접 지시란 말 들었다 문세광 자백"(『동아일보』, 1974.8.23) 하지만 이 기사 표제어의 밑에는 작은 포인트의 글자로 "박대통령 저격사건 수사본부 밝혀"라고 적고 있다.

3) 이 사건의 진실에 대해 의문을 제기한 「이제는 말 할 수 있다」(MBC, 2005.3.20)에 출연한 당시 수사담당 김기춘(당시 검사)는 취재진이 수사 결과에 대한 의문점을 제시하자, 모두 문세광이 그렇게 '자백'했다는 말만 반복하고 있다. 이렇게 30년이 지난 후에도 목소리 없는 자백만으로 수사결과의 진실화를 강요하고 있는 것이다. 하지만 문세광은 선고 법정에서 "나는 육 여사를 살해하지 않았다"고 진술했다는 기록도 있다(이완범, 「김대중 납치사건과 박정희 저격사건」, 『역사비평』 80, 2007.8, 342쪽).

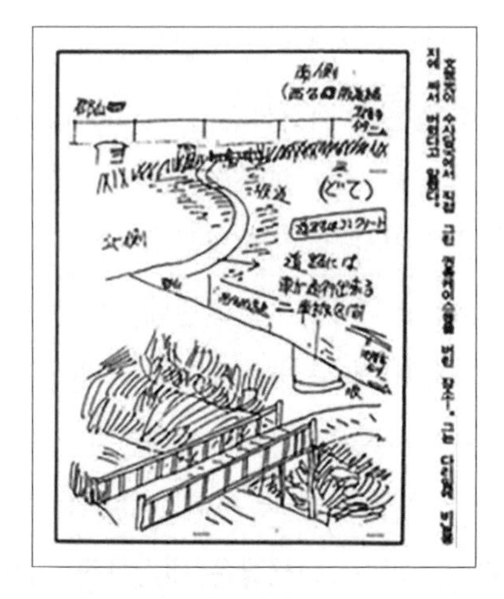

〈그림 1〉 문세광이 그린 그림

"문세광이 수사당국에서 직접 그린 권총케이스 등을 버린 장소…. 그는 다리 밑에 비닐봉지에 싸서 버렸다고 말했다."
(『동아일보』, 1974.8.27.)

자백은 목소리를 전제로 한다. 하지만 목소리 없는 그의 자백은 매체=매개를 통해서만 전해진 사실이었다. 수사본부가 제시한 <그림 1>의 문세광의 글씨와 그림은 목소리를 대신해 대중에게 직접 보여준 유일한 그의 '자백' 증거였다.

수사본부가 문세광의 '자백'을 근거로 내세워 일본 내 공모자들을 지목했음에도 불구하고, 일본 정부는 공모자로 지목된 요시이 부부와 김호룡에 대한 한국 정부의 강제 수사를 묵살하거나, '조총련'의 해체와 단속에 관한 요구에도 곤란하다는 의사를 전달해 왔다. 일본 정부의 이러한 대응은 한국에서의 데모가 격렬한 반일 데모의 양상으로 흐르도록 만들기도 했다.[4)]

---

4) 9월 5일에는 한국정부가 "한반도 전체의 유일 합법 정부"가 아니라는 기무라(木村) 일본 외상의 발언이 있자, 데모대가 주한 일본대사관을 점거하고 대사관 차량을 불태우는 등 청년 6명이 할복까지 기도하며 반일 데모가 격화되었다. 이런 반일 데모를 진정시키기 위해 일본 정부는 다나카(田中)수상의 친서를 전달할 거물급 특사로 시이나(椎名) 자민당 부총재를 파견하기로 하였다. 하지만 친서 내용에 '조총련' 규제를 삽입하는 문제로 협상이 교착 상태에 있었다.

당시 기사를 보면 또 하나 흥미로운 기사 유형이 눈에 띈다. 그것은 바로 특파원발(發) 기사를 통한 일본 내 수사 상황에 관한 보도이다. 그 한 예로 「동아일보」 9월 5일자 보도에는 "새 배후에 배동호 · 곽동의"[5]라는 타이틀의 기사가 1면 톱기사로 실렸다. 배동호(당시 64세)는 일본 내 민족 통일협의회 수석의장이자 민단 민주수호위원회 고문이었다. 또 곽동의는 한청 전임 위원장이었다. 이들은 '조총련'이 아닌 민단 소속이지만 민단 내 비주류로서 "베트콩파 조종자"들이라 하고, "문의 과격한 성격을 이용 조련(조총련)에 하수인으로 소개(?)"한 인물들이며 저격 사건 후 '북괴'와 부단한 무선연락을 해온 것으로 포착되었다는 기사 내용이었다. 하지만 그 기사는 "조련(조총련)에 하수인으로 소개(?)"라며 스스로 기사에다 물음표를 단 것처럼 일본 경찰이 그들이 개입한 것이 "아닌가 보고 있다"는 식의 추측성 기사에 불과했다. 심지어 그들을 민단 선거에서 패한 불만 그룹으로 치부하고, 월남전을 상기시키고 레드콤플렉스를 자극하는 '베트콩파'라고 그들을 부정적으로 명명한, 기사의 의도는 노골적이라 하겠다. 추측성 기사일 뿐 아니라 이후 후속 보도가 전혀 없었던 단발성 기사일 수밖에 없음에도 왜 이 기사가 1면 톱기사로 올라왔을까.

그 의도는 두 가지 측면에서 우선 말할 수 있겠다. 하나는 기사 내용에 담긴 불순성이 지닌 효과일 것이다. 즉 일본 사회를 남한 사회의 적화 기지화하고 민단 이외의 재일 사회를 불온시하는 선전 효과이다. 다른 하나는 수사상의 곤란함에 따른 수사결과의 신뢰도를 높이는 효과이다. 이 사건의 수사는 범행 자체에 그치지 않고 범행 모의나 배경으로까지 확대되어가는 과정에서 수사의 정확성에 대한 의심이 들 수밖에 없었다. 그 가장 큰 이유는 범행 모의 과정이 모두 일본 혹은 북한에서 이뤄졌기에 현

5) 『동아일보』, 1974.9.5.

지 조사가 필수적인데 그것이 원활하지 않았기 때문이다. 수사 결과의 신뢰성을 높이기 위해서는 문세광 자백에 전적으로 의존한 수사본부의 수사 발표에 일본의 수사당국의 수사 결과를 근사치에 가깝게 만들 필요가 있었던 것이다. 수사본부는 그래서 민단 혹은 대사관 내의 정보원을 이용한 일본 현지의 특파원발 기사가 필요했을 것이다.

한국의 언론 보도에서 일명 '박정희대통령저격사건'은 점차 저격범 문세광의 이름이 후경화되고 반일 데모가 격화하는 가운데 일본 내 '조총련'을 비롯한 반정부 세력에 대한 문제만이 전경화되기 시작했다. "새 배후에 배동호 · 곽동의"라는 특파원발 기사도 그 맥락에서 생산된 것이라 할 수 있다.

사실 이 사건은 그 전말이 아직도 제대로 밝혀지지 않은 채 미궁 속에 있다고 할 수 있다. 유튜브에는 처음 공식적으로 언론에서 사건의 전말에 대해 문제제기한 「이제는 말할 수 있다」(MBC, 2005.3.20.)가 미스터리의 하나로 떠돌고 있다. 인터넷 검색 포털에 문세광을 키워드로 넣으면, 영화 「택시 운전사」의 실제 인물 김사복의 차량에 문세광이 탑승하고 조선호텔에서 사건의 현장인 국립극장에 갔다는 당시 기사가 검색되기도 한다. 심지어 문세광에 의한 육영수의 타살 이후 딸 박근혜가 최태원에게 의존하기 시작한 계기가 되었고 그로 인해 박근혜와 최순실 사이의 관계가 형성된 것이기에 최순실의 국정농단 사건의 원점에는 문세광이 있다는 식의 대체(alternative)역사적 가십거리가 언론에 종종 등장하기도 했다.

무려 44년이 지난 사건과 '문세광'이라는 소문이 아직도 '유령'처럼 세간에 떠돌고 있는 것이다.

분명한 것은 이 사건으로 말미암아 유신헌법, 긴급조치 발포, 통일혁명당사건, 김대중납치사건 등으로 국내외적으로 궁지에 몰렸던 박정희정권이 국민 대중을 반북과 반일의 선동의 장으로 내몰고 위기를 모면하는데

성공했다는 사실이다.[6)]

결국 문세광은 1974년 10월 14일의 1심에서 사형 구형, 19일 사형 선고, 11월 13일 항소심에서 사형 구형, 20일 항소심서 사형 선고 후 12월 17일에 대법원에서 상고가 기각되어 사형이 확정되었다. 그리고 그해가 가기 전 12월 20일에 사형 집행되었다. '거사'를 치루기 위해 8월 6일에 조국을 첫 방문한 재일 2세 청년인 그가 결국 형장의 이슬로 사라지기까지 걸린 시간, 즉 조국 체험의 시간은 4달 남짓이었던 것이다.

그렇다면 문세광은 재일조선인·한국인에게 혹은 그 사회에서는 과연 어떤 존재이고 또 그가 일으킨 저격사건은 어떤 사건이었을까. 앞서 살핀 바처럼 한국에서는 문세광의 저격사건은 '북괴'의 대남 적화 공작 기지화로서의 일본 사회를 상상하기에 충분했다. 하지만 그 일본 사회에서 살아가야 하는 재일조선인·한국인들에게 문세광을 언급하는 일은 조국과 자신과의 관계성, 그에 따른 자신의 정치성을 드러내는 일일 수밖에 없었다. 잘 알려져 있듯이 당시는 지금보다 민단과 총련 사이의 대립이 격화되어있던 시기였다. 특히 사건 직후부터 두 단체의 입의 역할을 했던 언론 『통일일보』와 『조선신보』가 지상 논쟁을 거듭했던 점을 보면 그 사건을 대하는 태도의 심각성과 적대성을 짐작할 수 있다.

이 글에서는 재일조선인 문학에서 재현된 문세광과 그 사건에 대해서 살피고, 그들 작가가 그것을 허구의 소재로 다루는 것은 무엇을 의미하는지에 대해 논하고자 한다. 이 사건을 비교적 일찍이 다룬 작품은 이회성

6) 이완범 등의 지적처럼 김대중납치사건과 박정희저격사건, 이 두 사건의 해결 과정은 정치적이었고 비밀리에 은밀히 매듭지어진 측면이 있다. 납치사건이 발발하고 수세에 몰렸던 박정희정권은 저격사건 이후 납치사건을 정치적 타협으로 희석시킨 것이다. 그리곤 정권의 통치 기능을 강화시키는 계기를 만들어냈다(곽진오, 「육영수의 죽음과 한·일간의 갈등—갈등구조극복 한계를 중심으로」, 『한일관계사연구』 제16집, 한일관계사학회, 2002.4; 이완범, 「김대중 납치사건과 박정희 저격사건」, 『역사비평』 80, 2007.8).

의 장편 『금단의 땅』[7]이다. 이 장편소설은 교포유학생 간첩단 사건, 「오적」 필화사건, 7·4공동성명, 김대중납치사건, 김형욱 망명사건 등이 일어난 1970년대 남한의 현대사 속에 살아가는 두 인물의 삶을 축으로 서사가 진행된다. 하나는 교포유학생 간첩단 사건에 연루되어 옥고 중인 조남식이라는 인물의 이야기이고, 그를 돕는 자생적 사회주의자 박채호라는 인물의 이야기이다. 이 소설이 1969년 이후 1975년까지를 배경으로 하기 때문에 1974년에 일어난 박정희저격사건을 다루고는 있는데, 그 비중은 그리 크지 않다. 재일 2세인 조남식의 위치에서 고마쓰가와(小松川) 사건의 범인이자 '불우'한 재일 2세인 이진우와 중첩시켜 문세광이라는 존재를 상기시키면서도 박정희 정권 하의 폭정에 대한 항거의 맥락에서 단독범행처럼 다루고 있다. 강렬했던 사건임에도 불구하고 더 이상 다루지 못하는 작가의 태도가 엿보이기까지 한다. 사건 직후 소설을 통해 재현할 수 없었던 이 사건과 '문세광'이 10여년이 지나 원수일의 단편 「희락원」[8]으로, 그리고 30년 가까이 지나서 양석일의 장편 『여름의 불꽃』[9]에서 재현되었다. 본고에서는 이 두 작품을 중심으로 다루고자 한다.

2. 원수일의 「희락원」 속 '문세광'이라는 소문

사실 문세광과 같은 시대를 살았던 사람이라면, 재일 사회에 너무도 강

---

7) 이 작품의 원제는 『禁じられた土地ー見果てぬ夢』(全6巻, 講談社, 1977-1979)이며 이후 이호철과 김석희에 의해 『금단의 땅』(전3권, 미래사, 1988)이라는 제목으로 번역되었다.

8) 元秀一의 『猪飼野の物語-濟州島からきた女たち-』(草風館, 1987)에 수록된 작품. 한국어판은 김정혜 등의 번역으로 『이카이노 이야기』(새미, 2006)에 수록.

9) 여기에서는 『夏の炎』(幻冬舎文庫, 2003)라는 문고본을 텍스트로 사용하지만 원래는 『死は炎のごとく』(毎日新聞社, 2001)라는 제목으로 먼저 출간된 장편소설이다.

렬한 집단적 기억 중 하나였을 이 사건은 그들의 역사 안에서 해명하고자 하는 의욕도 생길 만한 사건이다. 특히 총련이나 민단에 깊이 관여했던 인물이라면 더욱 그러하다. 실제 김찬정은 그럴 의도로 문세광과 친교가 있던 한청(재일한국청년동맹)의 사람들을 방문해가며 취재에 나섰다. 하지만 그들은 30여년이 지난 당시의 암울한 시대의 절망에 대해서 이야기는 해도, 그 사건과 관련해서는 '모른다'는 답변뿐이었다.[10] 어쩌면 문세광은 그가 12월 20일 형장의 이슬로 사라진 이후 오히려 봉인된 미제 사건으로 남기고픈 무의식에 의해 기억되어왔는지도 모르겠다.[11]

당시 총련계 잡지사에 근무했던 김찬정은 총련의 부의장 이진규로부터 이 사건을 총련의 입장에서 언론에 대응할 보고서 작성을 명받고 문세광의 단독범행이라는 견해의 보고서를 작성했다는 에피소드를 소개한 바 있다. 그러면서 애초 이 사건이 발생했을 때 범인 문세광이 남북 어느 쪽에의 입장에서 행동한 것일까, 혹은 남북 어느 쪽의 모략인 것일까에 따라서 총련과 민단이 받을 상처는 크게 달라졌을 것이기에 충격적이었다는 말로 스스로의 보고서에 회의적이었음을 고백했다. 남과 북, 총련과 민단이라는 이분법적인 세계 인식의 틀에서 이 사건을 해석하는 것이 당시 재일 사회의 현실에서는 일반적이었다. 이미 총련에서 탈퇴해 작가로서 반(反)총련, 반(反)북한 운동을 펼치고 있는 김찬정이 결론적으로는 북한과 총련이 관여한 사건이라고 했지만, 흥미로운 것은 사건 당시 '어느 쪽의 모략'일까라고 의심했다는 사실이다.

---

10) 金贊汀, 『朝鮮總連』, 新潮新書, 2004, 130쪽.

11) 高祐二, 『われ、大統領を撃てり』, 花伝社, 2016 참조. "저격사건에 대해서 재일 사회에서는 말하는 것 자체가 금기였다. 특히 반(反)박정희운동을 하던 한청동이나 한민통은 문세광이 과거 소속해 있던 조직이었기에 조직 방어를 위해"(273쪽) 더욱 그럴 수밖에 없었다.

문세광 혹은 그 사건과는 별도로 이분된 재일 사회에서는 이미 '어느 쪽의 모략'일까라는 배후의 문제가 중심 화제였던 것이다. 민단계열의 신문 『통일일보』는 사건 직후 사설에서 이 사건의 배경에 한청을 지목하고 그간의 한청의 폭력적 성격을 힐난하고 있다.[12] 『통일일보』의 이 사건에 대한 보도 행태는 한청이 그간 일으켜온 세칭 '민단동경본부 난동사건'(1971.8.2.)을 비롯한 폭력적 성격에 무지하고 인식하지 못하는 일본 언론까지 질타하며 한청에 화살을 돌리고 있다. 이는 민단의 조직 논리에 충실하고 한청의 반(反)민단적인 태도를 비난하기 위한 소재로 이 사건을 주로 바라보고 있음을 의미한다. 물론 이후 한국의 수사본부의 발표 내용을 충실히 옮기는 수준에서 북과 총련의 관련설을 보도하기 시작하지만, 그와는 별도로 '문세광은 한청의 상징'이라고 주장하며 '반(反)한청'의 일관된 보도 태도를 유지하고 있다.[13]

저격범 문세광을 세뇌시킨 것은 "한청의 폭력적 체질"과 "일본 언론의 대한(對韓) 보도 자세"이며 그것이 문세광의 '광신'을 낳았다는 만평(<그림 2>)처럼, 반민단적인 한청 비판과 더불어 총련을 방관하며 김대중납치사건 이후 반박정희정권의 기조를 띤 보도 일색인 일본 사회를 비판하고 있다.

반면 「조선신보」의 최초 보도에서는 "박정희매국역적이 총탄세례를 받았다-마누라 륙영수가 총탄에 맞아 사망"이라는 표제 기사에서 남한의 "일본인들과 해외교포들의 '출국금지'"령을 전했다. 하지만 점차 북과 총련의 관련설 보도가 시작되고부터는 "사건과 일체 관계없다!"며 항변하

12) "断じて許せぬテロ行爲", 『統一日報』, 1974.8.16.

13) 이미 한국의 수사본부는 총련과 북의 지령설에 맞추면서 이미 '한청'의 범위를 넘어서 수사 발표를 하고 있었지만, 『통일일보』는 「文世光-ナゾの軌跡を追う」(15回)나 「在日韓國青年運動の座標」(上・中・下, 金敬三)와 같은 연재물을 통해 한청 연계설을 주장하였다.

는 태도로 일관하면서 이번 사건을 규정하여 박정희 정권의 파쇼적 폭압 행위가 낳은 필연적 산물임을 주장하였다. 수사본부의 수사 발표에 대해 『조선신보』는 '사기와 협잡', '날조'로 가득 찬 '정치적 모략 책동', '반공화국'과 '반총련' 소동을 벌이기 위한 '조작극', '분열 조장', '매국배족적 죄행' 등의 수사(修辭)를 사용해 반론 대응했다. 그중에는 북한 노동당의 성명과 발표를 옮기는 형태의 기사도 있었다. 그러다 등장하기 시작한 것이 박정희정권과 일본과의 검은 관계설, 더 나아가 미국의 관여설로까지 조작 배후설은 확대해 가기 시작했다.

그중 김용환의 <그림 2>에 대비되는 문세광 표상의 그림이 하나 더 있어 흥미롭다.

〈그림 2〉 狂信
(『統一日報』, 1974.8.)

〈그림 3〉「문」을 열지 말라
(『朝鮮新報』, 1974.10.2.)

<그림 3>은 박정희로 짐작되는 군인이 접착테이프를 들고 문세광의 입을 봉쇄하고 서둘러 수사 종결하는 그림이다. 수사본부가 문세광의 '자백'만을 가지고 수사 결과를 발표한 데 반해, 그 목소리 없는 '자백'이 불

신을 낳고 있음을 보여주고 있다.

이 두 '문세광' 표상은 재일조선인·한국인 사이에서 당시 이 사건을 둘러싸고 얼마나 극렬하게 엇갈린 언어와 수사로 대립했는지를 잘 보여주고 있다. 그런 가운데 이 사건의 진실은 뒷전이고, 앞서 김찬정의 말처럼 공식적으로 말하기 어려운 상황으로 인식하고, 사람들 사이에서 소문으로 또 소문으로 번져갔다.

그 소문의 한 정황을 보여주는 작품이 바로 원수일의 『이카이노 이야기』에 수록되어 있다. 이 작품의 제목인 오사카의 이카이노(猪飼野)는 재일조선인·한국인 서사의 보고이다. 그 하나가 바로 원수일의 『이카이노 이야기』이다. 이 소설집은 일본 내 가장 많은 조선인들이 나고 자라 현재도 최대 커뮤니티를 형성하며, 일본 사회 속의 타자의 '섬' 혹은 일본 사회의 '바깥'과 같은 공간으로 존재해온 이카이노를 배경으로 한 다양한 에피소드를 엮은 7편이 수록된 작품집이다. 그중 '문세광'이라는 이름이 등장하는 작품은 「희락원(喜樂苑)」이다. 이 「희락원」 안에도 소품과 같은 4개의 갈등 에피소드가 등장한다. 야키니쿠가게인 「희락원」은 그 이름과는 다르게, 이곳은 1970년대를 살아가는 재일조선인들의 개인적 사연들이 들춰지면서 갈등과 싸움이 일어나는 장소이다. 조선인 집주지 '이카이노의 배꼽'에 해당하는 장소에 위치한 '희락원'이라는 신체 표상의 장소가 일상적이라 할 만큼 싸움이 빈번한 장소로 그려지는 것도 흥미롭다. 그 싸움은 조선말, 특히 제주도 말투가 섞인 말싸움이거나 신체에 가해지는 폭력을 동반한다. 그런 싸움을 유발하는 등장인물 개인들의 사연들이 살갗에 그대로 닿는 것 같이 '육체적'이다.

'희락원'의 여주인 김승옥은 "제주도 바다와 같은 맑은 눈에는 마음속에 담아 둔 위엄과 비애가 승화되어 나타나는 부드러움이 넘쳐흐르"(29쪽)는 인물이다. 「희락원」은 손님들의 싸움에 개입하며 그 갈등을 해결해가는 승옥의 지혜로움이 담담하게 에피소드로 이어지는 소설이다. 그럼 그 에피소드를 보자.

'희락원'에 낯선 두 여인이 손님으로 들어온다. 각각 '한복'과 '양장'을 차려 입은 이 두 여인을 희롱하는 듯 옆 자리에는 '마상'이 앉아 있었는데, 다소의 실랑이가 있었다. 그들 사이의 대화에서 '문세광'에 관한 소문으로 등장한다.

> "광복절에 대통령을 저격하지 못하고 대통령 부인을 살해한 청년 있지예? 얼마 전 재판했나 싶더니 처형됐다 안카요."
>
> "아이고! 마."[14](33쪽)

문세광의 사형이 집행된 것은 1974년 12월 20일. 따라서 그들의 대화는 그 날 이후 얼마 지나지 않은 시점이다. 승옥이 그날 아침을 회상한다.

> 승옥은 말문이 막혔다. 눈을 감으니 8월 15일 광복절에 텔레비전 브라운관을 통해 보도된 뉴스가 어렴풋이 떠올랐다. 한여름 땡볕이 내리쬐기 전, 다소 싸늘한 오전 중에 조상의 차례를 지내고 제사음식, 상, 향대, 병풍 등을 치운 뒤, 점심을 먹으면서 텔레비전을 보고 있었다. 그러자 갑자기 화면에 자막이 삽입되었다. **일본어를 읽을 수 없는** 승옥은 그게 뉴스란 건 알았지만 구체적인 내용은 전혀 알 수 없었다. 이럴 때 승옥은 절실히 느낀다. "쯧쯧 이렇게 깝깝한 일이!" 저녁 뉴스 시간에 삽입된 자막이 대통령 암살미수사건이라는 걸 비로소 알게 되었던 것이다.(34쪽, 강조-인용자)

---

14) 여기에서의 인용은 한국어판 『이카이노 이야기』(김정혜 외, 새미, 2006)에 따르며 이하 쪽수만 표시.

거기에 마상이라는 인물이 끼여든다.

> "머라 카꼬, 대통령을 쏜 혁명가가 이카이노에 안 살았는교"(34쪽)

그러자 '한복' 입은 여인이 중대한 비화라도 발표하듯 말한다.

> "조카 아는 사람 중에 이 머시기가 그카는데 대통령과 대통령 부인이 대립관계였다 안 카나. 우째서 그렇노 카면, 부인이 미국의 씨아에라 카제."
>
> (…중략…)
>
> "맞다! 맞다! 근데 공포를 신호로 북새통을 틈타 영감 경호실장이 부인을 쏜 거 아이가."(35-37쪽, 강조-인용자)

이카이노에서 나고 자란 '문세광'이 두 여인과 마상 사이의 대화 소재로 올라오면서 '문세광'의 서사가 시작된다. 박정희와 육영수 사이의 부부갈등이 빚어낸 사건이라느니, 육영수가 미국의 CIA였다느니, 부부대립 때문에 문세광이 이용된 것일 뿐이라는 '한복' 여인의 말에 "머라 카노, 청상 스파이소설 같구마"라는 마상의 대꾸가 이어진다.

'한복' 여인이 대화를 주도하는데, 그녀가 하는 이야기의 요는 문세광은 사건 현장에서 공포탄을 쏜 것일뿐, 그것을 신호로 경호실장이 육영수를 쏜 것이라는 주장이다. 하지만 마상은 스파이소설이니 거짓말이니 꾸며낸 이야기니 하며 대응한다. '한복'의 주장 근거는 "조카 아는 사람 중에 이 머시기"라는 혁명가의 주장이다.

'문세광'의 서사를 둘러싼 작은 말싸움은 "문서방은 **운명의 문**을 제대로 못 연기다"(강조-인용자)라는 승옥의 "비통한 목소리"로 종결된다. 이처럼 '일본어를 모르는 승옥'이 텔레비전 화면에서 본 자막, '조카 아는 사람'에게 들은 이야기, '한 동네 사람'의 이야기 등과 같이 '문세광' 서사는 소문들일 뿐이다. 그리곤 사건의 전말과 상관없이 승옥이 '운명의 문' 운운하는 순간 '문세광' 서사 자체는 '비통함'이며 재일조선인(2세)의 운명으로 정의되는 것이다.

'희락원'에 나오는 첫 에피소드이기도 한 '문세광' 서사는 그 뒤로 이어지는 다른 에피소드들과 함께 읽어낼 필요가 있다.

햅본센들의 풀칠공 순미가 '희락원'의 문을 열고 등장한다. 그리고는 아들 부부가 야반도주한 일을 넋두리 쏟아내듯 하소연을 풀어놓는다. "일본 땅에서 살아갈라 쿠면 의지할 데가 돈밖에"(41쪽) 없다며 장사를 시켰던 아들이 모든 재산을 가지고 도망 간 하소연이었던 것이다.

> "아지매는 불효자식이 없으니 행복하지예?"(…중략…)
>
> "머라 카요, 애사 아들 둘 다 저 세상에 보냈다 아닌교"(42쪽)

승옥은 자신의 아들을 잃은 과거사를 떠올린다. 큰 아들은 대학을 보냈더니 "자유를 얻기 위해 국가는 없애야 한다"(44쪽)며 어느 날 일본 여자를 데려와 동거를 시작했는데 동거하고 3년 째 되던 해에 일본 여자가 도망가자 목 매달아 자살했다. 둘째는 고등학교 나왔으나 회사 취업이 안 돼, 햅번샌들 공장에서 일했는데 대낮부터 술 먹는 버릇이 생기더니 겨울날 술에 취해 공터에서 자다가 세상을 떠났다. 승옥의 이런 사연은 순미로 하여금 오히려 위로가 되면서 이번 에피소드도 끝난다.

다음 에피소드는 조선인 아내를 맞이한 '알로하셔쓰'와 프레스공 조선인 가네양 사이에서 피 터지는 싸움이 벌어졌을 때 '알로하셔쓰'를 눕혀 놓고 가네양이 두들기려 하자, "저 양반 마누라 아이것나. 저 양반 마누라 붙잡아 가꼬는 머라 할 것 같노. '너거 조선인들은 야만인들이다' 안 카것

나. 그러면 저 양반 마누라 얼매나 괴롭것노"(52쪽)라고 승옥이 말리는 장면으로 에피소드는 끝난다. 마지막으로 기노시타 형제의 싸움 에피소드가 전개된다. 그들 아버지가 제주도 후배에게 돈 떼이고 죽은 일에 형은 조선인의 가난을 탓하며 귀화를 결심하자 그에 반발하는 동생과 싸움이 붙은 것이다. 형은 일본인과 결혼한 상태이다. 그들 사이에 주먹다짐이 있고 나서, 두 사람의 말이 모두 일리 있다 하고, "그래도 아재요, 귀화해서 아버지 성 파는 일은 하지마소. 어머니한테는 지구가 뒤집히는 것 같이 놀랄 일일끼다"(57쪽)는 말로 에피소드는 정리된다.

앞서 첫 번째 에피소드에서 말한 '운명'이라는 표현이 「희락원」 전체를 지배하고 있는 것이다. 조국의 불온한 차별, 가난의 연속과 이산, 소수자에게 노출된 폭력의 항상성, 귀화를 둘러싼 갈등 등이 곧 '운명'인 것이다. 그것이 1970년대 일본 내의 그 '바깥' 혹은 일본 사회 속의 타자의 '섬'에 살아가야만 하는 '운명'인 것이다. 두 아들을 잃은 이야기를 순미에게 전하면서, "아지매, 내도 맨날 인생 끝이다 끝이다 하며 오늘날까지 살아 안 있나. 그렇게 간단하게 인생 끝나는게 아이더라, 하하하"하고 웃어 넘겼던 것처럼, '운명'을 이겨 넘기는 승옥의 말은 갈등 해소에 결정적이다.

「희락원」 속 '문세광'의 서사는 그 외 다른 에피소드와 경중의 차등 없이 병렬된 에피소드의 하나에 불과하다. 특히 모든 에피소드의 갈등이 재일 2세의 삶에 대한 이야기에서 비롯된 것이라는 점이 눈에 띈다. 재일 2세에 주목한 것은 앞서 지적했듯 사건 발생 후 얼마 지나지 않아 이회성이 발표한 『금단의 땅』에서도 마찬가지다. 원수일은 1950년생으로 1951년생의 문세광과 동년배의 재일 2세이다. 남과 북, 민단과 총련 사이의 이분법적인 정치 언어로 이야기되던 그해 8월, 9월 이후 그리고 문세광이 사형에 처해진 이후 '문세광' 서사는 이렇게 '여러 사람의 입에 오르내리며 세상에 떠도는 소식' 쯤의 소문이 되어버린 것이다. 그런데 사건 발생 후 10여년이 지난 시점에 문자 세계가 아닌 민중 언어의 '소문'으로 전치시키면서도 그 소문을 둘러싼 입장의 차이조차 재일조선인이 안고 살아야 할 '운명', 2세, 3세 이어서 짊어져야 할 '운명'으로 만들어 버리고 있는 것이다.

3. 『여름의 불꽃(夏の炎)』 속 '문세광'

소설 『여름의 불꽃』은 1974년에 일어난 '박정희저격사건'의 범인 문세광의 삶과 그 시대를 추적하여 허구의 세계로 재구성한 양석일의 장편이다. 전체 13장으로 이뤄진 이 소설 속 시간은 대략 1971년부터 사건이 발생한 1974년까지이다. 그 시기 한국에서는 통혁당사건, 7·4남북공동성명, 유신헌법 반포, 김대중납치사건 등이 연이어 일어났고, 그 사건들에 연동하며 재일 사회 또한 정치의 시대를 지나고 있었다. 사건 발생 후 30년이 지난 2001년에 발표된 이 소설은 재일조선인에게 '소문'의 세계였던 '문세광' 서사를 그런 정치의 시대를 회고하며 새롭게 허구화한 작업인 것이다.

『광조곡(狂躁曲)』(1981)이나 『택시드라이버 일기(タクシードライバー日誌)』(1984)처럼 초기 자신의 체험을 바탕으로 한 소설 창작으로 입문한 양석일은 『밤을 걸고(夜を賭けて)』(1994)나 『피와 뼈(血と骨)』(1998)처럼 치열하게 살아온 재일조선인 1세들의 삶을 그리는 등 개인의 체험을 넘어 재일조선인의 역사에까지 작품세계를 확장해갔다. 또한 위안부 문제를 다룬 『자궁 속의 자장가(子宮の中の子守歌)』(1992)에서는 슬픈 민족의 역사를 다루면서 제국주의의 폭력을 너무도 처절하게 민족의 신체에 각인시켜냈다. 이렇게 자기에서 민족으로, 그리고 역사로 그의 작품 세계가 확장해 가는 중요한 창작적 경로를 발견할 수 있는데, 그 중심엔 하위주체의 문제가 자리하고 있다. 재일조선인의 '자기'를 그리던 초기 소설의 세계를 면밀히 살피면 단순히 재일조선인의 삶을 그리는데 그치지 않고 국가와 자본의 억압 속에 하위주체들이 서로 동정하고 이해하는 삶을 발견해 내려는 시선을 발견할 수 있다. 아시아계의 아이들에 대해서 성매매를 저지르는 서양과 일본의 어른들의 착취를 거북하리만큼 현대 사회의 어두운 이면으로 너무도 잔혹하게 그려낸 『어둠의 아이들(闇の子供たち)』(2002)과 같은 소설은 그 연장선상에서 탄생한 것이라도 할 수 있다. 이 작품들은 국내에서 번역되거나 혹은 영화화되어 소개된 바 있다.

2008년 12월에 NHK교육TV에서 <앎을 즐기다(知るを樂しむ)>(전4회)라는 방송에 출연해 자신의 삶과 문학적 배경에 대해서 말하면서, 『여름의 불꽃』의 모티브가 되었던 '박정희저격사건'을 일으킨 문세광에게 강한 공감을 느꼈다는 발언을 해서 한국의 미디어나 민단으로부터 강한 비난을 받았던 바 있다. 그가 '박정희저격사건'을 모티브로 삼은 동기와 '문세광'에 대한 공감은 『여름의 불꽃』을 읽는 데 있어 중요한 시사점이 아닐 수 없다.

1) 재일한국인 2세의 절망 서사: 시지프스 형벌의 공포 예감

갑자기 발을 멈춰 뒤돌아보았다.

전신주에 달려 있는 외등의 불빛 고리에 쓰레기통과 아이들 세발자전거가 희미하게 떠오르고 골목의 어둠 속에서 두 마리의 고양이 눈이 발광했다. (…중략…)

만취한 의식이 확산과 수축을 반복하고 있다. 초점이 맞지 않는 원근감을 잃은 눈으로 송의철은 나가야(長屋)를 돌아보고 하늘을 쳐다보았다. 나가야와 나가야 사이의 좁은 하늘에 생물체처럼 만월이 빛나고 있었다. (…중략…)

이번엔 원심력에 휘둘리듯 휘청휘청 비틀거리며 위험천만 벽에 머리를 찧을 뻔했다. 벽에 기댄 송의철은 요염한 만월을 증오에 찬 눈초리로 올려보며 다시 걷기 시작했다. 마치 우주를 유영하듯 5, 6채 건너에 있는 자신의 집에 좀처럼 다다르지 못하는 답답함에 화가 났다.[15](5-6쪽)

이 소설의 시작부분이다. 술자리에서 한청협(≒한청)의 동료와 논쟁을 벌이다 '기회주의자'라는 비난에 화가 난 송의철이 귀가하는 길이다. 재일조선인의 집주지 이카이노(猪飼野)의 늦은 밤 골목. '골목의 어둠', '만취', '원근감을 잃은 눈', '원심력', '증오', '우주 유영', '답답함' 등 이런 단절언어들이 하나의 구조를 이룬 이 장면은 소설 전체의 구조, 특히 송의철이라는 존재를 설명하는 중요한 단서이자, 상징적 묘사이다.

사실 재일조선인 집주지 자체의 묘사가 그런 상징적 의미를 지니고 있다. 소화기 판매원인 송의철이 이 집주지의 바깥세상으로 나서는 순간, 만국박람회를 계기로 일본의 경제 성장을 상징하듯 정비된 세계를 발견하고, 일본의 경제성장에도 불구하고 그 세계로부터 배제된 재일조선인을 떠올리지 않을 수 없다. 바깥세계와 구별된 세계, 아니 구별이 강요된 세계. 송의철이 나고 자란 곳이다.

이 소설은 외부세계와 차단된 이카이노라는 공간에서 그 차단막을 부수고 세계로 나오는 이야기이다. 송의철이 민족문제에 관심을 갖기 시작한 것은 고교 1학년 때 같은 반의 가도와키 리쓰코(門脇律子)가 한일국교 정상화 조약 반대 투쟁에 참가했다는 사실을 알고부터이다. 그로부터 "난

---

15) 양석일의 작품 인용은 『夏の炎』(幻冬舎文庫, 2003)에 근거하며 이하 쪽수만 표시한다.

왜 이토록 무지할까, 세상에 대해서는 물론 자신의 조국에 관해서도 모른 채 살아온"(27쪽) 것을 부끄러워하며, 그는 가도와키에게 "가슴 설렘에 유혹되어 어두운 동굴에서 밝은 하늘 아래의 광야에 섰을 때 느끼는 터질 듯한 이상한 힘"(28쪽) 같은 영향을 느꼈다. 그로부터 아시아민족해방전선의 집회 등에 참가하기 시작한 그였다. "왜 일본의 좌익운동 중에 재일조선인은 없는걸까"(같은쪽)하는 의문 속에서 고립감과 위화감을 지울 수 없었다. 그런 연유로 연애 당시에는 민족문제에 대한 고민과 생각을 처에게 자주 이야기하던 송의철이 결혼 후에는 일절 그에 관한 말이 없다. 송의철의 '집'은 바로 앞서 '골목의 어둠', '만취', '원근감을 잃은 눈', '원심력', '증오', '우주 유영', '답답함'으로 표현되어 바깥의 세계로부터 내버려진 장소였다.

빈곤 이외의 갈등이 없는 집에서 벗어나면, 그는 민족, 통일, 반(反)박정희, 아시아민족해방 등 거대담론 속을 다시금 헤매어야 한다. 가도와키를 통해 만난 아시아민족해방전선의 멤버 고지마 요시노리(小島義德)에 대한 동경. 1972년 4월 일제가 식민지배하던 시기에 사망한 무명의 일본인 식민지·침략자 오천 구가 합사된 소지사(總持寺)를 폭파한 고지마 그룹의 노선에 공감한 송의철은 "본래 아시아민족해방전선과 같은 역할은 재일한국인이 해야 할 일이 아닐까"(33쪽)라는 생각을 한다. 그가 소속한 한청협은 "부패, 타락한 한련(≒민단)의 간부에 철추를 내리고 최후까지 싸워나가자"는 구호로 박정희정권을 지지하는 한련에 대해 투쟁중이다. 그러던 중 7·4남북공동성명이라는 사건을 맞이하여 국면은 급변한다. 적대적이던 한련과 조협(≒총련)이 공동으로 7·4남북공동성명을 지지한다는 성명을 발표하기에 이르렀다. 그러나 "우리들이 악수할 상대는 조협이다. 한련이 아니다"(109쪽)라는 식으로 한청협은 반(反)한련의 노선으로 일관한다.

공동성명 이후 한청협의 사무실은 사람들로 북적였고, 통일의 첫발을 내딛었다는 흥분으로 가득했다. 조협과의 공동투쟁을 전개해가는 중에 송의철은 김일성 주체사상이야말로 통일과 조선민족을 위한 바른 길이라고 여기기 시작했다. 유동하는 정세에 영합하지 않은 그의 신념은 점차 강렬해져갔다. "이 긴 투쟁을 끝낼 이는 나뿐이다"(125쪽)라는 과대상상에 빠진다. 그해 10월이 되자 박정희는 비상계엄령을 발령하고 국회를 강제 해산하고 헌법을 정지시켰다. 박정희정권을 타도하기 위한 유일한 방법은 박정희를 직접 살해하는 것만이 유일한 방법이며 박정희의 배제 없이는 조국통일은 불가능하다는 주장을 조협계의 사람들 앞에서 내뱉는다.

'자신이 왜 그런 말을 했을까'라는 자책과 동시에 "나는 죽을 가치가 있는 인간인가"(137쪽)라는 자문을 품고 영원히 답을 구하려 헤매는 시지프스가 되는 공포스러운 예감에 몸서리를 친다. 이런 심한 감정의 기복과 망상의 고조 속에 빠져 있는 송의철에게 1973년 8월에 발생한 김대중납치사건은 자신의 운명을 결정하는 중요한 사건이었다. 한국정부의 회피 속에서 사건의 진상은 밝혀지지 않고 KCIA의 범행으로 추측되는 가운데, "죽음으로 살고, 살아 죽는다!"(141쪽)는 생각에 오히려 송의철은 이상한 에너지를 느낀다.

송의철은 조협의 아지트 러브호텔 '미유키'에서 한청협과 조협(≒총련)의 인물들과 회합을 갖는다. 그의 망상은 더욱 커져간다.

> 어떻게 하면 박정희를 사살할 수 있을까. 그 전에 우선 무엇을 하면 좋을까. 무기를 어떻게 조달하지. 무기를 가지고 서울로 들어갈 수 있을까. 저 군사독재정권의 중추에 잠입하는 것은 불가능에 가깝다. 그 전에 내가 사살될 것이다. 미친 듯 거친 파란 속에서 농락당하는 꿈을 꾸면서 송의철은 격렬한 피아노 소리에 가슴이 찢어지는 듯 느꼈다.(152쪽)

그는 키르케고르의 『죽음에 이르는 병』의 한 대목을 상기하며 '가능성의 절망'과 '절망의 가능성' 사이를 왕복하고 있는 자신을 발견한다. 절망 끝에 그가 선택한 것은 KCIA가 김대중을 납치했듯이 주일한국대사를 납치하여 한국의 김대중과 맞교환하자는 제안이었다. 그는 도쿄 한청협의 위원장 고병택에게 서한을 보낸다. 하지만 그 서한은 도쿄 한련 본부로 배달되고 만다. 한련이 다시금 그것을 대사관 쪽으로 전달하면서 계획은 발각된다. 그로 인해 송의철은 KCIA와 일본 공안부의 협력 하 감시를 받게 된다. 도쿄로부터의 답신이 없어 배달 사고를 직감한 그는 이후 러브호텔 '미유키'를 더 자주 드나든다. 오사카(大阪) 한청협의 김현이로부터 배달 사고를 전해들은 오사카 조협의 고달성은 이번에 송의철이 박정희 암살계획을 추진할 것이라 추측한다. 그것은 상황이 만들어낸 '시나리오'라고 했다. 그것은 다름 아닌 음모인 것이다. 송의철은 그 음모의 시나리오 속 주인공이 된다. 마치 조선의 운명을 한 몸에 짊어진 것 같은 도착(倒錯)은 일직선으로 박정희 암살로 이어지고 박정희를 암살한 후 해방된 한반도의 정경을 상상하니 전율과 감동으로 황홀감에 빠진다.

도착의 선상에서 이뤄질 결행의 날짜는 1974년 8월 15일. 아직 한 번도 조국을 직접 체험해보지 못한 재일조선인 2세 송의철. 재일조선인의 집주지 이카이노의 바깥세계에서 만난 조국, 그것은 '무지'에 대한 부끄러움의 대상이었다. 부끄러움으로 바깥세상을 헤매다 닿은 첫 조국 땅에서의 테러 결행 계획. 그는 조국에 대해 알아가면 알아갈수록, 그렇게 해서 조국에 가까이 가면 갈수록 "재일동포는 한국의 부속물이며 성가신 자들이며, 이용될 뿐인 존재"(125쪽)라는 사실을 깨달아가면서도 스스로 끝없는 절망의 나락으로 빠져버린 것이다. 자신도 모르는 사이에 음모의 시나리오 속 주인공이 되어버린 채, 그것은 식민본국에서 태어난 식민지 출신 2세라는 죄=운명=형벌에 시달리는 시지프스가 되어버린 것이다.

2) 괴물화의 구조

7 · 4남북공동성명 이후 송의철의 행동에 변화가 생겼다면, 그것은 한청협을 넘어서는 교류 때문이었다. 특히 남과 북의 사이의 분단선만큼 눈에 보이지 않는 경계=심상의 분단선을 갖고 식민본국인 일본에서 나고 자란 그는 한국 국적으로 한련 산하 조직인 한청협에 소속되었다. 일본 내 재일조선인 최대 집주지인 오사카 한청협 사무실을 근거로 활동하던 그였다. 하지만 사실 한국의 민주화와 조국 통일 운동에 참여하게 된 계기는 아시아민족해방전선 멤버인 가도와키 리쓰코와 고시마 요시노리의 영향에서 비롯되었다. 인도의 독립 운동가인 M · N · 로이(Manabendra Nath Roy)의 반(反)간디 노선의 무장투쟁론에 동감하고 있는 것처럼, 한련 산하의 조직인 한청협에서는 아무래도 과격하거나 공상적인 편이었다. 주일대사의 납치사건이나 박정희저격사건을 주모했던 것도 그런 점에서 납득이 가는 부분이다. 7 · 4남북공동성명을 계기로 북한의 출장소 같은 조협의 산하 기관인 조청협과 공동대응을 협의하기 시작하면서 송의철의 행동에 변화가 생기기 시작한다. "무오류성의 오류라는 조직의 체질"(123쪽)과 함께 헤게모니 투쟁에 매달리는 조직에 반감을 갖기 시작하는 가운데, 마치 '미니남북회담'이라고 비유할만한 경험을 통해 그는 러브호텔 '미유키'로 가장한 조협의 아지트를 드나들기 시작한다.

오사카 한청협의 위원장인 김현이가 송의철을 한청협 멤버로 끌어들인 것은 내심 테러를 유발할지 모른다는 느낌 때문이었다. 김현이의 그런 내심은 '미유키'호텔의 고달성에게 전달되고 신남철 등 조협 사람들의 모의에 의해 송의철의 테러 의지와 계획은 점차 고양되어간다. "민족은 하나다, 사상 따위는 문제가 안 된다"(119쪽)는 생각은 남과 북의 경계를 넘나들며, 박정희의 제거를 통한 한반도의 통일과 민주화에의 의지를 점차 고양시켜갔고 극단의 상상, 망상으로 이어져갔던 것이다. 소설 속에서 한청협과 조협 · 조청협 모두 송의철에게 반(反)박정희의 전선에서는 조력자이지만 다른 한편으로는 그 전선과 테러 계획에서의 이탈을 우려하는 감시자이기도 하다.

또 다른 조력자로는 고지마와 가도와키를 들 수 있다. 특히 가도와키는 위조여권을 만들거나 그 여권으로 홍콩 여행을 다녀오는 등의 조력에 그치는 듯하지만, 송의철의 개인적인 갈등을 소거시켜주는 완충지대의 역할이라는 측면에서 보면 그 비중도 작다고 할 수 없다. 과거 아시아민족해방전선의 멤버이기는 했지만, 그녀는 그 어떤 조직으로부터 자유로운 유일한 인물이기도 하다. 한편 고지마는 적군파의 아사마(淺間)산장에서의 총격전,[16] 흥아관음상과 순국칠사(殉國七士)의 비석 폭파사건,[17] 그리고 소지사(總持寺) 폭파사건[18] 등을 주도한 아시아민족해방전선[19]의 멤버 중 한 명이며, 송의철의 극좌모험주의적인 태도에 영향을 가장 크게 끼친 인물이다. 소설 속에서 아시아민족해방전선을 대표하는 그는 송의철이 일본 사회를 접하거나 인식하는 '유일한 통로' 역할을 하면서 저격사건에 사용할 권총을 구하거나 위조여권을 만드는 일을 돕는다. 송의철의 계획을 돕는 자신의 입장을 이렇게 정리하고 있다.

혁명을 꿈꾸던 남자의 부끄러운 생각이 엿보이고 있었다. 고도경제성장에

16) 나가노(長野)현 소재의 아사마산장에서 1972년 2월 연합적군이 일으킨 인질 사건에 따른 총격전.

17) '대동아전쟁 전사자 및 전범들의 유해가 안치되어 있는 흥아관음과 순국칠사비 폭파를 위해 1971년 12월에 발생한 폭탄테러사건.

18) 요코하마(横浜)시에 있는 이 소지사 납골당에 안치된 유골이 제국주의시대에 조선에 살던 일본인 약 5천 명의 것이며 이는 경성의 묘지에 매장되어 있던 것이었다. 자주 반제운동의 공격 대상이 되었는데, 1972년 4월에 폭탄테러사건이 발생했다.

19) 실제 이들 사건은 극좌 과격파에 의해 일어난 사건으로 뒤의 두 사건은 동아시아반일(反日)무장전선에 의해 일어난 것.

의한 일억중류계급이라는 환상 가운데서 혁명이라는 말은 사어(死語)가 되어 가고 있다. 70년 안보(투쟁)는 좌절되고 섹트주의에 의한 내부 분열로 지극히 처참한 헤게모니투쟁은 끝없이 이어지고 있었다. 그런 가운데서 송의철의 계획은 섹트주의를 총괄하는 의미를 지니고 있는지도 모른다고 고지마 요시노리는 생각했던 것이다.(259쪽)

송의철에게 조력자 그룹은 이렇게 크게 두 그룹으로 나눌 수 있다. 하지만 두 그룹 사이에는 따로 접점이 없고 오로지 송의철만이 그 둘 사이를 오가는 매개적 존재이다. 심지어 고지마 등이 훔친 권총을 고달성 앞에 내놓았을 때 송의철의 배후에는 수수께끼 같은 '의문의 세력'이 존재함을 직감할 정도였다.

송의철이 도쿄 한청협 위원장에게 보낸 편지의 오배달 사건 이후, 주일대사관 내 KCIA와 일본 공안부로부터 동시에 감시를 받기 시작한다. 그 두 그룹은 한련을 포함해서 서로간의 불신과 질시, 그리고 협력의 묘한 3자 관계 속에서 '송의철이라는 한 젊은이의 망상'을 감시하고 있다. 그중 일본 공안부 나가이(永井)과장이 KCIA의 이경인에게 건네는 말은 의미심장하다.

한 가지 일러두고자 하는 바는 당신이나 나나 놓여 있는 입장은 같다는 것입니다. 국가의 안전보장은 미국이 쥐고 있고 우리들은 부처님 손바닥 위의 손오공과 같은 존재입니다. 송의철이라는 한 젊은이의 망상은 지금은 우리들에게도 전염되어 일종의 현실미를 띠고 있는 것입니다. 아시아민족해방전선이라는 괴물에 올라타서 송의철은 어디로 가는 걸까요. 당신은 헨리 제임스 국무차관으로부터 두 가지의 선택지를 요구 받았다고 생각합니다. 지금 바로 송의철을 적발할 것인지, 아니면 마지막까지 지켜볼 것인지. 그러나 선택의 여지는 없습

니다.(251쪽, 강조—인용자)

송의철에 대한 미행과 감시가 시작되면서 그는 벗어날 수 없는 올가미와 같은 감시의 망에 걸려 있다. 하지만 그 구조가 흥미롭다. 적발할 수 있지만 적발하지 않고 지켜보고 있자니 점차 '괴물'로 진화해 가는 그를 발견하게 된다. 이 감시의 망은 향후 송의철이 결행하게 될 사건의 시간이 가까워지면 가까워질수록 오히려 사건을 돕는 지경에 이른다. 또 다른 조력자인 것이다. 그런데 이 감시의 망의 구조가 매우 흥미롭게 설정되어 있다는 점을 간과해서는 안 된다. 송의철을 감시하는 KCIA(또 대사관과 한련)과 일본 공안부의 배후에는 그들을 감시하는 또 다른 감시의 눈, 바로 미국의 CIA가 존재하고 있다는 사실이다.

또한 앞서 지적한 송의철을 돕는 두 조력자 그룹 중 KCIA(또 대사관과 한련)과 일본 공안부(경찰)의 감시 망 속에 포착된 것은 고지마의 그룹뿐이며, 러브호텔 '미유키'로 가장된 그룹은 미행하고 있지만 아직 베일 속의 존재들이다. 어느 날 '미유키'에 등장했다 서울에서 총을 전달해 줄 것을 약속하곤 사라진 김순자. 그녀는 KCIA와 일본 공안부의 감시망으로부터도 탈출했다. 의문의 존재는 그녀만이 아니었다. '미유키'에서 고달성이 누군가에게 살해된 사건이 발생했는데 호텔 접수처 여인도 사라진 채 사건은 오리무중 속으로 빠져든다.

송의철에게도 의문투성이다. 하지만 공안 감시자들에게 "지금 바로 송의철을 적발할 것인지, 아니면 마지막까지 지켜볼 것인지. 그러나 선택의 여지는 없"어진 것처럼, 이미 송의철도 "뒤로 되돌릴 수 없다. 그만 두는 것도 불가능하다. 앞으로 나갈 수밖에 없다. 해낼 수밖에 없다."(491쪽) 이 암살계획을 발안한 것은 자신이라고 하지만 이미 그의 자유의지와는 무관하게 사건은 진행되고 있다. 송의철을 괴물로 악마로 만들어버리는 그를 둘러싼 구조. 그는 그 구조의 망 속에 내몰리며 벗어날 수 없는 것이다.

송의철은 한국으로 건너가기 전날, 박정희를 암살하러 가는 것 자체에 역사적 의미가 있으며, 그것은 재일이라는 존재가 쉽게 무시되는 한국에 대한 메시지로서 유서를 쓴다. 그리곤 환청을 듣는다. 산도(産道)를 빠져나와 이 세계에 태어나는 또 하나의 자기가 태어나며 울부짖는 소리와 같았다. 탈피하는 뱀과 나비처럼 지금의 자기로부터 또 다른 자기로 탈피해가는 것을 느낀다. 그럼으로써 시지프스의 형벌로부터 자유로워지는 것이다.

수사본부는 그런 시지프스의 형벌에 가까운 송의철 즉 문세광의 '거사'에 이르는 배경에 대해 아래와 같이 정리하여 발표했다. 그건 다름 아닌 문세광의 배후 및 범행 관련자에 대한 구조도였다.

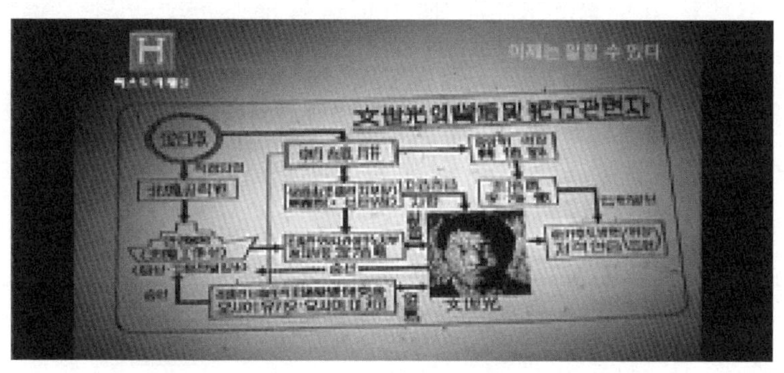

〈그림 4〉「이제는 말 할 수 있다」(MBC, 2005.3.20.)
"문세광의 배경 및 범행관련자"

위의 <그림 4>처럼 그 정점에 김일성이 있다. 그의 지령이 전달되는 경로는 ①김일성→'북괴공작원'→만경봉호→'조총련' 김호룡→문세광, ②김일성→'조총련'→'조총련'지부장 등→'조총련'이쿠지부장→문세광, ③김일성→'조총련'의장 한덕수→주치의 이해철→아카후도병원→문세광 등 세 가지이다. 그리고 그 방계에 여권발급의 단계에서 문세광과 관계를 맺고 있는 (←→)조총련비밀조직 주체사상연구회(요시이 부부)의 개입을 도식 안에 그려넣고 있다.

문세광의 괴물화를 위한 이 도식을 단순화해보면, 김일성→문세광(←→주체사상연구회)으로 정리할 수 있다. 그 둘 사이는 일본 내 총련과 그 하부 조직만이 존재하고, 그로 인해 이는 일본이 '북괴'에 의한 적화 공작 기지화되었다고 시사함으로써 '반일'의 국민적 공분을 자아내는 또 다른 도식이 된 것이다.

따라서 이 관계도를 보면 수사상황에서 문세광 이외에는 수사 당국이 직접 수사할 수 있는 대상=인물은 없다. 북한이나 일본에서 수사가 이뤄져야 하는데 그것은 불가능한 상황이었다. 그래서 문세광의 자백만이 모든 '진실'을 담고 있는 것으로 치부되었다. 하지만 그것은 하나의 소문일 뿐이었다.

한편 소설에서는 다른 도식을 그리고 있다. 서사는 감시자 그룹과 감시대상 그룹이라는 두 축을 통해 전개되지만, 앞서 지적했듯이 감시자 그룹

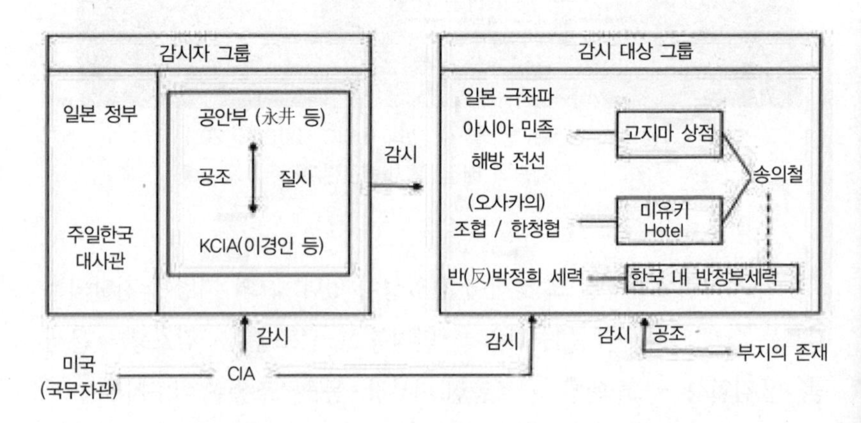

〈그림 5〉 소설 속의 감시망—감시자 그룹과 감시대상 그룹

조차 결과적으로는 송의철이 사건을 결행하는데 본의 아닌 조력자의 위치에 있다. 그리고 두 그룹 모두 서사 바깥에 존재하는 미국(CIA)은 물론 서사 안에서 미스테리한 존재인 이들이 만들어놓은 감시망 안에 있다. 그것을 도식으로 그려내면 <그림 5>와 같다.

한편 <그림 5> 속 감시대상 그룹은 바로 송의철의 직접적 조력자들이다. 아래는 송의철이 사건 결행에 이르는 길에 조력하는 인물들 및 조직들의 관계도이다.

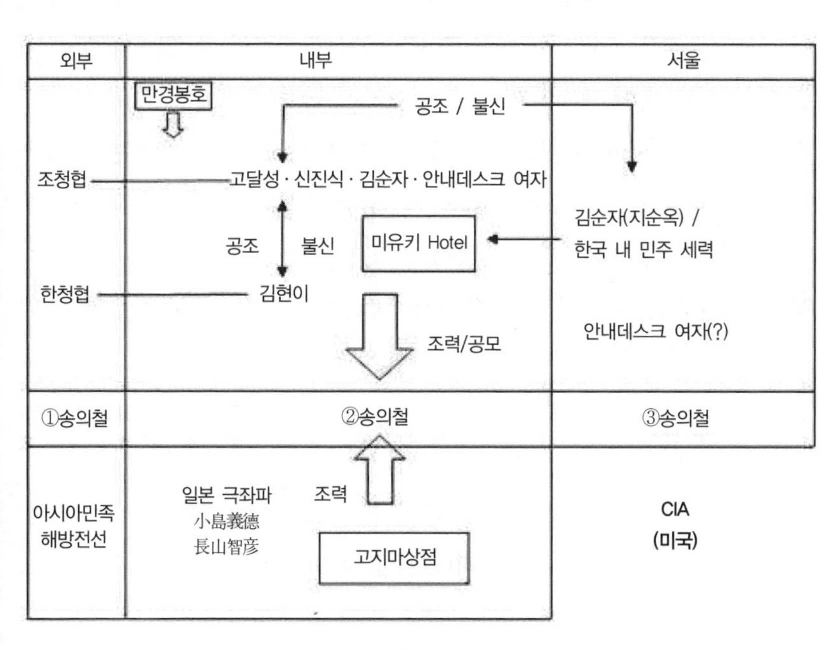

〈그림 6〉 송의철을 둘러싼 조력자들의 관계도

우선 송의철 자체가 '탈피'를 통해 성장의 과정을 겪는다. ① 공식적인 조직 활동을 하던 시기(외부)와, ② 사건 계획의 발안 이후 '미유키'와 '고지마상점'의 조력으로 사건을 진전시켜가던 시기(내부=비밀 모임), 그리고

③ 마지막 서울에서의 사건 실행 과정의 송의철(서울=미스터리)이라는 일종의 성장서사. 사건 계획은 송의철이 발안한 것이지만, 범행에까지 이르는 소설 속 사건의 진전 과정은 그의 의지와는 별도로 '미유키' 호텔로 대표되는 그룹과 '고지마상점'으로 대표되는 그룹이 만들어내는 시대=상황이 써내려가는 시나리오의 주인공처럼 그가 '괴물화'되어가는 과정이기도 하다. ②단계에서 등장하는 김순자의 존재로 인해 부지(不知)의 존재들이 등장하기 시작한다. 그녀는 한국 내 민주세력일 수도, 한국 내 북의 간첩일 수도, 또는 CIA(미국) 기획의 산물일지도 모르는 그저 미스터리이다. 분명한 것은 조력자는 물론 감시자마저도 되돌릴 수 없거나 물러설 수 없는 상황 속에 빠지고, 사건을 맞이해야 한다는 점이다. 이때 사건의 진전에 직접 관여하지 않고 사건의 구조도 바깥에서 CIA(미국)는 항수처럼 존재한다는 사실은 주목할 필요가 있다. 다시 말해 송의철을 괴물화하는 이 구조는 단순히 조력자들만이 참가하는 것이 아니라 CIA(미국)라는 항수의 감시자를 비롯해 KCIA와 일본 공안부의 감시자들도 참가하고 있는 구조인 것이다.

3) 역사의 사석(死石)—문세광에의 동정

양석일의 『여름의 불꽃』은 30년이 지난 후에 다시 오랜 전 '소문'의 '문세광'과 그의 사건을 소환한 작품이다. 이 사건은 문세광 단독 범행설, 한국정부의 자작극설, 한국정부 내부 모략설, 북·총련 공작원설, 일본 과격파 그룹설, 미국의 비밀조직설 등, 아직도 설왕설래하는 사건이다. 사건 발생 후 넉 달 만에 형장의 이슬로 떠나간 그는 형무소이긴 하지만 조국에서 그 시간만큼만 보낸 것이다. 직접 대중과 민족 앞에서 말하지 못하고, 수사본부가 전달하는 언어로만 그는 이미지화되었다. 그 자백이라는 수사(修辭)의 정치는 오히려 그에게 하여금 함구할 수밖에 없게 만들고,

또 그것은 메신저에 대한 불신을 만들어내고 소문만을 무성케 한 이유가 되었는지 모른다. 양석일의 『여름의 불꽃』은 '문세광'이라는 소문을 다시금 구성해 보려는 욕망의 결과물이다. 재일 사회에 일었던 정치의 시간을 일거에 삼켜버린 이 사건에 대한 침묵을 깨고 터뜨린 송의철의 절규가 대신하고 있다. 송의철을 둘러싼 상황들이 만들어낸 시나리오에 따라 드러낼 수밖에 없었던 괴물적 본성, 그것은 조력자들은 물론 감시자들에 의해서 만들어진 것이기도 하다.

조국의 분단으로 버려진 삶에서 조국과의 관계를 자각해가는 <그림 6>처럼, ① 송의철→② 송의철→③ 송의철로 성장하는 이 소설의 진행이 결국 괴물적 본성을 찾는 데로 향한다. 그것이 송의철 개인의 선택이나 의지로 결정되는 것이 아님을 알기에 이 소설은 송의철의 삶에 대한 동정을 내포한다. 그 동정은 작가 양석일만이 품고 있는 것이 아니라 재일문학이 조국을 향해 던지는 도전의 메시지인 것이다. 답을 구할 수 없는 물음, 즉 "무엇을 위해 목숨까지 걸고 싸우는 걸까?"(522쪽)라는 물음을 분단된 조국을 향해 던지고 있는 것이다. 시지프스의 가혹한 형벌 속에 빠진 자신과 재일의 입장에서.

이 소설은 모두 13장으로 구성되어 있다. 이 중에서 실제 배경이 한국인 것은 마지막 13장뿐이다. 비교적 사건 개요에 충실하고, 또 1971년 이후의 문세광의 삶을 추적하여 그 주변 인물들로 유추할 수 있을만한 인물만이 아니라 허구적 인물을 설정하여 그들과의 관계 속에서 비교적 그 저격사건 당일에 이르기까지의 '문세광'이라는 소문, 즉 송의철이라는 인물을 만들어내고 있다. 그 중 저격사건의 현장을 그려낸 13장에서는 아예 수사발표나 사실과 전혀 다르게 그리고 있다. 앞서 <그림 6> 중에서 ③ 송의철은 이 사건을 준비하는 과정의 조력자들로부터 자립해 있다. ②의 그처럼 상황이 만들어낸 시나리오로부터 "겁먹거나" "도망하고 싶다"(283

쪽)는 식의 주저함이 전혀 없다. 박정희의 저격에 실패하고 마지막까지 그를 살해하기 위해 몸부림치며 연단으로 오르려 한다. 그는 SP들의 발포에 장절한 최후의 죽음을 기꺼이 맞이한다. 이와 같은 설정은 아마도 수사본부에서 조사를 받으며 형무소에서의 넉 달간 조국에서의 삶이 '문세광'이라는 사건의 본질을 이야기하는 데 별 의미가 없는 시간이라고 판단했기 때문일지도 모른다.

더구나 소설은 거기서 끝나지 않는다. 고달성의 러브호텔 '미유키'에서 만나 권총을 맡긴 수수께끼 같은 존재, 김순자의 등장. 기념식장에서 그녀가 정보부원 지순옥이라는 사실을 알게 되고, 그녀의 안내를 받아 마지막의 암살 준비를 마친 송의철. 조력자들 중에서 암살 현장을 마지막까지 지키던 이는 바로 지순옥=김순자라는 러브호텔 '미유키'의 멤버이자 정보부원인 이중첩자였다. 박정희 저격이 실패로 끝나자 식장을 급히 빠져나가지만, 그녀를 맞이하는 것은 또 다른 수수께끼 같은 존재였던 러브호텔 '미유키' 안내데스크의 여인이었다. 헬멧에 선글라스를 쓰고 오토바이를 타고 온 그 여인의 소음총에 그녀는 목숨을 잃는다. 지순옥=김순자가 마지막으로 내뱉은 말은 "어리석었다……"(524쪽)는 후회였다. 그녀에게 총을 겨눈 것은 과연 누굴까. "정보부일까, 공안부일까, 군부일까, 그게 아니면……"(524쪽)이라는 의문을 품은 채 아스팔트 위로 쓰러지며 상기해낸 것이 바로 안내데스크의 여인이었다. 같은 날 오사카와 도쿄에서 고지마(小島)와 나가야마(長山)가 각각 타살되었다는 사실을 알리며 소설은 끝을 맺는다. 이 소설 마지막의 주요 인물들의 사망과 말줄임표는 다의성을 함의한다. 결국 미스터리로 끝나버린 사건의 시말, 과연 누구의 무엇이 어리석었을까, 송의철에의 조력이라는 측면만 놓고 보면 조력자와 감시자 사이의 구분이 없어지는 사건의 복잡성, 재현 불가한 자들의 개입, 온갖 죽음과 증언 부재의 상황 등.[20)]

그런 다의적인 말줄임표에도 불구하고 이 소설에서 분명히 한 것은 '역사의 사석'(300쪽)처럼 버려진 송의철의 희생과 실패이다. 가해자이면서 희생자. 금기로 여기고 소문으로만 떠도는 희생자로서의 서사에 대한 구상화, 그것은 바로 양석일, 문세광, 송의철 등의 개개인이 아니라 재일 2세로 살아가야 하는 이들에 대한 자기연민의 서사화에 다름 아닌 것이다.

4. 나가면서

오로지 문세광의 자백이라는 수사 결과, 수사망이 닿지 않는 사건의 배후, 오히려 함구에 가까운 사건의 봉인과 수사 종결, 그리고 한국 언론의 왜곡된 보도 행태, 재일 사회의 이분화된 언론의 보도 행태, 문학에서의 재현, 이 모든 것은 소문을 낳았다. 이른 바 '문세광'이라는 소문이 되었다. 소문은 역동적인 상상력을 발휘하게 만들고, 사건과 허구 사이의 해석의 전복성을 불러일으켰다.

아직도 미스터리로 남아 있는 '문세광'. 최근 고우이는 저서『나, 대통령을 저격하고－재일한국인청년 · 문세광과 박정희저격사건(われ, 大統領を撃てり―在日韓國人青年 · 文世光と朴正熙狙擊事件)』(花傳社, 2016)에서 미스터리로 남은 '문세광'과 이 사건을 추적하고 있다. 이미 사건 발생 후 40여 년이 지났지만. 특히 고유이의 저서가 의도한 바는 '재일' 사회가 이 사건을 대할 때 갖는 '금기'를 깨는 데 있었다. 금기의 배경에는 선과 악, 아(我)와 적, 남과 북, 일본과 한국 등 이분법적인 사유로 취급될 수밖에 없는

---

20)『여름의 불꽃』에서 송의철이 사건 후 체포되는 것이 아니라, 끝에 사건 현장에서 장렬히 죽음을 맞이하는 설정은 오히려 수사과정에서의 문세광의 자백을 허구화, 무력화하려는 작가 양석일의 상상력이라고 할 수 있다.

사건의 성격이 있다.[21] 하지만 금기는 언중(言衆)에서 떠도는 소문으로 이미 흔들리고 있었다.

사건 발생 후 한국에서는 반북과 반일의 감정, 그리고 애국과 광기로 '문세광'과 그 사건이 해석되었다. 하지만 수사과정에서 단서란 오로지 문세광의 자백만이 있을 뿐이었다. 일본에서는 한일 정부 당국자간의 의사 불일치와 공조라는 모순이 노출되는 가운데 수사를 종결하였고, 결국 정치적 타협에 의해 사건을 둘러싼 공적 서사는 봉인되기에 이르렀다. 남과 북의 대리전 같은 민단과 총련 사이의 투쟁은 재일 사회를 더욱 이분화시켰다. 하지만 재일 사회에 대한 남한 사회의 불온시는 두 단체 모두가 짊어져야 할 몫이었다.

앞서 살펴온 것처럼, 재일문학은 그로 인한 금기를 이미 소문으로 그려내고 있었다. 사건 후 얼마 지나지 않아 이회성은 『금단의 땅』에서 동시대의 사건으로 언급하면서 재일 2세의 입장을 견지하며 이 사건을 이야기하려 했다. 남한 사회(박채호)와 재일 사회(조남식)에서의 '자생적 사회주의자'를 형상화하는 가운데, 조국의 옥중에 갇힌 조남식의 입장에서 '문세광' 사건에 대해 이야기하며 사회주의 운동의 위축을 조장할 수 있다고까지 말한다. 여기서 사회주의는 정치경제적 이념이 아니라, 유학생간첩단 사건, 7 · 4공동성명, 계엄령과 국회해산, 유신체제의 돌입, 김대중납치사건 등 일련의 사건들에 대응하기 위한 반체제적 상상일 뿐이었다.

그리고 사건 발생 후 10여 년이 지난 뒤 원수일은 문세광의 고향, 이카

21) 고우이는 자신의 책에서 "어느 韓青同의 간부는 '38도선을 경계로 조국이 남북으로 분열되어 있는 삼엄한 현실이 재일을 침묵시킨 것이라고 했다. 또한 민단에 소속된 인물은'사건에 대해서 말하면 자신의 입장을 명확하게 밝히게 되며, 주위 동포와 긴장관계에 놓이게 된다. 이 점을 피하기 위해서는 침묵밖에 없었다."고 재일 사회가 금기시하는 상황을 전했다(高祐二, 앞의 책, 230쪽).

이노의 한 야키니쿠가게 '희락원'에서의 그에 대한 소문의 단편을 그리고 있다. 문자 바깥의 언중 속에서 소문이 마치 서스펜스처럼 이야기되고 있는 것이다. 결국 사건 발생 후 30년이 지나 양석일은 『여름의 불꽃』에서 '송의철'이라는 '괴물'을 만들어내며 2000년대의 또 다른 소문으로서의 '문세광'을 통해 작가의 욕망을 투사해냈다. 그 괴물화 과정은 소설 속 서사 구조처럼 그의 자유의지를 이미 초월한 것이었다. 그것은 또한 스스로의 선택에 의한 것이 아닌 역사적, 심리적 상황의 그물망에 걸려든 '정치적 존재'[22]로서 '문세광'의 모습을 그리는 과정이었다. 그 점에서 양석일은 재일 2세 '송의철', 즉 문세광에 대해 동정을 표했던 것이다.[23]

'1억 총중산층화'의 환상과 함께 혁명이라는 말이 사어가 되어버린 1970년대의 일본 사회에서 뒤처지고 남겨진 재일 2세 '송의철'이라는 존재. 『여름의 불꽃』의 해설을 쓴 강상중의 말이다. 그런 그가 소문으로 존재하는 한, '재일'에게 정치의 계절은 끝나지 않을 것이다.[24] 이 말 또한 재일 2세인 강상중의 말이다. 이처럼 재일 2세들에게 '문세광'이라는 소문은 조국을 향해 품고 있는 정치적 상상물로 남아 있다. 특히 『여름의 불꽃』에서 '송의철'로 분장한 '문세광'을 통해 반미, 반제(일본), 반독재, 반분파, 배반한 조국을 향한 감정 등의 총화로 상상하는 힘은, 마치 1970년대에 머문 듯한 시간적 지체(time lag)처럼 여기지면서도 1974년의 시간

---

22) 위의 책, 269쪽.

23) 이런 동정의 심정은 2세로서의 동류의식에서 비롯된다. 고우이도 이렇게 말한다. "나는 마음이 무겁다. 문세광 청년이 일본에서 나서 자란 2세이기 때문에 감정상의 괴로움은 한층 더할 뿐이다. 분단·조국의 통일을 향해서 살아가는 우리들 2세는 그와 같은 비극을 체험하지 않으면 안 되는 것일까. 지금 나는 그가 최후의 날까지 자긍심을 갖고 있기를 바랄 뿐이다."(위의 책, 268쪽)

24) 梁石日, 『夏の炎』, 幻冬舎文庫, 2003, 527쪽. 고우이 또한 "문세광과 동시대를 살았던 재일코리안이 눈과 귀를 어찌 닫더라도, 그가 살아온 증거는 이제부터도 계속 존재할 것이다. 영원히"(高祐二, 앞의 책, 275쪽)이라는 문장으로 마무리한다.

의 의미가 지니고 있는 현재성과 지속성을 잃지 않으려고 인식한 결과라고 하겠다. 결국 역사의 사석이 되어버렸지만, '문세광'이라는 존재와 소문은 또 다른 역동적인 상상력으로 발휘되고, 또한 사건과 허구 사이의 해석의 전복성을 불러일으키고 있음을 보여주고 있는 것이다.

제3부
분단 디아스포라와 '사건'의 불온성

제6장

재일조선인과 분단의 지형학

—서승, 서준식의 텍스트를 중심으로—

윤송아

1. 재일조선인과 '간첩단 사건'

2018년, 11년 만에 개최된 남북정상회담에서 '한반도의 평화와 번영, 통일을 위한 판문점 선언'이 채택되고, 뒤이어 성사된 북미정상회담에서 한반도의 비핵화와 종전 선언, 평화체제 구축에 대한 합의가 이루어지면서, 마침내 한반도를 둘러싼 냉전과 분단의 역사가 종식되리라는 기대감이 온 세계를 감돌았다. 하지만 축배의 순간도 잠시, 다시 강고한 분단의 장벽 앞에서 새로운 역사를 향한 발걸음은 멈춰버리고 말았다. 과거의 사건으로 갈무리되지 못하고 현재의 '유물'로 여전히 우리의 발목을 옥죄고 있는 '분단'의 현실은 재일조선인의 존재 위에 지울 수 없는 고통의 세월을 주조해왔다는 점에서 이미 남북이라는 협소한 지역성을 넘어선다. '하나의 민족'을 향한 평화통일의 기치는 당위적 가치로서 유효하되, 각각의 국민국가를 존치시켜온 사회 · 역사적 맥락과 시대적 부침은 여전히 분단 논리를 강화하는 방향으로 소급되어왔다는 점에서, 한반도를 관통하는 '현황'의 원인을 그 근본에서부터 다시금 역추적해볼 필요가 있다. 권혁태에 의하면, 한국사회는 재일조선인을 변별하는 세 가지 필터로서 민족(식민지라는 역사적 경험의 공유), 냉전(반공), 개발주의적 시각을 작동시켜왔으며 이는 한국의 '나라 만들기'와 밀접한 관련을 맺고 있다.[1] 즉 민족적 정체성의 강조, 냉전 이데올로기에 바탕한 사상교육과 통제, 경제개발 우선의 독재체제 등은 해방 이후 대한민국의 '국가 건설' 과업을 위해 한국사회 안에서 가장 중요하게 활성화되어 온 내부기제이며, 이러한 전략적 필터는 유독 '재일조선인'에게 심화 · 증폭되어 작동되어온바, 이는 일차적으로 이들이 식민과 분단이라는 한민족의 이중적 질곡을 배태한 '일본'을 정주지로 삼고 있기 때문이다. '일본'은 36년간의 일제 식민통치의 역사가 여전히 재일조선인의 삶과 역사에 뚜렷이 아로새겨져 있는 곳이며, 남북이라는 두 조국과의 접촉선이 복잡하게 뒤얽혀, 분단에 기인한 삼국의 정치적 갈등이 표면화되는 경계지역이다. 80년대 말 소련과 동구 사회주의권의 몰락으로 전지구적 냉전이데올로기 체제가 사실상 무너졌음에도 불구하고 분단에 둘러싸인 '반공' 논리는 '종북'이라는 프레임으로 변용되어 한국사회에 존속하고 있으며 재일조선인을 바라보는 시선 또한 여전히 이에서 자유롭지 못하다.[2]

---

1) 권혁태, 「'재일조선인'과 한국사회: 한국사회는 재일조선인을 어떻게 '표상'해왔는가」, 『역사비평』, 2007, 봄호, 344쪽 참조.

2) 현재까지도 문제가 되고 있는 재일조선인에 대한 필터링의 전형적 예로 '조선적(朝鮮籍)' 동포의 입국 금지 조치 등을 들 수 있다. 대한민국 수립 이전인 1947년 일본 정부가 공포 · 시행한 '외국인등록령'에 의해 재일조선인에게 일괄적으로 부여된 '조선적'은 북한('조선민주주의인민공화국')과는 직접적인 관련성이 없음에도 불구하고, 총련이나 북한과의 친연성 등을 이유로 조선적 동포들의 한국 입국이 대체로 제한되어 왔다. 최근의 예로는 2015년, 『화산도』의 작가 김석범의 입국 불허, 2016년 역사학자 정영환의 입국 불허

본고에서는 해방과 한국전쟁 이후 70여 년이 지난 현 시기에도 여전히 분단의 강고한 논리에 복속되어 있는 한반도의 정치 지형도가 재일조선인의 현실과 내면에 어떠한 영향을 끼쳤으며, 역설적으로 이들에 대한 구속행위가 한국사회의 국가시스템에 어떤 균열과 문제의식을 파생시켰는지를 서승, 서준식의 텍스트를 통해 고찰해보고자 한다.[3)]

재일조선인 유학생인 서승, 서준식 형제는 1971년, 육군보안사령부에 의해서 조작된 '재일교포학생 학원침투 간첩단 사건'의 주동자로 몰려 구속되었다.[4)] 보안사는 박정희가 3선을 노리던 대통령 선거 일주일 전인 1971년 4월 20일, 서승, 서준식 등 교포학생 4명이 포함된 간첩 10명과 관련자 41명 등 총 51명이 연루된 '간첩단 사건'을 대대적으로 공표하며 정국 쇄신을 꾀했다.[5)] '재일교포 청년학생 모국방문단' 등의 명목으로 여

조치 등을 들 수 있다.

3) 서승, 서준식을 다룬 논의로는 임유경의 연구를 참조할 수 있다. 임유경은 「일그러진 조국: 검역국가의 병리성과 간첩의 위상학」(『현대문학의 연구』 55호, 한국문학연구학회, 2015)에서 해방 이후 한반도의 두 체제가 자기의 국가적 경계를 형성하기 위하여 일본과 재일조선인을 어떻게 매개하고 있는지를, 서승을 중심으로 한 '재일조선인 간첩단사건'을 통해 추적하면서 이를 검역국가의 병리성, 즉 분단의 질병으로서의 '자기면역병'과 연결시켜 고찰하고 있다. 또한 「체제의 시간과 저자의 시간: 『서준식 옥중서한』 연구」(『현대문학의 연구』 58호, 한국문학연구학회, 2016)에서는 '옥중기'라는 범주 아래 서준식의 『옥중서한』을 검토하면서, 서준식에게 '수인'이면서 '저자'라는 이중의 정체성이 어떻게 의식되고 어떠한 구체적인 글쓰기로 현시되는지를 논한다. 서승 · 서준식을 위시한 70, 80년대 '재일동포유학생간첩단사건'들을 당대 일본과 남한을 둘러싼 정치 · 사회적 맥락 아래 정치하게 조망하고 있는 김효순의 『조국이 버린 사람들』(서해문집, 2015)은 한국의 독재정권이 '반공'이라는 국시 아래 자신들의 권력구조를 공고히 하기 위해 재일조선인을 희생양으로 삼았던 참혹한 조작의 현장을 낱낱이 파헤치고 있다.

4) 이들의 구속 사유는 서승 등이 북한의 지령으로 서울대에 지하조직을 만들어 학생들에게 군사교련 반대투쟁과 박정희 3선 반대투쟁을 배후에서 조종하고, 정부타도와 공산 폭력혁명을 기도했으며, 친분이 있는 당시 김대중 후보의 선거참모였던 김상현 의원을 통해 김대중 후보에게 불순한(즉 북한의) 자금을 전달했다는 명목이다(서승, 김경자 옮김, 『서승의 옥중 19년』, 역사비평사, 1999, 37쪽 참조).

5) 김효순, 앞의 책, 263쪽 참조.

러 차례 한국을 방문했던 서승, 서준식 형제는 60년대 후반 한국으로의 조국유학을 감행했으나, 북한 방문 등을 빌미로 모진 고문 끝에 '간첩'으로 조작되어 기약 없는 감옥생활을 시작하게 된다.[6)]

재일조선인 2세로서 일본에서 대학을 졸업하고 1968년 서울대로 유학 온 서승은 서울대 어학연구소를 거쳐 1969년 서울대 대학원 사회학과 석사과정에 입학했으며, 석사과정을 수료하고 조교로 근무하기 위해 한국에 재입국하던 중 국가보안법 위반 등의 혐의로 구속되었다. 1971년 10월 22일, 1심 판결에서 사형 선고, 1972년 12월 7일, 2심 판결에서 무기징역을 선고받았으며, 대구교도소와 대전교도소에서 19년간 수감생활을 한 끝에 1990년 2월 20일, 사면 석방되었다.[7)] 서승은 보안사에 끌려가 고문을 당할 때 자신의 거짓 자백으로 인한 간첩 조작 사건이 당시 학생운동에 치명타를 줄 것을 염려하여 분신자살을 기도했으며, 온몸에 화상을

---

6) 국가권력에 의한 '간첩 조작'은 일제 식민시기부터 사용되어 온 공안정치의 한 방편으로 박정희 정권의 유신 체제 이후 1987년까지 가장 만연했다. 1969년 이후 북한의 간첩 남파가 줄어들자 박정희 정권은 간첩을 '정책적으로' 양산하기 시작한다. 사회주의 활동이 합법화되어 있으며 북한과의 내왕의 기회가 있었던 일본 거주 동포, 북한에 납치되어 북한으로부터 사상 교양 교육을 받은 적이 있는 납북어부, 해방 정국이나 4·19 직후 민족주의·사회주의 활동 경력을 가진 인사들, 서독에 유학하여 북한이나 사회주의 사상에 노출될 기회가 있었던 유학생들이나 유럽거주 주민들, 한국전쟁기 부역혐의가 있거나 의용군에 징집된 경력이 있던 사람들을 주 대상으로 수많은 '간첩 사건'이 조작된다(김동춘, 「'간첩 만들기'의 전쟁정치: 지배질서로서 유신체제」, 『민주사회와 정책연구』 21호, 민주사회정책연구원, 2012, 157-159쪽 참조). 이러한 국가권력에 의한 '간첩 만들기'는 곧 모든 국민들을 '간첩 아닌 사람'으로 처신하도록 만드는 과정, 즉 정치공동체의 테두리 치기, 충성스러운 국민 만들기 과정이며, 간첩 만들기와 동시에 진행되는 '국민 만들기'는 '정화된 국민', 즉 사상적으로 균질적이고 복종적이며 선거 외에는 일체 정치에 관여하지 않는 국민 양성을 목표로 한(김동춘, 위의 논문, 162쪽 참조) 공안통치술이었다. 철저하게 반공국가 내부로 수렴되는 대한민국의 '국민화' 과정은 재일조선인을 비롯한 지리적, 사상적 경계 지역에 놓인 '반(半)국민'의 '간첩화' 장치를 통해 활성화되며, 분단체제를 한층 공고화하는 데 기여한다.

7) 서승, 『서승의 동아시아 평화기행』, 창비, 2011, 54-55쪽 참조.

입은 채 가까스로 살아난다. 당시 화상으로 참혹하게 일그러진 서승의 얼굴은 한국 인권유린사에 길이 남을 하나의 표징이 되었다.

서준식 또한 고등학교를 졸업하고 1967년에 '재일교포 모국 유학생'으로 서울에 와 이듬해 서울대학교 법대에 입학했으며 4학년인 1971년, 형 서승과 함께 투옥되어 1심에서 징역 15년, 항소심에서 징역 7년을 받았다. 대전과 광주교도소 등에서 복역하고 1978년, 7년의 형기를 마쳤으나 사회안전법에 의해 보호감호처분을 받아 청주보안감호소에서 10년을 더 복역하고 1988년 5월 비전향수로는 처음으로 만기 출소하였다. 서준식은 1973년 9월에 광주로 이송된 후 사상전향을 빌미로 한 옥중에서의 야만적인 고문에 분노해 자살을 기도했으며, 1974년 니시무라 참의원과의 특별면회에서 목숨을 건 고문 폭로를 행하기도 했다. 또한 1987년, 전향제도와 사회안전법의 폭력성에 항의하며 51일간의 단식투쟁을 벌였다.[8)]

민족애의 고양과 한국인으로서의 정체성 확립의 의지를 안고 조국유학을 선택한 서승, 서준식 형제는 비전향장기수로, 20대 중반을 거쳐 40대에 이르는 가장 혈기왕성한 젊음의 시기를 0.75평 '특사'에서 모진 고문과 간단없는 자기단련의 시간으로 채웠다. 서승과 서준식을 위시한 "재일정치범은 분단과 독재 정권, 이중의 희생자"[9)]로 소환되어 비인간적인 고통의 시간을 강제받았다. 재일조선인 연구자인 조경희는 "지리적인 38선 없이 사는 재일동포들은 한국 정부가 '내부의 적'으로 만들기에 적합했으며 그들에 대한 낯설음과 불편함은 사회질서 유지에 충분히 이용할 만한 것이었다. 비분단적인 양태를 지니는 재외동포들의 존재가 분단체제와 깊이 연루될 수밖에 없는 것은 바로 이 지점이다"[10)]라고 역설한다. 이렇

8) 김효순, 앞의 책, 277-285쪽 참조.

9) 윤건차, 박진우 외 옮김, 『자이니치의 정신사』, 한겨레출판, 2016, 697쪽.

10) 조경희, 「한국사회의 '재일조선인' 인식」, 『황해문화』, 2007, 겨울호, 50-51쪽.

듯 일제 식민 지배로 산출된 재일조선인의 존재는 식민 잔재의 완전한 청산이 좌절된 이후 상반된 국민국가 체제를 바탕으로 대립과 반목을 극대화해왔던 두 개의 분단조국 아래서 비극적인 역사를 반복적으로 재생할 수밖에 없었다. 그러나 서승, 서준식으로 대표되는 재일조선인에 대한 인권 탄압과 사상 검열 사건이 궁극적으로 한국이라는 국민국가의 폭력성을 폭로하고 그 존립 근거의 타당성을 엄밀히 심문한다는 점에서, 그리고 평화, 인권운동가로 거듭난 그들의 사후 행보가 왜곡된 분단조국의 지형을 극복할 적극적 견인차 역할을 한다는 점에서, 이들의 '간첩' 혐의는 아이러니하게도 당대의 사회·역사적 임무를 완수해낸다.

2. 재일조선인의 민족의식과 조국 유학/방문의 역설

"재일동포가 '간첩'으로 만들어질 때, 무엇보다도 먼저 민족의 자각을 언제 어떻게 가지게 되었는가라는 점부터 조사가 시작된다. 따라서 조금이라도 조국을 사랑하는 마음을 가지고 있는 재일동포에게는 이미 국가보안법을 적용하기 위한 '동기'가 갖추어져 있는 것이다"[11]라는 김병진의 언급은 분단조국의 놀라운 역설을 보여준다. 조국을 깊이 알고자 하는 욕망, 조국을 경험하고 조국과 합치되고자 하는 열망은 대립적 분단국가의 지형도 안에서 한순간 '적국'을 지지하고 옹호하는 행위로 둔갑한다. 서승, 서준식이 가진 민족의식, 민족적 정체성을 구현하려는 의지와 노력은 그들의 텍스트 면면에 강하게 드러나 있다. 하지만 이러한 입장 표명은 분단국가의 논리 앞에서 그 진의와 무관하게 각 국가체제 유지의 음성

11) 金丙鎭, 『保安司』, 晩聲社, 1988, 156쪽.(권혁태, 앞의 논문, 253쪽에서 재인용.)

적 도구로 왜곡, 유용된다.

서승은 1972년 11월 23일, 서울고등법원에서 열린 2심 구형공판의 최종 진술에서 다음과 같이 진술한다.

> 적극적 민족의식이란 자국의 문화, 역사, 전통, 언어 기타 사정을 깊이 이해하고 인식하며, 그것들을 사랑하고 긍지로 여기는 것이며, 그래서 실제로 풍요롭고 통일된, 세계에 자랑할 수 있는 조국을 갖는 것이며, 나아가 전민족적 일체감을 확고히 하여 유대를 강화하는 것입니다. 이런 세 가지 조건을 내용으로 해서 적극적 민족주의가 성립하는 것이라고 나는 생각합니다. (…중략…) 나는 재일교포 2세로서 태어나 김희로 사건 또는 이진우 사건을 경험하였습니다. 이런 문제를 해결해야 한다, 어떻게 해서라도 65만 재일교포의 미래를 행복하게 해야 한다, 어떻게 해서든지 그를 위해 기여해야 한다고 생각해, 이런 의도에서 적극적 민족주의를 자신이 생각하는 것처럼 역사적으로 자랑할 수 있는 민족주의로서 정립할 필요가 있었습니다. 이렇게 생각해 이 일을 위해 온갖 것을 시도하고, 그를 위해 앞에서 말한 것처럼 조국에 유학을 왔으며, 이북에 갔다온 사실도 있었던 것입니다.[12)]

또한 서준식도 한 언론과의 인터뷰에서 자신의 조국인식, 그리고 입북에 대한 자신의 입장을 다음과 같이 밝히고 있다.

> (프레시안: 생활 중에 '일본인으로 귀화하고 싶다'거나 수감 중에 '전향을 할 걸' 하는 식의 인간적인 후회는 없었는지?) 내 경우엔 어려서부터 조국에 살고 싶은 열망이 강했다. (…중략…) 일본생활의 고통은 '당신 고향이 어디예

---

12) 서승, 『서승의 옥중 19년』, 앞의 책, 76-77쪽.

요'라는 질문에 대한 망설임의 축적이다. 나는 개인적으로 일본에 사는 고통은 '눈에 보이지 않는 작은 고통의 큰 축적'이라고 설명하고 싶다. 눈에 보이지 않아 고통이 적은 것 같으나 자신의 국적을 거리낌 없이 말하기 힘들고 일어로 이야기하면서 이상한 미안함과 답답함이 죽을 때까지 따른다. 여기에 살며 17년 감옥에 가서 살고 또 두 번 감옥을 갔다 왔고 신체적으로 더 고통스럽지만 나는 주저 없이 '작은 고통이 쌓이는 큰 덩어리'가 더 괴롭다고 본다. 하지만 어느 쪽이 더 옳다고 주장하진 않는다. 나에겐 이쪽이 편한 것이다.

(프레시안: 왜 그 서슬이 퍼런 시절에 '북한'을 갔다 왔느냐는 질문이 아직도 있다.) 재일동포 정서가 그렇다. 민단과 조총련이 결혼도 하고 친구로 지내고 한다. 상층부만 서로 이야기 않고 지낸다. 친구네 집에 가면 김일성 초상화가 있고 그런 식이다. 일본에 고등학교 다니던 단짝친구 5명 중 3명이 '조선대학'을 갔다. 참 착하고 공부도 잘한 친구도 있었다. 재일동포는 북한에 대한 이상한 혐오감이나 적개심이 없었다. 물론 여기서 몇 년을 살아서 법에 저촉이 되는 것은 알았으나 그렇게 큰 문제가 될 줄은 몰랐다. (…중략…) 하지만 도덕, 윤리적으로는 지금도 잘못이 없다고 생각한다.[13]

"자국의 문화, 역사, 전통, 언어 기타 사정을 깊이 이해하고 인식하며, 그것들을 사랑하고 긍지로 여기는 것", '전민족적 일체감을 기반으로 한 풍요롭고 통일된 조국을 영위하는 것'을 '적극적 민족주의'의 강령으로 삼고 있는 서승의 경우, 분단을 극복하고 통일조국을 희구하는 것이 올바른 민족주의를 구현하고 재일조선인의 민족적 정체성을 확립하는 지름길이 된다. 이러한 신념으로 조국 유학을 실천하고, 또 하나의 조국인 '북

13) 손봉석 기자, 「세상을 살며 핑계 대고 변절 말자(서준식 인터뷰)」, 『프레시안』, 2003.3.14.

한' 방문도 결행한 것이다. 그러나 철저한 반공논리를 기반으로 한 남한에서 이러한 '적극적 민족주의'는 '공산주의 적국'과의 불법 교신이며 국가의 존립기반을 어지럽히는 간첩행위로 규정된다.

서준식에게 조국이란 '고향'의 다른 이름이며 자신의 국적과 본명, 언어가 일치하는 공간이다.[14] 한편으로 이데올로기와 분단의 경계를 앞세

14) 서준식이 일본적인 '자기'를 씻어내고 민족의 언어와 정서로 무장한 민족적 자아로 거듭나고자 한 노력들은 그의 옥중서한에 절절하게 투영되어 있다. 서경식의 저서(서경식, 권혁태 옮김, 「모어와 모국어의 상극: 재일조선인의 언어경험」, 『언어의 감옥에서』, 돌베개, 2011.)에서도 이러한 측면이 부단히 역설되고 있는바 서준식의 옥중서한에서 이러한 흔적들을 일별해보면 다음과 같다.
"고향이라니요? 얼떨떨합니다. 일본을 말씀하시는지요? 일본에서 태어난 저는 '고향'이 일본이라고 말해야 옳겠지요. 그러나 남들에게 '내 고향은 일본입니다' 하기가 싫습니다. (…중략…) 자기 자신 속에 깊이깊이 박혀 있는 '일본'을 모조리 알코올로라도 말끔히 씻어내 버리고 싶어서 그리도 몸부림치던 저이기에 고향이 멀어져가는 슬픔은 그대로 동시에 희열이기도 한 것입니다."(서준식, 『서준식 옥중서한 1971~1988』, 노사과연, 2008, 502쪽.) "이를 악물고 '진정한 한국인'이 되고 싶었고, 나의 골수 깊이 박힌 '일본'을 알코올로라도 씻어내고 싶어 했던, 그런 고집스럽고 고통스러웠던 발버둥질의 시절이 흘러간 시점에서 나는 어느새 일본보다 각박하고 더럽고 야비했던 나의 조국을 미치게 사랑하기 시작하고 있었고, 일본인 친구들처럼 '착하고 성실하고 소박하고' 한마디로 선량하지 못했던, 아픔과 슬픔과 괴로움에 범벅이 되어 살아가는 동포들에게 내가 뜨거운 애정을 느끼고 있음을 깨닫고 있었다. 나의 내부에서 '일본'은 멀어져갔고 나는 일본인들을 내가 너희들을 언제 봤냐는 듯, 진짜로 '외국인'을 보듯 볼 수 있게 되어 있었다."(위의 책, 524쪽) "≪현대용어의 기초 지식≫은 재미있게 보고 있다. 재미는 있으되 펼치자마자 확 끼치는 일본적 분위기에 숨이 막힐 지경이다. (…중략…) 모든 항목의 해설에 깊이 스며들어 있는 일본적 감각, 관점, 해석, 나아가서는 이런 일본적 감각, 관점, 해석을 근원적인 차원에서 규정하고 있을 일본어 그 자체 때문일 것이다. 나는 어쩌다 한 번씩 읽어보는 일본책을 대할 때마다 하나의 언어가 직접, 간접으로 그 나라 국민들에 대해서 행사하는 정신적 지배력의 막강함에 새삼 경악하지 않을 수 없다. 옛날에 내가 그러했듯이, 너희들은 안타깝게도 적어도 정서적으로는 일본 현대문화의 충성스러운 노예일 수밖에 없는지도 모를 일이다."(위의 책, 749쪽) "민족적 주관이란, 우리말의 아름다움에 감탄도 하게 되고, 우리말로 남들과 이야기도 할 수 있게 되고, 우리 민요 가락도 몇 가지 정도는 자연스럽게 흥얼거리고, 김치의 고마움도 알고, 우리말로 된 소설도 애독할 수 있게 되고, 세마치 장단이나 굿거리 장단에 저절로 어깨춤이 나오게도 되고, 나아가서는 우리 국토와의 눈물겨운 '감응'까지 느끼게 되면서 서서히 자연스럽게 확립되어 가는 것이다."(위의 책, 782쪽)

우기보다는 같은 민족, 같은 재일조선인으로서의 정체성을 공유한 사람들의 집단을 기반으로 자연스럽게 조성된 민족공동체를 의미한다. 상이한 각 국민국가의 법적 체계 안에서는 저촉될 수 있으나 도덕, 윤리적 측면에서는 같은 민족끼리 상봉하는 것, 두 개의 조국을 동시에 경험하고 민족의식을 확장해나가는 것은 긍정적이고 당연한 행위로 인식된다. 서준식은 17년의 옥중생활을 마치고 석방된 후 한국의 인권운동가로 살아간다. "석방 후 서준식은 서울에 주민등록을 함으로써 더 이상 재일조선인이 아니게 되었다. 또한 감옥에 남겨진 장기수의 석방운동을 정력적으로 전개함과 동시에 민주화실천가족운동협의회 공동의장, 전국민족민주운동연합 인권위원장을 역임하고, 인권운동가로서 재야운동 내의 확고한 위치를 점하"[15]게 된다. 옥중에서의 피나는 노력 끝에 서준식은 국적과 언어, 민족에 대한 감수성을 일치시키는 '한국인'으로 거듭난다. 그러나 이러한 온전한 민족주의자로서의 변모는 모진 고문과 투옥, 인권유린의 분단현실을 온몸으로 겪어낸 상흔의 결과라는 점에서, 재일조선인의 비극적 민족의식 형성과정의 일단을 보여준다.

3. 식민과 분단의 화인(火印): '전향제도'와 서승, 서준식의 옥중투쟁

서승, 서준식과 한국이라는 분단국가의 상관성은 단순히 반공체제 강화를 위한 일시적 '사건'의 차원에 머무르지 않는다. 19년, 17년의 투옥기간 동안 서승, 서준식은 부단한 옥중투쟁을 통해 분단국가의 유서 깊은 억압적 통치술과 맞선다. 일제 식민시기로부터 이어져온 인권탄압과 민

---

15) 서준식, 「일본어판 "역자 후기"」, 위의 책, 892쪽.

족적 반목의 국가제도에 저항하고, 고발하고, 끊임없이 주의를 환기시키는 실천적 행위는 서승, 서준식이 국가폭력의 수동적 피해자로 머물지 않고, 식민과 분단을 근간으로 한 압제적 국가권력체계에 균열을 내는 적극적 투쟁가로 성장해가는 과정을 보여준다.

서승, 서준식이 옥중에서 전 기간에 걸쳐 대결해온 분단시대의 국가통치술은 바로 '사상전향제도'이다. 서승은 석방 직후 "19년간 옥중생활은 사상전향제도와의 싸움이었다"[16]라고 언급한 바 있다. 서준식 또한 '청주보안감호소 비전향 출옥 제1호'라는 타이틀을 자신의 실천적 운동과정의 윤리적 근거로 삼고 있다. 서준식은 7년의 형기를 마치고도 사상전향을 거부했다는 이유로 이후 사회안전법[17]에 따라 '보안감호처분'을 받아 재판 없이 10년간의 추가 수형생활을 강제당했다. 한국전쟁 이후 한국의 감옥에 수감되어 수십 년의 고통스러운 감옥생활을 지속하고 있는 수많은 비전향장기수들은 '사상전향제도'가 개인의 신념에 대한 탄압일 뿐만 아니라 통일조국을 방기하고 분단의 골을 깊게 하는 악질적 분단체제 유지법임을 간파함으로써 목숨을 건 투쟁으로 전향제도에 저항해왔다.

일제는 1931년 치안유지법(1925년 개정)의 보완책으로 사상전향제도를 만들고 우리나라에서도 이를 실시하였다. 원래 치안유지법은 일본에서 천황제와 사유재산제도에 반대하는 이를 탄압하는 것이 목적이었는데, 우리나라에서는 식민지 지배에 반대하고 독립을 요구하는 민중을 탄압하

16) 서승, 『서승의 옥중 19년』, 앞의 책, 29쪽.

17) 1975년에 제정된 사회안전법은 사상전향을 거부했던 약 130명에 이르는 좌익 정치범들을 재판도 없이 그리고 뚜렷한 근거도 없이 "재범의 위험성이 현저하다"는 이유를 달고 감옥에 가두는 '역사적 사명'을 다하다가 1989년 제정 14년 만에 역사의 뒤안길로 사라졌다. 그러나 사회안전법은 이후 보안구금, 주거제한, 보호관찰이라는 세 가지 행정처분 중 보호구금만을 철폐한 보안관찰법으로 그 맥을 이어간다.(서준식, 『서준식의 생각』, 야간비행, 2003, 25쪽, 164-165쪽 참조)

는 데 중점을 두었다.[18] 일본에서는 패전 직후 미군사령부에 의해 사상전향제도가 폐지되었으나, 남한에서는 일제의 치안유지법, 조선사상범관찰령, 조선사상범예방구금령이 각각 국가보안법, 반공법, 보안관찰법, 사회안전법이라는 이름으로 계승, 재생되었으며, '사상전향제도'는 1956년 법무부장관령에 의해 공식 제도로 확립되었다.[19]

서승과 서준식의 저서에는 '사상전향제도'에 대한 개념과 위헌성, 옥중에서의 사상전향공작에 대한 실증적 고발들이 큰 비중을 차지하고 있다. 인간의 자유와 존엄성을 훼손하며 분단을 인정하고 고착화하는 '사상전향제도'에 맞서 사상적 고결성과 일관성을 확보하는 것이 이들이 '적극적인 민족주의자'로 스스로를 규명하는 절대적 시금석이었기 때문이다. 서준식에 의하면, 전향제도는 난폭한 분단논리에 기대어 한 인간의 사상과 세계관을 폭력적으로 단순화시키는 비인간적 체계이며, 국가권력의 폭력 아래 인간을 무력한 존재로 복속시킴으로써 인간의 긍지를 파괴하는 체계이고, 통일과 민주주의를 소망하는 비전향 정치범을 고립시키고 대중들과 이간시키는 비민주적 장치이다.[20] 특히 1973~1974년에는 대전, 광주, 전주, 대구 교도소에 설치된 사상전향공작반을 중심으로 전방위적인 사상전향공작이 체계적, 조직적으로 자행되는데, 선심공세로부터 시작한 전향공작은 편지왕래 · 면회 · 독서 등의 축소 및 중단, 규율 강화를 통한 기아 작전, 가족 및 지인을 통한 설득과 회유, 그리고 무자비한 폭력적 고문과 백색테러 등의 순으로 강화, 증폭되었다.[21] 서승의 『옥중 19년』에는

18) 서승, 앞의 책, 147쪽.

19) 위의 책, 147-148쪽 참조.

20) 서준식, 『서준식의 생각』, 앞의 책, 153-156쪽 참조.

21) 서승, 앞의 책, 146-177쪽 참조. "교도소마다 전체 수용자의 80% 가량이 좌익 정치범이었다는 50년대 후반에 좌익수의 전향은 대량으로 이루어졌고, 박정희가 쿠데타로 실권을 잡은 5.16 직후에 전국에서 대전형무소로 집결된 비전향 좌익수의 수는 800명(여성

수십 명에 달하는 비전향장기수들의 참혹한 옥중생활과 전향공작에 따른 고문의 양상이 적나라하게 묘사되어 있다.

서승은 투옥 19년 만에 특별사면으로 석방된 1990년 2월 28일의 출소 기자회견에서 "사상전향제도는 양심과 사상의 자유에 반하며…… 민족을 분단하고 있는 체제 이데올로기적 장치이며, 분단을 최종적으로 떠받치고 있는 것이다. 통일을 염원하는 한 사람으로서 이것을 받아들일 수는 없다"[22]라고 역설하고 있다. "적어도 '세 개의 국가' 사이에서 몸부림칠 수밖에 없었던 재일지식인에게 '비전향'이라든가 '양심수'라는 말은 일국내적(一國內的)인 것으로 끝나는 말이 아니라 보다 무겁고 복잡한 양상을 띨 수밖에 없"[23]으며, 서승의 이런 고백 또한 식민과 분단의 역사를 함께 짊어지고 있는 남·북한과 일본, 세 국민국가의 정치·역사적 관계망과 각 국민국가가 자행하는 분단 고착화의 경색국면, 무력적 대립양상, 기만적 외교정책 등을 염두에 둔 필사의 항변이라 할 수 있다.

서준식은 1973~1974년의 광기어린 사상전향공작과 고문에 맞서 자살을 기도하기도 했으며, 1987년에는 장기간의 단식투쟁을 통해 사상전향제도에 항거하기도 했다. 검열의 틈바구니에서 살아남아, 서준식의 17년간의 치열한 사상적 궤적을 증언한 『서준식 옥중서한 1971~1988』에는 비전향을 고수하는 자신에게 노골적으로, 혹은 암묵적으로 가해지는 비난의 시선과 그로 인한 괴로움과 분노, 그리고 고독한 투쟁에의 의지를 담은 대목들이 눈에 띈다. 은연중 전향을 종용하는 변호사와 지인, 심지어 가족들의 논리에 맞서 서준식은 처절한 비전향의 자세로 맞선다.

30명)으로 집계되었다. (…중략…) 1973년과 1974년에 걸친 전향 강요 고문의 강풍을 견디어 낸 비전향 좌익수는 약 200명 정도에 지나지 않았다"(서준식, 앞의 책, 164쪽).

22) 서승, 앞의 책, 267쪽.

23) 윤건차, 앞의 책, 712쪽.

> 나는 이번 기회에 죽어도 각서를 쓰지 않을 것이다. (…중략…) 나는 나의 이 실존이 아무런 보잘것없는 것이라 할지라도 이것이 필연을 만들어가는 커다란 힘의 일부분임을 굳건히 믿고 싶다. 나는 영웅이 아니다. 나의 영웅심(영웅주의)을 억측하지 말아라. 나는 나에게 주어진 자리에서 봄을 몰고 오는 수많은 제비들 중 지극히 작은 한 마리의, 그것도 확실하게 봄을 몰고 오는 제비이고자 할 뿐이다.
>
> 어느 먼 훗날에 나는, '옛날에 뭔가 한 장 쓴 것' 때문에 후회할지 모른다. (…중략…) 나는 십년 동안 '전향서'를 요구당하면서 구금되어 왔지만, 이제 와서 쓰는 '각서'라는 것이 그 십년에 걸친 나의 구금의 정당성을 간접적으로나마 인정(내지 추인)하는 '항복 문서'의 성격을 띠고 있다는 점에서는 '전향서'와 공통점을 가지고 있다는 사실이다. (…중략…) 이것을 뒤집어 말하면 '이쪽'에서는 십년간의 감금은 완전히 부당한 것이며, 나는 억울하고 국가배상이라도 받아야 할 판이라고 주장할 '명분'을 잃는다는 것을 의미한다. (…중략…) 논리는 지극히 단순하다. 그것은 내가 행위를 저질러서 구금당하고 있는 수형자가 아니라는 뻔한 사실에서 출발해야 한다. (…중략…) 즉 스스로를 공산주의자라고(나는 분명히 이런 식으로 주장한 일이 없다) 생각, 고백, 주장하는 사람은 형기를 다 살아도 석방하지 말아야 하는가? 혹은 행위를 저지르지 않아도 잡아 가두어놓고 있어야 하는가?[24]

사회안전법으로 구금되어 있는 10년 동안 서준식은 이전의 사상전향서 대신 '각서'를 쓰고 석방의 기회를 만들라는 주변의 권유에 강하게 저항한다. 사상전향서, 각서란 단순히 일시적이고 편의적인 사면의 방편이 아니라 자신을 '간첩'으로 만들어 분단체제와 폭력적 국가권력 아래 복속시

---

24) 서준식, 『서준식 옥중서한 1971~1988』, 앞의 책, 759-764쪽 참조.

킨 이 사회의 정치 · 역사적 부당성을 용인하고 그에 '항복'하는 투항적 태도일 뿐만 아니라, 사상적 자유와 통일조국을 희구하며 '봄을 몰고 오는 제비'의 한 지체로서 십여 년간 자신들의 신념체계를 고수해온 집단적 염결주의에 흠집을 내는 실패행위인 까닭이다. 결국 국가권력의 폭압적 탄압과 절대적 고립감에 기인한 내면적 고통에 맞서 서승과 서준식은 끝까지 사상전향제도의 '외부자'로서의 위치를 고수하며, 이러한 투쟁의 기록들을 발판으로 석방 후 분단과 반인권에 매몰된 대한민국-국민국가의 실체를 폭로하고 국가 내부, 혹은 외부로부터 새로운 극복과 변화의 가능성을 견인하는 활동가로 거듭난다.

4. 분단된 '조국'을 견인하는 두 가지 방법

1988년 만기 출소한 서준식은 곧바로 '대한민국'의 인권운동가로 살아간다. 감옥에서 나온 후 서준식이 가장 하고 싶었던 일은 '글쓰기'였다. "감옥에서 겪은 많은 것들, 특히 사상전향에 관한 모든 문제를 남김없이 하나의 대하소설 속에 형상화시켜 보고 싶은 욕심"[25]을 가졌으나 출옥 직후부터 서준식에게 부여된 인권운동의 당위성과 소명은 결국 서준식을 글쟁이가 아닌 인권운동가로 세워낸다. 이렇게 해서 "서준식은 재일지식인으로서는 가장 지적이며 가장 성실하게 옥중에서도, 인권 운동 현장에서도 영혼의 교감을 쌓아 간 인물"[26]로서 대한민국의 인권운동가로 투신하게 된다. 서준식은 출소 이후에도 비전향자로서 보안관찰법의 저촉을

25) 서준식, 『서준식의 생각』, 앞의 책, 11쪽.
26) 윤건차, 앞의 책, 725쪽.

받는 보안관찰 피처분자로 규정되었으며, 이는 서준식이 한국사회에서 "국민으로서 정당한 시민권을 행사하며 정치사회활동을 하는 것을 원천적으로, 그리고 아주 쉽게 통제하고 차단하는"[27] 기제로 활용된다. 이에 대해 서준식은 '비폭력 불복종'이라는 실천적 투쟁으로 맞선다.

> 저는 보안관찰법에 대하여 비타협적으로, 그리고 비폭력적으로 불복종하지만 그렇게 하는 이유는 (각종 신고의무를 거부함으로써－필자) 저의 생활을 숨기고 싶기 때문이 아니라 보안관찰법이 인권운동가가 타협해서는 안될 악법인 까닭입니다.[28]

> 말하자면 한 사회의 소외된 소수자의 비참한 삶은 그대로 그 사회의 추악한 모순을 반영하고 있는 것입니다. 저는 반공이 아니면 국민이 아니라는 사고방식이 아직도 지배적인 우리 사회에서 기꺼이 보안관찰법에 짓밟히는 소수자로 남고자 합니다. 그리하여 우리 사회에서 놀라울 만큼 가볍게 쓰여지는 '자유', '민주주의'라는 말이 그 얼마나 기만적인 정치선전에 지나지 않는가를 몸으로 증거하는, 그런 존재로서 역사에 남고자 합니다.[29]

서준식은 철저한 민족의식의 체현과 민족어의 습득을 통해, 그리고 대한민국 국토에 발 딛은 대한민국 '국민'으로서 자기존재를 정립해나가지만, 그러한 대한민국의 악법에 비폭력적으로 불복종함으로써 비로소 '국민'의 올바른 주권과 헌법정신을 수호하는 저항적 인권운동의 가치를 실현해나간다. 서준식은 '인권운동사랑방' 대표로서 다양한 인권운동의 현

---

27) 서준식, 앞의 책, 27쪽.
28) 위의 책, 28쪽.
29) 위의 책, 31쪽.

장에서 전방위적으로 활동했으며, 보안관찰법 위반으로 몇 차례 다시 구속되기도 한다. 이는 자신 스스로 '분단체제의 마지막 금기'[30]인 '간첩'이라는 누명의 희생양으로서 맞닥뜨린 분단과 주권유린의 대한민국 역사를 극복하고 인권과 자유 민주주의가 올바로 행사되는 대한민국의 참된 정체성을 확립해나가려는 개인적, 집단적 노력의 소산이자, 대한민국 내부로부터 국민국가의 모순과 부당성을 폭로하고 균열시켜나가는 '내부적 고발자'로서의 지난한 행보이다. 식민과 분단의 역사 속에 유폐되었던 한 재일조선인의 초상은 이처럼 분단국가의 억압적 논리에 포섭되지 않고 이를 적극적으로 파쇄해 나가는 자유로운 '국민'적 존재로 재탄생하게 된다.

서준식이 국민국가의 내부에서 분단의 역사와 현실적 모순을 타개해나가는 실천적 행동을 보여준다면 서승은 동아시아로 시야를 확장해 식민의 국가폭력에 희생된 피차별 민족, 피식민 국가의 인권보장과 평화적 공존을 위한 국제적 연대에 주목한다. 서승은 '한일병합'으로 명문화된 일제의 식민과정은 단순히 한일 양국의 민족대립으로 왜소화해서는 안 되며, 메이지 이후 홋카이도와 오키나와 그리고 타이완에 대한 일본의 침략과 지배의 연속선에서 기억되어야 한다[31]고 언급하면서, 타이완을 시작으

30) 서준식은 "'북으로부터의 위협'은 분단상황에서 온갖 이익을 누리는 기득권세력의 상투어였다. 남한사회에서 특수한 의미를 갖는 '간첩'이라는 개념은 이 '북으로부터의 위협'의 핵심에 자리잡고 '북으로부터의 위협'을 상징하면서 한편으로는 북에 대한 공포와 적개심을 늘 국민에게 일깨우는 기능을 했으며, 다른 한편으로는 진보나 통일을 옹호하는 그 어떠한 주장도 원천적으로 봉쇄하기 위한 '공포정치'의 도구로서 기능했다. 분단체제를 유지하기 위해서 이 상징은 언제나 재생산되고 있어야 했고 50년대 초반의 북한 정치공작원도, 전쟁포로도, 해외의 '친북 인사'도 그리고 단순 북한 방문자도 모두 '간첩'이어야 했다. 아니 그 수많은 평범한 국민들도 '간첩'으로 만들어야 했다. 분명 '간첩'이야말로 분단체제 하에서 그 누구도 의문을 제기해서는 안 될 분단체제의 마지막 금기였던 것이다."(위의 책, 62쪽)라고 역설한다. 결국 '간첩'이란 분단국가인 대한민국에서 국민의 인권을 가장 저열하게 유린하는 정치적 통치술이며, 이에 대한 저항과 환기는 서준식의 인권운동의 방향성을 설정하는 중요한 기준점이 된다.

로 오키나와, 제주, 연변 등으로 이어지는 국가폭력의 현장을 돌아보고 이곳의 다양한 활동가, 시민들과 교류, 연대함으로써 동아시아 공동의 인권과 평화를 위한 실천적 노력을 경주한다. 이러한 서승의 '평화 기행'은 국민국가라는 협소한 경계선을 벗어나 동아시아, 전지구적 차원에서 냉전과 분단, 폭력과 전쟁을 극복하려는 폭넓은 인권운동의 현장을 보여준다.

출옥 후 서승은 일본으로 일시 귀국했다가 미국으로 건너가 3년간 캘리포니아대학 버클리캠퍼스에서 객원연구원으로 지내며 본격적인 평화인권운동가로서의 발판을 마련한다. 1994년부터 리츠메이칸대학 시간강사를 거쳐 1998년에 법학부 교수로 부임한 후, 정년퇴임하여 특임교수로 재직할 때까지, 그리고 이후 한국에 체류하며 우석대학교 동아시아평화연구소장으로 활동하는 지금까지 역동적이고 광범위한 평화인권운동을 전개하고 있다. 장기수의 석방과 고문 반대 운동으로부터 시작해, 일본과 한국, 오키나와 학생들의 올바른 역사인식과 평화적 교류를 도모한 '동아시아 평화인권 학생캠프'를 공동 주최하고, 일본 최초의 코리아연구센터(리츠메이칸대학)를 설립한다. 또한 '근대 이후 서구제국주의 국가의 침탈을 경험해온 동아시아 민중들의 전쟁, 투옥, 고문, 학살' 등의 국가폭력 실태와 인권침해의 문제를 환기하고 국제적인 연대와 진상규명, 법적책임을 종용하는 적극적인 평화인권운동을 수행해나간다. 더불어 동아시아 공동의 야스쿠니반대투쟁을 전개함으로써 일본의 식민지배로부터 비롯된 동아시아의 왜곡된 역사의 청산과 진정한 화해 협력의 밑바탕을 마련해 나가고 있다.[32]

---

31) 서승, 『서승의 동아시아 평화기행』, 앞의 책, 325쪽.

32) 서승, 위의 책, 56-66쪽 참조. 이러한 서승의 지적, 실천적 행보는 『서승의 동아시아 평화기행』을 비롯하여 『동아시아의 우흐가지(ウフカジ): 서승의 역사 · 인문기행 1 · 2』(진인진, 2016) 등에 상세히 피력되어 있다. 제주와 광주를 비롯한 냉전기 한국의 국가폭력

서준식이 분단이라는 금단의 국가논리 앞에서 외면당하고 왜곡되어온 개인의 사상과 표현의 자유, 시민의 정치적 권리와 인권의 보장을 위해 국민국가의 가장 근저에서부터 이를 문제제기하고 실천적으로 내파해간다면, 서승은 이러한 분단과 국가폭력의 역사적 토대를 심문하면서 이를 동아시아의 평화적 연대와 인권운동을 통해 하나씩 풀어가고자 한다. 그들의 '조국'은 국민국가의 존속과 분단의 고착화를 위해 예외상태의 '재일조선인'을 정치적 도구로 희생시켰다. 하지만 이러한 인권유린의 현장은 식민과 분단의 억압적 민낯을 적나라하게 폭로하는 공론장이 됨으로써 역설적으로 분단을 극복하고 통일과 평화의 '조국'을 희구하는 데 가장 의미 있는 머릿돌이 된다. 서승, 서준식의 고통과 투쟁의 과정은 한 개인의 특별한 경험과 업적을 넘어 '재일조선인'이 '조국'과 대면하는 하나의 보편적 양상을 지시한다는 점에서 의미심장하다.

5. 국가와 이데올로기를 넘어서

1983년 가을, 유럽의 미술관을 배회하며 쓴 글들을 엮은 『나의 서양미술 순례』를 시작으로 수많은 저작을 통해 예술과 문학, 역사와 당대의 사회현실을 읽어내는 날카로운 감식안을 보여주고 있는 재일지식인 서경식은 난생처음 유럽으로 향할 때의 상황을 다음과 같이 언술하고 있다.

> 형님 두 분이 정치범으로 옥살이를 하고 있고, 일정한 직업도 없는 내 처지

실태를 명징하게 폭로하고 동아시아 침략과 식민 지배로부터 비롯된 일본군 위안부, 야스쿠니, 재일조선인 문제 등을 환기하며, 제주, 오키나와, 중국, 타이완 등지를 두발로 뛰어다니며 취재한 역사의 현장들을 활달한 문체로 증언해낸다.

에 그런 여행은 사치스럽고 비현실적인 꿈일 뿐이었다. (…중략…) 두 형님이 옥중에서 죽을 지경에 이르러 있고 자주 고문에 시달리고 있는데, 마치 아무 일도 없는 것처럼 회사에 취직하거나 대학원에 진학하거나 구체적인 '생활' 같은 것을 시작할 수도 없는 노릇이었다.

나는 지하실에 처넣어진 듯한 기분을 느끼고 있었다. (…중략…) 사방이 꽉 막힌 이 상황이 (…중략…) 10년이 지나도 끝날 낌새를 보이지 않았다. 그사이에 어머니도 아버지도 절망한 채 세상을 떠나셨다. 유럽 여행을 떠날 때, 형님들은 투옥된 지 이미 12년이 지났고, 나는 하는 일 없이 서른 고개를 넘고 있었다.[33)]

20년에 가까운 서승, 서준식의 옥중 시간은 비단 당사자의 삶만을 담보로 강고하게 흘러온 것이 아니다. 옥바라지를 하던 부모님이 원통한 세월을 안고 큰 병으로 유명을 달리 했으며, 그 형제들은 각자의 꿈과 청춘과 '생활'을 동시에 저당 잡힌 채 수형의 생활을 공유해왔다. 이들 서(徐) 형제 가족을 둘러싼 '간첩단 사건'의 전말은 식민과 분단이라는 채 청산되지 못한 한반도의 왜곡된 역사와 이에 기반한 국가주의적 욕망이 단단한 거멀못이 되어 재일조선인 사회를 구획하고 얽매어간 유서 깊은 인권유린과 기만의 역사에 다름 아니다. 끊임없이 재일조선인의 존재를 위협해온 일제 식민 잔재의 극복과 통일되고 해방된 민족의 숨결을 희구하며 조국에 '돌아온' 수많은 재일조선인들은 분단국가의 이데올로기적 검열과 조작된 억압기제에 포획되어 국가폭력과 분단고착화의 희생양이 되었다. '간첩단 사건'에 연루되어 고문으로, 오랜 투옥생활로 목숨을 잃거나 피폐한 삶을 살아간 사람들의 증언은 여전히 의문 속에 외면당해 왔으며,

---

33) 서경식, 김석희 옮김, 『청춘의 사신』, 창작과비평사, 2002, 8-9쪽.

한국사회는 이에 대해 무관심과 침묵으로 공조해왔다. 국민국가라는 강고한 틀 속에서, 이데올로기의 대립과 정치적 합리화를 통해 분단체제를 공고히 다져왔던 한국사회는 이제 더 늦기 전에 이들에 대한 사죄와 명예회복을 추진해야 할 것이다. 참혹한 탄압과 피의 현장에서 평화와 민주주의의 꽃이 피어난다. "고통과 고뇌를 공유하면서 그 고통에서 해방되기를 지향함으로써 서로 연대하는 집단"[34]인 "민족"의 이름으로, 자신의 역사적 과오를 시인하고 뼈아프게 반성할 때, 국가와 이데올로기를 넘어선 진정한 분단 극복의 '국민국가'가 열릴 것이다. 국가의 내부와 외부를 동시에 성찰하며 고난과 절망을 넘어 평화와 인권 운동의 순례자가 된 서승과 서준식의 발걸음과 굳건히 동행할 때이다.

---

34) 서경식, 임성모 · 이규수 옮김, 『난민과 국민 사이』, 돌베개, 2006, 10쪽.

제7장

분단 디아스포라와 재일조선인 간첩의 표상

허병식

1. 재일정치범과 강요된 질문

재일조선인 서승은 한국 유학중이던 1971년 4월 20일, 동생 서준식과 함께 간첩혐의로 체포되었다. 김대중과 박정희가 출마했던 대통령 선거를 일주일 앞둔 시점이었고, 육군 보안사령부는 북괴의 지령에 따라 모국 유학생을 가장하여 학원에 침투한 대규모의 북괴 간첩일당을 검거했다고 발표했다. 1심에서 사형이 구형되었다가 이후 무기로 감형된 후에도 19년 동안 복역한 서승은 이른바 비전향 양심수로 일컬어지는 대표적인 재일정치범이 되었다. 윤건차는 자신의 책 『자이니치의 정신사』에서 서승을 거론하며 그가 자이니치의 역사, 사상, 정신사에서 매우 중요한 위치에 있다고 말한다. 그러면서 그는 서승을 일러 '비전향 양심수'라고 거론하는 것으로는 충분하지 않다고 지적하며 다음과 같이 말하고 있다.

> 나는 솔직히 서승의 경우 적어도 '비전향 양심수'라고만 해서 끝나는 일이 아니라고 생각한다. 그래서는 서승의 인생에서 중요한 부분이 빠져버린다. 북한에 몇 번이나 갔는지는 모르지만 두 번째는 동생 준식과 동행했다. 거기에는 과거형이기는 하나 '당'과 '혁명', '김일성주의'와 관련된 각오 혹은 자부심 같은 것이 있었던 것이 아닐까? 1960년대 혹은 1970년대까지만 해도, 자이니치뿐만이 아니라, 일본, 한국, 그외 아시아나 세계의 많은 젊은이들이 '혁명가'이고자 분투했다. 그것은 역사의 사실이며 시대의 흐름 속에서 부정할 수 있는 일이 아니다. (…중략…) 서승이 '비전향'이라고 할 때, 무엇으로부터의 비전향인가, 한국의 권력에 굴하지 않는다는 의미의 비전향인가? 애초에 품었을 혁명과 공화국(북한)에 대한 동경 같은 것을 부정하지 않는 의미에서 비전향인가?

윤건차는 서승의 비전향이 무엇으로부터의 비전향인지 묻는다. 이 물음은 재일지식인의 사상의 문제를 일국의 시각에서 이해하려 해서는 곤란하다는 의미를 전달하고자 하는 것으로 보이지만, 또한 서승이 북한의 체제와 사상에 대해서 지니고 있었던 신념을 밝히는 것이 필요하다는 의미를 담고 있는 것이기도 하다. 이러한 질문에 대해 당사자인 서승은 이러한 질문이 또 하나의 체제 내적인 시각을 보여주는 것으로 이해될 수 있다고 파악한 듯하다. 서승은 위에서 인용한 윤건차의 책 『자이니치의 정신사』의 해당 부분에 대해 언급하면서 이렇게 말하고 있다.

> 나는 1990년 출소 이래 이러한 질문, 내지는 의혹을 빈번히 받아왔다. 물론 윤건차는 본인도 "나는 별로 서승이 북에 간 것을 잘못했다던가, '혁명'사상을 가졌다고 해도 그것을 논쟁하는 것은 아니다. 사실 '재일'지식인의 많은 부분은 당시 사회주의를 신봉하고, 북을 지지하고, 조국의 통일을 소원했다"고 말하고 있지만, 이런 물음이 사상전향제도에 대한 몰이해도 있으며, "너의 사상

> 이 뭐냐? 빨갱이 아냐?"라는 천착은 자칫하면 지난날의 사상전향제도와 오늘날의 국가보안법체제 속에서의 재심재판에 대한 무비판적인 예찬론으로 이어지는 분단사상 또는 보안경찰국가의 사상체계에 갇힌 물음이 될 수도 있는 것이다.[1)]

서승이 강조하고자 하는 내용은 분명하다. 자신이 재일조선인으로서 남한이 아니라 북한의 사상을 따르거나 방북을 통해서 통일을 위한 노력을 한 것은 분단 이데올로기를 극복하기 위한 노력의 일환으로 이해할 필요가 있다는 것이다. 따라서 '너는 어느 편이냐' 하는 물음을 재일 정치범에게 묻는 것은 그 자체로 분단사상에 갇힌 물음일 뿐이며, 자이니치 지식인으로서 한국과는 다른 재일지식인의 입장을 분명히 이해하고 있는 윤건차 또한 이러한 함정으로부터 자유롭지 못하다는 것을 지적하고 있는 것이다.

이러한 '강요된 물음'은 분단 이데올로기 아래 재일조선인이 놓은 자리를 이해하는데 중요한 의미를 지닌 물음이다. 그리고 그러한 물음을 묻는 주체가 남한의 반공 이데올로기를 내면화하고 있는 사람일 경우 이 문제는 더 심각한 의미를 지닌 것으로 다가오게 될 것이다. 그러한 주체들에게는 자이니치의 정체성에 대한 고려가 중요한 것이 아니라, 그에 선행하여 북한이라는 금단의 장소를 오갔다는 점과 공산주의라는 불온한 사상을 지니고 있다는 사실 자체가 죄의 표지로 작동하게 되는 것이다. 북한이라는 장소를 오가고 북한의 공산주의 사상을 지니고 있을 것으로 추정되는 자, 그의 이름은 간첩이다. 재일조선인의 존재가 간첩과 연결되는

---

1) 서승, 「재일동포 정치범 재심재판과 재일동포의 정체성, 그리고 정치적 자유」, 전남대학교 세계한상문화연구단 국제학술회의, 2016.5, 101쪽.

것은 이러한 맥락에서 깊은 뿌리를 지니고 있다. 이 글에서는 남한의 지배 이데올로기였던 반공주의가 포획한 재일조선인=간첩의 표상이 미디어를 통해 대중들에게 전파된 과정을 살피고, 그러한 반공이데올로기를 내면화한 사람들에게 재일조선인=간첩이라는 대상이 어떤 방식으로 의미화되는가를 몇 편의 소설을 통해 살펴보고자 한다.

2. 분단 디아스포라와 간첩의 표상

간첩이 분단 디아스포라를 상징하는 존재라고 한다면, 북한과 남한 사이에 끼인 존재로 일본이라는 타자의 땅에서 살아가고 있는 재일조선인의 위치는 그 분단 디아스포라의 가장 깊은 모순을 드러내는 자리에 서 있다고 말할 수 있다. 반공주의를 통해 대중들의 감수성을 규율하고 장악하려 했던 남한 정권의 전략이 간첩과 관련된 여러 표상과 서사를 생산하고 있었다면,[2] 그 간첩의 표상 중에서도 가장 상징적인 존재로 떠오른 대상들은 재일조선인이라는 이방인들이었다. 반공규율사회의 지배 이데올로기를 내면화하고 간첩을 두려운 존재로 떠올리게 된 대중들이 경계에 선 두렵고 낯선 존재인 재일조선인에 대해서 갖게 된 이미지가 어떠한 것일지를 짐작하기는 어렵지 않다. 반공사회의 대중들에게 재일조선인이라는 존재는, 언제든 북과의 접촉이 가능하며, 짐작 이상으로 북과의 관계가 긴밀한 사람들이라는 이미지로 각인되었다.

재일동포의 생활공간에 삼팔선은 없고 같은 가족 안에도 조선 국적·

2) 이하나, 「1950-1960년대 반공주의 담론과 감성 정치」, 『사회와역사』 제95집, 2012, 205쪽.

한국 국적 · 일본 국적이 혼재하며, 민단 · 조총련 · 귀국자의 가족 · 친척이 각각의 커뮤니티를 이루고 있다.[3] 바로 이러한 점은 재일조선인에게 북과의 접촉이 자유로운 사람들이라는 이미지를 씌웠고, 그러한 이미지는 곧 간첩과 연결되는 것이었다. 역사학자 한홍구는 자신의 한 칼럼에서 재일조선인이 간첩이 되는 경로를 다음과 같이 이야기하고 있다.

> 어떤 재일동포가 총련의 하급 간부로 있는 다른 동포와 만나 공화국(북)에는 세금이 없다는 얘기를 듣고 고개를 끄덕이거나, 김일성의 항일무장 투쟁에 공감을 표시했다면 우선 고무찬양과 반국가단체에 대한 동조는 기본으로 깔게 된다. 한국에 친척 방문이나 유학가게 되었다고 말하면, 한국에 갈 수 없는 총련 동포는 부러운 눈으로 기회가 되면 자기 고향도 한번 방문해 어떻게 변했는지 이야기해 달라고 할 수 있을 것이다. 그러겠다고 하면 '지령 수수'가 추가된다. 이제 한국에 가면 '잠입'이요, 친척 방문과 관광을 다니다 그 총련 동포 고향 근처에라도 들러 어떻게 변했는지 살펴보면 그게 '탐문수집'이요, 별 탈 없이 일본에 돌아오면 성공적인 '탈출'이다. 총련 간부 만나 고향 소식 전해주면 회합, 보고, 통신연락은 또 기본이다. 이 정도면 간첩죄 풀코스가 성립되는 것으로 최소 7년은 기본이다. 이런 재일동포 유학생을 알게 되어 그에게 밥을 사주면 편의 제공이나 간첩 방조가 되고, 밥을 얻어먹으면 포섭이 되어 간첩단에 이름이 오를 수도 있다.[4]

국가가 조직적으로 대중들을 선동하여 간첩에 대한 두려움을 그들의 감성에 심어주려 했던 전략은 재일조선인에 대한 이미지 형성에도 직접

---

3) 윤건차, 『자이니치의 정신사』, 박진우 외 옮김, 한겨레출판사, 2016, 703쪽.
4) 한홍구, 『대한민국사 3—야스쿠니의 악몽에서 간첩의 추억까지』, 한겨레, 2009, 212-213쪽.

적인 영향을 주었다. 특히 재일조선인에게 '삼팔선'이 존재하지 않는다는 점은 통합된 '민족'의 일원에서 북한을 배제하고 남한만이 민족을 전유하고자 하였던 반공주의의 맥락에서 보자면 받아들이기 어려운 점이었을 것이다. 그들은 일상적으로 총련계 사람들과 접촉하고 있다는 점에서 언제든 공산주의에 물들 수 있는 존재로 표상되었던 것이다.

> 사실 간첩을 만들라치면 재일동포보다 손쉬운 먹이는 없었다. 이념적으로 자유로운 일본 사회에서 교육을 받았고, 총련(조총련)계와 민단계가 한 가족 속에 있을 정도로 스스럼없이 섞여 살고 있는 동포 사회의 특성상 나쁜 마음을 먹고 국가보안법이나 반공법 같은 자의적인 법을 국내에 들어온 재일동포들에게 들이민다면 걸리지 않을 사람이 없었다. 재일동포가, 또는 일본을 방문한 한국인이 간첩 혐의를 받게 되는 전형적인 계기란 일본에서 총련계 인사들을 만나 북의 영화나 서적을 보고 이야기를 나누는 것인데, 이는 재일동포 사회에서는 다반사로 일어나는 일이다.[5)]

1970년대에 들어 남한의 독재정권은 일본에 살고 있는 재일조선인들을 대상으로 한 간첩조작사건을 만들어내기 시작한다. 남북한이 체제경쟁을 벌이면서 서로를 염탐하던 시기인 60년대 후반까지 남북은 서로 막대한 수의 공작원을 침투시켰다. 70년대 이후 북한은 내부 정세의 변화와 이에 따른 대남공작의 변경으로 간첩을 남한으로 직접 내려보내던 것에서 벗어나서, 주로 일본을 우회한 스파이 침투 전술을 활발하게 펼치기 시작했다. 그러나 우회의 경로를 통해서 북에서 내려보내는 간첩의 수는 이전보다 현저히 줄어들었고,[6)] 반공주의를 강조함으로써 국민들을 통합

---

5) 위의 책, 207쪽.

할 필요를 느끼던 남한의 독재 정권은 재일교포를 이용한 간첩 조작 사건을 날조하기 시작했다. 스파이로 지목된 정치범은 모국 유학생, 일본 유학 경험이 있는 내국인, 민단 관계자, 민단 위장 전향자, 상인, 회사원 등 다양하지만 모국 유학생이 전형적으로 보여 주듯 그 대부분은 조국 한국에서 민족적 아이덴티티를 찾으려 했던 2세들이었다고 이해해도 좋다.[7)]

재일조선인을 간첩으로 몰아간 대표적인 사건은 1장에서 언급한 서승과 서준식 형제가 연루된 유학생형제간첩단 사건이었다.

> 이들은 서울대학교를 거점으로 지하당을 조직, 결정적 시기에 학생봉기 朴대통령 三선저지 각대학연합전선형성 등 지령을 받고 암약해 왔다.
>
> 책임자 徐勝은 북괴재일공작지도원인 친형 徐善雄에 포섭돼 지난 六七년 八월에 일차 입북해서 간첩교육을 받고 六八년 四월 교포유학생으로 가장, 서울대학교에 침투, 암약타가 작년 八월 동생 徐俊植을 데리고 재입북해서 밀봉교육을 받은 후 정계인물과 지식인을 포섭해서 학생데모 및 민중봉기를 적극 지원하는 조직을 구성토록 추가지령을 받고 언론 및 학계 지식인층에 침투, 포섭공작을 활발히 진행해왔다.[8)]

이른바 「유학생 형제간첩단 사건」으로 불리는 간첩단 사건을 전하는 당시 신문의 기사 내용이다. 북한과 직간접적으로 관련이 많고 북을 자유롭게 오갈 수 있었던 재일조선인들이 월북하여 북에서 밀봉교육을 받고

---

6) 국정원과거사건진실규명을통한발전위원회가 조사한 자료에 따르면, 검거된 간첩의 수는 1950년대에 1674명, 1960년대에는 1686명이었는데, 1970년대에는 681명, 1980년대는 340명으로 그 수가 현저하게 줄어들었다. 국정원과거사건진실규명을통한발전위원회, 『과거와 대화 미래의 성찰—학원 · 간첩 편』, 국가정보원, 2007, 246쪽.

7) 윤건차, 앞의 책, 697-701쪽.

8) 「僑胞大學生 넷 낀 間諜 10명 검거」, 『동아일보』, 1971.4.20.

남파되어, 남한에 살고 있는 사람들 속에 침투하여 그들을 포섭하는 공작을 벌였다는 것이 재일동포 간첩사건의 전형적인 서술 방식이다. 재일조선인 간첩의 이야기는 분단 디아스포라의 표상인 간첩이라는 혐의가 재일조선인에게 벗어날 수 없는 질곡이라는 점을 알게 해 준다. 본래 간첩(間諜)이 사이를 들여다보는 존재를 의미했다면, 재일조선인이야말로 냉전기 남한의 극우반공사회의 분위기 속에서 남과 북의 틈새에 끼인 존재가 되어 버린 것이다. 그들은 대한민국이라는 반공국가 구성의 과정에서 버려진 존재들이었고, 어디에도 속하지 못하고 소속을 상실하여 간첩의 혐의를 지니게 된 자들이었다.

서승과 함께 검거되어 오랜 기간 복역하였던 서준식은 수감 생활을 마치는 소감에서 일본에서는 '열렬하긴 했지만, 어딘가 추상적이고 감상적이었던' 자신의 민족주의가 몇 년 동안 모국에서 생활하며 구체적이고 밀도 높은 감정으로 고양되었다고 말하였다. 그러나 필사적으로 '민족주의자'가 되고자 분투했음에도 불구하고 "잃어버린 것은 재일동포에 대한 소속감뿐이고, 그 대가로 당연히 받아야 할 '본토 토박이'라는 위치는 거절당하고 있다"고 고백한다. 그리고 "재일동포 출신으로 이 사회에서 할 수 있는 일의 망막함 때문에 나는 외로웠으며 내가 속할 장소, 뿌리내릴 수 있는 장소를 갖고 싶었습니다. 어떤 의미에서는 나의 입북은 당연했던 것인지도 모르겠습니다"라고 말하고 있다.[9] 재일조선인이 두 개의 나라, 세 개의 민족 사이에서 자신의 위치를 애써 정위하려 해도, 그에게는 늘 하나의 질문이 따라다닌다. 남과 북, 그 중에서 너는 어디에 속해 있는냐는 물음이 그것이다. 그리고 반공 이데올로기로 점철된 남한 사회에서 그는 애초부터 간첩의 표상을 드러낼 수밖에 없었던 것이다.

---

9) 윤건차, 앞의 책, 706쪽.

3. 80년대 민족문학의 간첩 표상

1987년에 발표된 윤정모의 중편소설 「님」은 분단 이데올로기가 구축한 국가의 경계에서 소속을 잃은 자의 모습을 분명하게 포착하고 있다. 이 작품의 주요 등장인물인 진국은 일본의 대학 학부에 입학하여 5년 째 일본에서 생활하고 있는 유학생이다. 그는 추석을 전후한 시점에 한국의 아버지로부터 건강이 악화되었으니 잠시 귀국하라는 요청을 받고 한국으로 돌아온다. 그러나 공항에서 갑자기 마주친 어머니는 전후 상황에 대한 설명 없이 그에게 봉투를 전달하고는 황급히 자리를 떠나고, 그 봉투에는 상당한 액수의 달러와 함께 아버지가 기관으로 불려가 포섭당했으며, 가능하다면 빨리 일본으로 돌아가라는 내용이 담긴 쪽지가 들어 있었다. 진국은 자신에게 닥친 상황에 대해 몹시 당황해 하다가, 일본에 교환교수로 왔을 때 친분을 쌓은 민교수를 떠올리고 그의 학교로 찾아가 자신의 처지에 대해 상의한다. 진국은 자신이 왜 기관에 쫓기는 신세가 되었는지 이해할 수 없었고, 민교수는 그런 그에게 해답을 발견할 때까지만 자신의 집에 머물라고 권유한다.

소설의 서사는 진국이 민교수의 집에 숨어 지낸 일주일 정도의 시간 동안 일본에서 그가 경험한 일들을 회상하는 형식으로 이루어져 있다. 진국의 회상 속에는 그의 연인인 래영과의 일화가 많은 부분을 차지하며 서술되고 있다. 그는 일본에서 사업을 하다 귀화한 외삼촌의 집에 머물면서 이웃에 살던 총련계 래영과 알게 되어 연인으로 발전한 것이다. 또한 일본에서 사회주의 계열의 영화운동을 하면서 한 편으로 백제와 일본 황실의 관련에 대해 깊은 관심을 지니고 있는 외사촌 형의 이야기가 간혹 등장하지만, 그 두 사람의 존재가 자신을 간첩의 혐의로 이끌었을 것이라고는 상상하기 어려웠다. 그러나 그 자신의 지극히 평범한 일본 유학생활이 분단된 조국에서는 전혀 다른 맥락에서 받아들여질 수 있는 것이라는 점은 그를 보호해 주는 조력자인 민교수와의 대화를 통해서도 충분히 암시되고 있다.

> 조총련계 초중고등학교는 백 칠십 이 개라지? 민단은 겨우 오십 사개……. 게다가 어느 쪽도 정식으로 학교인가를 받지 못해 국립대학엔 진학할 수가 없고……
>
> 그렇지만 진학할 사람은 다 하고 있어요. 꼭 국립대학엘 갈 사람은 처음부터 일본학교로 들어가기도 하고……. 또 유학오는 사람들을 위해 유학생 장학단체나, 국제교육 협력부가 보호막이 되고 있구요.
>
> 교수는 그의 이야기를 듣고 있지 않았다.
>
> 민단 쪽 학교가 겨우 그 정도라면 그밖의 어린이는 모두 일본학교로 들어간다는 것이겠지. 보아하니 민단 쪽 아이들은 언어도, 민족에 대한 자존심도 없이 거의 일본화되었더군.
>
> 한복을 입고 학교에 다니는 여학생들도 많잖아요.
>
> 그래, 그래서 서글프다는 거야. 그쪽은 조총련계가 아닌가.[10]

민교수가 재일에 대해 보여주는 시선은 남한의 반공이데올로기와 민족주의를 정확하게 반영하고 있다. 그에게 민단과 총련은 화합할 수 없는 두 개의 서로 다른 이념을 지닌 집단이고, 또한 분명한 가치평가가 이미 내려진 집단이다. 그리고 이러한 평가의 기저에 놓여 있는 사상은 일본에 대한 극도의 적개심을 보여주는 민족주의이다. 그는 남한을 대리하는 민단 사람들이 일본문화에 휩쓸려가는 데 비해 적국인 북한의 대표자인 총

---

10) 윤정모, 『님』, 한겨레, 1987, 61쪽.

련계에서 민족의 이미지를 이어가고 있다는 점에 대해 깊이 탄식하고 있다. 민교수보다 좀더 일본 생활의 경험이 오래된 진국은 이러한 구분법에 대해 다른 견해를 제시한다. 진국은 "교수님, 여기선 민단이다, 조총련이다 해서 뭐 특별한 구분이 없던데요? 누구든 서로 친하게 지내요. 같은 민족이라는 인식은 귀화한 우리 외삼촌댁에서도 투철해요."라고 답하면서, 재일조선인 사회가 하나의 민족의식으로 이어진 공동체라는 점을 들어 교수의 말에 반박하고 있다.

> 일본에서는 그렇게 무서운 단절은 없었다. 남한에 적을 두었건, 북한에 적을 두었건 그것은 지역이 각각인 외국인 등록증과 마찬가지로 표면화되는 일은 그다지 많지 않았다. 반도인이기만 하면 그저 동족으로 통했고 잔칫날 서로 초대하거나 결혼도 한다. 외숙모의 남동생은 귀화하지 않고 민단에 적을 두고 있지만 조총련계 사람과 함께 긴자에서 악기점을 동업하고 있다. 물론 부분적인 문제는 있다. 조총련에서는 누구나 민단 동포까지 동족으로 지칭하지만 민단 쪽 몇몇 열성파들은 아예 조총련을 이민족시하는 경향도 있다. 그러나 그것은 어느 사회에서나 온건, 과격파가 있듯이 그저 그만큼의 사소한 문제에 불과하다.[11)]

진국은 자신의 유학생활의 경험을 통해, 그리고 무엇보다도 총련계인 래영과의 연애를 통해 일본에서 살고 있는 민단계와 총련계가 모두 한 민족이라는 굳건한 의식 속에 연대감을 유지한 채 살아가고 있다고 판단한다. 분단 이데올로기에 사로잡힌 남한 지식인의 전형을 보여주는 민교수와 달리 그가 민단과 총련의 차이를 무화시키려고 하는 지점에서 엿보이

---

11) 위의 책, 36쪽.

는 것은 서술자가 애써 강조하고 싶어하는 어떤 목소리일 것이다. 사실 민단과 총련계에 대한 입장의 분명한 차이에도 불구하고 민교수와 진국이 서 있는 위치는 정확이 일치한다고 볼 수 있다. 그것은 80년대 민족문학이 고수하고자 했던 민족주의의 어떤 시각이다. 그 시선은 민단과 총련의 분열보다 더 심각한 적대가 그들의 눈 앞에 존재하고 있다는 사실을 일깨우려 노력하고 있다.

진국은 민교수와 함께 신주쿠의 홍등가를 지나며 이런 상념을 남긴 바 있다.

> 한데 그날 그 순간은 그게 아니라는 생각과 더불어 자신 속에 있던 묵인들이 고리가 풀려나간 거푸집 오양 몸에서 뚝 떨어져 나가는 것이었다. 그러자 그 홍등이 다시 보였다. 그것은 일본을 축약한 여러 개의 빨간 캡슐, 또는 합병, 3.1 학살, 착취, 민족 말살, 단군겨레 노예화, 미국으로의 이양, 굴욕국교개방, 착취경제, 군사재협력, 재문화동화작업……80여 년간 끊임없이 새로이 걸어온 수많은 홍등 같았다.[12]

진국은 신주쿠에 걸린 홍등에서 느닷없이 민족을 유린한 일제의 역사적 만행들을 떠올린다. 그가 신주쿠 거리에 걸린 홍등에서 발견하는 것은 억압과 착취의 역사로 기억되는 일본의 표상에 대한 분명한 적대이다. 이 적대는 남과 북의 거리에 대한 시선에서 분명한 차이를 보여주던 민교수가 진국과 함께 공유하고 있는 정념이 된다. 그 적대가 작품의 서사를 통해 강화될수록, 총련계 연인인 래영과의 동질감은 더욱 더 깊어질 것이다. 『님』의 결말에서 민교수가 진국의 밀항을 도와 그를 남한 사회로부터

---

12) 위의 책, 62쪽.

탈출시키는 것은 일본에 살고 있는 진국의 '님'인 래영에게로 돌아가서 그와 한 민족임을 확인하라는 의미와도 같다. "교수님, 이 배 정말 일본으로 가는 거죠?"라는 진국의 질문에 대해 "일본? 아니지. 자넨 자네의 님을 찾아가는 거야."[13]라고 답하는 민교수의 답변은 어느 순간엔가 총련계의 인물을 민족의 일원으로 받아들이게 된 한 반공주의 지식인의 변모를 여실하게 보여준다. 그러나 민교수가 총련계 래영에 대한 거부감을 더 큰 적대 속에 애써 해소시켰다고 해도, 재일조선인이 위치한 경계를 완전히 이해했다고 말하기는 어려울 것이다. 그는 민족의 이름 속에 간첩의 표상을 통합하려는 시도를 보여주었을 뿐인 것이다.

4. 미디어의 간첩 표상과 탈이데올로기적 시선

『님』에서 자신에게 씌워진 간첩혐의가 신문에 발표된다면 대다수의 사람들이 그것을 믿을 것이냐고 묻는 진국의 물음에 민교수는 이렇게 답한다. "다른 기사는 더러 불신도 하지만 간첩건만은 무조건 믿어버려."[14] 신문은 간첩에 대한 대중의 공포를 가장 앞서 선동한 매체였다. 매일매일 실제로 일어난 사실에 대한 객관적 보도라고 믿어지는 신문에 실리는 기사는 곧 사람들에게 사실로 받아들여지는 경향이 강하다는 점에서 큰 파급력을 지니고 있었다. 신문은 또한 간첩에 대한 이미지를 만들어 내고 그것을 확대 전파하는 데 가장 적합한 매체였다. 그러나 대중들에게 간첩의 이미지를 각인시킨 매체는 신문만이 아니다.

---

13) 위의 책, 109쪽.
14) 위의 책, 80쪽.

> 재일교포 간첩사건의 조직도 맨 위에 있는 인물은 2층 대학원생의 선배였다. 기사에 따르면 조총련계로서 북한에도 왕래한 적이 있는 그는 학원침투를 목적으로 2층 대학원생을 포섭했다. '조총련'이란 말이 일단 두환에게 만만찮은 느낌을 주었다. 조총련의 악명이라면 '실화극장'이라는 텔레비전 드라마를 통해 얼마간 알고 있었던 것이다. 어릴 때 그는 월요일마다 '실화극장'을 보기 위해서 텔레비전이 있는 만화방으로 달려가곤 했었다.[15)]

인용한 대목은 은희경의 장편 『마이너리그』에 등장하는 일화이다. 유신세대 고교동창 네 인물의 성장담과 인생유전을 냉소적으로 그리고 있는 이 소설에서 등장인물 중 하나인 두환이 어느 날 간첩단의 일원이 되어 신문에 등장한다. 그가 운영하던 포장마차에 재일동포 출신인 대학원생이 자주 들렀는데, 어느 날 보안사 요원들이 두환을 빙고호텔로 데리고 가서 그 대학원생과 관련된 내용을 모두 쓰라고 했고, 조사를 받고 풀려난 후 신문에 나온 간첩단에 대한 기사에 자신의 이름이 나와 있었다는 에피소드이다. 인용한 대목에 나와 있듯이, 두환은 자신이 연루된 간첩사건을 신문을 통해 접하며, 그 때까지 이른바 '조총련'에 대해 지니고 있었던 이미지를 '실화극장'[16)]이라는 텔레비전 드라마를 통해 떠올린다. 이

15) 은희경, 『마이너리그』, 창비, 2001, 149쪽.

16) kbs 방송에서 1964년 10월부터 단막극으로 시작한 방송으로, 반공사상을 고취시키는데 그 의의를 두고 있었고, 실화를 바탕으로 방송극화한 것이다. 당시 방송극으로는 유례가 없을 만큼 인기가 많았고, 극 중 여러 편이 영화화되었다고 한다. <동아일보>, 1967.6.1. 참조. 참고로 간첩사건을 주요 소재로 다룬 라디오 드라마 또한 당시 많은 인기를 얻고 있었다. 1964년 5월 18일 KBS 제1라디오에서 첫 방송을 시작한 '김삿갓북한방랑기'라는 '반공 프로그램'이 1970년대 중반까지 당시 최고의 명성을 날리던 작가와 성우가 출연하고 주요 시간대를 차지하여 많은 사람들이 청취하였다.70) 이 프로그램은 1969년 고우영의 만화로 출간되기도 하였는데, 이 만화책의 앞머리에 '한국아동만화연구회'는 "勝共統一은 전 국민의 숙원이 며 反共防諜은 물샐틈없어야 하므로, 본 반공만화는 전국의 초등학교 어린이는 물론 중고등학생으로부터 일반 국민에 이르기까지 누구나 다 볼 수 있도

소설이 묘사하고 있고, 작가도 속해 있는 유신세대에게 실화극장=조총련=간첩이라는 연계는 너무나 자연스러운 것이라는 점은, 소설에 해설을 쓴 이성욱 또한 지적하고 있다. 60-70년대 한국사회의 풍속과 대중문화에서 중요한 자리를 차지하고 있던 한 텔레비전 드라마가 지속적으로 생산하고 전파하고자 했던 불온한 이미지는 바로 재일조선인 간첩의 표상이었던 것이다.

이른바 유신세대의 작가가 자신에게 익숙한 간첩의 표상을 성장담의 이야기 속에 희화적으로 삽입하고 있다면, 이후 이데올로기로부터 벗어난 성장기를 보낸 작가들에게 재일조선인과 간첩의 이미지가 눈에 띄게 달라졌으리라는 점은 짐작하기 어렵지 않다. 2016년에 발표된 조해진의 단편 「사물과의 작별」은 그러한 점을 분명하게 보여주는 텍스트이다. 지하철 유실물 센터에서 일하는 일인칭 화자에게는 알츠하이머로 인해 요양원 생활을 하고 있는 고모가 있다. 화자가 요양원을 찾을 때마다 고모는 그녀에게 서 군에 관한 이야기를 들려준다. 화자는 6개월 전 고모에게 한 가지 약속을 하였다. 알츠하이머에 걸린 고모에게도 선명하게 기억되고 있는 고모와 화자의 그 약속은 서 군을 만나러 가자는 것이었다. 청계천에서 레코드가게을 하던 아버지의 일을 돕던 고모는 그 가게에 자주 방문하던 한 재일조선인 대학생 서 군을 만나 그에 대한 연정을 품게 되었다. 어느날 불쑥 찾아온 그 대학생 서 군이 일본어 원고 뭉치를 맡기며 자신이 귀국하기 전까지만 맡아달라고 부탁한다. 서 군은 고향 친구를 자신의 하숙집에 기거하도록 하였다가 그가 조총련과 접선해온 사실을 알게 된다. '조총련이 법정 최고 실형을 받을 수 있는 간첩과 동일하게 치

록 고루 비치되어야 하겠습니다"라고 하였다. 전명혁, 「1960년대 '동백림사건'과 정치·사회적 담론의 변화」, 『역사연구』 29호, 2012, 158쪽.

부되던 시절'[17]이었던 것이다. 3개월 후, 고모는 서 군으로부터 맡게 된 서류를 들고 나가서 서 군의 학교 사무실에 찾아가 조교라고 짐작한 인물에게 전달한다. 그 후 유학생 간첩단 검거에 대한 대대적인 보도가 신문에 실리고, 고모는 자신이 서 군을 붙잡혀 가게 만들었다는 자책감에 시달리며 평생을 살아 왔다.

「사물과의 작별」에서 재일조선인 간첩단 사건의 희생자인 서 군을 묘사하는 화자의 건조한 목소리는 이전부터 간첩단 사건에 연루된 유학생을 바라보는 시각과 크게 다르지 않다.

> 서군이 한국에 온 건 1971년이었다. 그때 서 군은 지쳐 있었다. 재일조선인이었던 그에게 국적은 무력하게 당하기만 해야 하는 폭력이자 치유가 불가능한 상처였다. 폭력도 상처도 없는 고국을 막연히 동경해오던 서 군은 대학을 졸업하자마자 서울의 K대학에서 석사과정을 밟기 위해 유학을 왔다. 그러나 고국에는 또 다른 고통이 그를 기다리고 있었다.[18]

10여 년 전 국내에서 출간된 서 군의 에세이를 통해 고모의 첫사랑인 서 군에 대해 접근한 화자의 서 군에 대한 소개 대목이다. 작가가 소설의 미주에 서승의 에세이집인 『서승의 옥중 19년』을 참고했음을 밝히고 있지 않더라도, 이 이야기에 등장하는 인물인 서 군이 서승 혹은 서준식을 암시하고 있다는 것은 쉽게 짐작이 가능하다. 이미 잘 알려진 실존인물을 유추하게 만드는 이야기를 소설의 서사에 끌어온 곳은 이야기가 지닌 핍진성과 역사성을 담고하고자 하는 전략으로 이해할 수 있다. 그것은 또한

---

17) 위의 책, 242쪽.
18) 위의 책, 235쪽.

잘 알려진 간첩에 대한 이야기가 이 시대에 어떤 방식으로 조명될 수 있는가를 드러내는 의미 있는 장치로 기능하기도 할 것이다. 유신을 무대로 삼은 이야기와 80년대 민족문학의 서사에서도 재일조선인의 존재는 일본에서 차별을 당하다가 고국을 동경하여 유학을 선택한 존재들로 등장하고 있다. 그러나 「사물과의 작별」이 이전의 소설들과 다른 점은 재일조선인 간첩으로 조작된 희생자들과 마주보는 또 하나의 존재를 서사의 핵심에 존재하고 만들고 있다는 점이다. 그 인물은 청계천 레코드점의 유리창을 사이에 두고 서 군을 바라보며 그에게 빠져들었던 화자의 고모이다. 그리고 그녀는 "낡은 전등이 아주 가끔씩만 켜지는, 어딘가에서 끊임 없이 삐걱거리는 소음이 나고 기억의 상자들이 얹힌 선반들이 대부분 붕괴된 고모의 폐허 같은 머릿속"[19]을 갖게 된 병든 노년이 되어서도 서 군과의 기억을 놓아 버리지 않고 있다. 화자는 고모와의 약속을 지키기 위하여 서 군의 소식을 알아 보고, 그가 뜻밖에도 병들어서 한국의 병원에 입원해 있다는 사실을 알게 된다.

화자와 고모는 서 군이 입원한 병원에 찾아가서 마침내 그를 만난다. 화자는 휠체어에 앉은 서 군의 옆자리에 알츠하이머에 걸린 고모가 나란히 앉아 병원 로비의 텔레비전을 물끄러미 바라보고 있는 장면을 보며 이렇게 말한다.

> 어느 순간부터 나는 선반의 유실물들을 떠올리고 있었다. 어쩌면 그들은 정말로 세계로부터 분실된 존재들인지도 몰랐다. 동의 없이 그들을 이 세계로 밀어내고는 향유할 기억과 움직일 수 있는 자유를 빼앗아간 뒤 결국엔 이 어두컴컴한 병원 로비에 방치한 그 최초의 분실자를 용서할 수 없었다. 그자의 잔

---

19) 조해진, 「사물과의 작별」, 235쪽.

> 인함에 가까운 무신경을 끝까지 아무런 책임을 지지 않는 게으름을, 뒤늦게라도 그들에게 이야기를 들려주지 않는 고집스러움까지, 그 모든 것을…….[20]

재일조선인 간첩으로 몰려서 평생을 고통받은 서 군은 시대로부터 버림받은 존재임이 분명하다. 그러나 「사물과의 작별」은 그러한 서 군의 옆에 그와의 약속을 지키지 못했다는 이유만으로 평생을 죄책감에 시달리며 살아온 고모의 자리를 마련하고, 이들을 세계로부터 밀어낸 존재가 누구인가를 묻는다. 그러나 그 질문은 이데올로기적인 것이 아니다. 그것은 두 청춘을 유기한 채 책임지지 않은 시대를 향한 질문이면서, 동시에 병들어 기억을 잃거나 근육이 서서히 마비되는 육체를 지닌 존재로서 인간의 조건에 대한 근원적인 물음을 포함하고 있는 질문이다. 그들은 시대의 폭력에 의해 희생된 저주의 몫에 해당하는 존재들일 것이다. 그들은 아무런 이익 없이 오직 소모되기 위하여, 영원히 파괴되기 위하여 유용성을 벗어난 사물이 되었다는 점에서 바타이유가 말하는 신성한 제물에 가까워진다. 그러나 "저주는 제물을 사물들의 질서에서 끌어내 그 빛이 살아있는 존재들의 내밀성, 고뇌, 심연을 비추게 한다."[21] 그리고 제물의 유용성과 사물성을 벗겨냄으로서 제물들은 사물성으로부터 결별하게 된다.

「사물과의 작별」이 유실물로 남겨진 서 군과 고모의 삶을 기억하며 수행하고자 한 작업은 바로 그러한 심연을 비추어 그들을 희생되고 버려진 사물성으로부터 탈피하게 만드는 일일 것이다. 거기에는 반공주의의 억압은 물론이고, 어떠한 민족문학의 관점도 존재하지 않는다. 조경희는 2000년대 이후 한국사회가 보여주는 재일조선인 인식에서 '반공주의'와

20) 조해진, 「사물과의 작별」, 2017.

21) 조르주 바타이유, 조한경 옮김, 『저주의 몫』, 문학동네, 2004, 101-102쪽.

'개발주의'의 필터가 약해진 반면에 '민족주의'의 필터는 여전히 한국사회를 규정하는 이념이자 심성이라는 측면에서 특권을 지니고 있다고 분석했는데,[22] 이러한 맥락에서 「사물과의 작별」이 보여주는 육체를 지닌 인간의 실존이 처한 '저주의 몫'에 대한 깊은 이해는 중요한 변화의 계기가 될 수 있을 것이다.

5. 경계의 정체성

윤건차는 재일조선인 정치범에 대한 논의를 수행한 김효순의 책에 대해 언급하며 이렇게 말한 바 있다. "자이니치에게 '조국'이란 하나가 아니라 첨예하게 대립하고 있는 둘이다. 그런 점에서 재일정치범 문제를 분단된 한쪽 조국(한국)과의 관련 속에서만 파악하려 한다면, 거기서는 큰 차질이 빚어지게 된다."[23] 자이니치란 두 개의 민족, 세 개의 나라의 경계에서 갈라진 존재인 것이다. 이 갈라진 존재로서의 재일조선인에 대한 정당한 이해 없이 그들에게 소속을 강요하고 어느 편인가를 밝히라고 요구하는 과정에서 등장한 것이 재일조선인 간첩의 표상이다. 이는 두렵고 낯선 존재인 간첩만들기를 통해서 북과의 접촉을 두려워하게 만드는 내부 단속의 효과를 만들어 낸다.

80년대 이후의 한국문학은 재일조선인 간첩만들기에 대한 이데올로기 비판을 수행했다는 점에서 의미 있는 행보를 보여주었다. 윤정모의 『님』은 당대에 만연한 반공주의가 재일조선인의 표상에 어떻게 작용하고 있는가를 분명하게 제시한다. 그러나 이 작품이 재일조선인과 관련된 두 개

---

22) 조경희, 「한국사회의 '재일조선인' 인식」, 『황해문화』 제57호, 2007, 58-62쪽.
23) 윤건차, 앞의 책, 710쪽.

의 국가, 남과 북의 존재를 인정하려 하면 할수록, 그들이 살고 있는 나라인 일본에 대한 적대는 더 심각해진다. 은희경의 『마이너리그』는 유신세대의 성장기와 인생유전을 조명하며 재일조선인 간첩단 사건을 냉소적으로 첨부한다. 반공주의와 더불어 성장기를 보낸 인물들의 삶의 조건 속에서 재일조선인 간첩단 사건의 에피소드는 시대에 대한 풍자와 더불어 인간 삶의 한없는 초라함을 조명하는 도구로 작동하고 있다. 조해진의 「사물과의 작별」은 반공주의라는 이데올로기 비판을 수행하면서도 80년대 소설인 『님』이 보여주고 있는 완강한 민족주의 정서를 벗어나고 있다는 점에서 중요한 변화를 보여주고 있다.

희생양으로서의 재일조선인이 만들어지는 과정은 국가주의와 민족주의가 추방한 마이너리티로서 고전적인 국가 프로젝트에 대한 배반자의 상징이 탄생하는 것과 관련이 있다. 아파두라이는 메리 더글러스의 논의를 빌어 이들 소수자들이 희생자가 되는 과정을 설명한 바 있다. "제 장소에 있지 않는 것은 오염이다"라는 그녀의 논의는 어떤 도덕적 혹은 사회적 분류학이라도 자신의 고유 경계를 희미하게 만드는 일체의 성분에 대해 과민반응을 보인다는 것이다.[24] 재일조선인이라는 마이너리티는 우리와 너희, 이곳과 저곳, 속하는 것과 속하지 않는 것의 경계를 희미하게 만드는 자이다. 이들의 이질적인 정체성, 다름으로 인해 환영받지 못하고, 간첩으로 의심되는 그 경계의 정체성이야말로, 국가의 경계와 국민정체성의 범주에 대해 다시 물으면서 국민국가의 존재방식을 고민하게 만드는 것으로 의미를 지닐 것이다. 국가의 경계와 국민정체성의 범주를 희미하게 만드는 재일조선인이라는 소수자의 존재는 그 자체로 국가나 국민의 내밀성과 심연에 대해 묻는 존재가 된 것이다.

---

24) 아르준 아파두라이, 장희권 옮김, 『소수에 대한 두려움』, 에코리브르, 2011, 66-67쪽.

제8장

재일조선인 문학과 '스파이 이야기'

신승모

향수는 끝나고
그리하여 우리는 오후의 강변에서
돌아와 섰다
— 문병란 「가로수」 중

1. 머리말

한국 현대사에서 1970년대는 71년 서승·서준식 형제 사건을 비롯하여 이른바 '재일교포유학생 간첩사건'이 여러 차례 공론장에 등장해서 사회적으로 화제가 되었고, 유학생뿐만 아니라 재일교포가 북한 당국이나 조선총련의 지령 하에 국내에 잠입하여 스파이 활동을 했다는 혐의로 중앙정보부나 국군보안사령부에 의해 체포되는 사건이 빈번하게 일어났던 시기이다. 주지하듯이 이 사건들 대부분은 당시 박정희 독재정권하에서 이루어진 '조작간첩사건'이었고, 현재도 한국 현대사의 미완의 과제를 제시해주고 있다.

한편 재일조선인문학에서도 그 사례는 많지 않으나 이회성, 김석범, 김학영, 원수일 등이 재일조선인 간첩사건을 직간접적으로 묘사하고 있다. 김석범의 『과거로부터의 행진(過去からの行進)』 상 · 하(岩波書店, 2012)는 미군정 말기, 한국으로 유학한 재일한국인 한성삼이 갑자기 남산(중앙정보부)으로 연행되어 심한 고문을 받는 이야기를 중심으로 인간의 존엄과 자유를 둘러싼 문제 제기를 하고 있다. 덧붙여 김석범의 작품에 관해서는 재일조선인문학 연구자 송혜원이 제주도 4 · 3사건 관련 작품에서 주요 등장인물들에게 배치된 '스파이' 또는 '통역(번역)자'라는 이중성의 속성을 논의한 바 있다.[1] 김학영의 「향수는 끝나고, 그리고 우리들은……(郷愁は終り、そしてわれらは――)」(『新潮』1983年7月号)은 부모의 성묘와 가족과의 대면을 위해 북한을 방문한 귀화일본인이 한국에서 합작회사를 설립한 뒤 스파이 혐의로 체포되기까지의 과정을 섬세하게 그려낸 소설이다. 이회성은 조선신보사를 그만두고 조선총련을 이탈하는 1960년대 말, 그리고 70년대의 상황을 자전적 소설 『지상생활자(地上生活者)』 제4부 <고통의 감명(痛苦の感銘)>(講談社, 2011)에서 묘사하면서, 조선총련 산하의 유학동(재일본조선유학생동맹) 청년들이 조직을 떠나 한학동(재일한국학생동맹), 그리고 한국으로 들어가는 이야기를 기술하고 있다. 원수일의 「강남의 밤(江南の夜)」(『新日本文學』 1112号, 2000年6月)은 이른바 '재일교포유학생간첩사건'을 작품의 플롯에 보조적으로 삽입시키면서, 정치와 개인의 욕망이 뒤얽혀 일어난 기묘한 착란 상태를 작위적으로 형상화하고 있다.

이 글에서는 이 중 김학영과 원수일의 작품을 중심으로 재일조선인 스

---

1) 宋惠媛,「金石範作品における通譯、スパイ、アメリカ」,『한국일본연구단체 제5회 국제학술대회 東아시아의 人文精神과 日本研究 자료집』, 한국일본연구단체, 2016.

파이 이야기가 갖는 정치적 · 문화적 함의를 살피면서 그 이면에서 약동하는 등장인물들의 내면을 논의하고자 한다. 이는 두 작품이 재일조선인 간첩사건의 두 가지 유형과 맥락을 잘 보여주고 있으며, '간'첩('間'諜)이라는 정치적 존재의 이면에서 영위되는 인간 개인의 욕망과 삶의 양태를 문학적으로 형상화하고 있기 때문이다.

2. 만들어지는 간첩: 김학영 「향수는 끝나고, 그리고 우리들은……」론

일본의 문예잡지 『신쵸(新潮)』 1983년 7월호에 발표된 김학영의 「향수는 끝나고, 그리고 우리들은……」은 「끌(鑿)」(1978) 이후 5년 만에 발표한 작품으로 재일조선인의 '조국'에 대한 향수가 북한의 정치공작에 이용되고, 무참히 파국을 맞이하는 과정을 그리고 있다. 주지하듯이 말더듬과 '재일의 집', '아버지'의 문제에 천착했던 김학영의 작품세계에서 보자면 다소 이색적인 소재를 다루고 있는 이 작품은 작가의 일기에 따르면 본래 '조국'이라는 가제로 집필된 시기가 있었음을 알 수 있다.[2] 이 작품은 우선【서울 26일=N특파원】이라는 제명의 신문기사가 맨 앞에 제시되어 있고, 이어서 시점인물인 '나'라는 여성의 기술을 통해 사건의 전말과 그 이면에서 약동하는 등장인물들의 심리가 상세하게 묘사되는 체재를 취하고 있다. 즉, 섬유회사 '후지 유니온(富士ユニオン)'의 사장 이시지마 세이이치(石島誠市)가 상용을 위해 한국에 들어갔다 1973년 4월 23일 일본으로 돌아가려던 김포공항에서 스파이 용의로 한국 중앙정보부에 의해 체포되고,

2) 『凍える口 金鶴泳作品集』, クレイン, 2004, 675쪽의 1979년 6월 2일자 일기 참조.

작품의 기술은 이시지마의 체포 직후의 현 시점에서 사건의 경위를 모두 알고 있는 '나'=하제 노리코(羽瀨紀子)가 일의 자초지종을 독자에게 고백하고 자신의 심경을 토로하는 형태를 유지하고 있다.

제국 일본의 한반도 지배와 이후 이어지는 해방과 분단은 한반도 안팎을 둘러싼 대규모의 이산과 지속적인 이주를 야기했다. "두 개의 한국(The two Koreas)"[3)]은 한반도 바깥에 거주하는 조선인들에게 국가의 그림자를 드리우려 서로 다양한 형태로 활동을 전개했고, 그 일련의 과정에서 이루어진 '민족교육' 지원활동, 귀국사업, 한일협정 등은 남북이 제각각 재일조선인들을 '공민화'의 대상으로 바라보면서 그들에게 국적과 경계를 강요한 정책적 공작의 측면도 다분하다고 생각한다. 하지만 한 개인이 삶을 영위하는 과정에서 국적은 보다 현실적인 이유에서 피치 못하게 이루어지는 '선택'일 수도 있다. 황해도 서흥군 출신의 박성식(朴誠植)은 1931년 14세 때 단신으로 일본으로 건너간 재일조선인 1세로, 그는 일을 하기 위해 이시지마 세이이치라는 통명을 사용했고 후에 일본인 아내와의 결혼을 계기로 일본으로 귀화했다. 그는 버선을 만드는 회사의 견습 점원으로 시작해서 재봉틀 한 대를 밑천으로 독립한 이래, 현재는 종업원을 600명 정도 거느리고 본사 외에도 세 곳에 공장을 두고 있는 섬유회사 '후지 유니온'의 사장으로 자수성가한 재일조선인이라고 할 수 있다. 이시지마는 초창기 회사를 운영하는 과정에서 자금 면에서 많은 신세를 진 거래처 사장의 딸, 자신보다 4살 연상인 여성과 결혼을 하게 되었고, 이를 계기로 일본으로 귀화하여 호적상은 일본인이 되었던 것이다. 그리고 그의 귀화에는 현실적인 이유도 있었다.

---

3) Bruce Cumings, *The two Koreas*, N.Y.: Foreign Policy Association, 1984에서의 표현.

> 1953년에 일본으로 귀화했습니다. 조선적(籍)이면, 가령 은행에서 융자를 받을 때에도 엄격한 조건이 붙는 등, 사업을 확장하는 데 있어서 여러 가지로 지장이 있어서 그래서 귀화하지 않을 수 없었다고 합니다.[4]

그런데 이시지마의 일본인 아내는 남편이 본래 조선인임이 주위에 알려지는 것을 꺼려했으며, 자신의 집에 남편의 북한가족으로부터 편지가 오는 것도 싫어한다. 이 같은 아내의 반응은 일본사회의 조선인에 대한 차별감정을 단적으로 보여주는데, 그런 아내에 대해 서운함과 고독을 느끼지 않을 수 없었던 이시지마와 아내 사이는 소원해지기 시작한다. 그러는 사이 한국전쟁 등을 거치면서 북한 가족과의 소식은 두절되고 아내와의 불화는 깊어만 간다. 이 같은 복잡한 사정을 알게 된 '나'는 자신의 명의와 주소를 통해 소식이 끊긴 이시지마의 형님 소식을 찾는 일도, 형님 앞으로 편지를 대필해서 보내는 일도 대신 맡아서 해왔던 것이다. 1965년 봄에 이혼하고서 후지 유니온에 경리 사무원으로 입사한 '나'는 이시지마 사장의 비서 역할도 겸하는 과정에서 우연히 이시지마의 사적인 상황과 내막을 알게 되고, 평소 밝고 활발한 이시지마 사장의 내면에 침잠해있는 깊은 우울과 외로움을 이해하게 된다. 자신의 아내에게조차 출신을 떳떳하게 드러낼 수 없는 이시지마와, 믿었던 남편의 외도로 배신당하고 이혼하게 된 '나'. 비슷하게 고독한 인간끼리의 동질감과 친밀감에서 두 사람은 사장과 사원이라는 관계를 넘어 서로 개인적인 감정을 품게 된다. 이후 이시지마 사장에 대한 인간적인 호의와 동정에서 '나'는 그를 대신하여 이시지마의 호적등본에 적힌 주소에 의지하여 북한의 가족에게

---

4) 金鶴泳, 「鄕愁は終り、そしてわれらは――」, 『凍える口 金鶴泳作品集』, クレイン, 2004, 402쪽. 이하 작품에서의 인용은 본문 중에 쪽수만 표기함.

편지를 보내기 시작한 것이다.

> 사장은 호적등본과 함께 고향을 떠날 때 어머니로부터 받았다는 흙을 보여 주었습니다. 닳아서 해진 갈색의 작은 종이봉지 안에 한줌의 불그스름한 흙이 담겨져 있고, 그것은 사장의 생가 정원의 흙이라고 합니다. (…중략…) 그 한줌의 흙이 어머니의, 그리고 고향의 유일한 유품이었습니다. 그 유품을 사장은 40년 가까이 동안 소중히 보존하고 있었습니다. 그 흙을 이시지마 사장에게 손수 건넸을 때의, 아직 어린 소년인 아들을 먼 이향으로 홀로 떠나보내야 했던 어머니의 심정이 반추됨과 동시에, 그 흙을 소중히 보존해온 사장에게 나는 아직도 그 가슴 속에 강한 향수가 불타고 있음을 느낀 것입니다.(388쪽)

매주 편지를 보내기 시작한지 9개월이 지나 두 사람 다 거의 단념하고 있을 즈음, 극적으로 답장이 도착한다. '조선민주주의인민공화국 황해북도 사리원시 K리 ××번지'의 박양식, 즉 이시지마의 형님이 보내온 그 편지에는 가족의 안부와 이시지마의 일본에서의 성공을 축복한다는 내용의 문면이 서툰 일본어와 조선어로 쓰여 있었다. 어머니는 이미 20년이나 전인 1947년에 병으로 돌아가셨고, 임종 시에 일본으로 간 성식=이시지마를 매우 걱정하셨던 것, 형님과 여동생 두 사람 다 결혼해서 현재 조카들이 몇 명 있다는 사실 등을 알게 된 이시지마는 감격의 눈물을 흘리며 회향의 감정을 억누르지 못한다. 이후 북한의 형님과 편지서신을 종종 주고받던 그들=이시지마와 '나'의 앞에 1969년 11월말 갑자기 야마우치(山內)라는 남자가 찾아와서 자신이 이시지마의 형님, 즉 북한 사리원에 살고 있는 박양식의 지인임을 자처하며 접근해온다. 두 사람은 반신반의하지만 형님과 같이 찍은 사진을 보이며 가족의 소식을 전하는 야마우치를 물리칠 수도 없어 그와의 교류가 시작된다. 야마우치는 일본에서 자수성가

한 이시지마의 반생을 책으로 써서 식민지 시대를 모르는 조선인 아이들에게 알리는 교재로 삼고 싶다는 이유를 대며 정기적으로 이시지마에게 체험담을 들으러 방문해오고, 작품 속에서 압축적으로 기술되는 이시지마의 반생은 한 재일조선인 1세가 일본에서 분투하며 생존해온 과정을 나름 생생하게 보여준다. 두 사람은 야마우치와 교류하던 중에 그가 이상길(李祥吉)이라는 이름의 조선인이며, 그가 어떻게 북한과 일본을 자유롭게 왕래할 수 있는지는 알 수 없지만 북한에서 파견된 일종의 비밀 정치공작원[5]임은 어렴풋이 느끼게 된다. 그리고 야마우치는 두 사람에게 한 가지 제안을 해온다.

> 야마우치가 성묘하러 북한에 가지 않겠냐고 권유한 것입니다. 야마우치가 정체를 알 수 없는 남자인 만큼 이시지마 씨는 생각에 잠겼습니다. '특별한 방법'이라는 것에 나도 일종의 불안을 느꼈습니다. 무언가 내막이 있는 게 아닐까, 그리 생각했습니다. 하지만 도대체 어떤 내막이 있다는 걸까요. 이시지마 씨는 사업에만 전념하며 살아온 사람입니다. 야마우치가 비밀공작원이라 하더라도 이시지마 씨는 정치적으로는 별로 이용가치가 없는 사람입니다. (…중략…) 야마우치는 정말로 선의로 말해주고 있을지도 모른다. 일본으로 귀화해 버렸지만, 조선인으로서 고생을 거듭한 데다가 소년일 때 고향을 떠난 채 몇십 년이나 조국에 돌아가지 못하고 있는 이시지마 씨를, 설령 비밀 루트를 이용해서라도 한번 보내주고 싶다는, 순수한 동정에서 그리 말해주고 있을지도 모른다. 게다가 이시지마 씨에게는 임종을 못 본 어머니의 성묘를 하고 형제들도 만나기 위해 꼭 한번 조국의 고향을 방문하고 싶다는 강한 소망이 있었습

5) 작품 속에서 야마우치=이상길은 조선총련과는 직접적인 관계가 없고, 북한 당국의 지령을 직접 수행하는 인물로 그려지고 있다.

> 니다.(403쪽)

14세 때 단신 일본으로 건너온 이래, 40여 년간 한 번도 고향에 돌아간 적이 없는 이시지마는 부모의 성묘와 형, 여동생, 조카들을 만나고자 하는 일심으로 결국 야마우치의 권유를 받아들인다. 이 여정에 동반하게 된 '나'는 이시지마와 함께 1970년 6월 중순에 일본 하네다(羽田)공항을 출발하여 서독, 동독, 모스크바를 경유해서 북한에 들어가 2주 동안 체재하게 된다. 그 기간 동안 이시지마는 염원하던 성묘와 가족과의 대면을 이룰 수 있었으나 그 뒤 예기치 못한 사태에 직면한다. 북한은 1960년대에 접어들면서 재일조선인을 새롭게 호명하기 시작했고, 이는 이들에게 국가를 경험하게 하여 종국적으로는 이들을 '북한의 공민'으로 편입시키거나, '사회주의 조국의 일원'이라는 자의식을 갖고 살아가게끔 하기 위한 정치적 기획으로 귀결되었다.[6] 가족과의 대면 이후 남은 기간 동안 평양시내와 교외, 금강산 등을 돌아보게 하면서 북한 당국이 이시지마 일행에게 주입하고자 한 것은 조국통일을 위해 진력해주기 바란다는 취지의 사상교육과 정치적인 이야기였다.

> 조국통일을 위해서 힘을 보태주었으면 좋겠다는 말을 들어도, 이시지마 씨나 내가 무엇을 할 수 있다는 걸까요. 이미 일본으로 귀화해 사업 외곬으로 살아와서, 지금도 자신의 회사 일에 쫓기면서 매일을 보내고 있는 이시지마 씨로서도, 단지 재봉사에 불과한 나로서도 전에도 말씀드렸듯이 정치에 관해서는 전혀 알지 못하고, 조선의 사정은 더욱 알지 못합니다. 그런 우리들에게 도대

---

6) 임유경, 「일그러진 조국: 검역국가의 병리성과 간첩의 위상학」, 『현대문학의 연구』 55권, 한국문학연구학회, 2015, 60쪽 참조.

체 무엇을 할 수 있다고 하는 걸까요.(413쪽)

이시지마는 북한 측에서 말하는 '협력'을 처음에는 조국을 위해서 자금을 제공해달라는 의미 정도로 이해하고 이에 흔쾌히 응하려고 했지만, 당국의 간부는 후지 유니온의 합자회사를 한국에 만들어 북한의 혁명공작원이 한국에서 암약할 수 있는 활동의 거점기지를 마련해줄 것을 요구해 온다. 그리고 '나'는 북한에 체재하는 남은 기간 동안 반강제적으로 암호연락용의 난수표와 해독표 학습 등 북한으로부터의 지령을 이시지마에게 원활하게 전달하기 위한 연락책으로서 이른바 스파이교육을 받게 된다. 즉, 평양방송의 암호통신을 수신하는 방법과 그 해독방법, 도쿄에서 발신할 경우의 암호문 편지의 작성방법 등에 대해서이다.

아, 이거였던가, 하고 나는 생각했습니다. 야마우치가 처음 내 앞에 모습을 나타낸 이래 몇 번인가 가슴으로 느낀 정체를 알 수 없는 불길한 예감, 그 정체를 나는 그때가 되어서 확실히 깨달은 것입니다. (…중략…) 우리들은 유럽여행이라는 명목으로, 북한에 갔다 온다고는 누구에게도 말하지 않고 일본을 떠난 것입니다. 만일 여기서 제거된다고 해도 우리들은 유럽 어딘가에서 증발해버렸을 거라고밖에 일본에서는 여기지 않을 것입니다. 더욱이 이쪽에서 생활하고 있는 이시지마 씨의 형님이나 여동생의 입장도 생각지 않을 수는 없었습니다. 즉, 상대의 요청을 거부할 경우, 우리뿐만 아니라 형님이나 여동생에게도 무언가 누를 끼치지는 않을까 생각지 않을 수는 없었습니다.(419-420면)

작품에서는 이시지마 일행에 대한 북한의 공작이 대단히 교묘하고 사전에 주도면밀하게 단계적으로 계획되어 있었던 것임을 느끼게 하는 과정이 묘사된다. 북한 당국은 교육이 끝난 후 두 사람에게 조선노동당의 당원증과 공민증을 수여하고, 평양에서 모스코바로 향하는 귀국 편 비행기 안에서 '나'는 일종의 '허탈감'에 빠지면서 문득 떠오른 시 구절을 가슴에 반추한다. 그것은 독학으로 조선어를 공부하는 과정에서 서점에서 우연히 읽은 한국 시였는데, 본 작품의 제명이기도 한 문병란의 「가로수」의 첫머리이다.

> "향수는 끝나고
> 그리하여 우리는 오후의 강변에서 돌아와 섰다"
> 이시지마 씨의 향수는 끝난 것입니다. 이시지마 씨는 아무 말도 하지 않지만, 부인보다도 더욱 깊게 이시지마 씨를 알게 된 나는 이시지마 씨의 가슴 속을 손에 잡힐 듯 잘 이해할 수 있었습니다. 확실히 그 시구처럼 이시지마 씨의 향수는 끝나 있었습니다. 향수가 충족된 것이 아니라, 사라져 버린 것입니다. 날려가 버렸습니다. 그리고 그 후에 남은 것은 어딘가 깨나른한, 바랜 기색이 감도는, 공허한 오후의 강변의 이미지 그 자체였습니다.(426쪽)

향수는 끝났다. 어머니의 임종을 지키지 못한데서 품어온 이시지마의 애절한 사모곡도, 조국을 위해 공헌하고 조국통일을 위해 진력해줄 것을 바란다는 형님과 여동생의 "틀에 박힌 연설조"(431면)의 딱딱한 대사에 어린 시절 헤어진 형제들에 대한 애틋한 정도, 40년 만에 찾아간 자신의 고향이 전쟁과 수해로 이미 옛 모습은 흔적도 찾을 수 없었던 것처럼, 이시지마의 향수는 덧없이 끝났다. 그리고 그 자리엔 "공허한 오후의 강변"이라는 퇴색된 심상만이 남았다. 희망의 아침 해가 떠오르는 시간은 이미 지났고, 물도 바람도 모든 것이 흘러가는 오후의 황량한 강변만이 남은 것이다. 일본으로 돌아온 이시지마와 '나'는 정치적으로 이용당하는 것을 나름 거부해보기도 하지만, 북한 가족을 담보로 작용하는 당국의 내밀한 공작 방식과 치밀함은 개인의 의지나 선택을 넘어서는 불가항력적인 것이었다. 결국 이시지마는 "여기까지 온 이상에는 이제 다다르는 곳까지 가는 수밖에 없다"(431면)고 마음을 정하고, 이후 2년 반 동안 북한 당국의 지령에 따라 서울에 합자회사를 만드는 등 스파이 활동을 해오다 1973년 4월 23일 김포공항에서 체포된 것이다. 그리고 작품은 이 소식을 신문기사를 통해 알게 된 '나'가 사건의 원인과 발단은 애초 이시지마를 대신해서 북한 가족의 소식을 찾으려고 했던 자신에게 있다고 한국정부에 해명하기 위해 한국으로 가려고 하는 상황에서 마무리된다. 작가 김학영은 이 작품의 집필 동기에 대해서 다음과 같이 언급한 바 있다.

> 이 소재를 발견했을 때 김대중 사건이 벌어졌고, 일본의 저널리즘은 반한 캠페인을 맹렬하게 진행하고 있었습니다. 이 사건에 대해 한국 당국이 사과해야 한다고 재일조선인의 한 사람으로서 생각하고 있었습니다만, 정치적으로 적을 말살하는 것은 '북한'도 마찬가지입니다. 정치의 비정함은 남도 북도 마찬가지가 아닐까, 이 작품을 쓴 동기의 하나였을지도 모릅니다.[7]

앞서 언급한 바와 같이 이 작품의 첫머리는 우선 서울 주재 일본 특파원이 간첩혐의로 김포공항에서 체포된 이시지마 사건의 경위를 간결하게 보도하는 신문기사의 형식을 취하고 있고, 이어서 '나'의 기술과 고백을 통해 표면적으로 드러난 사건 이면에서 약동하는 인물의 다양한 심리와, 결과에 이르기까지의 전후사연이 섬세하게 묘사되고 있다. 이 작품을 두고 이전까지 소설에서 정치색을 배제해 왔던 김학영이 마침내 북한에 대

---

7) 金鶴泳, 「自己解放の文學」, 『波』, 新潮社, 1983. 본고에서의 인용은 『재일디아스포라 평론선집』, 소명, 2017, 491쪽에 수록된 이승진의 번역에 따른다.

한 거부감과 비판을 명료하게 표명했다고 해석하기는 쉽겠으나, 이 글은 그와 같은 작가의 정치적 입장 표명에 방점을 찍기보다는 소설이라는 양식을 빌려서 한 재일조선인의 애절한 향수와 사모곡이 남/북 두 체제의 적대적 공조에 의해 정치적으로 이용당하고 작위적으로 '간첩'으로 만들어지는 과정을 선명히 보여주고자 한 것으로 해석한다. '간첩'은 '사이'(間), 즉 외부와 내부를 벌리는 '틈'을 훔쳐보는 자를 지시하지만, 그 '틈'을 생산한 것은 다름 아닌 남/북이었고, 작품 속에서 재일조선인 본인의 의사는 결코 아니었다. 즉, 이시지마에게 있어 조국은 남/북으로 분단되기 이전의 하나의 고향이었고, 현재와 같이 민족끼리의 분쟁에, 그 한편에 가담하는 역할을 맡는 것은 그 자신의 의지가 아니라 강요된 일이었다. 그런 의미에서 이 작품은 공식적으로 기록되는 현대사의 외층만 가지고는 파악하기 힘든 인간 삶의 영위와 감정의 기미를 문학이라는 표현을 통해서 그 심층까지 보여주면서, 향수는 끝나고 정치적인 이용물로 '어쩔 수 없이' 개조되어가는 재일조선인 '스파이 이야기'의 한 내면을 주제적으로 형상화하고 있다고 생각한다.

3. 정치와 성애 사이의 어디쯤: 원수일 「강남의 밤」론

한일협정 직후인 1966년부터 재일조선인 학생들이 여름방학을 이용하여 단기간 한국에 방문하는 모국수학프로그램이 시작되었고, 1970년에 서울대학교에 재외국민교육연구소[8]가 부설되어 4월에서 12월까지 9개월

8) 재외국민교육연구소는 1970년 6월 23일 「서울대학교 설치령(1970.6.23. 일부 개정)」에 따라 서울대 부설로 설치되는데, 이후 1977년 3월 재외국민교육원으로 승격하여 서울대의 별도 기관으로 설립되었다(서울대학교 60년사 편찬위원회 편, 『서울대학교60년사』, 서울

간 국어, 국사, 영어 등을 교육받고 희망하는 대학에 응시할 수 있는 대학 입학 예비교육과정이 마련되었다. 이에 따라 1970년에는 124명의 재일조선인 학생들이 수료하는 등 매년 100여 명 이상의 재일조선인 학생들이 국내 대학에 정원 외 입학을 허가 받게 되었다.[9] 그러나 조국에 대한 그리움과 미래에 대한 희망을 가지고 모국에 유학 온 이들 재일교포유학생을 기다리는 것은 반공법, 국가보안법에 의한 '간첩'이라는 이름과 차디찬 감옥이었다. 1970년대 발생한 이른바 '재일교포유학생간첩사건'은 대체로 재일교포 2세들로서, 모국에 유학을 와서 재외국민교육원(연구소)에서 한국어 연수를 받고 대학에 입학하여 재학 중 중앙정보부 또는 보안사에 의해 연행되었다. 이들 '재일교포유학생간첩사건' 피해자의 대부분은 일본에서 고교 또는 대학 재학 시에 동료 또는 선배를 통해 조선문화연구회, 한국학생동맹 등에서 활동한 바가 있었는데, 이것이 한국의 수사기관에 의해 반국가단체구성원에 의한 지령 및 공작금 수수, 기밀 탐지 등 간첩 혐의로 되어 반공법, 국가보안법위반으로 처벌받았다.[10] 이러한 사실은 '재일조선인'과 '간첩' 사이의 하이픈을 구성하는 권력의 작업이 70년대에 들어서 본격화되었음을 알려주는 동시에, 한반도의 두 체제에 있어 '일본'이라는 대상(장소)이 다변적 의미를 가졌음을 짐작하게 한다. 즉, 박정희 정권하에서 내셔널리즘과 반공주의라는 복수의 해석 코드에 의해 '북한'-'간첩'-'재일조선인'-'일본'이라는 항들이 연계되고 재배치되는 과정이 진행되었던 것이다.[11]

대학교출판부, 2006, 689쪽). 이후 1992년 3월 국제교육진흥원으로 개편되어 서울대에서 분리, 독립되었고 2008년 7월 국립국제교육원으로 명칭이 번경되었다(http://www.niied.go.kr).

9) 이정훈 · 윤인진, 「재일동포의 민족교육과 모국수학의 현황과 발전방안」, 『在外韓人研究』 제7호, 在外韓人學會, 1998, 188쪽.

10) 全明赫, 「1970年代 '在日僑胞留學生 國家保安法 事件' 研究: '11 · 22事件'을 中心으로」, 『韓日民族問題研究』 제21집, 한일민족문제학회, 2011, 80쪽.

원수일의 「강남의 밤」에서 이 '재일교포유학생간첩사건'은 주인공 '나'의 친구인 '양'이 겪는 일로 간접적으로 묘사된다. 재일 2세인 '나'는 정치적으로는 '온건파'를 자처하면서 '통명'에 위화감을 느껴 대학시절부터 '본명'을 쓰기 시작했고, 본명을 쓸 바에야 모국어를 학습해야겠다고 생각, 오사카 우메다에 위치한 외국어학원의 한국어 코스 수강생이 된다. 거기서 만난 '양'은 "조국의 분단 현실에 괴로워하는 강건파"였고, 그는 서울대학교 어학당 입학을 결정한다.

> 슬프게도 독재정권은 모국어와 통일을 같은 뜻으로 생각한 양을 불을 보고 달려드는 나방처럼 취급했다. 양은 서울대 본과에 입학한 2년 후 스파이 용의로 중앙정보부에 의해 구속되었다. 양의 얼굴사진과 함께 사건 경위를 보도한 신문을 살펴본 나는 놀람을 금할 수 없었다. 양이 북한을 위해 이적행위를 했다는 등의 법적 근거에는 구체성이 없었고, 상황 증거만이 과장되게 쓰여 있었다. 양이 분단을 이용하려는 독재정권의 시나리오대로 재판받는다는 사실은 명확했다.[12)]

이후 재일 사회에서는 양을 구하려는 모임이 발족했고,[13)] '나'에게도 참

---

11) 임유경, 앞의 글, 56쪽 참조.

12) 元秀一, 「江南の夜」, 『新日本文學』1112号, 新日本文學社, 2000.6. 본고에서의 인용은 『재일 디아스포라 소설선집2』, 소명, 2017, 105-106쪽. 이하 작품에서의 인용은 본문 중에 면수만 표기함.

13) 당시 일본에서는 실제로 '11 · 22 재일한국인 유학생 · 청년 부당체포를 구원하는 회' 등이 발족하여 구속자 석방운동을 펼쳤다. 1975년 11-12월에 발생한 '재일교포 유학생'에 대한 '국가보안법 · 반공법 위반 사건'은 '11 · 22사건'으로 불렸는데, 이는 1975년 11월 22일 중앙정보부가 발표한 재일교포모국유학생사건뿐 아니라 그 직후 국군보안사령부에 의해 추가 체포된 사건을 포함하고 있다. 사건 이름은 중앙정보부가 사건을 대대적으로 발표한 날짜에서 유래한다. 박정희 정권이 유신독재에 저항하는 민주화운동을 진압하기 위해 긴급조치 9호를 발동한 해인 1975년 11월 22일 중앙정보부는 "모국 유학

가를 재촉하는 연락이 왔지만 정치에 '리얼리티'를 느끼기 힘들었던 '나'는 그 모임에 참가하지 않는다. 1973년 8월 김대중 납치사건이 일어났을 당시 20대 초반이었던 '나'는 "반독재 · 민주화 · 통일이라는 세 개 축을 이념으로 삼았던 K동맹"(103면)에 소속되어 '김대중 구출 100만인 서명운동'을 진행하는 등 재일조선인단체에서 활동하기도 했지만, 언제나 '나'를 지배하고 행동케 한 동인은 정치가 아니라 '성애'에 대한 욕망이었고 그것만이 '나'의 실존을 증명하는 '리얼리티'였다. "어떠한 상황에서도 매력적인 여성에게는 마음이 동하는 성벽의 소유자"(106면)인 '나'가 K동맹의 일원이 된 이유도 정치적 신념에 의한 것이 아니라 실은 거기에 '사라'라는 이름의 재일조선인 여학생이 있었기 때문이다.

> 하지만 내게 정치적인 배경 따위는 아무래도 좋았다. 사라가 이 단체에 있다. 그러니까 나도 이곳에 있다. 내게 주체는 없었다. 성적 동기가 나의 행동원리였다. 사라의 환심을 사기 위해 나는 수단을 가리지 않았다.(107쪽)

그런데 이런 '나'의 행태에서 주목해야 할 점은 양을 구하기 위한 모임에는 참여하지 않은 자신이 사라를 향한 욕망에서 K동맹에 들어왔다는 데서 오는 자기모순에 나름 번민한다는 사실이다. 그리고 '나'는 이후 변함없이 성애에 좌우되면서도 "꺼림칙한 기분과 고독감"(106면) 속에서 살지 않으면 안 되었다. 이 작품은 1990년대 후반으로 추정되는 현재, 일본 R대학 비교문학연구소 교수로 여겨지는 40대 후반의 재일 2세 '나'가 한국 서울역 앞에 위치한 H호텔에 체재하면서 강남 압구정동 거리를 헤매

생을 가장해 국내 대학에 침투한 재일동포 간첩 일당 21명을 검거했다"고 언론에 공표했다. 김효순, 『조국이 버린 사람들: 재일동포 유학생 간첩 사건의 기록』, 서해문집, 2015, 13쪽 참조.

다니는 데서부터 시작한다. 작품의 구조는 김대중 납치사건을 전후해서부터 김대중이 대통령으로 취임하고 IMF 구제금융 요청이 이루어진 현재를 시간적 축으로 삼으면서, 그 시대적인 추이 한편에서 성애를 탐닉해온 '나'의 연애담이 엮여진다. '나'가 한국을 방문한 표면적인 이유는 R대학의 자매학교인 한국의 K대학 문학부와 '포스트 콜로니얼'을 주제로 공동연구를 하기 위해 사전협의차 온 것이지만, '나'에게는 개인적인 별도의 목적이 있었다. 그것은 압구정동에서 '사라'를 찾는 일이다. 이 작품에서 '사라'로 언급되는 여성은 세 명 등장한다. 첫 번째는 앞서 언급했듯이 20여 년 전에 K동맹에서 만난 재일조선인 사라이며, 두 번째는 현 시점에서 신오사카에 위치한 라운지 '리베'에서 일하는 여대생 사라(沙羅)로, 그녀와는 매달 사디즘과 마조히즘이 뒤섞인 섹스를 즐기며 서로 성애를 탐닉한다. 세 번째로 '나'가 서울에서 찾고자 하는 사라는 마광수의 『즐거운 사라』에 나오는 사라를 가리킨다.

> 한국문학은 유교정신을 근간으로 한 분단 이데올로기의 속박과 이에 대한 극복이라는 무거운 현실을 상대하면서 언어를 만들고 있다. 그렇기 때문에 자유롭고 대담한 성 편력을 체험하는 여대생 사라의 출현은 한국에서 공감을 불러일으켰다. 그녀가 배회하던 거리가 압구정동이었다. 나의 서울 여행의 개인적인 목적은 『즐거운 사라』를 체험하는 일이었다. (…중략…) 이상하게도 나는 서울에 가면 『즐거운 사라』의 사라를 만날 것 같은 기분이 들었다.(101-102쪽)

주지하듯이 1992년 발표되어 사회적으로 외설 논란을 불러일으킨 마광수의 소설 『즐거운 사라』는 저자가 음란 문서 유포죄로 유죄를 선고받고 책은 출판 금지되면서 한국사회에 창작물의 외설 여부를 법적으로 판정할 수 있는지의 여부에 대해 격렬한 사회적 논쟁을 일으켰다. 이 『즐거운 사라』는 1994년 일본에서도 번역 출판되었는데, 흥미롭게도 10만부 이상 판매되어 한국 소설로는 '처음으로' 베스트셀러가 되었다는 사실이다. 「강남의 밤」의 '나'가 한국어로든 일본어로든 이 『즐거운 사라』를 읽었음은 분명한데, 「강남의 밤」에서 '사라'로 호칭되는 세 명의 여성은 실제 본명과는 상관없이 '나'가 추구하는 성애와 사랑의 대상, 즉 하나의 이상적인 여성상을 상징하는 기표(signifiant)에 가깝다. 이 사실을 잘 보여주는 것이 '나'가 압구정동 거리를 서성이다가 조우하게 되는 '사라'이다. 한 젊은 여성이 '나'에게 말을 걸어왔고, 아름다운 그녀에게 이끌려 어두침침한 골목길에 위치한 낡은 건물 안으로 들어간 '나'는 그녀와 성관계를 맺는다. 즉, 그녀는 성매매를 목적으로 "일본에서 온 돈 많은 아저씨"를 노리고 '나'에게 접근한 것인데, 그녀는 스스로 자신의 이름이 '사라'라고 밝힌다. 마광수의 『즐거운 사라』에 등장하는 오사라가 픽션 상의 인물이듯이, 「강남의 밤」에서의 이 같은 설정도 대단히 작위적인 단순한 배치라고 해야 할 것인데, 주목할 것은 일본어를 구사하는 그녀가 자신의 아버지도 '나'와 마찬가지로 재일교포라고 밝히고 있는 점이다. 그리고 사라와 섹스의 쾌감에 젖어 있을 때, 느닷없이 그녀의 '아버지'가 등장한다.

> 흠칫거리며 사라의 아버지를 본 순간 나는 후두부를 무거운 둔기로 얻어맞은 것 같은 충격에 휩싸였다. 내 의식 밑바닥에 침전해 있던 배신의 기억이 한꺼번에 되살아났다. 사라의 아버지는 내가 그 옛날 외면했던 양이었다. 20년이라는 세월이 흘러 있었지만 양의 모습이 틀림없었다. 조금 전에는 갑작스러워 의식 밑바닥에 침전된 암흑의 기억에까지 미치지 못했던 것이다. 나는 지옥의 심판자 앞에 선 듯한 참혹한 기분이었다.
>
> "부끄러운 줄 알아!"
>
> 양은 똑똑한 발음으로 나를 지탄했다. 대답할 말이 내겐 없었다. 양손으로

벌거벗은 몸을 감추는 것이 최선이었다.(119-120쪽)

이 장면은 작품 속에서 몽환적으로 그려져 그것이 실제로 일어난 일인지, '나'의 망상, 환청이었던 것인지 분명치 않다. 자신이 한국까지 와서 찾아 헤맨 '사라'의 아버지가 20년도 전에 '재일교포유학생간첩사건'으로 구속된 양이라는, 너무나 작위적이라고 하지 않을 수 없는 이 같은 설정을 통해서 궁극적으로 작자가 형상화하고자 했던 바는 무엇인가? 그것은 아마 양의 구명운동을 외면했던 데서 오는 양에 대한 부채의식, 그리고 한반도와 일본을 둘러싼 정치적 격변 속에서도 오직 성애의 리얼리티만을 추구해온 이기적인 자신에 대한 환멸과 혐오가 이 같은 환영을 초래한 것으로 보인다. 항상 정치에는 거리를 두고 자신의 에고와 욕망에 추동되면서도, 한편으론 그 정치를 자신의 의식에서 완전히 쫓아내버릴 수도 없는 '나'. 그 정치와 성애 사이의 어디쯤에서 유동하던 '나'의 무의식이 양의 망령을 불러와서 '나'를 향해 "부끄러운 줄 알아!"라고 비난하게 한 것으로 여겨진다. 원수일의 「강남의 밤」은 한 재일 2세 남성의 가벼운 연애(성애) 편력담으로 읽히지만, 그것이 영위되는 동시대적 보조선상에는 언제나 정치적인 사건이나 배경이 얽혀있는 플롯을 보인다. 재일조선인을 '잠재적 간첩'으로 인식하고 이를 폭력적으로 '검역'하고자 했던 1970년대 한국사회의 맥락에서 자신의 친구가 유학생 간첩사건으로 검거되지만, 자신은 그런 친구를 외면하고 언제나 정치에서 비켜나 있으면서 이기적인 삶을 살아온 '나'. 현재는 일본의 대학교원으로 보이는 '나'는 지금도 자신의 '사라'를 찾아 헤매지만, 젊은 시절부터 무의식 속에 잠재해있던 양에 대한 부채의식과 위선적 지식인으로서 스스로에 대한 환멸은 그를 기묘한 착란 상태로 이끈 것으로 보인다. 이 작품은 '재일교포유학생간첩사건'을 직접적으로 그리고 있진 않지만, 그 주변을 서성거리면서 자신의 욕망을 추구해왔던 한 재일조선인의 삶의 양태를 보여줌으로써, 다른 각도에서 재일조선인 '스파이 이야기'의 한 가지 내면을 이색적인 방식으로 조명하고 있다고 하겠다.

4. 맺음말

간첩 사건에 연루돼 수감된 재일동포의 수에 대한 정확한 통계는 아직까지 파악하기 힘들다고 한다. 오랜 군부독재가 끝나고 김대중 · 노무현 정권에서 과거사 진상규명 작업이 진행된 결과 2000년대 들어 재일동포 간첩사건에도 뒤늦게나마 재심을 통해 무죄가 선고되는 등 정정 사례가 꾸준히 나오고 있다. 가령 1975년 '11 · 22' 사건 때 중앙정보부에 의해 구속된 재일교포 유학생 김종태 씨의 경우, 징역 7년을 선고받고 1981년 8월 가석방될 때까지 복역하였지만, 재심 끝에 2013년 서울중앙지법으로부터 무죄 판결을 받는다. 그는 무죄 판결로 받은 배상금의 일부를 재일교포 연구 진흥을 위해 동국대에 기부하기도 했다. 하지만 재심을 통해 사법구제가 이뤄졌다고 해서 피해자가 겪은 고통과 인생이 온전히 치유되지는 않는다. 이미 세상을 떠난 사람도 있고 고문 후유증으로 시달리는 이도 적지 않다. 이 글에서는 재일동포 간첩사건이 재일문학 속에서는 어떠한 방식으로 형상화되고, 인물 개인의 다양한 심리와 욕망은 그 안에서 어떻게 전개되는지 그 내면을 살펴보았다. 당연한 말이지만 공표된 역사적 사건 이면에는 기사로는 다 드러나지 않는 사람의 내면과 인생이 영위되고 있었을 터이고, 재일조선인 '스파이 이야기'를 검토하는 작업은 재일동포 간첩사건의 실체에 접근하는 한 가지 유효한 방식이 될 수 있다고 생각한다.

제9장

조작된 간첩, 파레시아의 글쓰기

—재일조선인 김병진의 수기 『보안사』를 중심으로—

오태영

1. 잊혀진 사건 속으로

1983년 10월 19일 국군보안사령부(이하 '보안사'로 약칭)는 북괴의 지령에 따라 재일실업가, 모국유학생 등으로 위장하여 국내 침투 및 사회 혼란을 유도하려고 했던 북괴 재일 대남공작지도원 서성수(徐聖壽)를 비롯해 4개 간첩망(網) 16명을 검거한 뒤 이 중 간첩 6명과 관련자 6명 등 12명을 구속하고, 4명을 불구속 입건했다고 발표했다. 검거된 4개 간첩망은 서성수 일당 2명 외 부산을 거점으로 서민층에 지하망을 구축하던 하원차랑(河源次郎) 일당 9명, 대구 거점 군사기밀 탐지 암약 간첩 김상순(金相淳) 일당 2명, 해외유학 알선 업체에 지하망 구축을 기도한 간첩 박박(朴博) 일당 등 3명이었다. 보안사는 이 간첩단 검거를 통해 북괴가 해외 거점을 더욱 활성화해 재일(在日) 조선총련지부 위원장급 간부들까지 포섭 대상자로 물

北傀間諜 4개網 16명검거

保安司발표 "在日실업가등 위장"12명구속

〈그림 1〉 보안사 간첩 검거 기사
(『동아일보』, 1983.10.19.)

색하고 지도원으로 활용하여 포섭 공작을 대대적으로 벌이고 있음이 밝혀졌다고 하였다. 또한, 모국유학생 취업 알선업체 간부 등으로 위장 침투시킨 간첩들의 활동이 부진하자 재일공작지도원을 직접 파견하여 활동 독려 및 지하망 구축을 기도하고 있음이 드러났다고 밝혔다. 특히 보안사는 북괴가 반정부통일전선을 형성하기 위해 순수하게 취업 또는 친족 방문 차 도일하는 순박한 노동자들을 취업 알선을 미끼로 하여 교묘하게 포섭, 비디오 시청과 사상교육을 통한 단기집중교육을 실시한 후 국내에 재침투시켜 지하망을 구축하여 국제행사 등을 방해하기 위한 공작을 벌이고 있는 사실이 드러났다고 대대적으로 선전하였다.[1)]

이 4개 간첩단 일망타진의 소식은 당시 신문을 중심으로 한 미디어를 통해 대공경각심(對共警覺心)을 일깨우고 고취시키기 위해 활용되었다. 즉 북괴의 대남폭력혁명을 위한 간첩 침투는 전두환 군부독재정권인 제5공화국의 국력 신장과 국제적 영향력 증대를 더 이상 방치할 수 없다는 판단 아래 대한민국의 질서를 파괴하여 적화(赤化)하려는 야욕을 드러낸 것이고, 이후 북괴의 대남 파괴공작이 보다 극심해질 것이라는 것이다. 따라서 이에 대응하기 위해서는 정부의 대공 태세가 한층 공고화될 수 있도

1) 「北傀間諜 4개網 16명 검거」, 『東亞日報』, 1983.10.19.

록 각종 조치를 취하는 한편, 국민들은 보다 높은 대공경각심을 가져야 한다고 역설했던 것이다.[2] 이처럼 1983년 10월 19일 보안사에 의해 발표된 북괴 간첩 4개망 일망타진 사건은, 전 세계적인 냉전 질서와 남북한 분단 체제하 반공 이데올로기에 의해 질서화되고 구조화된 남한사회의 통치성의 일단을 짐작할 수 있게 한다.

그런데 이 재일조선인 간첩단 4개망 일망타진 사건의 검거자 중 당시 연세대학교 대학원 국어국문학과에 재학 중이던 김병진(金丙鎮, 28세)이 포함되어 있었다. 보안사의 발표에 의하면, 김병진은 서성수와 같은 간첩 조직으로 분류되었는데, 북괴 대남공작지도원인 서성수는 재일교포로서 1970년 재일 한국학생동맹본부 위원장으로 반정부 활동을 벌이다 대남공작지도원으로 포섭되어 입북한다. 그 뒤 그는 노동당에 입당하여 재일 대남공작지도원으로 암약하라는 지령을 받고 일본으로 돌아와 한국학생동맹 후배들을 포섭, 모국 유학생으로 위장 침투시켜 각종 정보를 탐지하고 수집케 하였는데,[3] 그 중 김병진이 조직원으로 가담하고 있었다는 것이다. 당시 발표에 의하면, 김병진은 재일교포 유학생으로 연세대학교에 합법적으로 편입한 뒤 반정부 학생들과 접촉하면서 학원 소요를 충동하였다는 혐의를 받고 체포되었던 것이다.

1955년 일본 고베(神戶)시에서 태어난 재일조선인 3세 김병진은 1927년 도일한 조부 김윤식을 비롯한 집안의 가풍에 영향을 받아 유년기부터 조국에 대한 동경심과 일본에 대한 반감을 가지는 한편, 그에 기초해 조선인으로서 자부심을 키워가고 있었다. 일본사회에서 성장해가면서 멸시와 학대를 체험한 그는 학업에 열중해 오사카(大阪) 부립 기타노고등학교(北野

---

2) 「4개 間諜團一網打盡과 對共警覺心」, 『京鄕新聞』, 1983.10.19.

3) 「4개 間諜網 16명 일망타진」, 『每日經濟新聞』, 1983.10.19.

高等學校)에 입학, 2학년 재학 중 재일한국거류민단과 한국 문교부에서 주최하는 '재일 교포 학생 모국 방문 하계 학교'에 참가하여 상상과 다른 '조국의 현실'을 직시하기도 하였다. 이후 일본으로 돌아가 조선문화연구회, 조선장학회의 국어학습회 활동 등을 통해 민족의식을 키워가던 그는 고등학교를 졸업한 뒤 간세이 가쿠인대학(關西學院大學)에 입학한다. 대학 입학 후 재일한국학생동맹에 가입해 남한의 유신정권에 반대하는 활동을 하기도 했던 그는 재일 동포들에게 조국애를 고취하기 위해서는 한국문학 및 문화에 대한 이해가 필요하다는 판단 아래 한국어를 공부하기 위해 1979년 한국으로 건너와 이듬해 연세대학교 국어국문학과에 편입한다. 1980년 '서울의 봄' 시기 학생운동의 일환으로 전개된 데모에 참가하는 등 대학생으로서의 생활을 이어가던 그는 제주도 출신 아내를 만나 결혼하여 정착하면서 '재일동포'라는 굴레로부터의 해방감을 만끽하기도 하였다.[4] 대학 졸업 후 같은 학교 대학원에 진학하는 한편 삼성종합연수원에서 일본어강사로 일하던 그는 1983년 7월 9일 보안사에 강제 연행되어 고문당하고 북한 공작원으로 날조된다. 이후 보안사에 강제로 특별 채용되었고, 약 2년 동안 재일조선인을 간첩으로 조작하는 일에 투입되어 통역과 번역을 담당하였다. 그는 보안사를 퇴직한 다음날인 1986년 2월 1일 일본으로 '탈출'하였고, 가족과 함께 도피생활을 이어가던 중 1988년 보안사에서 자신이 보고 듣고 겪은 일은 기록한 책을 출간하여 간첩 조작 사건의 전모를 폭로하였다. 이 책은 두 달 뒤 『보안사』라는 제목으로 소나무출판사에서 출간되었고, 한국 사회에 파문을 던졌다.[5]

보안사의 간첩 조작과 관련된 흑막을 폭로한 이 책의 출간 직후인

4) 김병진, 『빼앗긴 할배의 나라』, 소나무, 1994, 29-143쪽.
5) 김병진, 『보안사: 어느 조작 간첩의 보안사 근무기』, 이매진, 2013의 필자 해설 내용 참고.

1988년 9월 경찰 당국은 출판사 대표와 영업부장 6명을 연행하는 한편, 시중에 유통되고 있던 3,200여 권의 책을 압수 조치하였다. 당시까지 서점에서 압수된 책으로 가장 많은 부수를 차지했을 정도로 관계 당국에서 사회적 파문이 일 것을 걱정해 내린 긴급 조치였다. 출판사에 대한 압수수색영장 또한 발부되었는데, 그 근거는 '군사기밀보호법 위반'이었다. 해당 영장이 발부된 직후 서점에서 유통되고 있던 책 회수 과정에서 보안사 수사요원이 직접 나서 출판계의 반발을 사기도 하였다. 이어 같은 달 30일 소나무출판사 유재현 사장은 보안사의 진실은 꼭 밝혀야 한다는 성명 발표를 통해 보안사가 성역이 되어서는 안 되며, 지난날 보안사가 저지른 모든 만행과 폭력은 국민 앞에 낱낱이 밝혀져야 한다고 주장하기도 하였다.[6] 이 책의 출간으로 김병진은 군사기밀보호법 위반 혐의로 지명 수배되었는데, 가족과 함께 일본에 도피 중이어서 기소 중지 상태에 놓여 있었다. 이로 인해 그는 1999년까지 한국 방문이 불허되었고, 2000년 5월에서야 가족과 함께 한국을 다시 방문할 수 있었다. 한편, 이 책은 과거사 진상 규명 위원회 활동의 일환으로 이루어진 과거 독재정권에 의해 자행된 간첩 조작 사건의 재심 과정에서 법정 증거로

'보안사' 군기법 적용 파문

저자의 간첩혐의-수사요원 체험 폭로

출판계 "보안사 직접수색은 이례적 폭력" 비난

〈그림 2〉 『보안사』 군기법 적용 관련 기사 (『한겨레신문』, 1988.9.22.)

6) 윤재걸, 「'보안사' 군기법 적용 파문」, 『한겨레신문』, 1988.9.22.

채택되어 간첩 누명을 쓴 무고한 재일조선인들의 결백을 증명하는 데 활용되기도 하였다.

1987년 6월 민주화 항쟁에 의한 국내 민주화 진전 이후 기존 군부독재정권의 폭압성에 대한 비판적 목소리와 함께 전 세계적인 냉전 질서의 해체 흐름 속에서 남북한을 강고하게 옥죄고 있었던 반공 체제에 대한 저항적 움직임 등이 전개되면서 보안사를 비롯한 이른바 대공 기관의 역할과 위상에 대한 의문과 비판이 제기되었다. 하지만 현재까지 국가보안법이 엄존하고 있는 것이 상징적으로 드러내듯, 당시 국가 기관, 특히 대공 기관들은 반공 이데올로기를 재생산하는 데 여념이 없었다고 해도 과언이 아니다. 그리고 익히 알려진 것처럼, 그러한 반공 이데올로기가 군부독재정권 통치성의 핵심에 놓여 있었다. 그런 점에서 김병진의 『보안사』는 조작 간첩을 통해 반공 이데올로기를 재생산하고 있었던 군부독재정권의 폭압성을 폭로하는 것이자, 재일조선인을 간첩으로 만드는 국가 권력의 생명 정치의 메커니즘을 여실하게 드러내는 것이다. 이 글에서는 분단 체제하 남한사회의 군부독재정권이 자신들의 통치성의 정당성을 확보하기 위해 재일조선인들을 간첩으로 조작하여 반공 이데올로기를 재생산하는 과정과 그것이 재일조선인의 수기라는 언어적 실천 행위를 통해 폭로된 양상을 살펴보고자 한다. 이를 통해 박정희 유신독재정권 이후 지속된 전두환 군부독재정권이 재일조선인을 어떻게 생명 정치의 대상으로 배제하면서 동시에 포섭하고 있었는지 그 일단을 밝히고자 한다. 그리고 그를 통해 해방 이후 남한사회에서 호명된 타자로서 재일조선인의 위상의 한 단면을 탐색해보고자 한다.

2. 반공국가와 간첩으로서의 재일조선인

김병진의 『보안사』에 나타난 재일조선인 간첩 조작 사건에 대한 고백과 증언, 폭로의 글쓰기가 갖는 의미를 고찰하기 전 먼저 박정희 유신독재정권과 전두환 군부독재정권의 통치 구조에 대해 살펴볼 필요가 있다. 재일조선인 간첩 조작 사건은 주로 이 두 정권 시기인 1970년대와 1980년대에 자행되었는데, 독재정권의 정당성 확보를 위해 반공 이데올로기의 자장 속에 재일조선인이 호명되고 간첩으로 조작되었다는 점을 다시 한 번 상기한다면, 당시 정권이 어떠한 통치성 속에서 남한사회를 질서화하고 구조화하여 사람들을 통치의 대상으로 삼고 있었는가를 확인할 필요가 있다. 이를 통해 군사 쿠데타에 의해 수립된 괴뢰 정권이 자신들의 통치 행위에 정당성을 확보하기 위해 실시한 일련의 정책과 제도, 조치들이 분단 체제하 전 세계적인 냉전 질서를 축으로 전개되었고, 그러한 자장 속에 재일조선인이 포섭되어 위치 지어졌다는 점을 짐작할 수 있을 것이다.

5 · 16 군사 쿠데타에 의해 반(反)헌법적으로 권력을 찬탈한 박정희 정권은 1960년대 말부터 1970년대 초에 걸쳐 전 사회적으로 동원 체제를 강화해갔다. 1968년 1 · 21 사태, 같은 해 10월 30일 울진 · 삼척 지역 대규모 무장공비침투 사건 등 북한의 군사적 도발에 대응하기 위해 박정희 정권은 향토예비군 창설, 고등학교와 대학교에 교련 과목 도입, 주민등록법 개정 작업 가속화에 의한 1968년 11월 21일 만 18세 이상 전체 성인을 대상으로 한 주민등록증 발급, 1971년 12월 10일 민방위훈련 개시 등 일련의 정책과 제도를 실시했는데, 이것들은 모두 동원 체제 강화의 일환으로 이루어진 것이었다. 1966년 국가안전보장회의 산하 국가동원연구위원회가 만들어져 동원에 관한 자료 수집과 기본 계획을 수립해갔는데, 기

대규모間諜團51명檢擧
學園침투 國家전복企圖
서울·釜山·濟州에 據點
陸軍保安司 발표
2回越北·大學침투 데모선동
徐勝兄弟越北·大學聯合전선 획책
「꼼」은 계속 鬪爭하라
체포된후도 指令放送

〈그림 3〉 서승 · 서준식 형제간첩단 사건 관련 기사(『매일경제』, 1971.4.20.)

본적인 방향은 반공주의와 개발주의의 결합으로 나타났다. 1960년대 말 이래 개발보다는 반공을 위한 동원이 지배적이었고, 반공주의가 점차 강화되면서 '반공'의 이름으로 중앙정보부, 보안사, 경찰 등 국가기구를 중심으로 고문 등 각종 폭력이 횡행했다. 익히 알려진 서승 · 서준식 재일교포 형제간첩단 사건이 이를 극명하게 보여준다.

한편, 1972년 10월 17일 전국에 비상계엄령이 내려진 가운데 국회가 해산되고, 모든 정당의 정치활동이 중지되었다. 이어 같은 달 27일 <조국의 평화통일을 지향하는 헌법개정안> 소위 '유신헌법'이 공고되고, 유신 체제가 만들어져 대통령 1인 독재 체제와 종신 대통령제가 가능해졌다. 유신 체제는 개발동원 체제를 파시즘적으로 재편한 것으로, 지도자 1인이 이끄는 권력집단에 개인 혹은 사회구성원이 일체화되기를 요구하고 그것을 제도적으로 강제하였다. 그리하여 의회나 언론과 같은 공론 기구를 제도적으로 통제할 수 있었다. 유신독재정권의 폭력성은 1973년 10월 25일 중앙정보부에 의해 자행된 최종길 고문치사 사건, 1975년 4월 8일 제2차 인혁당 사건 등을 통해 극명하게 확인할 수 있다.[7] 이처럼 국가 권력에 의한 온갖 고문, 반국가단

7) 조희연, 『박정희와 개발독재시대—5 · 16에서 10 · 26까지』, 역사비평사, 2007, 102-180쪽.

체 조직원으로의 날조, 사법 살인 등 박정희 유신독재정권은 영구집권을 위해 반공을 국시로 간첩을 조작하고 악용했던 것이다.

박정희 피살 이후 1979년 12 · 12 군사 반란을 일으킨 신군부 세력은 1980년 5월 17일 북한의 대남 책동과 사회 혼란이라는 기만적 명분을 내세워 비상계엄을 확대한 5 · 17 군사 쿠데타를 감행하여 전국에 계엄군을 배치하고, 국회의 기능을 정지시켰으며, 정치인 및 운동권 재야인사 등에 대해 연금 조치 및 대대적 검거를 실시하였다. 이후 이에 저항한 광주민주화운동을 유혈 진압한 신군부 세력은 정권을 장악하기 위해 국가보위비상대책위원회를 설치하여 정치와 사회 각 부문에서 대대적인 '숙정(肅正)'과 '정화' 조치들을 시행해갔다. 이는 자신들의 집권을 정당화하고, 비판적인 세력을 제거하기 위해서였는데, 대표적으로 7월 4일에는 김대중과 관련 인사 36명을 내란음모 및 국가보안법 · 반공법 · 외환관리법 · 계엄포고령 위반 등의 혐의로 군사재판에 회부하였다. 정치인들과 공무원 사회에 대한 대대적인 숙정 조치에 이어 언론계 · 노동계에 대한 정화 작업이 이루어졌고, 8월에 들어 <삼청5호 계획>에 따라 전국에 걸친 '사회악 일소' 조치가 단행되어 불량배 일제검거에 나서기도 하였다. 1980년 8월 16일 하야 의사를 밝힌 최규하에 이어 같은 해 9월 1일 대통령에 취임한 전두환은 헌법을 개정하여 대통령의 권력 남용 소지를 줄이거나 국민의 기본권을 강화하는 조항을 신설했지만, 이는 모두 생색내기였고, 그 핵심에는 유신헌법의 골간이 그대로 유지되고 있었다. 이처럼 광주민주화운동 직후 숙정과 정화, 그리고 사회악 일소라는 미명하 권력을 장악했던 신군부 세력은 자신들의 정당성을 확보하기 위해 국민적 지지를 이끌어낼 수 있는 조치들을 단행했는데, 대부분 정치적 수사에 불과했다.

한편, 광주민주화운동 이후 독재정권에 대한 민주화 투쟁은 계속되었는데, 그에 대한 전두환 정권의 탄압은 그 폭력성이 보다 극심해졌다. 그 결과 고문은 더욱 일상화되었고, 여기에 강제징집과 같은 조치들이 더해졌다. 하지만 학생운동과 노동운동에 대한 전두환 정권의 악질적 탄압에도 불구하고 1982년 말 이후 노학연대의 움직임 등 민주화운동이 지속되었다. 학생운동이 부활하고, 노동운동이 확산 · 강화되었으며, 야당 정치인들의 활동도 병행되었다. 이에 따라 1985년 초 민주화운동에 직접적인 위기감을 느꼈던 전두환 정권은 같은 해 8월 '좌경 의식화' 학생에 대해 선도 교육을 실시하는 학원안정법을 추진했고, 9월 김근태 전 민청련 의장에 대한 전기고문, 구미유학생간첩단 조작 사건 등을 계속했다. 이어 1985년 말 이래 개헌 요구가 전 국민적으로 확산되자 임기 내 개헌에 반대하지 않는다는 입장을 보였던 전두환 정권은 5 · 3 인천대회를 '좌경 · 용공 세력의 반정부 폭력행위'로 몰아 재야 세력과 운동권에 대한 대대적 탄압을 자행하였다.[8] 이처럼 전두환 군부독재정권은 유화적 제스처 속에서 독재정권에 저항한 민주화운동 세력을 불순분자, 좌경 · 용공 세력으로 매도하여 탄압하였고, 그 가운데 고문과 조작 · 날조가 만연하였던 것이다.

다소 개괄적 수준의 정리였지만, 위에서 박정희 유신독재정권과 전두환 군부독재정권이 자신들의 체제를 유지하기 위해 반공 이데올로기에 기초해 온갖 폭력을 자행했음을 확인할 수 있다. 그런데 박정희 · 전두환 독재정권이 자신들의 체제를 유지 · 존속시키기 위해 파시즘적 폭력성을 강화했던 바로 그때 재일조선인들이 간첩으로 조작되었다는 점을 감안했을 때, 당시 재일조선인이 남한사회에서 어떻게 인식되고 표상되고 있는가에 대해 살펴볼 필요가 있다. 특히, 국가 권력이 재일조선인을 어떠한

8) 정해구, 『전두환과 80년대 민주화운동—'서울의 봄'에서 군사정권의 종말까지』, 2011, 역사비평사, 50-132쪽.

통치성의 대상으로 삼고 있는가를 확인할 필요가 있다. 왜냐하면 어떤 인간을 간첩으로 조작하기 위해서는, 실제로 간첩활동을 했느냐의 유무와 무관하게, 바로 그 인간이 간첩이 될 만한 잠재적 가능성이 농후하다고 판단되거나, 간첩으로 조작해도 별다른 문제가 없을 정도로 전체 사회 구성원들과 동떨어진 이질적인 존재로서 위치 지어질 필요가 있기 때문이다. 다시 말해, 간첩 만들기의 적당한 '재료'가 필요한 셈인데, 그는 간첩이라고 해도 별다른 의심을 받지 않을 만한 자이어야만 했다. 그런 점에서 남한사회의 통치 질서의 자장 안으로 완전히 포섭되지 않았을 뿐만 아니라 북한과 인적·경제적·문화적으로 일정한 네트워크를 형성하고 있었던(또는 있다고 여겨졌던) 재일조선인이라는 존재는 조작 간첩의 대상으로서 안성맞춤이었던 셈이다.

일반적으로 해방 이후 한국사회에서 재일조선인들은 민족적 주체의 자기 동일시 전략 속에서 호명되었고, 그때 그들은 과거 식민 경험과 기억을 간직하고 있는 민족적 신체들로 내셔널 히스토리의 자장 속에서 배치되었다. 따라서 그들은 강제 징용자, 일본군 위안부 등 제국 일본의 식민지 조선인들에 대한 억압과 수탈이라는 민족 수난사를 증거하는 직접적인 증거이자, 바로 그 민족 수난사를 관통하는 민족주의 이데올로기를 강화하는 기제였다.[9] 하지만 해방 이후 민족국가 건설의 이념 속에서 재일조선인들은 남한사회에서 의도적으로 망각되었고, 남북한 분단 체제와 탈식민-냉전 체제로 재편된 동아시아 지역 질서의 변동 과정 속에서 그들은 대체로 좌우익 이데올로기 앞에서 호명될 뿐이었다.[10] 즉, 과거 식

9) 오태영, 「자서전/쓰기의 수행성, 자기 구축의 회로와 문법—재일조선인 장훈의 자서전을 중심으로—」, 박광현·허병식 편, 『재일조선인 자기서사의 문화지리 I』, 도서출판 역락, 2018, 82쪽.

10) 오태영, 「재일조선인의 역설적 정체성과 사회적 상상—김명준 감독, 영화 <우리학교>

민의 체험과 기억에 기초한 민족 수난사 내러티브 구축을 통한 민족주의 이데올로기를 강화하기 위해 재일조선인이 호명되었지만, 바로 그 민족주의 이데올로기 속에서 해방 이후 남한사회의 구성원인 민족이 될 수 없었던 재일조선인들은 의도적으로 망각되었던 것이다.

西北

朝總聯系社會에 새물결

望鄕의 韓國訪問러시

大多數가 北傀거짓宣傳 實感

故鄕둘러보고 防衛誠金 기부하기도

東京에서

〈그림 4〉 재일조선인 모국방문 관련 기사(『동아일보』, 1975.7.5.)

해방 이후 재일조선인들은 대체로 "한국말을 잘 못하는 반쪽발이, 총련 등에서 연상되는 빨갱이, 그리고 경제대국 일본의 자본주의를 배경으로 한 졸부"[11] 등 부정적으로 표상되었다. 아니면 필요한 경우에 따라 반공국가로서 남한의 위상을 재구축하기 위한 정치적 이용 대상이 되거나 국가 주도 개발주의 정책에 기여하는 경제적 자원 정도로 간주되었을 뿐, 주로 '기민과 감시의 대상'으로 남한사회로부터 배제되어왔다.[12] 이러한 상황은 이후에도 지속되었는데, 1972년 10월 유신 이후 박정희 정권 시기 재일조선인의 이미지는 통치 이념으로 작동한 반공주의, 민족주의, 경제개발주의의

(2006)를 중심으로」, 박광현 · 오태영 편, 『재일조선인 자기서사의 문화지리Ⅱ』, 도서출판 역락, 2018, 169쪽.

11) 권혁태, 「'재일조선인'과 한국사회: 한국사회는 재일조선인을 어떻게 '표상'해왔는가」, 『역사비평』 제78호, 역사문제연구소, 2007, 234-235쪽.

12) 조경희, 「한국사회의 '재일조선인' 인식」, 『황해문화』 57호, 새얼문화재단, 2007, 46-48쪽.

프레임 아래 만들어졌다. 그리하여 "북한을 지지하는 간첩", "조국의 말도 못하는 병신", "조국의 경제발전보다 돈의 생리를 따르는 배신자" 등 부정적 이미지의 타자로 위치 지어졌다. 하지만 1975년 <조선총련계 재일교포의 모국방문 사업>을 계기로 "같은 핏줄을 나눈 우리 국민"이라는 긍정적 이미지로 바뀌어 표상되기도 하였다.[13] 물론 이는 모국방문 사업을 통해 북한과 인적·경제적·문화적 네트워크를 구축하고 있었던 재일조선인 사회의 시선을 남한으로 돌려 정권의 정당성을 현창하기 위한 술수에 지나지 않은 것이었다.

이와 관련해 『보안사』에서 김병진은 재일조선인에 대한 남북한의 차별적 시선과 정책에 대해 다음과 같이 서술하고 있다.

> 재일 한국인의 역사는 조국이 분단되기 전 일제 강점기 때부터 시작했다. 그 역사를 살아가는 재일 한국인에게 민단과 조총련의 반목은 피상적이고 알맹이가 없는, 나하고 관계없는 세상에서 일어나는 일일 뿐이다. 재일 한국인은 조국의 분단을 어쩔 수 없이 받아들여야 했다. 두 개의 조국은 반공과 공산주의 중에서 하나만 선택하라고 계속 강요했다.
>
> 남한과 북한은 제멋대로 재일 한국인을 붉고 푸르게 색칠했다. 재일 한국인은 처음부터 끝까지 두 정권이 가지고 노는 장기짝이었다. 그 결과 재일 한국인은 자신의 역사를 잃어버렸다. 좌익이든 우익이든, 일본 공산당에 가담해 좌절한 김천해(金天海)이든 일왕 히로히토에게 폭탄을 던진 박열(朴烈)이든 1945년 해방 뒤 자유 국민으로서 꿈꾼 조선민주공화국은 잊어버렸다. 그 증거로 일본사회가 재일 한국인을 차별하는 것보다 더 심하게 남한과 북한은 재일 한국

13) 김범수, 「1970년대 신문에 나타난 재일교포의 표상: 『경향신문』, 『동아일보』, 『조선일보』 기사 분석을 중심으로」, 『일본비평』 17호, 서울대학교 일본연구소, 2017, 284-316쪽.

> 인이 주체성을 포기하게 압박하고 늪에 계속 몰아넣지 않았나? 조국을 꺼리고 일본인인 체 사는 비굴한 삶을 강요하지 않았나?[14]

남북한 분단 체제가 성립되고 강고화해가는 과정 속에서 좌우의 선택을 강요받았던 재일조선인들, 그들에게 두 개의 조국은 모두 폭력과 차별, 멸시만을 안겨줬을 뿐이었다. 그리하여 전후 일본사회에서 소외된 존재로서의 재일조선인들은 분단 체제 성립 이전의 고국을 상실한 채 오히려 남북 양쪽으로부터 기민과 간첩으로 위치 지어지게 되었던 것이다. 북괴 간첩으로 조작되고 있었던 김병진이 남한사회와 정권에 대한 비판적 태도 못지않게 북한사회와 정권에 대한 비판적 인식을 보여줬던 것은 북괴=간첩이라는 불온성으로부터 벗어나고자 한 전략적 서술일 수도 있지만, 재일조선인에 대한 남북한 정책 당국의 차별과 멸시의 시선에 대한 거부와 저항의 의미를 담고 있는 것으로 보는 것이 온당할 것이다. 남과 북은 모두 재일조선인과 재일조선인 사회에 대해 몰이해할 뿐만 아니라, 이해하려고 노력하지도 않는다는 것이 재일조선인으로서 김병진의 일관된 입장과 관점이었던 것이다.

한편, 같은 시기 공안 기관에 의한 사찰은 반공주의에 기반한 주민통제 방식의 일환인 동시에 대인관계, 사회적 네트워크에서 개인이 발언하는 일상적인 '언어' 자체에 대한 불법적인 감시 체계를 확립함으로써 공포에 의한 통치, 나아가 개인의 '자기검열'로 이어졌다. 당시 경찰 · 정보기관 · 보안사 등 공안 기관이 주축이 되어 지역 사회, 대학, 정치인과 재야인사, 교회와 노동조합운동, 나아가 재일조선인에 이르기까지 광범위하게 사찰을 진행한 것은 잘 알려져 있다. 이 중 재일조선인과 관련해 1970년대부

---

14) 김병진, 『보안사: 어느 조작 간첩의 보안사 근무기』, 앞의 책, 35쪽.

터 공안당국은 '우회간첩'에 주목해 일본에서 온 재일조선인에 대한 사찰을 진행했는데, 그들은 주로 유학생, 한국 취업자, 일본 유학 한국인 등이었다. 특히 보안사의 경우에는 '대일공작계'를 새로 만들어 집중적인 사찰을 진행했는데, 1971년부터 1974년 말까지 공작과의 부활 및 대일공작계의 신설에 따라 '공작근원 발굴 작업'을 본격화해 총 384명을 대상으로 선정, 공작활동을 진행한 결과 1975년부터 재일조선인 유학생 737명을 대상으로 선발하여 추진했다. 공작활동의 과정은 대체로 재외국민교육연구원의 협조망을 통해 재외교포 모국 유학생의 신상 기록을 파악한 뒤, 각 대학의 학적과를 통해 정보를 검토해나가는 방식으로 이루어졌다. 그리고 여기에 본적지를 관할하는 보안부대에 내사를 지시해 가족의 도일 배경, 8촌 이내의 친인척을 포함한 연고 가족 중 북한 거주자, 부역자, 조선총련 가입자 유무 등을 보고 받아 간첩 조작에 활용하였다. 일본 조선총련계 재일조선인들이 주요 타깃이었던 것이다.[15)]

1970년대와 1980년대 재일교포 유학생 간첩 사건은 대체로 불법 연행과 구금, 고문과 가혹행위, 시나리오에 따른 허위 자백, 형식적 재판, 과도한 형벌로 이루어져 있었다. 당시 한국 정부는 간첩 사건 조작을 통해 일본사회에서 성장한 청년들의 민족적 열정과 문화적 특성을 악용하였는데, 소위 '공작근원 발굴 작업'이라는 책략을 통해 그들의 민족애를 착취하고 분단 체제의 제물로 삼았던 것이다.[16)] 국방부 과거사 진상규명위원회에서 발표한 간첩 통계에 의하면, 1970~1979년 전체 간첩 사건 681건 중 일본 관련된 사건은 204건으로 30.0%에 해당하고, 1980~1989년 전

15) 김원, 「공안사찰: 감시와 자기검열의 일상화」, 『내일을 여는 역사』 제63호, 내일을여는역사재단 · 민족문제연구소, 2016, 32-47쪽.

16) 이재승, 「분단체제 아래서 재일 코리언의 이동권」, 『민주법학』 제52호, 민주주의법학연구회, 2013, 187-222쪽.

체 간첩 사건 285건 중 일본 관련된 사건은 115건으로 40.4%를 차지할 정도로 그 비중이 상당했다고 할 수 있다.[17] 물론 그들은 실제 간첩이 아니었다. 간첩 사건 조작 대상자들은 조선총련이나 남파 간첩과는 처음부터 관계가 없는 사람들이 대부분이었고, 그들 중에는 자유·진보 성향의 민단계 지식인들까지 포함될 정도[18]로 남한 군부독재정권의 조작의 산물이었을 뿐이었다. 이 글에서 주목하고 있는 김병진 또한 그러한 재일조선인이었다.

3. 조작된 간첩, 만들어진 이야기

1983년 7월 9일 토요일 오후 김병진은 퇴근길 집 앞에서 '사법 경찰관 이덕룡'으로부터 시위 가담 학생을 근처 파출소에서 보호하고 있는데, 관계자로서 신원 확인 차 동행해줄 것을 종용받는다. 이상한 느낌이 든 그는 집에 들려 아내에게 상황을 말하려고 했지만, 이덕룡 일당들에 의해 막무가내로 차에 태워지게 된다. 결국 그는 강제 연행되어 보안사 서빙고 분실에 감금된다. 이후 '입소자 인적 사항'이라는 서류를 작성하고, 소지품을 압수당한 뒤 2층 맨 끝 방에 수감된다. 이어 범죄 혐의에 대한 어떠한 설명도 없이 취조가 시작된다. 상황 파악이 제대로 되지 않았던 김병진은 혼란스러워하는 한편 자신을 간첩으로 조작할 지도 모른다는 불안

17) 국방부 과거사 진상규명위원회, 『과거사 진상규명위원회 종합보고서—제3권 8개 사건 조사결과 보고서(하)』, 2007, 169쪽; 서승, 「재일동포 정치범 재심재판과 재일동포의 정체성, 그리고 정치적 자유」, 『전남대학교 세계한상문화연구단 국제학술회의 자료집』, 2016, 105쪽에서 재인용.

18) 전명혁, 「1970年代 '在日僑胞留學生 國家保安法 事件' 硏究—'11·22事件'을 中心으로—」, 『韓日民族問題硏究』 제21권, 한일민족문제학회, 2011, 104쪽.

감을 느끼게 된다. 그러면서 자신이 한국으로 유학 오기 전 한국어와 한국사를 연구하는 모임이었던 '조선문화연구회'에 가담했던 것이나, 식민지시기부터 존재해왔던 육영재단인 '조선장학회' 고등부의 대표로 활동했던 경력이 문제가 된 것은 아닌지 자문한다. 그리고 박정희 유신 체제를 거부하는 반정부 활동을 전개한 '재일한국학생동맹'에 가담한 것이 간첩 혐의로 이어진 것은 아닌지 염려한다. 그는 만약 그러한 경력이 문제가 된 것이라면, 수사관들의 오해에 지나지 않을 뿐이니 그 오해를 바로잡으면 풀려날 수 있을 것이라고 여긴다. 그는 일본에서 재일조선인 학생운동을 한 자신의 행위에 어떠한 위법성도 없을 뿐만 아니라, 북한과의 그 어떠한 관련성도 없다고 판단했기 때문에 자신의 '죄'를 짐작하지도 못한다. 다만, 그는 조선총련계 인사 몇몇과 안면이 있는 정도로 간첩이 된다면, 그것은 재일조선인 및 그들의 사회를 몰이해한 데서 기인한 것이라고 생각하고 있었을 뿐이었다.

하지만 재일조선인을 간첩으로 조작하는 것은 말 그대로 코에 걸면 코걸이, 귀에 걸면 귀걸이 식이었다. 범죄 행위는 증거에 의해 성립되는 것이 아니라, 조작에 의해 만들어지는 것이었다. 김병진을 취조하던 수사관

〈그림 5〉 보안사 서빙고 분실(『조선일보』, 1997.11.30.)

은 "이 나라의 재판은 형식적이야. 우리가 간첩이라고 하면 간첩이지."[19] 라고 말해 정치적 요구에 따라 간첩 사건을 얼마든지 조작할 수 있다는 점을 내비쳤다. 그리고 그나마 그것도 범죄 성립 요건에 부합되게 이루어진 것이 아니라 대부분 회유와 협박, 고문의 산물이었다. 보안사 수사관들은 자신들이 원하는 거짓 자백의 결과가 나오지 않자 김병진에게 "세상의 모든 고통을 맛보게 한 다음 죽음을 애타게 기다리게 해주"겠다고 폭언하거나, "이 나라에서 간첩의 아내는 아무리 발버둥 쳐도 살아남을 수 없어. 자살하든가 몸을 던지든가 둘 중 하나야."라고 협박하기도 하였다.[20] 그리고 협박과 공갈 뒤에는 끝을 알 수 없는 고문이 자행되었다. 보안사 수사관들에 의해 자행된 불법적인 고문은 재일조선인 김병진을 죽음에의 공포로 몰아넣었다.

> 작은 방이었다. 방의 불빛은 형광등이 아니라 벌거숭이 백열전구였다. 나는 철제 의자에 앉혀졌다. 옷은 벗겨지고 양손과 양발은 묶였다. 의자는 상하로 움직였고 철제로 만들어진 것이기에 대좌는 불안정했다. 지치지도 않는지 험담과 욕설을 되풀이하던 그들은 "죽여버리겠다"고 소리치며 어떤 스위치를 올렸다.
>
> 나의 몸은 의자에 묶인 채 밑으로 떨어지고 있었다. 캄캄했다. 주위의 윤곽마저 파악할 수 없는 칠흑 같은 곳이었다. 순간, 숨이 멈출 것 같은 공포를 느꼈다.[21]

이처럼 김병진의 『보안사』에는 보안사 직원들에 의해 재일조선인들이 어떻게 간첩 만들기의 대상으로 선정되고, 강제 체포되는지의 과정과 그

19) 김병진, 『보안사: 어느 조작 간첩의 보안사 근무기』, 앞의 책, 49쪽.
20) 위의 책, 53쪽.
21) 김병진, 『빼앗긴 할배의 나라』, 앞의 책, 153쪽.

과정에서 국내외 유관 기관으로부터 관련 정보를 제공 받아 악용하고 있는지가 폭로된다. 나아가 재일조선인 조작 간첩 사건이 당시 미디어에 의해 대공경각심을 고취시키는 방향으로 선전되고 있는지가 서술되어 있다. 수사과에 근무하는 사건반이 치밀한 계획을 짜서 KBS와 MBC에 있는 정보처의 파견 직원을 통해 특별 방송 프로그램을 준비하고, '간첩'으로 체포된 김병진은 주어진 시나리오에 충실하게 인터뷰를 진행하였다. 그런데 인터뷰가 끝난 뒤 해당 내용에 대해 김병진이 실감이 떨어지는 것 아니냐며 문제를 제기하자 '보도 간첩'이기 때문에 세밀한 부분은 조금 틀려도 문제될 것이 없다는 말을 듣는다. 이 보안사 수사관의 말에 김병진은 간첩 보도가 대공 경계심을 개발 고취하기 위한 속임수일 뿐이었다는 것을 알게 된다.[22] 하지만 무엇보다 재일조선인을 간첩으로 만들기 위해 보안사 수사관들에 의해 자행된 고문과 협박, 폭력 등이 날 것 그대로 제시된다. 물론 그러한 폭력은 전두환 군부독재정권 체제의 실정성을 유지·존속시키기 위해 정권에 기생하고 있던 탐욕스러운 군인들에 의해 정당화되고 있었다.

> 재일 한국인을 간첩으로 만드는 일은 간단하다. 조총련계 인물을 적당히 엮으면 된다. 물증 따위는 필요 없다. (…중략…)
>
> 어떤 재일 한국인의 주변 인물 중에 조총련 말단 조직의 간부가 있고, 그 인물이 사업 고객이라고 하자. 고객이니까 비위를 건드리지 않고 분위기를 좋게 만들려고 "공화국(북한)은 세금이 없어 좋은 나라예요."라는 '북괴 찬양'(반국가 단체에 동조)에 해당하는 말에 "그것 참 좋으시겠군요."라고 맞장구치는 행동은 본의가 무엇이든 아주 자연스럽다. 그런데 이것을 '고무, 찬양, 회합'이

22) 김병진, 『보안사: 어느 조작 간첩의 보안사 근무기』, 앞의 책, 105-108쪽.

> 라고 한다. "이번에 한국에 있는 친척한테 갔다 오는데 결제를 며칠 늦춰주면 고맙겠습니다."라는 말을 했더니, "그거 다행이네요. 남조선에 다녀오시는 겁니까? 나는 조총련에서 활동하는 바람에 고향에 가고 싶어도 갈 수 없습니다. 그곳에 가시면 제 고향이 지금 어떻게 돼가는지 보고 이야기해주십시오."라는 말을 듣고 그렇게 하겠다고 하면 '지령 사항', 그 사람이 한국에 방문하면 '잠입', 돌아다니며 조총련 말단 간부의 고향이 어떻게 됐는지 알아보면 '탐문 수집' 방한 일정을 잘 소화하고 일본행 비행기를 타면 '탈출', 나중에 거래상의 결제 때문에 그 조총련 말단 간부에게 전화를 걸면 '통신 연락', 결산을 마치면서 "당신 고향도 도로가 깨끗하게 포장돼 좋았습니다."라고 알려주면 '보고'가 된다.[23]

보안사에 의한 간첩 조작에 저항하는 것은 현실적으로 불가능한 일이다. 범죄 혐의에 대한 법리 다툼은 애초에 봉쇄되어 있을 뿐만 아니라, 공안 기관의 취조에 이은 검찰 조사는 형식적일 뿐이었다. 무엇보다 생명에의 위협과 동시에 가족을 인질로 잡고 협박하는 상황 속에서 재일조선인이 나는 간첩이 아니라고 강변하는 것은 공허한 외침에 지나지 않았다. 1990년 한겨레신문과의 인터뷰에서 김병진은 처자식이 인질로 잡히고 여권을 빼앗긴 상태에서 보안사의 요구에 따를 수밖에 없었다고 말했다. 그러면서 보안사 서빙고 분실에서 갖은 고문을 당하면서도 그래도 살아야 된다는 극한 상태에 내몰려 있었다며, 당시 보안사 수사관이 아무도 모르게 죽여 버리거나 생후 2개월 된 아이를 고아원에 보내버리겠다는 폭언과 협박을 해 절망감을 느꼈다고 토로했다. 나아가 당시 자신이 맛봐야 했던 모멸감과 수치심은 한국인이 모두 간직해야 할 자화상이라고 증언

23) 위의 책, 85-86쪽.

하기도 하였다.[24] 고문과 학대, 협박과 위협 속에서 공포감에 사로잡힌 그는 차라리 간첩임을 시인하고, 그러한 상황으로부터 벗어나고자 했던 것이다.

그런데 조작된 개인의 진술에 기초해 간첩죄가 성립하는 과정 속에서 그 무엇보다 영사증명서가 증거로 채택되어 힘을 발휘한다는 점이 주목된다. 이는 비록 요식행위에 지나지 않는다고 하더라도 법체계에 의해 재일조선인이 간첩임을 증명하는 과정이 필요하고, 그러한 과

보안사 실상폭로 책저술 재일동포 김병진씨 인터뷰

83년 한국 유학당시 간첩 덤터기 씌워

인질·고문등으로 '협조' 강요

정보 하루 1백건…미행·도청 예사

지난 86년 자신의 근무체험을 바탕으로 보안사의 실상을 고발한 〈보안사〉라는 책을 일본과 한국에서 펴냈던 재일동포 김병진(35·일본 사카이시 거주·사진)씨는 8일 본지와의 국제전화 인터뷰를 통해 "윤이병의 양심선언은 6공화국 아래서도 보안사가 정보·공작정치의 소생과 강화를 노리고 있다는 분명한 증거"라고 밝히고 "윤 이병을 국민적 차원에서 보호·지원해야 한다"고 말했다.

일본 고베시에서 태어난 김씨는 지난 83년 연세대 대학원 국문학과에 유학할 당시 보안사에 연행돼 구타와 전기고문 등을 견디지 못해 '간첩활동을 했다'고 허위자백한 뒤 보안사의 협박을 받고 2년 동안 보안사 6급 군무원으로 근무한 바 있다.

—윤 이병의 양심선언 소식을 들었는가?

=일본 현지 언론을 통해 소식을 듣고 있다. 6공화국 들어 민주화 추진과 인권보장에 대한 기대감을 가졌지만 윤 이병의 양심선언을 통해서 보안사가 국민적 지탄의 대상이 되어 왔으면서도 반국민적 작태를 자행함으로써 정보공작정치의 소생·강화를 노리고 있음이 분명해졌다고 생각한다.

군 보안업무를 헌병대나 기타 부서에 이관하고 보안사 자체를 해체해야 한다.

—보안사에 협조해야만 했던 당시의 정황과 심정은.

=나의 경우도 처자식이 인질로 묶이고 여권을 빼앗긴 상태에서 그들의 요구에 따를 수밖에 없었다. 또 보안사 서빙고 분실에서 전기고문·물고문 등을 당하면서 '그래도 살아야 된다'는 극한상태에 몰려 있었다. 특히 당시 보안사 수사관이 "아무도 모르게 죽여버리고 생후 2개월이 된 첫 아들을 고아원에 보내버리겠다"는 말을 했을 때는 하늘이 무너져내리는 절망감에 빠졌다.

내가 당시 맛봐야 했던 모멸감과 수치심은 우리 겨레 모두가 간직해야 할 자화상이었다.

—당시 보안사의 정보수집과 사찰 활동은.

=각 지방 예하부대에서 하루 평균 1백건 가량의 정보 및 동향보고서가 접수된다. 정보보고량에 따라 그 부대의 평가가 이루어진다. 정치·경제·언론·종교 등 모든 분야의 정보가 망라돼 있으며 가치가 있다고 인정되면 다시 내사해 관계기관과 협조, 미행·전화도청 등이 실시된다.

—귀국해서 보안사의 실태를 다시 고발할 의사는 없는가.

=아내가 제주도 사람이라 고향을 애타게 그리워하나 신변 위협 때문에 5년째 못가는 신세다.

언제라도 신분보장만 되면 보안사에서 보고 들은 것을 증언할 용의가 있다. 지난해초 한국기독교교회협의회 인권위원회와 협조, 고국으로 건너갈 결심을 세웠지만 끝이어 들이닥친 공안정국으로 그만두었다.

〈김성걸 기자〉

〈그림 6〉 김병진 인터뷰 기사
(『한겨레신문』, 1990.10.9.)

정 속에서 진술서와 영사증명서가 중요한 증거로서 사용되고 있음을 보여준다. 진술서는 범죄 행위자가 스스로 자신의 범죄 행위를 시인하는 것으로 일정 부분 법적 증거로서 효력을 가질 수 있다. 무엇보다 직접 증거가 부족하거나 존재하지 않는 상황에서 보안사 직원들은 피의자의 진술을 통해 범죄 행위를 성립시켜야 했던 것이다. 해서 간첩이 조작되는 데 있어서 무죄를 주장하는 재일조선인과 유죄를 만들어야 하는 보안사 직원들 사이에는 언어의 전쟁이라고 부를 수 있을만한 상황이 놓이게 된다. 김병진의 『보안사』 곳곳에는 실제 재일조선인 간첩 조작의 과정 속에서 재일조선인들로 하여금 간첩을 자인하는 진술서를 작성하는 장면이 구체

24) 김성걸, 「보안사 실상폭로 책 저술 재일동포 김병진씨 인터뷰: 인질 · 고문 등으로 '협조' 강요」, 『한겨레신문』, 1990.10.9.

적으로 서술되어 있고, 그 또한 "우리는 언어만 있는 세계에 있었다."[25]고 적기도 하였다. 물론 조서를 비롯한 진술서는 수사 당국에 의해 조작된 글이었고, 조작 과정에서 수사관들은 단어 하나, 문장 하나를 점검해 자신들의 시나리오대로 작성하게 했다.

하지만 개인의 진술은 언제든 법정에서 뒤바뀔 수 있다. 따라서 보안사 입장에서는 피의자의 진술 외 직접 증거가 필요했는데, 그것이 바로 영사증명서였다. 영사증명서가 재일조선인을 간첩으로 조작하는 데 있어 핵심적인 증거로 쓰이고 있었던 것은 『보안사』의 서술 내용 외에도 재일조선인 조작 간첩 이종수의 사례를 통해서 쉽게 확인할 수 있다. 1981년 민족학교의 한국어 교사가 되기 위해 한국에 유학한 이종수는 보안사 수사관들에 의해 조작 간첩이 되어 5년 8개월 간 복역한 뒤 1988년 서울올림픽 개최를 계기로 가석방된다. 이후 그는 '진실 · 화해를 위한 과거사 정리위원회'에 참석해 2010년 7월 15일 26년 만에 법정에서 무죄를 인정받기에 이른다.[26] 그런데 그가 간첩으로 조작되는 데 있어 영사증명서가 결정적인 역할을 했다는 점이 드러난다. 영사증명서는 법정에서 증거로서 효력을 인정받았는데, 일본 오사카 총영사관에 근무하고 있던 20여 명 정도의 부영사들은 대부분 기관에서 파견한 자들로, 조선총련계에서 전향 후 한국 기관에 협조한 자들이었다. 즉, 보안사는 재일조선인을 간첩으로 만들기 위해 조선총련계 출신 전향자들을 활용해 정보를 수집하고, 조작하였던 것이다. 이는 당시 보안사가 재일조선인 사회에 대한 기초적인 지식을 구비하지 못했을 뿐만 아니라, 동향 파악에 어려움을 겪고 있었다는 것을 단적으로 드러낸다. 나아가 이러한 어려움을 해결하기 위해 영사관

25) 김병진, 『보안사: 어느 조작 간첩의 보안사 근무기』, 앞의 책, 110쪽.

26) 서어리, 『나는 간첩이 아닙니다: 1970~2016, 대한민국의 숨겨진 간첩 조작사』, 한울, 2016, 115-123쪽.

에 조직원들을 파견해 활용하고 있었다는 것을 말해준다.

그런데 일본의 총영사관에서 근무하고 있던 영사들은 표면적인 직함은 영사였지만 안기부 직원인 수사요원들이었고, 본부의 의뢰에 따라 의문스러운 첩보들을 모아 마치 증명된 것처럼 영사증명서를 발행하였다. 즉, 이 영사증명서는 영사협약이나 재외공관공증법상의 공증과는 무관한 일개 정보요원의 의견서였을 뿐이었는데, 법정에서 유력한 증거로 채택되었던 것이다. 재일조선인 간첩 조작 사건에서 이 영사증명서는 법적 증거로서의 중요한 위상을 갖는데, 영사증명서의 채택은 대개 다음과 같은 과정을 거친다. 수사 기관(중앙정보부 또는 보안사)이 재일조선인의 반공법 또는 국가보안법 위반 사건을 수사하다가 피의자(피고인)가 진술한 제3의 인물이나 정보에 대해 일본에 파견 중인 수사요원에게 확인을 의뢰하고, 이 수사요원은 영사라는 직함을 이용하여 영사증명서를 작성하고 이를 본부에 회신하면, 검찰은 법정에 제출하고 법원은 이를 기초로 재판을 한다. 따라서 영사증명서는 증명해야 할 것을 증명된 것으로 둔갑시키는 공작이자, 하나의 법 기술로 작동하였던 것이다.[27)]

이상에서 살펴보았던 것처럼, 재일조선인을 간첩으로 조작하기 위해서는 대상 선정에서부터 불법 체포 및 강제 연행, 조사의 외피를 쓴 고문과 협박, 회유와 위협의 과정을 거쳐, 진술서와 영사증명서라는 법적 증거 만들기까지 일련의 과정이 수행된다. 그리고 그러한 과정을 통해 간첩이 아닌 자가 간첩이 되어버리는 것이다. 특히 국가보안법 등 법적 체계에 의해 간첩으로 명명되는 것을 감안했을 때, 진술서와 영사증명서는 단순히 증거로서 효력을 갖는 것뿐만 아니라 간첩 되기의 과정이나 간첩 활동

---

27) 이재승, 「어두운 시대의 소송기술—재일교포 간첩사건에서 영사증명서—」, 『민주법학』 제38호, 민주주의법학연구회, 2008, 233-263쪽.

의 이야기를 만들어내는 법적 장치로서 기능했다고 할 수 있다. 그리고 그러한 진술서가 보안사 직원들이 제시한 사전 시나리오에 지나지 않고, 그 시나리오에 영사증명서가 연루되어 간첩 이야기는 지속적으로 조작되어 재생산되었던 것이다.

4. 고백과 증언, 파레시아의 글쓰기

김병진의 수기 『보안사』는 기본적으로 폭로의 구조를 갖는다. 이 수기는 박정희 유신독재정권에 이은 전두환 군부독재정권에 의해 자행된 재일조선인 간첩 조작이 어떠한 과정을 통해 이루어지고, 그러한 과정 속에서 재일조선인들이 어떻게 국가 권력의 폭력 앞에 놓이게 되는지 말하고 있다. 김병진은 당시를 회상하면서 간첩 사건이 남북 위정자들의 합작품이고, "분단 구조에 기생함으로써 자신의 존재 근거를 합리화해온 역대 남북 정권이 해외 동포를, 남한 국민과 북한 주민들을, 즉 우리 겨레를 정권 유지를 위한 도구로밖에 보지 않았다는 생각을 하게 된다."고 말한다.[28] 또한, 그는 앞서 살펴봤던 간첩 조작 과정에서의 수사관들의 모습을 지켜보면서 자신에게 폭력을 가했던 일본인을 떠올리거나 나아가 과거 식민지시기 식민지 조선인들의 목숨을 앗아간 제국 일본인들의 고문 행위를 연상하기까지에 이른다. 이처럼 민족 수난사까지 동원해 고통으로 점철된 기억을 복원하여 그가 말하고자 한 것은 간첩 조작 사건에 투영된 군부독재정권의 잔악성 그 자체였다.

물론 보안사 직원들에 의해 타깃으로 설정된 재일조선인들이 불법 연

28) 김병진, 『빼앗긴 할배의 나라』, 앞의 책, 183쪽.

행되어 감금된 뒤 협박과 고문, 회유와 공작을 통해 간첩으로 만들어지는 과정을 고발하고 있는 이 수기는 단순히 재일조선인들이 간첩으로 조작되었다는 것 자체를 말하는 데서 그치지 않는다. 그것은 반공국가로서 자신의 위상을 공고히 해가던 독재정권의 정당성과 권위를 확보하기 위한 이데올로기적 장치로서의 간첩이 조작되었다는 것, 나아가 그와 같은 간첩이 존재하지 않는다는 것을 폭로하고 있다는 점에서 바로 그 독재정권의 정당성과 권위의 존립 근거 자체를 부정하는 것이다. 그리고 한 걸음 더 나아가자면, 국가주의의 이념에 기초한 통치성의 작동 방식을 극명하게 드러낸다. 인간의 생명이 포섭과 배제의 역학 구도 속에서 생명정치의 장에 놓이게 된다는 것은 상식에 속하지만, 1980년대 전두환 군부독재정권이 그러한 생명정치의 메커니즘 아래 재일조선인들을 통치성의 대상으로 삼으면서 국가 폭력을 작동시키고 있었다는 점이 명백해지는 것이다. 따라서 국가의 통치성은 그 자체로 정당성을 갖기는커녕 전적으로 폭력의 산물에 지나지 않는다는 점이 폭로된다.

한편, 폭로의 주체가 보안사 직원들에 의해 간첩으로 조작된 재일조선인이라는 점에서 폭로는 곧 증언이 되기도 한다. 실제 자신이 겪은 체험을 바탕으로 한 사실에 대한 기록은 간첩 조작 사건의 불법성을 드러내는 것이자, 바로 그 자신이 조작된 간첩이라는 점에서 증언으로서의 효과를 발휘한다. 김병진은 『보안사』에서 재일조선인 간첩 조작 과정 속에서 자신이 보고 듣고 겪은 일을 증언한다. 그리고 그때 증언은 사실에 기반한 것이면서 동시에 진실을 지향한다. 따라서 자연스럽게 진실은 국가의 역할과 위상을 되묻는 효과로 이어진다. 국가 권력이 자신의 탐욕적인 권력욕을 탐닉하기 위해서 남용되는 순간, 국민의 생명과 안전을 보장해야 하는 국가 권력의 정당성은 상실된다. 특히 반공국가로서 남한이 자신의 정당성을 반공이라는 국시를 통해 확보하고 있다는 점에서 반공의 이념과 논리는 남한사회를 적화하려는 '북괴'라는 적대적 대상이 존재해야만 작동 가능하게 된다. 그런데 바로 그 '북괴'의 상징물인 '간첩'이 정권에 의해 조작된 산물이라는 점이 폭로되면, 국가라는 정치체는 존립 근거를 상실해가게 되는 것이다. 따라서 이때 증언은 국가 권력의 불법적·폭력적 발현에 대한 폭로이자 동시에 국가란 무엇인가, 즉 국가라고 하는 정치체의 존립 근거는 무엇인지를 되묻게 하는 효과를 발휘한다고 할 수 있다.

> "두고 보겠어. 이 나라에서 이 나라의 권력이 무슨 짓을 하는지. 역사를 어떻게 만드는지. 여보, 도망칠 구멍은 없어. 그렇다면 현실을 똑똑히 봐주는 것으로 내 존재를 확인할 수밖에 없어!"
>
> 아내는 입을 다문 채 내 말을 듣고 있었다. 좋든 싫든 빨리 마음을 정리해야 했다. 활용이라는 명목으로 내 의사는 완전히 무시당하고 특별 채용을 당할 지경이 됐지만, 나름대로 이 일에 어떤 의미를 부여해야만 했다. 그렇지 않으면 나 자신이 너무도 비참했다. 골똘히 생각한 끝에 얻은 이유는 '살아 있는 증인'이 돼 이 나라가 뒤에서 꾸미는 터무니없는 음모를 목격하자는 것이었다.
>
> 어떻게 C씨 같은 사람이 간첩이 되고, 어떻게 박박 씨의 숙부처럼 선량한 가장이 가족과 헤어져야 하는지. 무엇보다도 서 형과 나를 포함한 많은 재일한국인이 조국 분단이라는 제단에 어떻게 희생양으로 바쳐지는지. 이 모든 것을 두 눈으로 확인하라고 역사가 요구했다. 나는 지금 선택된 것이다.[29]

김병진은 자신의 의사와 무관하게 강제적으로 자신을 직원으로 특별 채용하려는 보안사로부터 벗어날 수 없을 것이라고 판단한 뒤, 자신이 보안사 직원이 될 수밖에 없다면 재일조선인들이 국가 권력에 의해 어떻게

---

29) 김병진, 『보안사: 어느 조작 간첩의 보안사 근무기』, 앞의 책, 153쪽.

간첩으로 조작되는지 직시하겠다고 다짐한다. 그러면서 그러한 자신을 '살아 있는 증인'으로 위치시키면서 분단 체제의 질서와 문법에 의해 희생양이 되는 재일조선인의 상황을 증언할 것을 다짐하고 있다. 그리고 그것은 개인의 신념이나 의지의 차원이 아닌 역사가 자신에게 부여한 책무라고까지 인식한다. 보안사에 의해 간첩으로 조작된 재일조선인이 또 다른 재일조선인을 간첩으로 조작하는 일에 가담할 수밖에 없는 상황 속에서 김병진은 보안사 직원으로서 자신이 해야 할 조작과 음모를 국가 권력의 폭력 속에 놓는 것이 아니라 역사적 책무로 놓는 것을 통해 존재 이유를 확보하고 있는 셈이다. 즉, 그는 피해자였다가 가해자가 될 수밖에 없는 자신을 증언자로 위치시키는 것을 통해 가해/피해의 이분법적 구도를 벗어나고자 했던 것이다. 이처럼 『보안사』는 증언자로서 자기 위상을 재구축해간 재일조선인 조작 간첩 김병진의 목소리가 담겨 있다.

김병진은 2013년 출간된 『보안사』의 개정판 서문에서 "야만의 시대, 광기의 시대에 맞선 내 도전은 고발이라는 표현이 알맞지만, 지금은 과거사를 청산할 수 있는 자료로 쓰이기를 더 바란다."[30]라고 말하고 있다. 노무현 정부 시절 '진실 화해를 위한 과거사 정리위원회' 활동을 염두에 둔 이 같은 발언은 『보안사』의 서술 내용이 개인의 행적을 기록한 수기를 넘어 시대의 증언으로서 기능하기를 바란 것이다. 그런데 이러한 증언이 가능하기 위해서는 무엇보다도 먼저 자기 고백이 선행되어야 한다. 특히 김병진의 경우, 보안사에 의해 조작된 간첩이면서 동시에 회유와 협박에 의해 강제적으로 보안사 직원이 되어 또 다른 재일조선인 간첩 조작 사건에 가담했다는 점에서 단순히 '피해자'의 위치에 놓이지 않는다. 그는 피

30) 김병진, 「개정판 머리말: 가해의 진실을 밝혀야 과거사를 청산할 수 있다」, 위의 책, 5-6쪽.

〈그림 7〉 김병진 『보안사』 개정판 표지

해자이면서 동시에 가해자의 위치에 놓여 있었고, 그런 점에서 보안사에 의한 간첩 조작 사건을 폭로하고 증언하기 위해서는, 좀 더 정확하게 말하자면 그러한 폭로와 증언이 '진실'로 받아들여지게끔 하기 위해서는 자기 고백이라는 제의의 과정을 거쳐야만 했다. 자기 자신을 드러내는 것, 자기 자신 또한 군부독재정권의 폭력성이 재생산되는 데 가담했다는 것을 말하는 것을 통해 진정성을 확보하고, 그 진정성에 기초해 증언의 신빙성을 더하고 나아가 군부독재정권의 폭력성을 고발할 수 있게 되는 것이다.

> 내사 지시서를 작성해 온 나는 일말의 죄책감을 느끼고 있었다. 아니, 보안사에 있으면서 분명히 죄를 짓고 있었다. 1년에도 수백 건이나 되는 내사 지시서를 작성하여 반장 계장 과장의 사인을 받고 예하 부대원을 시켜 '인권 유린'을 자행하는 사람이었다. 때로는 보안 유지에 유의하여 대공 용의점이 없을 때는 허위 사실을 제보한 사람에게 엄중 경고하라는 단서를 붙이고 나름대로 양심을 살려 보려고 하지만, 성과만을 노리는 예하 부대에서는 허락도 없이 용의자를 잡아다 족치는 일도 있었다. 그래도 내가 하는 일은, 서류만 만지는 일이라고 자위해 보기도 하지만 그 일은 사람을 감시하고 서류철에 묶어 두는 일이었다.[31)]

31) 김병진, 『빼앗긴 할배의 나라』, 앞의 책, 176쪽.

자신의 삶에서 가장 고통스러웠던 시기, 자살 충동을 불러일으키는 절망감을 수시로 느끼면서 그나마 가족에 대한 사랑으로 생을 이어갈 수 있었던 한편, 보안사의 '역용 간첩'이 되어 그들에게 이용될 수밖에 없는 상황 속에서 벗어날 수 없다면 역사의 증언자로서 역할을 다하겠다고 다짐했던 김병진이 수기를 통해 보안사의 재일조선인 간첩 조작을 폭로한다는 것은 어떤 식으로든 자기 파괴로 이어진다. 그는 보안사 조작 간첩의 피해자이면서 또 다른 조작 간첩의 가해자라는 점에서, 피해자로서의 자기 주조를 통한 자기 긍정이 아닌, 가해자로서의 자기 폭로를 통한 자기 파괴에 직면할 수밖에 없다. 그리고 그때에서야 비로소 그의 고백은 증언으로서의 힘을 발휘하게 된다. 다시 말해, 그가 보안사 간첩 조작 사건을 피해자의 위치에서만 발화했다면, 비록 보안사에 의해 강제적으로 특별채용되어 협박 속에서 근무할 수밖에 없었다고 하더라도, 가해자로서의 자기를 은폐하는 것이 되어 발화 자체의 고백의 효과는 상쇄되게 된다. 따라서 김병진은 자기 고백과 증언, 그리고 폭로에 이르기 위해 자기 부정과 파괴라는 제의를 통해 자기를 극복하고자 하는 윤리적 과정을 일정 부분 수행했다고 할 수 있다. 물론 그것은 고통을 수반한다. 그가 자신의 글을 "귀신에 홀린 듯이 침식을 잊고 써낸 글, 로맨스도 미학도 없는 냉정한 현실의 세계만 담겨진 글, 조국 분단과 군사 독재에 투영된 벌거숭이 인간의 욕망과 비겁함을 붓끝을 놀려 갈겨댄 절규에 불과했다."[32]라고 한 것도 이러한 맥락에서 윤리적 주체화 과정의 고통을 짐작하게 한다.

이처럼 김병진의 자기 고백에 기초한 증언의 목소리가 담겨 있는 수기 『보안사』는 그런 점에서 미셸 푸코가 말한 '파레시아(parrêsia)'로서의 글쓰기라고 할 수 있다. '모든 것'을 의미하는 pan과 '말해진 바'를 의미하는

32) 위의 책, 11쪽.

어근 rêma가 합쳐져 '모든 것을 말하기'라는 의미의 동사형 prrêsiazein이나 '파레시아를 행하는 것'을 의미하는 동사형 parrêsiazeisthai이 되는 것을 통해 확인할 수 있듯이, 파레시아는 일반적으로 '모든 것을 말하기'라는 의미를 갖는다. 그리고 파레시아를 행하는 자인 '파레시아스트(parrêsiastês)'는 '자신이 생각하고 있는 모든 것을 말하는 자'를 뜻한다.[33] 푸코는 파레시아의 이 일반적 의미를 확장하여 진솔함, 진실성, 위험의 감수, 비판적 기능, 도덕적 의무 등 5가지 특징을 들어 파레시아를 정의하기도 하였다. 그가 정의한 바에 따르면, 파레시아는 진솔하게 자기 자신을 표현하는 것, 거리낌이나 두려움 없이 말하기를 의미한다. 푸코는 이 파레시아의 개념이 3가지 가치를 지닌다고 했는데, 각각 정치적 · 윤리적 · 철학적 가치가 그것이다. 정치적 가치는 민주주의와 진실 간의 관계를 재평가하는 것이고, 윤리적 가치는 주체와 진실 간의 관계를 문제화하는 것이며, 철학적 가치는 비판적 태도의 계보를 기술하기 위한 것이다.[34]

김병진이 『보안사』에서 폭로한 고백과 증언의 말하기(=글쓰기)는 권력 관계의 위계화된 구도 속에서 하위의 열등한 위치에 놓인 자인 재일조선인이 자기 자신의 신념을 자기의 입으로 말하고 있다는 점에서 그 자체로 민주주의 사회를 지향하는 정치적 의미를 갖는다. 민주주의 사회야말로 그 구성원들에게 자신의 신념에 따라 권력 관계에 구속되지 않은 상태에서 발화할 수 있는 장으로 기능하기 때문이다. 특히 전후 일본사회와 해방 이후 남한사회에서 기민정책의 대상으로서 차별과 멸시를 받고 있는 재일조선인이 간첩으로 조작된 과정을 폭로하는 것은 군부독재정권의 기만적 정당성을 공격하는 한편, 민주주의 시민 사회로의 지향을 보여주는

33) 미셸 푸코, 오트르망 심세광 · 전혜리 옮김, 『담론과 진실』, 동녘, 2017, 91-92쪽.
34) 위의 책, 12쪽.

것이라고 할 수 있다. 하지만 보다 주목되는 것은 발화 주체 스스로 진실이라고 믿고 있는 것을 폭로하는 말하기를 수행한다는 점에 있다. 따라서 그것은 그 자체로 윤리적 행위인데, 그러한 폭로가 자기 부정이나 자기 파괴로 이어질 수도 있다는 위험을 감수한다는 점에서도 그러하다. 이처럼 자신이 진실이라고 생각하는 것을 거리낌 없이 말할 수 있는 용기를 보여줬다는 점에서 김병진의 목소리에는 파레시아의 윤리성이 내재되어 있는 것이다.

5. 집단적 망각을 넘어

피터 브룩스가 논의한 것처럼, 내러티브는 욕망을 이야기하고 동시에 욕망을 일으켜 의미화의 동력으로 이용한다.[35] 재일조선인 간첩 조작 사건은 해방 이후 지속적으로 재생산된 민족 서사가 갖는 욕망의 단면을 드러낸다. '민족'은 숭고하고 지선(至善)한 것으로 민족을 와해하거나 해체하려는 적대적인 행위는 민족의 이름으로 단죄되어야 한다는 내러티브가 성립되고, 그 내러티브는 그 자체로 권위를 갖게 된다. 그런가 하면, 협박과 회유, 폭행과 고문 등을 통해 재일조선인을 간첩으로 조작하는 행위는 그 자체로 간첩 서사를 만드는 과정으로, 간첩 서사의 내적 완결성이 재일조선인이 실제 간첩이냐의 유무보다 더 중요하게 범죄를 성립시키는 장치로 활용된다. 보안사에서 재일조선인을 조작 간첩의 대상으로 선정한 것은 간첩 서사의 내러티브 구축에 용이하다고 판단했기 때문이며, 온갖 고문을 통해 진술서를 작성하게 하는 것은 그 자체로 간첩 서사의 내

35) 피터 브룩스, 박혜란 옮김, 『플롯 찾아 읽기』, 도서출판 강, 2011, 71쪽.

적 완결성을 마련하기 위한 움직임이라고 볼 수 있다. 이러한 내러티브의 욕망에 응수한 김병진의 『보안사』를 비롯한 수기는 재일조선인 간첩으로 조작되어 폭력과 회유 속에서 보안사의 직원으로 근무한 재일조선인의 자기 서사(self-narratives)이다. 이 자기 서사는 자기 고백적 글쓰기를 통해 진실성을 확보할 뿐만 아니라, 그러한 진실성에 기초해 보안사라는 국가기관의 간첩 조작이 어떻게 이루어지고 있는지, 그러한 과정 속에서 재일조선인들이 얼마나 국가주의 폭력의 희생양이 되고 있는지를 증언하고 폭로하는 또 다른 욕망, 파레시아로서의 말하기를 보여준다.

그렇다면, 재일조선인 조작 간첩 김병진의 『보안사』라는 수기를 '지금-여기'에서 읽은 것은 어떤 의미가 있는 것일까. 물론 쉽게 답할 수 없다. 이에 대한 우회적 답변으로 이 글을 마무리하고자 한다. 이 수기를 읽는 것을 통해 박정희 유신독재정권과 전두환 군부독재정권의 통치 권력이 재일조선인을 간첩으로 조작하는 데 있어 어떠한 메커니즘이 작동하고 있었는가를 파악하거나, 그에 기초해 분단 체제와 반공 이데올로기 속에서 개인의 자유와 인권을 유린한 잔악성을 폭로하는 것은 물론 중요하다. 하지만 그것은 어쩌면 손쉬운 일인지도 모른다. 해서 87년 체제 이후 30여 년이 경과해오면서 비록 더디거나 때때로 후퇴하기도 했지만, 민주화가 진전된 21세기 한국 사회에서 이명박 · 박근혜 정권과 그에 기생하는 보수를 자처하는 정당과 언론 등이 소위 '종북좌파'라는 시대착오적 프레임 속에 지속적으로 반공이라는 망령을 되살리려 하고 있다는 점을 간과할 수는 없다. 여전히 청와대, 국가정보원, 검찰 등을 축으로 하는 국가권력에 의해 서울시 공무원 유우성 씨의 간첩 조작 사건이 이루어질 수 있었던 것이나, 군부대를 동원해 사이버상에 허위 댓글을 작성하게 해 여론을 호도하는 한편 선거에 불법적으로 개입한 것, 나아가 이른바 블랙리스트가 만들어져 각계각층의 인사를 대상으로 불법 사찰과 폭력적 차별이 자행되었던 것 등을 염두에 둔다면, 국가 권력의 폭압성 그 자체를 확인하는 것은 '지금-여기'에서 김병진의 수기가 갖는 정치적 · 윤리적 의미를 단순화시키는 것일 수 있다.

이와 관련해 재일동포 유학생 간첩 사건을 기록한 김효순은 그의 책 말미에서 간첩 조작 사건 피해자들이 당한 고통과 좌절과 세월은 어떠한 방식으로도 보상되지 않을 것이라면서, "결국은 기억을 둘러싼 싸움이다."[36]라고 말한다. 서울시 공무원 유우성 씨의 간첩 조작 사건과 같은 조작과 날조, 불법 사찰과 국가 폭력이 여전히 가능한 것은 어쩌면 1970년대와 1980년대 만연했던 재일조선인 간첩 조작 사건을 망각하고 있었기 때문은 아닐까. 남북 관계의 파탄과 미국과 중국을 축으로 하는 동북아의 신(新)냉전적 질서 속에서 또다시 반공이라는 망령을 끄집어내 무고한 개인을 간첩으로 조작했던 과거를 망각하려고 하는 것이 아니라면, 우리에게 망각할 수 있는 권리는 없다는 점을 명심해야 할 것이다. 만약 우리에게 어떤 권리가 주어진다면, 그것은 기억의 의무로부터 출발되어야 한다. 재일조선인 조작 간첩의 자기 서사로서 『보안사』의 증언들이 우리에게 묻고 있는 것은 바로 그것인지도 모른다.

보안사는 매년 80명에서 100명 가까운 사람을 연행했다. 연행자는 대부분 대공처의 수사과와 공작과 소관이었다. 이른바 '특명 사건'이라고 불리는 경우를 제외하면 대부분 간첩 용의자였다. 꼭 밝혀두지 않으면 안 될 일은 어느 해(1984년)의 통계를 보고 대충 헤아린 결과 연행자의 8할이 재일 한국인이라는 사실이다. 간첩으로 기소된 경우는 물론 일부에 불과하다. 그렇지만 기소 유예

---

36) 김효순, 『조국이 버린 사람들: 재일동포 유학생 간첩 사건의 기록』, 서해문집, 2015, 430쪽.

나 공소 보류로 결정된 사람들을 포함하면 간첩 전과가 붙은 사람이 결코 적다고 할 수 없다. 또한 다행히 훈방됐다고 해도 유린당한 인권은 무엇으로도 보상할 수 없다.

이런 '간첩 창작'은 보안사뿐만 아니라 안기부도 저지르고 있었다. 보안사가 가장 많이 연행했다고 나름 추측할 수 있지만, 실제로 매년 몇 명 정도의 사람들이 괴로움을 당하는지 정확히 알 길은 없다.

한국 군부 독재의 역사는 공작, 불법 연행, 고문의 역사였다. 그 사실을 나는 계속 봐왔다. 침묵은 죄악이다. 내 기분이 어떠했든 내가 '수사관'의 한 사람으로서 관여한 조작의 희생자들은 지금도 감옥에 갇혀 있다. 그 사람들의 양심과 진실은 아무도 모른 채 시간만 계속 흐르고 있다. (…중략…)

이 대지 위에 갇혀 있는 양심들이 계속 살아 있는 한 나는 결코 침묵하지 않겠다.[37]

1988년 침묵에 대한 김병진의 저항은, 현재의 우리들에게도 요구된다. 그래야만 여전히 지속되고 있는 국가 권력의 생명 정치에 기초한 반민주적 행태가 사라질 수 있을 것이다. 개인의 사적 기록으로서의 자기 서사가 공적 기록으로서의 역사를 되묻게 하는 힘 또한 여기에서 찾아야 할 것이다. 따라서 이제 잊혀진 사건을 기억하고, 기민으로 배제된 자들의 권리를 복권시켜, 냉전과 분단 체제 아래 망각되거나 은폐된 자들의 목소리를 들을 때이다. 민주시민 사회 건설과 윤리적 주체화의 길에 들어서기 위해서라도 파레시아의 글쓰기와 말하기는 우리에게도 요청되는 것이다. 2016년 겨울 '촛불시민혁명'의 함성이 증거하듯이.

---

37) 김병진, 『보안사: 어느 조작 간첩의 보안사 근무기』, 앞의 책, 345-347쪽.

: 참고문헌

[1장]

1. 자료

『한겨레신문』 2015.9.1.

『민단신문』 2004-2013년 주요 기사

『민단신문』 2016.10.14.

재일한인역사자료관 홈페이지

고려박물관 홈페이지

2. 단행본

김충일, 『國史』, 서울서점, 1978.6.

卞喜載・全哲男, 『いま朝鮮學校で―なぜ民族教育か―』, 朝鮮青年社, 1988.

『총련』, 재일본조선인총연합회, 2005.

『조선력사』 중급3, 학우서방, 2006.

ウリハツキヨをつづる會, 『朝鮮學校ってどんなとこ?』, 社會評論社, 2007.

신준수 외 옮김, 『역사교과서 재일 한국인의 역사』, 역사넷, 2007.

『2011년 검정합격 일본 중학교 역사교과서 한국관련 번역 자료집』, 동북아역사재단, 2011.

성시열 외, 『한국사』, 일본 교토 국제학원 일본 오사카 금강학원소중고등학교, 2014.

김인덕, 『재일조선인 역사교육』, 아라, 2015.

김인덕, 『재일조선인 민족교육 연구』, 국학자료원, 2016.

3. 논문

김인덕, 「在日朝鮮人總聯合會의 歷史教材 敍述體系에 대한 小考―『조선력사』(고급3)

를 중심으로―」, 『한일민족문제연구』(14), 2008.6.
魚塘, 「解放後初期の在日朝鮮人組織と朝連の教科書編纂」, 『在日朝鮮人史研究』(28), 1998.
鄭榮桓, 「解放直後の在日朝鮮人運動と「關東大虐殺」問題」, 關東大震災90週年記念行事實行委員會 編, 『關東大震災記憶の繼承』, 日本經濟評論社, 2014.
김인덕, 「임광철의 재일조선인사 인식에 대한 소고」, 『사림』(59), 수선사학회, 2017.

[2장]

1. 자료

『自由新聞』 『한겨레』
『文學芸術』 『親和』
『우키시마호사건소송자료집』 I, 일제강점하강제동원피해진상규명위원회, 2007.
김시종, 곽형덕 옮김, 『장편시집 니이가타』, 글누림, 2014.
金時鐘, 『長編詩・新潟』, 構造社, 1970.
『舞鶴引揚記念館図録』, 舞鶴市: 舞鶴引揚記念館, 2015.
『アイゴーの海: 浮島丸事件・下北からの証言』, 下北の地域問題研究所, 1993.
<エイジアン・ブル―: 浮島丸サコン>, シネマ・ワーク, 1995.

2. 단행본

고명철・이한정・하상일・곽형덕・김동현・오세종・김계자・후지이시 다카요, 『김시종, 재일의 중력과 지평의 사상』, 보고사, 2020.
도미야마 이치로, 손지연 외 옮김, 『폭력의 예감』, 그린비, 2009.
테사 모리스 스즈키, 한철호 옮김, 『북한행 엑서더스―그들은 왜 '북송선'을 타야만 했는가』, 책과함께, 2008.
高崎宗司・朴正鎭 編, 『歸國運動とは何だったのか―封印された日朝關係史』, 平凡社, 2010.
金達壽外, 『シリーズ日本と朝鮮4: 日本の中の朝鮮』, 太平出版社, 1966.
金時鐘, 『朝鮮と日本に生きる―濟州島から猪飼野へ』, 岩波書店, 2015.
金贊汀, 『浮島丸釜山港へ向かわず』, かもがわ出版, 1994.

水野直樹・文京洙,『在日朝鮮人: 歷史と現在』, 岩波書店, 2015.
朴慶植,『朝鮮人强制連行の記錄』, 未來社, 1965.
吳世宗,『リズムと抒情の詩學: 金時鐘と「短歌的抒情の否定』, 生活書院, 2010.
尹建次,『在日の精神史1: 渡日・解放・分斷の記憶』, 岩波書店, 2015.
品田茂,『爆沈・浮島丸: 歷史の風化とたたかう』, 高文硏, 2008.

3. 논문

손지원,「재일동포국문문학운동에 대하여」, 김종회 편,『한민족 문화권의 문학』 2, 국학자료원, 2006.
조경희,「'조선인 사형수'를 둘러싼 전유의 구도: 고마쓰가와 사건(小松川事件)과 일본/'조선'」,『東方學志』 158, 연세대 국학연구원, 2012.
「日本映畵紹介」,『キネマ旬報』 1175, 1995.11.
北川れい子,「エイジアン・ブルー 浮島丸サコン―作られるべくして作られた異色の意欲作」,『キネマ旬報』 1171, 1995.9.
須永安郎,「映畵『エイジアンブルー・浮島丸サコン』」,『住民と自治』 390, 自治体問題硏究所, 1995.10.
眞継伸彦,「長編詩『新潟』に寄せて」,『人間として』 4, 1970.12.
淺見洋子,「金時鐘『長編詩集 新潟』注釋の試み」,『論潮』 1, 2008.6.
秋元良治・鳴海健太郎,「下北半島と「浮島事件」」,『朝鮮硏究』 121, 日本朝鮮硏究所, 1972.

[3장]

1. 자료

岡村昭彦 編,『弱虫・泣虫・甘ったれ』, 三省堂, 1968.
金嬉老,『われ生きたり』, 新潮社, 1999.
金嬉老 他,『金嬉老問題資料集成』, むくげ舍, 1982.
富村順一,『わんがうまりは沖縄』, 柘植書房, 1972.
富村順一,『死後も差別される朝鮮人』, 個人出版, 1973.

富村順一,『血の光州・亡命者の証言』, JCA出版, 1980.

延原時行 編,『今こそ傷口をさらけ出して―金嬉老との往復書簡』, 教文館, 1971.

[4장]

1. 자료

메도루마 슌, 곽형덕 옮김,『메도루마 슌 작품집1 어군기』, 보고사, 2017.

內田樹編,『日本の反知性主義』, 晶文社, 2015.

目取眞俊,『沖縄「戰後」ゼロ年 (生活人新書)』, NHK出版, 2009.

富村順一,『わんがうまりあ沖縄―富村順一獄中手記』, 柘植書房[新裝版], 1993.

山本昭宏,『教養としての戰後＜平和論＞』, イースト・プレス, 2016.

山村政明,『いのち燃えつきるとも―山村政明遺稿集』, 大和書房, 1971.

2. 단행본 및 논문

권혁태, 차승기 엮음,『'전후'의 탄생―일본, 그리고 '조선인'이라는 경계』, 그린비, 2013.

리처드 호프스태터 지음, 유강은 옮김,『미국의 반지성주의』, 문학동네, 2017.

서경식 지음, 임성모, 이규수 옮김,『난민과 국민 사이―재일조선인 서경식의 사유와 성찰』, 돌베개, 2008.

오세종,「金嬉老事件과 富村順一事件에서 보이는 帝國과 言語에 對한 抵抗의 모습」,『한국문학의 세계화를 위한 카이스트 제7차 워크샵 제국과 언어 발표논집』, 카이스트, 2017.7.1.

조경희「'조선인 사형수'를 둘러싼 전유의 구도」(『'전후'의 탄생―일본, 그리고 '조선'이라는 경계』(권혁태, 차승기 엮음, 그린비, 2013.

3. 기타

http://www.nhk.or.jp/special/blackhole/

[5장]

1. 자료

『통일일보』『조선신보』『동아일보』

2. 단행본 및 논문

곽진오,「육영수의 죽음과 한·일간의 갈등—갈등구조극복 한계를 중심으로」,『한일관계사연구』 제16집, 한일관계사학회, 2002.4.
이완범,「김대중 납치사건과 박정희 저격사건」,『역사비평』 2007.8. 가을호, 통권 80호.
이회성,『금단의 땅』 전3권, 이호철·김석희 옮김, 미래사, 1988.
원수일,『이카이노 이야기』, 김정혜·박정이 옮김, 새미, 2006.
高祐二,『われ, 大統領を撃てり−在日韓國人青年·文世光と朴正熙狙擊事件)』, 花傳社, 2016.
金贊汀,『朝鮮總連』, 新潮新書, 2004.
梁石日,『夏の炎』, 幻冬舍文庫, 2003.
元秀一,『猪飼野の物語—濟州島からきた女たち—』, 草風館, 1987.
李恢成,『禁じられた土地—見果てぬ夢』 全6巻, 講談社, 1977~1979.

3. 기타

「이제는 말할 수 있다」(MBC, 2005.3.20.)https://www.youtube.com/watch?v=IGrjUfwR9Jc(최종검색일. 2019.4.10.)

[6장]

1. 자료

서승, 김경자 옮김,『서승의 옥중 19년』, 역사비평사, 1999.
서승,『서승의 동아시아 평화기행』, 창비, 2011.
서승,『동아시아의 우흐가지(ウフカジ): 서승의 역사·인문기행 1·2』, 진인진, 2016.
서준식,『서준식 옥중서한 1971~1988』, 노사과연, 2008.

서준식, 『서준식의 생각』, 야간비행, 2003.

2. 단행본 및 논문

권혁태, 「'재일조선인'과 한국사회: 한국사회는 재일조선인을 어떻게 '표상'해왔는가」, 『역사비평』, 2007, 봄호.

김동춘, 「'간첩 만들기'의 전쟁정치: 지배질서로서 유신체제」, 『민주사회와 정책연구』21호, 민주사회정책연구원, 2012.

김효순, 『조국이 버린 사람들』, 서해문집, 2015.

서경식, 김석희 옮김, 『청춘의 사신』, 창작과비평사, 2002.

서경식, 임성모 · 이규수 옮김, 『난민과 국민 사이』, 돌베개, 2006.

서경식, 권혁태 옮김, 『언어의 감옥에서』, 돌베개, 2011.

서승기념문집 간행위원회, 『서승과 함께하는 동아시아 평화와 인권』, 선인, 2011.

손봉석 기자, 「세상을 살며 핑계 대고 변절 말자(서준식 인터뷰)」, 『프레시안』, 2003.3.14.

윤건차, 박진우 외 옮김, 『자이니치의 정신사』, 한겨레출판, 2016.

임유경, 「일그러진 조국: 검역국가의 병리성과 간첩의 위상학」, 『현대문학의 연구』 55호, 한국문학연구학회, 2015.

임유경, 「체제의 시간과 저자의 시간: 『서준식 옥중서한』 연구」, 『현대문학의 연구』 58호, 한국문학연구학회, 2016.

조경희, 「한국사회의 '재일조선인' 인식」, 『황해문화』, 2007.

최정기, 「총체적 통제시설과 수형자의 일상문화: 1960년대 이후 한국의 비전향 장기수를 중심으로」, 『刑事政策』 13권 1호, 한국형사정책학회, 2001.

[7장]

1. 자료

윤정모, 『님』, 한겨레, 1987.

은희경, 『마이너리그』, 창비, 2001.

조해진, 「사물과의 작별」, 『창작과비평』, 2017.

2. 단행본 및 논문

국정원과거사건진실규명을통한발전위원회, 『과거와 대화 미래의 성찰—학원 · 간첩 편』, 국가정보원, 2007.

서승, 「재일동포 정치범 재심재판과 재일동포의 정체성, 그리고 정치적 자유」, 전남대학교 세계한상문화연구단 국제학술회의, 2016.5.

아르준 아파두라이, 장희권 옮김, 『소수에 대한 두려움』, 에코리브르, 2011.

윤건차, 박진우 외 옮김, 『자이니치의 정신사』, 한겨레출판사, 2016.

이하나, 「1950-1960년대 반공주의 담론과 감성 정치」, 『사회와역사』 제95집, 2012.

전명혁, 「1960년대 '동백린사건'과 정치 · 사회적 담론의 변화」, 『역사연구』 29호, 2012.

조경희, 「한국사회의 '재일조선인' 인식」, 『황해문화』 제57호, 2007.

조르주 바타이유, 조한경 옮김, 『저주의 몫』, 문학동네, 2004.

한홍구, 『대한민국사 3—야스쿠니의 악몽에서 간첩의 추억까지』, 한겨레, 2009.

[8장]

1. 자료

『재일디아스포라 소설선집2』, 소명, 2017.

『凍える口 金鶴泳作品集』, クレイン, 2004.

2. 단행본 및 논문

『재일디아스포라 평론선집』, 소명, 2017.

김효순, 『조국이 버린 사람들: 재일동포 유학생 간첩 사건의 기록』, 서해문집, 2015.

서울대학교 60년사 편찬위원회 편, 『서울대학교60년사』, 서울대학교출판부, 2006.

宋惠媛, 「金石範作品における通譯、スパイ、アメリカ」, 『한국일본연구단체 제5회 국제학술대회 東아시아의 人文精神과 日本硏究 자료집』, 한국일본연구단체, 2016.

이정훈 · 윤인진, 「재일동포의 민족교육과 모국수학의 현황과 발전방안」, 『在外韓人硏究』 제7호, 在外韓人學會, 1998.

임유경, 「일그러진 조국: 검역국가의 병리성과 간첩의 위상학」, 『현대문학의 연구』 55권, 한국문학연구학회, 2015.
全明赫, 「1970年代 '在日僑胞留學生 國家保安法 事件' 硏究: '11 · 22事件'을 中心으로」, 『韓日民族問題硏究』 제21집, 한일민족문제학회, 2011.
Bruce Cumings, The two Koreas, N.Y.: Foreign Policy Association, 1984.

3. 기타

http://www.niied.go.kr

[9장]

1. 자료

『京鄕新聞』 『東亞日報』 『每日經濟新聞』 『한겨레신문』
김병진, 『빼앗긴 할배의 나라』, 소나무, 1994.
김병진, 『보안사: 어느 조작 간첩의 보안사 근무기』, 이매진, 2013.

2. 단행본 및 논문

권혁태, 「'재일조선인'과 한국사회: 한국사회는 재일조선인을 어떻게 '표상'해왔는가」, 『역사비평』 제78호, 2007.
김원, 「공안사찰: 감시와 자기검열의 일상화」, 『내일을 여는 역사』 제63호, 2016.
김범수, 「1970년대 신문에 나타난 재일교포의 표상: 『경향신문』, 『동아일보』, 『조선인보』 기사 분석을 중심으로」, 『일본비평』 제17호, 서울대학교 일본연구소, 2017.
김효순, 『조국이 버린 사람들: 재일동포 유학생 간첩 사건의 기록』, 서해문집, 2015.
미셸 푸코, 오트르망 심세광 · 전혜리 옮김, 『담론과 진실』, 동녘, 2017.
서승, 「재일동포 정치범 재심재판과 재일동포의 정체성, 그리고 정치적 자유」, 『전남대학교 세계한상문화연구단 국제학술회의 자료집』, 2016.
서어리, 『나는 간첩이 아닙니다: 1970~2016, 대한민국의 숨겨진 간첩 조작사』, 한울, 2016.
오태영, 「자서전/쓰기의 수행성, 자기 구축의 회로와 문법—재일조선인 장훈의 자서

전을 중심으로—」, 박광현 · 허병식 편, 『재일조선인 자기서사의 문화지리 I』, 도서출판 역락, 2018.

오태영, 「재일조선인의 역설적 정체성과 사회적 상상—김명준 감독, 영화 <우리학교>(2006)를 중심으로」, 박광현 · 오태영 편, 『재일조선인 자기서사의 문화지리 II』, 도서출판 역락, 2018.

이재승, 「어두운 시대의 소송기술—재일교포 간첩사건에서 영사증명서—」, 『민주법학』 제38호, 민주주의법학연구회, 2008.

이재승, 「분단체제 아래서 재일 코리언의 이동권」, 『민주법학』 제52호, 민주주의법학연구회, 2013.

전명혁, 「1970年代 '在日僑胞留學生 國家保安法 事件' 硏究—'11 · 22事件'을 中心으로—」, 『韓日民族問題硏究』 제21권, 한일민족문제학회, 2011.

조경희, 「한국사회의 '재일조선인' 인식」, 『황해문화』 제57호, 2007.

피터 브룩스 지음, 박혜란 옮김, 『플롯 찾아 읽기』, 도서출판 강, 2011.

수록논문 초출 서지

제1장_ 김인덕, 「1923년 관동대지진 조선인학살 사건이 재일한인 사회에 주는 현재적 의미: 민단과 총련의 주요 역사교재와 『민단신문』의 기사를 중심으로, 『한일민족문제연구』 33, 한일민족문제학회, 2017.

제2장_ 조은애, 「죽음을 기억하는 언어: 우키시마마루(浮島丸) 사건과 재일조선인, 혹은 전후 일본의 어떤 삶들」, 『상허학보』 47, 상허학회, 2016.

제3장_ 吳世宗, 「金嬉老と富村順一の日本語を通じた抵抗」, 『琉球アジア文化論集: 琉球大學法文學部紀要』 4, 琉球大學法文學部, 2018.

제4장_ 곽형덕, 「전후 일본의 '반지성주의'와 마이너리티: 양정명과 도미무라 준이치를 중심으로」, 『일본사상』 34, 한국일본사상사학회, 2018.

제5장_ 박광현, 「'문세광'이라는 소문: 재일조선인 문학에 재현되는 양상을 중심으로」, 『일본학』 48, 동국대학교 일본학연구소, 2019.

제6장_ 윤송아, 「재일조선인과 분단의 지형학: 서승, 서준식의 텍스트를 중심으로」, 『동악어문학』 73, 동악어문학회, 2017.

제7장_ 허병식, 「분단 디아스포라와 재일조선인 간첩의 표상」, 『동악어문학』 73, 동악어문학회, 2017.

제8장_ 신승모, 「재일조선인 문학과 '스파이 이야기': 김학영과 원수일의 작품에 나타난 인간의 내면을 중심으로」, 『동악어문학』 73, 동악어문학회, 2017.

제9장_ 오태영, 「조작된 간첩, 파레시아의 글쓰기: 재일조선인 김병진의 수기 『보안사』를 중심으로」, 『동악어문학』 73, 동악어문학회, 2017.

집필진 약력(원고 수록 순)

김인덕(金仁德)

청암대학교 교수. 한국현대사 · 재일조선인사를 통해 일상을 사는 살아가는 사람들의 문화에 관한 공부를 하고 있다. 저서로 『오사카 재일조선인의 역사와 일상』, 『한국현대사와 박물관』 등이 있다.

조은애(曺恩愛)

동국대학교 서사문화연구소 연구원. 탈식민주의와 냉전문화에 대한 관심 속에 재일조선인 서사와 한국 현대문학을 공부하고 있다. 논저로 「북한에서의 재일조선인 문학 출판과 개작에 관한 연구: 김달수와 이은직의 경우를 중심으로」, 『디아스포라의 위도: 남북일 냉전 구조와 월경하는 재일조선인 문학』(근간) 등이 있다.

오세종(吳世宗)

류큐대학교 교수. 재일조선인문학 오키나와 문학 · 역사연구. 주로 김시종, 김석범을, 또 사키야마다미(崎山多美), 마타요시 에이키(又吉栄喜)를 연구하고 있다. 현재는 1960년대 오키나와와 재일조선인의 문학적 사상적 관계에 대해 연구하고 있다. 저서로 『리듬과 서정의 시학—김시종과 단가적 서정의 부정』, 『오키나와와 조선 틈새에서—조선인의 가시화/불가시화를 둘러싼 역사와 담론』 등이 있다.

곽형덕(郭炯德)

명지대학교 일어일문학과 교수. 일본 근현대문학 연구자 및 번역가로 국민국가 중심의 일본문학을 '지금 여기'의 시각에서 일본어문학으로 새롭게 읽어내는 작업을 하고 있다. 저서로 『김사량과 일제 말 식민지문학』, 『김시종, 재일의 중력과 지평의 사상』(공저) 등이 있다.

박광현(朴光賢)

동국대학교 교수. 한일비교문학문화연구. 재조일본인 · 재일조선인처럼 한일 양국의 경계에서 살았고 살아가는 사람들의 문학 · 문화에 관한 연구를 하고 있다. 저서로 『'현해탄' 트라우마』, 『재일조선인 자기서사의 문화지리 Ⅰ · Ⅱ』(공저) 등이 있다.

윤송아(尹頌雅)

경희대학교 강사. '조선학교와 함께하는 사람들 몽당연필' 운영위원. 재일조선인 문학 및 재일조선인 민족교육에 대한 연구를 진행하고 있다. 저서로 『재일조선인 문학의 주체 서사 연구—가족 · 신체 · 민족의 상관성을 중심으로』, 『재일코리안 문학과 조국』(공저), 『'재일'이라는 근거』(공역) 등이 있다.

허병식(許炳植)

동국대학교 강사. 한국근현대문학의 교양주의, 장소성과 재일조선인 문학의 자기서사에 관심을 가지고 공부를 진행하고 있다. 저서로 『교양의 시대』, 『재일조선인 자기서사의 문화지리 Ⅰ · Ⅱ』(공저) 등이 있다.

신승모(辛承模)

경성대학교 조교수. 일본근현대문학문화 연구. 주로 재조일본인과 재일조선인의 문학과 문화를 연구하고 있다. 저서로 『재조일본인 2세의 문학과 정체성』, 『재조(在朝)일본인의 언어 · 문화 · 기억과 아이덴티티의 분화』(공저) 등이 있다.

오태영(吳台榮)

동국대학교 경주캠퍼스 조교수. 한국현대소설연구. 문학작품, 여행기, 지리지 등을 대상으로 체제 변동에 따른 공간 재편과 이동의 수행성에 관해 연구하고 있다. 저서로 『오이디푸스의 눈: 식민지 조선문학과 동아시아의 지리적 상상』, 『팰림시스트 위의 흔적들: 식민지 조선문학과 해방기 민족문학의 지층들』 등이 있다.

동국대학교 문화학술원 서사문화연구소 서사문화총서 ❸

마이너리티 아이콘 ―재일조선인 사건의 표상과 전유―

초판 1쇄 인쇄 2021년 8월 10일
초판 1쇄 발행 2021년 8월 20일

편 저 박광현 · 조은애

펴낸이 이대현

책임편집 강윤경 | **편집** 이태곤 권분옥 문선희 임애정

디자인 안혜진 최선주 이경진 | **마케팅** 박태훈 안현진

펴낸곳 도서출판 역락 | **등록** 1999년 4월 19일 제303-2002-000014호

주소 서울시 서초구 동광로46길 6-6 문창빌딩 2층(우06589)

전화 02-3409-2060(편집부), 2058(영업부) | **팩스** 02-3409-2059

전자우편 youkrack@hanmail.net | **홈페이지** www.youkrackbooks.com

ISBN 979-11-6742-038-1 94810
979-11-6244-221-0 (세트)